贵族之家

（俄罗斯）屠格涅夫 著

肖 白 译

前 夜

（俄罗斯）屠格涅夫 著

肖 白 译

百花洲文艺出版社

图书在版编目(CIP)数据

贵族之家 / (俄罗斯)屠格涅夫著;肖白译. 前夜 /
(俄罗斯)屠格涅夫著;肖白译. —南昌:百花洲文艺
出版社,2015.5
　ISBN 978-7-5500-1363-6

　Ⅰ.①贵… ②前… Ⅱ.①屠… ②肖… Ⅲ.①长篇小
说-小说集-俄罗斯-近代 Ⅳ.①I512.44

中国版本图书馆 CIP 数据核字(2015)第 069122 号

GUIZUZHIJIA + QIANYE

贵族之家 + 前夜

(俄罗斯)屠格涅夫　著　肖白　译

出 版 人　姚雪雪
总 策 划　杨建峰
责任编辑　刘　云
美术编辑　松　雪
制　　作　王　进
出版发行　百花洲文艺出版社
社　　址　南昌市红谷滩世贸路 898 号
邮　　编　330038
经　　销　全国新华书店
印　　刷　大厂回族自治县正兴印务有限公司
开　　本　787mm×1092mm　1/16　印张　24
版　　次　2015 年 5 月第 1 版第 1 次印刷
字　　数　431 千字
书　　号　ISBN 978-7-5500-1363-6
定　　价　35.00 元

赣版权登字 05-2015-195

前　　言

伊凡·谢尔盖耶维奇·屠格涅夫（1818—1883），十九世纪俄国杰出的现实主义作家。出生于奥勒尔省的贵族世家，早年丧父。十五岁入莫斯科大学学习，第二年转入彼得堡大学，毕业于一八三六年。其间思想倾向于民主，并开始诗歌创作。二十岁时赴柏林大学留学，四十年代成为俄国批判现实主义文学流派"自然派"的代表人物，一八五二年因发表悼念果戈里的文章而被捕入狱并遭流放。一八八三年于巴黎病逝。

为屠格涅夫带来伟大声誉的是他的长篇小说。他毕生共有六部长篇小说留世：《罗亭》、《贵族之家》、《前夜》、《父与子》、《烟》、《处女地》。其中成就最高的是《父与子》。

《贵族之家》是他的第二部长篇小说，作于一八五九年。小说是以青年贵族拉夫列茨基的经历为线索展开情节的：拉夫列茨基与莫斯科退伍少将之女、年轻貌美的瓦尔瓦拉小姐相恋并草率地举办了婚礼，但当夫妇二人移居巴黎后，拉夫列茨基却发觉妻子对自己不忠。他一怒之下愤然回国，后来爱上了端庄而善良的远房甥女丽莎·卡里金。当他看到报纸上的一则关于他妻子的死讯后，他重新看到了幸福的曙光。然而，那则死讯竟然是讹传，瓦尔瓦拉并没有死，并且突然出现在了他的面前。在社会道德伦理观念的作用下，丽莎遁入修道院，他也在妻子的苦苦哀求下没有和她解除婚约。此后，他在孤寂无助中痛苦地度过残生。

和罗亭一样，拉夫列茨基也是个"多余人"的典型。尽管他在努力克服言论与行动脱节的弱点，注重务实，愿意接近人民，并力求在

1

庄园里改善农民的生活，但贵族习气和懒惰的作风使他只能向命运低头。小说以现实主义笔触生动地显示了贵族阶级的衰败和贵族知识分子历史作用的消亡，为没落的贵族谱写了一曲挽歌，那引人入胜的情节、出神入化的景物描写、妙笔生花的心理世界呈现，使这部小说具有强大的艺术魅力。

二〇一五年三月

目　　录

一

这是一个阳光明媚的春日，时已渐近黄昏，晴朗的天空中玫瑰色的小云朵高悬着，那些云朵仿佛不是飘过，而是缓缓消逝在蓝天深处。

在省城 O 市近郊的一条街上，在一座豪华的宅邸敞开着的窗前，坐着两位妇人（这事发生在一八四二年）：一位五十岁光景，另一位已经是七十岁左右的老太太了。

前者名叫玛丽娅·德米特里耶芙娜·卡里金娜。她的丈夫早在十年前就已去世。他曾任省检察官，办事机敏，果断，在当时是一位相当出名的、很有才干的人，只是爱发脾气而且非常固执。他受过很高的教育，读过大学，然而由于出身于贫寒之家，他老早就懂得必须为自己开辟一条出路并且积攒钱财。玛丽娅·德米特里和他是恋爱结婚的。他长得还算俊朗，人也聪明，在他心情不错时，还很温柔和顺。玛丽娅·德米特里耶芙娜（她的娘家姓是佩斯托娃）的父母在她幼年时即已故去。她在莫斯科一所贵族女子中学上了几年学，毕业之后，就与哥哥、姑姑一起住在离 O 市五十俄里①的、祖传的波克罗夫斯基村。不久，她的哥哥到彼得堡任职，他在那里一直待到突然的死亡终止了他的公务生涯。他对待自己的妹妹和姑姑极其刻薄，因此她们过着清苦的生活。玛丽娅·德米特里耶芙娜继承了波克罗夫斯基村，不过在那里并没有住多长时间。在她和卡里金（几天之内，她就对他许以芳心）结婚的第二个年头，她就用波克罗夫斯基村换了另一处庄

---

① 1 俄里等于 1.06 公里。

园，尽管这处庄园使她收益颇多，但是不太漂亮，而且没有花园。同时，卡里金在O市购置了一座房子，就和妻子在那里长久地居住下来。这座房子有一个一直通往城外田野的花园。"今后啊，"对平静的乡村生活很不喜欢的卡里金说，"再也不用隔三间五地往乡下跑了。"可是玛丽娅·德米特里耶芙娜对此感到十分惋惜，她依然眷恋着她那美丽的波克罗夫斯基村，那里有清澈的溪流，宽广的草地和峥嵘的林木；然而，她凡事都顺着丈夫的心思，他超人的才智和丰富的阅历几乎使她对他顶礼膜拜。他和她一起生活了十五年后，便溘然长逝了，为她留下了一个儿子和两个女儿。这时，玛丽娅·德米特里耶芙娜再也懒得离开O市了，因为她已经习惯了城市生活和她的住宅。

玛丽娅·德米特里耶芙娜年轻时是个窈窕动人的大美人，长着一头十分迷人的金发；如今年至半百，虽然发胖了些，略显臃肿，但是风韵犹存。与其说她宅心仁厚，不如说她多愁善感；贵为人妇甚至贵为人母之后，昔日在贵族女子中学里的习惯仍然保持着；她做事任性而为，如果稍不如意，就会大动肝火，有时还会哭闹不休；不过，在她的愿望得到满足和没有人顶撞她的时候，她也会显得温婉柔顺，和蔼可亲。她的宅邸是市内最华丽的宅邸之一。她的产业相当大，多半是丈夫赚来的，祖传的倒很少。她的儿子在彼得堡最好的一所公立学校里读书，两个女儿却都守在她的膝下。

同玛丽娅·德米特里耶芙娜一起坐在窗前的老太太是她的姑姑——她父亲的妹妹。她叫玛尔法·季莫菲耶芙娜·佩斯托娃，就是她和玛丽娅·德米特里耶芙娜在波克罗夫斯基村一起度过了几年深居简出的岁月。这位老太太脾气古怪是出了名的，她性情倔强而且任性，当着任何人的面都敢毫不遮拦地说话，尽管手头并不宽裕，然而她的举止给人的感觉是她仿佛家有万贯似的。她对已经过世的卡里金一点儿好感也没有，她的侄女一嫁给他，她就搬到她的小村子去住，在一所没有烟囱、生起火来烟雾缭绕的农舍里过了整整十年。玛丽娅·德米特里耶芙娜有点儿怕她。玛尔法·季莫菲耶芙娜个子矮小，鼻子尖细，虽然年已古稀，但是头发依然乌黑，她耳聪目明，走起路来还很稳健，身板挺立，快言快语而且口齿清晰、声音响亮。她常常戴着一顶白色的包发帽，穿着一件白色的短上衣。

"咦，你怎么啦？"她突然问玛丽娅·德米特里耶芙娜，"你长吁短叹些什么呀，我的妈哟？"

"啊，没什么，"玛丽娅·德米特里耶芙娜答道，"云彩多美啊！"

"你是不是怜惜这些云彩？"

玛丽娅·德米特里耶芙娜没有作声。

"为什么格杰奥诺夫斯基还没有来？"玛尔法·季莫菲耶芙娜问道，一面轻快地拨弄着织针（她正在织一条相当大的绒线围巾），"他不是陪你一起长吁短叹，就是东拉西扯。"

"一说到他，您的语气就变得那么严厉！谢尔盖·彼得罗维奇是一个值得尊敬的人。"

"值得尊敬的人！"老太太重复道，语气中夹带着责备的意味。

"我丈夫谢世之前，他对他非常忠诚！"玛丽娅·德米特里耶芙娜说，"就是现在，一想起我丈夫来他的鼻子还发酸呢。"

"得了吧！他是被你丈夫拎着耳朵从淤泥中救出来的嘛。"玛尔法·季莫菲耶芙娜咕咕哝哝地说，手里的织针拨动得更快了。

"表面上看来老实巴交的，"她接着说，"头发都已经完全白了，可是说起话来，不是瞎扯一气就是说长道短。亏他还是个五等文官呢！当然话又说回来，这也没有什么可大惊小怪的，因为他是个牧师的儿子嘛！"

"姑姑，人无完人嘛！不过，他的确有这个毛病。再说，谢尔盖·彼得罗维奇没有受过良好的教育，不会说法语；可是，无论您怎么说，他还是一位相当不错的人。"

"这我知道，他对你总是曲意奉承。不会说法语，这也没有什么呀！我的法语不也说得十分蹩脚嘛。如果任何一种外语他都不会说就好了，这样省得他撒谎。你瞧，正说着他，他就来了，"玛尔法·季莫菲耶芙娜朝大街上懒洋洋地随便望了望，又说，"你认为的那个相

3

当不错的人朝这儿走过来了。细高细高的，简直像个鹭鸶！"

玛丽娅·德米特里耶芙娜有意无意地把自己的鬈发掠了掠，玛尔法·季莫菲耶芙娜望着她冷冷一笑。

"咦，你的头上长了一根白发，我的妈哟！你得好好训斥训斥你的帕拉什卡，她为什么连这个都看不见呢？"

"姑姑，您怎么老是这样……"玛丽亚用略带生气的口吻低声地说，一面抚摸着圈椅的边饰。

"谢尔盖·彼得罗维奇·格杰奥诺夫斯基到！"一个脸色红润的小童从门外跑进来，尖着嗓子禀报说。

二

来者是一个身材高挑的人。他穿着整齐干净的常礼服和稍微有点儿短的裤子，戴着灰色麂皮手套，系着两个领结，上面一条是黑色的，下面一条是白色的。他整个人儿都显得温文尔雅和风度翩翩：面貌端正，头发亮洁，一双平跟皮靴走起路来一点儿声响也没有。他首先向女主人鞠躬，然后向玛尔法·季莫菲耶芙娜行礼。他把手套慢慢地脱掉，走近玛丽娅·德米特里耶芙娜，虔敬地吻了吻她的手，接着不疾不徐地坐到一把圈椅上，轻柔地搓着指尖，面带微笑地说：

"叶丽莎维塔·米哈伊洛芙娜好吗？"

"啊，她很好，"玛丽娅·德米特里耶芙娜答道，"她在花园里。"

"那么，叶连娜·米哈伊洛芙娜好吗？"

"连诺奇卡①也在花园里。有新的消息吗？"

---

① 连诺奇卡：叶连娜的小名。

4

"有，太太，当然有，"客人轻轻地眨了眨眼睛，撇了撇嘴说，"啊！……我告诉您，有新消息，这个消息令人非常吃惊：拉夫列茨基·费奥多尔·伊凡内奇回来了。"

　　"费佳①！"玛尔法·季莫菲耶芙娜叫道，"瞧您，没准儿又在胡编呢，我的大爷！"

　　"绝非瞎扯，太太，我可是亲眼看见他的。"

　　"得啦，这并不能说明什么。"

　　"与以前比起来，他的身体好多了，"格杰奥诺夫斯基继续说，他假装没有听到玛尔法·季莫菲耶芙娜的话，"肩膀更宽了，容光焕发，神采奕奕。"

　　"身体好起来了，"玛丽娅·德米特里耶芙娜平静地说，"这是为什么呢？"

　　"我也这么想，太太，"格杰奥诺夫斯基说，"如果换作别人，还有什么颜面在人面前现眼呢。"

　　"话可不能这么说，"玛尔法·季莫菲耶芙娜截口说，"一个人回到故乡，您说，让他躲到哪儿去呢？再说，他也没有什么错啊！"

　　"太太，请原谅我实话实说，妻子的行为有失妇道，总是丈夫的错。"

　　"老兄，你之所以出此言语，是因为你没有做过丈夫。"

　　格杰奥诺夫斯基不自在地笑了一下。

　　"我能否问一声，太太，"他沉默了一会儿后问道，"您这是在给谁织围巾呢，这么好看？"

　　玛尔法·季莫菲耶芙娜迅速地看了他一眼。

　　"我在给一个好人织围巾，"她说，"这个人不说长道短，不要滑头，不胡说八道。——假如世界上真有这样的人的话。费佳的为人我最清楚不过了；他不应该宠着老婆。更何况啊，他们是通过恋爱结婚

――――――――――――――――

　　① 费佳：费奥多尔的小名。

5

的，可是你要知道，恋爱结婚的人最终会自食其果的，"老太太瞟了瞟玛丽娅·德米特里耶芙娜，站起来接着说，"嗯，现在啊，我的老兄，随便你说什么人的坏话吧，说我的也成；我要走啦，你们俩慢慢地聊吧。"说着，玛尔法·季莫菲耶芙娜走了出去。

"她啊，就是这样的人，"玛丽娅·德米特里耶芙娜望着她姑姑的背影低声地说，"就是这样的人！"

"年岁大了都是这样！毫无办法！"格杰奥诺夫斯基说，"她刚才说，她讨厌耍滑头的人，然而现在的人们哪个不耍滑头呢？唉，就是这样的时势嘛。我有一位很好的朋友，值得让人尊敬，他的官位也相当高，他就常讲：现在啊，就连母鸡啄食也要耍滑头呢——它总是从容地绕个弯儿过去。但是，太太，一看见您，我就觉得您和天使一样纯真美丽；您能把您白如皓玉的小手让我吻吻吗？"

玛丽娅·德米特里耶芙娜温柔地笑了笑，就把自己那小手指张开着的胖乎乎的手伸给格杰奥诺夫斯基。他轻轻地吻了一下，她把她的圈椅朝他挪了挪，凑过身去，压低声音问道：

"那么，您看见他了吗？他是不是真的一点儿事也没有，身体健康，精神很好？"

"是的，太太。"格杰奥诺夫斯基对她耳语道。

"您知不知道，他的妻子现在在哪儿？"

"前一段时间她在巴黎，太太；现在，听说她到意大利去了。"

"是吗，这么说费佳的处境糟糕透了；我不敢想象，他怎么能忍受得了。不过，话又说回来，人人都有背运倒霉的时候，可是，毫不夸张地说，他的事情全欧洲都知道了。"

格杰奥诺夫斯基叹了口气。

"是啊，太太，是啊。我听说啊，她经常跟一些演员和钢琴家掺合在一起，用他们那儿的话说，就是狮子①和野兽交上了朋友。她连

---

① 狮子：十九世纪三十年代末至四十年代初，"雄狮"在英国和法国是指社交界的时髦男女。

起码的礼义廉耻都完全丧失了……"

"唉，真可惜，"玛丽娅·德米特里耶芙娜叹道，"您知道吗，谢尔盖·彼得罗维奇，他还和我有点儿亲戚关系呢；细论起来，他是我的远房表弟。"

"这我知道，太太；您家里的事，我怎么会不知道呢？我当然知道，太太。"

"您觉得，他会不会来看我们？"

"或许会的，太太；可是，据说他要回自己的庄园去。"

玛丽娅·德米特里耶芙娜抬起头，仰望着天空。

"嗳，谢尔盖·彼得罗维奇，"她过了一会儿说，"我想，我们女人应当恪守妇道！"

"是啊，太太，但是女人并不都这么想；可惜的是，有的女人根本不知道自重……当然，这与年龄也大有关系；再说，从小无人管束，不懂得如何做人（他把一块蓝色的带方格的手帕从口袋里掏了出来，并且将它打开。）。这种女人，说实在的，并不少见（他用手帕角擦了擦眼睛。）。不过，总的说来，假如真要进行评论，那么应当……城里尘土飞扬。"他住了嘴。

"妈妈①，"一个约摸十一岁、非常可爱的小女孩边喊边跑了进来，"弗拉基米米·尼古拉伊奇到我们这儿来啦！他还骑着马呢！"

玛丽娅·德米特里耶芙娜从圈椅上站了起来；谢尔盖·彼得罗维奇跟着站了起来，鞠了个躬。"您好，叶连娜·米哈伊洛芙娜。"他说；出于礼貌，他走到角落里，捏住他那端正的长鼻子，擤起鼻涕来。

"他的马特别特别好看！"小女孩继续说，"他刚才在边门告诉我和丽莎，过一会儿他就到前门来。"

果然，清脆的马蹄声传了过来；一个身材姣好的骑手骑着一匹漂亮的枣红马在大街上出现了，到了窗前，他勒住了马头。

---

① 原文为法文。

三

"您好，玛丽娅·德米特里耶芙娜！"来人用响亮、动听的声音大声说，"这是我新买的一匹马，您喜欢吗？"

玛丽娅·德米特里耶芙娜缓步走到窗前。

"您好，弗拉基米尔[①]！啊，这匹马好漂亮哟！您跟谁买的？"

"跟马匹采购员买的……这个家伙，要价非常高。"

"这匹马叫什么名字？"

"奥尔兰德……这个名字太俗，我准备重新给它起个名字……喂，喂，我的乖乖……[②]老实点儿！"

马打着响鼻，踢踏着蹄子，摇头摆尾，满嘴白沫。

"连诺奇卡，过来摸摸它，不要害怕……"

小姑娘把手从窗里伸了出去，奥尔兰德突然前腿腾空，跳到一旁。骑手毫无惧意地把马用腿使劲一夹，然后拿鞭子在它的脖子上抽了一下；虽然它还在反抗，还是被他逼到窗前。

"当心点儿，当心点儿。[③]"玛丽娅·德米特里耶芙娜叫道。

"来，连诺奇卡，再来摸摸它，"骑手说，"这回我叫它乖顺一些。"

连诺奇卡于是伸过手去，怯怯地摸了摸颤动着的马鼻子。奥尔兰德哆嗦不止，紧紧地咬着嚼环。

"好啦，"玛丽娅·德米特里耶芙娜大声说，"下来吧，请到屋

---

① 原文为法文。
② 原文为法文。
③ 原文为法文。

里坐。"

骑手迅速把马头拨转过去,用马刺踢了踢它,它就在街上跑了起来,最后进了院子。过了片刻功夫,他穿过前厅来到客厅,手里挥舞着鞭子;正在这时,一个身材窈窕的、十九岁的黑发姑娘在另一扇门口出现了,——她是玛丽娅·德米特里耶芙娜的大女儿丽莎。

四

这位年轻的骑手名叫弗拉基米尔·尼古拉伊奇·潘申。他在彼得堡的内务部任职,是个特派官员。他来 O 市执行一项临时公务,在这里他受他的远房亲戚、省长佐宁堡将军领导。潘申的父亲是一位退役骑兵上尉,嗜赌成性;他的眼睛极富魅力,面容十分懒散,双唇经常神经质地抽动着,一生都在上流社会浪荡,老是出入于两京①的英国俱乐部。大家一致认为他非常聪敏,但是靠不住;不过他平易近人,所以大家也还乐得跟他交往。虽然他资质不凡,可是到头来依旧难以维持生计;因此,他几乎没有给独生儿子留下什么家业。尽管如此,他仍然特别重视儿子的教育,故而弗拉基米尔·尼古拉伊奇精通法语,英语也相当好,德语相对较差——这很正常,因为有头有脸的人都以能讲一口流畅的德语为耻。当然,在某些场合,比如逗乐打趣的时候,偶尔说上一两句德语也未尝不可。这是一种时髦②,正如身居彼得堡的巴黎人说的那样。从十五岁起,弗拉基米尔·尼古拉伊奇就会毫无怯意地进入随便哪一家的客厅,潇洒自如地与人们玩笑一会儿,然后不失礼节地辞别而去。潘申的父亲为自己的儿子打通了不少

---

① 两京:彼得堡和莫斯科。
② 原文为法文。

门路。在打牌的空当，或在"通吃"之后，他总会有意无意地向他的赌友们（主要是大人物）提一提有关他的"沃洛吉卡"①的事。不过，还在他上大学期间（他取得大学毕业生学位时），弗拉基米尔·尼古拉伊奇自己就已经和一些富家子弟频繁往来，并且成为那些人家的贵宾。由于他长相俊秀，举止儒雅，谈吐不凡，机敏有趣，所以无论走到哪里，他都很受欢迎。他的身体一直十分强健，而且善于应酬，需要礼貌的时候，他就温文尔雅，需要粗鲁的时候，他就果敢妄为，再说，他真的是一个优秀的伙伴，一个非常出色的年轻人②。他一心想跻身于上流社会，不过他确实一帆风顺。没过多久，潘申就领会了这个阶层的诀窍：他努力使自己以真诚的敬意来应付上流社会的行为准则，以表面是玩世不恭、实际是严肃认真的态度来对待毫无意义的事情，而且装出一副凡事都举重若轻的样子。他舞跳得极为出色，穿戴是英国式的。他很快就被誉为彼得堡最友善、最机灵的年轻人之一了。潘申的确十分机灵，这一点并不比他的父亲逊色；另一方面，他才气十足：唱歌、画画、写诗、演戏无一不擅。他尽管不到而立之年（他才二十八岁），然而已经是职衔相当高的侍从官了。潘申对自己、对自己的才能和观察力充满了信心，他勇敢坚定地、积极乐观地向自己的人生目标迈进；他的生活过得悠然自得。他已经习惯于让一切人——无论男女老幼——喜欢他。他自以为他非常了解人，特别是女人，他了解她们的一般弱点清楚得就像了解他自己一样。他对艺术并非一无所知，他经常感到自己满怀激情、兴奋、有某种冲动，所以，他有时也会有意放纵自己去做一些貌似荒诞不经的事，譬如纵酒行乐和结识名流等等。表面看来，他做事率性而为，毫不做作，其实内心奸猾阴险，冷漠无情，即使在纵酒寻欢的时候，他那机灵的深棕色的小眼睛也是东瞅瞅、西望望，好像害怕遭到别人暗算似的。这个聪明的、果敢的、"我行我素"的年轻人从来不会把持不住自己，

---

① 沃洛吉卡：弗拉基米尔的小名。
② 原文为法文。

做出一些有失体面的事来，不过平心而论，对于自己的成功，他一向不夸耀于人。来到 O 市不久，他就成了玛丽娅·德米特里耶芙娜家的贵客，而且很快就与她们熟如亲人了。玛丽娅·德米特里耶芙娜对他十分青睐。

潘申向屋里所有的人点头致意，以示问候。他握了握玛丽娅·德米特里耶芙娜和丽莎维塔·米哈伊洛芙娜的手，轻轻地拍了拍格杰奥诺夫斯基的肩膀，然后转过身，顺势把连诺奇卡抱了起来，并温柔地吻了吻她的额头。

"这匹马的性子真烈，您骑着它难道不害怕吗？"玛丽娅·德米特里耶芙娜问道。

"害怕？"潘申笑着说，"我一点儿也不害怕，它其实很乖的；我真正害怕的是……是和谢尔盖·彼得罗维奇打纸牌，昨天在别列尼岑家里，我输得身无分文，而他却大获全胜。"

格杰奥诺夫斯基尖声地笑了起来，笑声里分明夹杂着讨好的意味；他是想博取这位来自彼得堡的仪表堂堂的、前途无量的、深受省长赏识的年轻官吏的欢心。在他和玛丽娅·德米特里耶芙娜谈论的时候，他不止一次地提到潘申卓尔不群的才华。他自有他的如意算盘：这位年轻人正值飞黄腾达时期，干起公务来堪称人之楷模，而且为人谦恭，为何不巴结呢？的确，潘申在彼得堡一致被认为是干事练达的官员，任何工作只要经他办理准会大有起色。他总是以开玩笑的语气来谈自己的工作，如同那些上流社会的人士一样，对自己的付出看得并不重要，说什么自己无非是一个小角色而已。这样的下属最受上司的宠爱和器重。就是他自己也会这样想："只要我愿意，他日我一定可以当上大臣。"

"您刚才说，"格杰奥诺夫斯基说，"昨天您输得身无分文，而我却大获全胜；可是您该不会忘记，上个星期我的十二卢布是被谁赢走的吧？再说……"

"臭不可闻，臭不可闻。"潘申佯装嗔怒地截口说，不过他的语气中确实含着几分鄙夷之情；说完，他向丽莎走了过去，不再理睬格杰奥诺夫斯基。

"《奥伯龙序曲》[①] 我在这里找不到，"他说，"别列尼岑只会吹牛，说什么古典音乐作品她家里全都有，实际上呢，什么也没有，只有一些波尔卡和华尔兹舞曲；不过，我已向莫斯科发信了，一个星期之后您就可以得到这首曲子了。哦，对了，"他又说，"昨天我写了一首新的浪漫曲，歌词也是我写的。您想不想听听？我给您唱一遍怎么样？我不知道这首歌到底如何。别列尼岑说它十分优美，但是她的话没有什么分量，我很想知道您对这首歌有何看法，不过，暂且撇在一边不说吧。"

"为什么暂且撇在一边不说？"玛丽娅·德米特里耶芙娜插了进来说，"现在唱难道不好吗？"

"恭敬不如从命。"潘申说，脸上立即露出了得意的、温柔的笑容，不过马上又消失了。接着，他把琴凳用膝盖推了推，坐在钢琴前面，按了按琴键，然后抑扬顿挫地唱起了下面的浪漫曲：

皓月当空照，
漂浮云海间。
脉脉清光摇，
一泻动海潮。

君心似此月，
二八圆又缺。
寄情金玉盘，
不使长分别。

吾心苦彷徨，

---

① 《奥伯龙序曲》：德国作曲家韦伯（1786—1826）所作的歌剧。

深藏忧与伤。

不得君临照，

低头向寒霜。

　　这首歌的第二段潘申是带着无限缠绵的感情唱出来的，在迅如急雨的伴奏声中，这更显得哀婉动人。唱出"深藏忧与伤"之后，他发出了轻轻的长长的叹息声，垂下了眼睑，声音低徊——于是一动不动了。①潘申刚刚唱完，丽莎就称赞歌曲十分优美，玛丽娅·德米特里耶芙娜说："啊，真是令人心醉神迷"，格杰奥诺夫斯基竟然高声叫道："太美妙了，如听仙乐！词和曲都十分动人！……"连诺奇卡一脸稚气地用崇敬的目光看着歌手。总之，所有在场的人们对这位年轻人的新作都赞赏有加。然而，客厅门外的前厅里，一位刚走进来的老者对潘申的这首美妙的浪漫曲却不取苟同，这可以从他那低垂着的头，木无表情的脸和耸动的肩膀看出来。老者在原地站了一会儿，用一块厚厚的手帕掸去长筒靴上的尘土后，两眼突然一眯，双唇紧闭，弯了弯本来已有点儿驼的脊背，不高兴地缓缓步入客厅。

　　"啊！克里斯托弗·费奥多雷奇，您好！"潘申率先大声说，"真没想到您在这儿，要不然我怎么敢在您面前唱我的浪漫曲呢。我知道，您不喜欢轻音乐。"

　　"我压根儿没有听见。"进来的人用极不熟练的俄语说，他向大家点头致意之后，就十分窘迫地站在房间中央。

　　"列姆先生，"玛丽娅·德米特里耶芙娜说，"您是来给丽莎上音乐课的吧？"

　　"不，不是给丽莎维塔·米哈伊洛芙娜，而是给叶连娜·米哈伊洛芙娜上课的。"

　　"嗯，好的。连诺奇卡，你跟列姆先生上楼去吧。"

　　老者迈开脚步，正要跟着连诺奇卡上楼，潘申走了过来将他

────────────

　　① 原文为法文。

13

挡住。

"克里斯托弗·费奥多雷奇,"他说,"上完课请您不要走,我要和丽莎维塔·米哈伊洛芙娜联弹贝多芬的奏鸣曲呢。"

老人满脸不高兴地咕咕哝哝地说了些什么。潘申又操着他那发音不甚准确的德语说:

"您送给丽莎维塔·米哈伊洛芙娜的赞歌她拿给我看了,真是美极了!您不要以为我与严肃音乐毫无缘分,其实相反,严肃音乐虽然略显枯燥,不过对身心健康大有益处。"

老人的双颊突然涨得通红通红,他瞥了丽莎一眼,就快步走出了房间。

玛丽娅·德米特里耶芙娜请潘申把他的这首浪漫曲再唱一遍,可他说他不想打搅那位音乐造诣极深的德国人清静的耳根,只是要求丽莎跟他一同弹奏贝多芬的奏鸣曲。玛丽娅·德米特里耶芙娜在失望之余,便请格杰奥诺夫斯基陪她到花园里散散步。"我想继续和您谈谈我们不幸的费佳,"她说,"同时听听您的想法。"格杰奥诺夫斯基不胜欣喜地笑了起来,他向她深深地鞠了个躬,接着把自己的礼帽和整齐地放在帽檐上的手套用两根手指拿了起来,就和玛丽娅·德米特里耶芙娜走出客厅。屋里只留下潘申和丽莎俩人。她把奏鸣曲乐谱拿来,轻轻地打开;他们俩什么也没有说,静静地坐到钢琴前面。楼上,连诺奇卡还显笨拙的小手弹奏练习曲时发出的微弱的琴音传了过来。

五

克里斯托弗·特奥多尔·戈特利布·列姆于一七八六年出生在萨

克森王国赫姆尼兹市。他的父亲是吹圆号的，母亲是弹竖琴的，一家人过着清苦的生活。他本人从五岁起已练习各种不同的乐器。他在八岁时，双亲去世；十岁时，他开始靠着卖艺养活自己。有很长一段时间，他都居无定所——在大街上，在小巷里，在农民的婚宴上以及各种舞会上演奏；后来，他进入了一个乐队，慢慢往上升，终于位至指挥。尽管他的演奏技艺相当差劲，可是他的理论基础非常牢固。二十八岁时，受一位有钱地主的聘请，他移居俄国；这位地主本人一点儿也不喜欢音乐，但是为了显示派头，他养着一个乐队。列姆在他那里担任了大约七年的乐队指挥，然而离开时身无分文：地主的家境破落了，他本来想给他一张期票，但到后来连期票也不肯给了，因而列姆最终分文未得。朋友劝他回去，可他不甘心就这样离开俄国，离开这块养育艺术家的沃土；他决定留下来寻求时机。二十年来，这位命途多舛的德国人就一直在努力寻求时机：他在形形色色的主人家待过，在莫斯科逗留过一段时间，在各个省城住过，尝尽了人生的艰难苦痛，就像冰上的一条鱼儿苦苦挣扎；可是，无论遭受何种磨难，他都没有改变荣归故里的信念，正是这种信念使他隐忍以行。然而，似乎命运在有意捉弄他一样，就连这最后的、也是最初的幸福都不给他，让他快乐上一阵子：他已年过半百，而且体弱多病，十分苍老，困在O市无法离开……他已经完全失去了返回可爱的故乡的希望，于是就在O市居住下来，靠着教授音乐勉强过活。列姆的长相对他没有什么好处。他的个子不高，背有点儿驼，左高右低的两肩高高突起，腹部深缩，一双脚大而扁平，一双手瘦而通红，手指非常僵硬，指甲白得透青，脸上皱纹纵横，面颊深陷，合上的嘴唇不停地抽动着，似乎在咀嚼着什么东西，所有这些，以及他通常鲜少言笑的特点，就给人一种可以说是与人不善的印象；低低的前额上耷拉着一绺绺灰白的头发，两只呆板的小眼睛发出好像刚被水浇过的炭火似的不太明亮的光；他走起路来十分费劲，每走一步都要晃一下笨拙的身躯。他的某些举止恰似一只困在樊笼里的猫头鹰，以为有人在欣赏它，于是故意作出一副逗人发笑的模样，其实它那战战兢兢、似睡非睡地眨动着的黄色大眼睛难得看见什么。长期遭受苦难，过着贫困的生活，这都在这位可怜的乐师身上留下了深刻的痕印，使他本来就已相当丑陋的身形面容更加难看了。不过，假如一个人不以第一印象作为评判是非的标准，那么就会在这个其貌不扬的人身上发现一些高尚的品质：诚实、善良、非同一般。作为巴赫和亨德尔①的崇拜者和自己业务的行家，列姆的思想里有着与生俱来的丰富的想象力和日耳曼民族独特的勇敢精神，如果生活安排他走上另一条道路，没准有朝一日——谁也难以预料——他会成为他祖国的一名伟大的作曲家；可惜他时运不济啊！他在颠沛流离的生活中写下不少作品，然而遗憾的是他未能看到随便哪一部得以发表；他不善于博取别人的欢心，也不会很好地为自己奔走钻营。很久以前，他的一位朋友兼崇拜者，也是德国人，虽然自己一贫如洗，还是为他自费出版了他的两部奏鸣曲——然而它们至今还在音乐书店的地下室里被束之高阁，任凭尘封。这些乐曲好似在漆黑的夜间让人扔进了河里一样，悄没声息地消失了。最后，列姆失去了一切希望，再说岁月催人老，他心似冰冻，人也变得麻木不仁起来，正如他的僵硬的手指一样。他一生都没有结过婚，只和一个从养老院领来的老厨娘住在 O 市离卡里金家不远的一所小房子里；他经常长时间地散步，读读圣经，念念赞美诗，看看施莱格尔②翻译的莎士比亚的戏剧。他很早就已经不进行创作了，不过毫无疑问，是他的优秀学生丽莎打动了他。他为她写了潘申提到的那首歌曲。这首歌曲的歌词他取自赞美诗，不过自己又创作了几行诗。这首歌曲是二重唱，一部唱的是幸福，一部唱的是不幸，到了结尾，两部合到一起，共同唱道："大慈大悲的主啊，饶恕我们这些罪人吧，将我们心中的邪念俗欲全部焚毁！"封页上面，他端端正正地写着：只有笃信上帝，方可清心寡欲。圣歌。为我亲爱的学生叶丽莎维塔·卡里金娜而作，老

---

① 亨德尔（1685—1759），德国作曲家。
② 施莱格尔（1767—1845），德国诗人，翻译家。

师克·特·戈·列姆。"只有笃信上帝，方可清心寡欲"和"叶丽莎维塔·卡里金娜"这两行字由光圈围成。封页下端写着："仅仅为您一人，只为您一人。①"因此，在潘申当众提起这首歌曲时，列姆才双颊涨得通红，并且瞥了丽莎一眼，他感到难过极了。

六

潘申弹的是第二声部，当他果断地、响亮地弹了最初几组和音后，他发现丽莎仍然没有弹她的声部。于是，他停了下来，看了看她。丽莎用不悦的目光凝视着他；她的嘴角毫无笑意，一脸冷漠的、甚至可以说是忧伤的神情。

"您怎么啦？"他问道。

"您为什么要自食其言？"她说，"我当初让您看克里斯托弗·费奥多雷奇的歌曲时，您不是答应我不在他面前提到它嘛！"

"对不起，丽莎维塔·米哈伊洛芙娜，——我是一不小心说到的。"

"您知不知道，您害得他难过，也伤了我的心。现在，连我也无法再得到他的信赖了。"

"我也没有办法呀，丽莎维塔·米哈伊洛芙娜！我从小就对德国人没有好感，因此忍不住要去奚落他。"

"您怎么能这样说呢，弗拉基米尔·尼古拉伊奇！这个德国人穷苦孤独，落落寡合，您不但不同情他，反而忍不住要去奚落他？"

潘申显得窘迫不安起来。

---

① 原文为德文。

17

"不错，丽莎维塔·米哈伊洛芙娜，"他说，"这都怪我太唐突了。不，请您不要反驳我，我对自己了如指掌。我的唐突给我带来了许多烦心的事。正因为这一点，我被别人看做是一个非常自私的人。"

潘申沉默了片刻。他的话无论从哪儿开始，最终都要谈到自己。这些话由他说了出来，给人一种温柔、亲切的感觉，好像是不经意地说了出来似的。

"譬如说吧，"他接着说，"您的妈妈对我十分关照——她宅心仁厚；您呢……我不知道您对我有何看法；不过，我并不讨您那姑奶奶喜欢。或许，我什么时候唐突她了。她挺讨厌我的，是吧?"

"是的，"丽莎慢腾腾地说，"她挺讨厌您的。"

潘申轻快地把手指滑过键盘；一丝难以觉察的冷笑在他的嘴角掠过。

"那么，"他说，"您怎么认为呢? 您是不是也认为我是一个自私自利的人?"

"我对您了解不深，"丽莎答道，"不过，我并不觉得您是这样的人；恰恰相反，我应当谢谢您……"

"您想要说什么我知道，"潘申截口说，用手指轻柔地摸了摸键盘，"您要谢谢我给您的乐谱啦，书籍啦，以及我在您的画册上画的那些很不像样的画啦，等等。尽管我能够做这一切，然而仍不能改变我是一个自私自利的人这一事实。恕我冒昧，假如您和我待在一起并不觉得无聊、沉闷，也不会认为我是一个坏人，可您还会觉得我——怎么说呢——不惜讽刺自己的父亲和朋友而去说一些让别人发笑的话。"

"您做事三心二意，随说随忘，一如所有富家子弟，"丽莎说，"就是这些。"

潘申微微皱了皱眉。

"好啦，"他说，"我们不要再谈论我了，我们开始弹我们的奏鸣曲吧。我只想告诉您，"他把谱架上的琴谱用手摊平，接着说，"随便您怎么说我都行，哪怕说我是一个自私自利的人也行——不过，请您千万不要把我叫做富门子弟，就算我求您了，这个雅号我真的承受不起我也是个画家呀。"（据意大利传说，这是意大利画家柯勒乔在拉斐尔的一幅画前说的一句自负的话。）①，我也是个艺术家，尽管相当差劲，对于这一点，即我是个相当差劲的艺术家，我很快就会证明给您看。开始吧。"

"好吧。"丽莎说。

第一段〔音乐中的〕慢板。② 弹得比较流畅，尽管潘申把好几处都弹错了。他自己写的和练得很熟的部分他弹得十分优美，不过看着曲谱弹就太一般了。到了节奏轻快的〔音乐中的〕慢板。③（曲子的第二段），无论他怎么努力，错误还是接二连三地出现，弹到第二十小节上，他知道弹不下去了，于是莞尔一笑，站了起来。

"很遗憾！"他说，"今天我弹得不上手；幸好没被列姆听见，否则他准会晕了过去。"

丽莎也站了起来；她把琴盖盖上，然后向潘申转过脸来。

"那么，"她问道，"我们做些什么呢？"

"由此可见，您是一个闲不住的人。做些什么呢？啊，我们来画画吧——假如您愿意的话，趁着天色还没有完全黑。或许另一位缪斯④——到底应该怎么称呼呢？我一时想不起来了……会助我一臂之力。您的画册呢？如果我没有记错，那上面有我的一幅尚未完成的风景画。"

丽莎到里屋去取画册，只留下潘申一个人，他把一块厚厚的手帕从口袋里掏了出来，擦了擦他的指甲，然后自满地看着他那双白净美丽的手——左手的大拇指上戴着一只非常漂亮的金戒指。丽莎很快走了回来；潘申坐到窗户跟前，打开画册。

---

① 原文为意大利文。
② 原文为意大利文。
③ 原文为意大利文。
④ 缪斯：希腊神话中主管艺术和科学的女神的通称。

"啊!"他带着惊喜的口吻叫道,"原来您在临摹我的画!真是好极了!不过您瞧……请把铅笔给我——这里的阴影有点儿淡。您瞧。"

说着,潘申拿起铅笔迅速地添了几道长长的线条。他的风景画大体相同:近景是葳蕤生光的林木,远景是林间空地,山云共色,天水相逼。丽莎站在他的背后看他作画。

"无论是画画,还是做别的什么事情,"潘申晃动着脑袋说,"轻松和气魄是最重要的。"

正在这时,列姆走了进来,他一脸严峻地鞠了个躬,抽身准备离去。但是潘申把画册和铅笔往旁边一丢,拦住了他。

"您要去哪儿,亲爱的克里斯托弗·费奥多雷奇?"他问道,"您不留下来和我们喝茶吗?"

"我要回家,"列姆粗声粗气地说,"我头痛得厉害。"

"嗨,没关系,请您别急着走。我想跟您聊聊莎士比亚。"

"我头痛得厉害。"老人冷冷地重复道。

"您不在这儿的时候我们弹了贝多芬的奏鸣曲,"潘申微笑着说,一面热情地搂住他的腰,"不过,弹得相当差劲。您不知道,我根本无法熟练地转换两个调子。"

"您最好还是去唱您的狼(浪)来(漫)曲吧。"列姆答道,推开潘申的手,径直走了出去。

丽莎跟着跑了出去,在台阶上赶上了他。

"您听我说,克里斯托弗·费奥多雷奇,"她顺着修整得非常漂亮的草坪送他到门口,用德语说,"我对不起您,请您见谅。"

列姆沉默不语。

"您送给我的歌曲我给弗拉基米尔·尼古拉伊奇看了;我想他会给予它高度的评价——的确,他挺喜欢这首歌曲的。"

列姆停住了脚步。

"哦,这无所谓,"他用俄语说,接着又用他的本国语说,"因为他知之甚少,难道您没有看出来吗?充其量他只是个二流货色。"

"您过于偏激了，"丽莎说，"他知道得挺多的，而且多才多艺。"

"也许是吧，不过不是一流的，分文不值，太浅薄了。这样的人讨人喜欢，而他自己也以此为荣——真是好极了。我并不放在心上；这首歌曲和我——一对十足的老傻瓜；我有点儿不好意思，然而这没有什么大不了。"

"对不起，克里斯托弗·费奥多雷奇。"丽莎又说。

"没什么，没什么，"他用俄语说，"您是一个心地善良的姑娘……瞧，有人朝您走来了。再见。您的心地真的很善良。"

说完，列姆大踏步地向大门口走去；一位他不认识的人正好走了进来，这人穿着灰色大衣，戴着宽边草帽。列姆很有礼貌地对他鞠了个躬（他的习惯是对 O 市所有的陌生人都躬身行礼，而在街上遇到熟人则扭头就走），从他身边走了过去，很快就在围墙外面消失了。陌生人用惊奇的目光看着他的背影，然后看了丽莎一眼，直截了当地向她走来。

七

"您不认得我了吗？"他摘下帽子，慢腾腾地说，"可是我认得您，虽然我八年没有见您了。我最后一次见您的时候，您还是个小女孩。我是拉夫列茨基。您妈妈在家吗？我可不可以见见她？"

"妈妈一定会很欢喜，"丽莎说，"她已经听说您回来了。"

"您似乎叫丽莎维塔吧？"拉夫列茨基说，一面走上了台阶。

"是的。"

"对于您，我记忆犹新；您那时候给我留下了永不磨灭的印象；那时候我常常带糖果给您。"

丽莎的脸微微一红，暗自想道：这个人真怪！拉夫列茨基在前厅里停住脚步，站了片刻。丽莎走进客厅，潘申说笑的声音从那里传了出来；他正在给从花园里回来的玛丽娅·米哈伊洛芙娜和格杰奥诺夫斯基讲一些城里的新鲜事，他对自己讲的那些内容放声大笑。听说拉夫列茨基上门来访，玛丽娅·米哈伊洛芙娜大惊失色，慌慌张张地出去迎接他。

"您好，我亲爱的表弟①，您好！"她拖着似哭非哭的声音说，"看到您我真是欢喜得不得了！"

"您好，我亲爱的表姐，"拉夫列茨基亲切地问候道，热情地握了握她伸过来的手，"您一切安好？"

"请坐，我亲爱的费奥多尔·伊凡内奇，快请坐。啊，我真的好欢喜啊！请允许我把我的女儿介绍一下，丽莎……"

"啊，谢谢，不用了，"拉夫列茨基截口说，"我已经向丽莎维塔·米哈伊洛芙娜作过自我介绍了。"

"潘申先生……谢尔盖·彼得罗维奇·格杰奥诺夫斯基……请坐啊！说真格的，瞧着您我简直不敢相信自己的眼睛。您身体可好？"

"还好，还好，正如您所见：我比以前胖多了。而您，表姐，这八年来您一点儿也没见瘦——这样说希望不会给您带来任何灾难。"

"您想一想，我们有多长时间没见面了，"玛丽娅·德米特里耶芙娜喃喃地说，"您是从哪儿来呀？您把②……啊，我是想说，"她急忙掩饰道，"我是想说，您是不是要在我们这儿长待下去？"

"我刚从柏林来，"拉夫列茨基答道，"明天就要去乡下，——我想，或许会长待下去。"

"这样的话，您是不是要住在拉夫里基？"

"不，不住在拉夫里基，我有一个小村子离您这儿不过二十五俄里，我要到那儿去。"

---

① 原文为法文。
② 她本想说："您把您的妻子留在哪里了……"但是立刻觉得不妥，所以急忙改口。

"您指的可是格拉菲拉·彼得洛芙娜留给您的那个小村子?"

"正是。"

"我说,费奥多尔·伊凡内奇,您在拉夫里基的房子那么华丽!"

拉夫列茨基双眉微蹙。

"是的……不过,那个小村子里也有一间小屋;就目前来说,我不需要什么。这个地方对我来说再合适不过了。"

玛丽娅·德米特里耶芙娜又有点儿不好意思了;她不知说些什么才好,窘得挺了挺身子,摊开双手。这时,潘申和拉夫列茨基闲聊起来,不动声色地给她解了围。玛丽娅·德米特里耶芙娜一颗悬着的心终于放了下来,她把身子往椅背上轻轻一靠,偶尔插上只言片语;但是,她又用一种悲天悯人的目光来看她的客人,不时地发出满带感情的叹息声,动不动伤心失望地摇摇头,这使客人觉得浑身不自在,于是忍不住问道:"您是不是不舒服?"——口气相当生硬。

"蒙上帝庇佑,"玛丽娅·德米特里耶芙娜答道,"我很好。您为什么这么问呢?"

"没什么,我似乎觉得您有点儿不舒服。"

玛丽娅·德米特里耶芙娜装出一副严肃的、有些愠怒的样子。"好吧,"她暗自想道,"反正跟我毫不相关;由此可见,我的老兄,你根本不放在心上;如果换作别人,早都愁白头了,而你反倒长胖了许多。"心里盘算的时候,玛丽娅·德米特里耶芙娜可不管什么礼貌;不过宣之于口的时候,自然要文雅些。

的确,拉夫列茨基不像一个遭受命运捉弄的受害者。他那面颊绯红绯红的、是典型的俄罗斯人的脸孔,白而饱满的天庭,阔而端正的嘴唇,略显粗大的鼻子,都显示出草原上的人独有的健康、结实和永不衰竭的力量。他体形健美,浅色的头发鬈曲着,很像一个年轻人。只是在他那双向外鼓出的、有点儿呆滞的浅蓝色眼睛里,露出若有所思的、疲惫不堪的神色,他的声音好像稍嫌沉稳。

这时,为了不让谈话中断,潘申想尽一切办法搭着茬儿。他把话题扯到了制糖业的前景上，这是他在不久前从两本法文小册子上看来的，因此镇定自若地娓娓道来，对于那两本小册子却提也不提。

"咦，这不是费佳吗！"玛尔法·季莫菲耶芙娜的声音突然从隔壁房间虚掩着的门后传了过来。"没错，果然是费佳！"老太太边说边急步走进客厅。不等拉夫列茨基从椅子上站起来行礼问好，她就一把将他抱住。"让我看看，让我看看，"她说，一面站得离他的脸稍稍远一些。"嗳，真是好极了！虽然年岁大了，可是仍然很漂亮，真的。您为什么吻我的手呢，——如果你不嫌我这张皱纹纵横的脸，你就亲亲我吧。你或许没有问起我吧：姑妈还健在人世吗？要知道，当年还是我把你从你娘胎里抱出来的呢，现在都这么大一把年纪了！得啦，问不问我都没关系；您怎么会想起我呢！不过，好孩子，你回来就好。嗳，我亲爱的，"她向玛丽娅·德米特里耶芙娜转过脸问道，"你拿什么招待他的？请他吃过什么没有？"

"我什么也不要吃。"拉夫列茨基赶忙说。

"坐着喝杯茶也行呀，我的爷。天哪！他不知打哪儿来，连杯茶也不给他倒。丽莎，去端杯茶过来，快点。我至今还记得，他从小就是个馋猫，现在啊，我想老毛病还是没改。"

"您好，玛尔法·季莫菲耶芙娜。"潘申从一旁走到高兴得忘乎所以的老太太跟前说，接着向她徐徐地鞠了个躬。

"对不起，我亲爱的先生，"玛尔法·季莫菲耶芙娜说，"我真是太高兴了，竟然没有留意到您。你长得酷似你那亲爱的妈妈，"她又转向拉夫列茨基继续说，"不过啊，你的鼻子长得很像你爹，嗯，没错，就像你爹。嗳，我说，你打算在我们这儿待多久？"

"我明天就要离开这儿，姑姑。"

"去哪儿？"

"回家，去瓦西里耶斯科耶村。"

"明天就走？"

"是的。"

"好吧，明天就明天吧。你多保重——应该做些什么你最清楚。提醒你一句，走的时候过来给我吭一声啊。"老太太轻柔地摸了摸他的面颊，"真没想到，我在谢世之前还能见到你；我并不是说我准备死了；——不，我估计我还能活十来年：我们佩斯托夫家的人活得年岁都很长；你死去的爷爷①就常常说，我们都有上帝庇佑着；可是啊，谁能想到你还要在国外浪迹多长时间。啊，太棒了，你真是棒极了；我估计，你可能仍然像从前一样，一只手可以提起十普特②来吧？你死去的爹，虽然做事透着点儿古怪，不过至少有一件事是做对了，他给你请了个瑞士老师；你还记得你跟他比拳的事吗？那似乎叫体操吧？唉，我何必没完没了地絮叨呢，妨碍人家潘仙（她叫潘申的名字时老是发不准音）先生大发妙论。来，我们一块去喝茶吧，到阳台上去喝；我们这儿的奶油鲜美可口，——跟你们伦敦和巴黎的那些稀巴烂大不一样。走吧，费久沙③，过来搀着我。呀，你的胳膊真结实！有你搀着，我就不怕摔倒了。"

除了格杰奥诺夫斯基悄没声息地离开之外，大家都站了起来向阳台走去。当拉夫列茨基和玛丽娅·德米特里耶芙娜、潘申和玛尔法·季莫菲耶芙娜谈话的时候，他始终躲在角落里，好像一个孩子似的眨着眼好奇地噘起嘴巴倾听着；现在他要急着赶回市里，向人们散布有关新来的客人的消息了。

当天晚上十一点，在卡里金太太家发生了这样一件事：弗拉基米尔·尼古拉伊奇在楼下客厅门口趁着与丽莎告辞的机会，握着她的手对她说："您一定明白，我是冲着谁才来这儿的；您该不会不知道，我为什么隔三间五地来你们家叨扰你们吧；事情明摆在你的眼前，我想无须再说什么了吧。"丽莎既不作声，也不微笑，只是稍稍扬了扬

① 死去的爷爷：指玛尔法·季莫菲耶芙娜的父亲。
② 普特：俄重量单位，1普特约合16.38公斤。
③ 费久沙：是费奥多尔的小名。

25

眉毛，红着脸望着地下，但是也没有把手抽回来。楼上，在玛尔法·季莫菲耶芙娜的屋里，在古色古香的神像前挂着的一盏油灯灯光下，拉夫列茨基坐在一张圈椅上，双肘支在大腿上面，两手捧着下巴。老太太站在他跟前，不时轻轻地抚摩他的头发。与玛丽娅·德米特里耶芙娜告辞之后，他一直待在老太太的屋里，差不多有一个半小时了；面对他的这位热心肠的老姑姑，他很少说些什么，她也没有向他问些什么——一切尽在不言之中——无须说，无须问，她什么都体会得到，对他的哀伤、苦痛，她充满了同情。

八

费奥多尔·伊凡诺维奇·拉夫列茨基（对不起，亲爱的读者，请允许我们暂时中断故事的线索）出身于一个古老的贵族世家。拉夫列茨基的先祖原本住在普鲁士，后来迁移到瓦西里·焦姆内①的公国，在别热茨基威尔赫②被赐予二百切特维尔季③土地。他的后代中有许多人曾担任过各种官职，在大公们和边远军队长官们的手下任职，但是没有一个人的官职超过御膳房总管，更没有聚敛下多少财富。拉夫列茨基家族中，最富有、最有才干的是费奥多尔·伊凡内奇的曾祖安德烈；他为人矫饰残忍，奸猾果决。就是时至今日，关于他的自负、粗暴、毫无节制的慷慨和从不知足的贪婪还在到处流传。他身体肥胖，个头魁伟，面色黑如锅底，嘴上没有胡须，口齿不清，精神萎靡；可是，他说话的声音越轻，别人听着越是惶惶不安。他娶的妻子

---

① 瓦西里·焦姆内（失明者）（1415—1462），一四二五年起为莫斯科大公。
② 别热茨基威尔赫：十二至十七世纪的古俄罗斯城市。
③ 切特维尔季：旧俄土地面积单位（长40俄丈×宽30俄丈）。

跟他十分般配。她原是茨冈人的后代，有一双金鱼似的眼睛，一个鹰钩似的鼻子和一张又圆又黄的脸，心胸狭窄，脾气糟糕；她隔三间五地和丈夫吵架；不过从来没有服过他，因此常常被他整得死去活来，她比丈夫去世得早。安德烈的儿子彼得，也就是费奥多尔的祖父，和自己的父亲大相径庭。这是一个再也普通不过的草原地主，性情古怪，喜欢炫耀，做起事来慢慢腾腾，虽然粗鲁但不凶恶，喜欢大宴宾客，喜欢养狗，擅长打猎。他在三十多岁时就从父亲手里继承过来大约两千名农奴，但是由于不善于管理，很快就将他们遣散了，而且把部分产业售了出去，仆人则被他惯坏了。一些无论熟知的还是陌生的龌龊小人如同蟑螂一样从各处爬进他那大而杂乱的宅邸；他们在他家里狂吃暴饮，连走时还要顺手带走一些物事，一面称赞主人慷慨大度、乐施好善，主人在心烦意乱的时候，偶尔也会揶揄一番自己的客人，称他们是跳蚤和混蛋；不过，如果没有这些狐朋狗友，他又难耐寂寞。彼得·安德烈的妻子名叫安娜·巴甫洛芙娜，他是听从父亲的意愿把她从邻居家娶过门的。她温婉柔顺，对家里的一切事情都不闻不问，客人"来访"时，她倒也能够热情招待。尽管她一再抱怨涂脂抹粉是一件让人头疼的事，但她还是喜欢外出走亲访友。就是到了暮年，她还常说："把一块毡头巾往你头上一罩，揪住你的头发不停地往上梳，在你脸上涂油、施粉，然后插上铁发卡，以后想洗都洗不掉；但是外出走亲访友你还不得不刻意装饰一番，否则人家认为你对他（她）不尊重；唉，苦不堪言哪！"她喜欢骑着马兜风，打起牌来废寝忘食，如果丈夫走近她时，她会麻利地把自己记录的赢的钱数用手捂住；不过，她把她的嫁妆和所有钱财全部交给了丈夫，由他保管，自己从不过问。她给他生了一个儿子和一个女儿：儿子伊凡，也就是费奥多尔的父亲，女儿名叫格拉菲拉。伊凡不是在自己家里，而是在一个老姨妈库宾斯卡娅公爵小姐家受的教育；她非常富有，指定伊凡做自己的继承人（正是看准了这一点，他的父亲才放他出去的），把他打扮得十分漂亮，给他请了形形色色的教师，而且让一个法国家

27

庭教师专门照管他，这个人名叫读作库尔坦·德·福赛。①，以前是天主教神甫，非常崇拜让·雅克·卢梭②，身材高挑，为人狡猾，善于钻营，——她曾经说他是外国侨民中的精美③，——谁能料到，在她年满七十的时候，她竟然嫁给了这位 fine fleur，并且把她的全部财产都转移到了他的名下。虽然在平日里，她面颊红润，神采奕奕，从头到脚洒着香气四溢的黎塞留式④香水，抱着一只瘦小的狗，养着一只"能说会道"的鹦鹉，对一群黑人奴仆颐指气使，但是最后死在了一张路德维希十五时代的弯形的绸面沙发上（死时手里捧着佩蒂托制作的漂亮的鼻烟壶），——她是被丈夫遗弃后死去的：那位口蜜腹剑、卑鄙龌龊的精美带着她的钱财逃往巴黎去了。当这出人意料的打击——我们指的是公爵小姐下嫁精美，并且遭他遗弃，而不是她的死亡——降临到伊凡的头上时，他才二十岁；在姨妈家里他从一个富有的继承人突然变成一个寄人篱下的人，于是他不想再待下去。他在彼得堡长大成人的，可是那里的上流社会不再接纳他这个"家道败落"的年轻后生；如果要想谋得一官半职就得靠着自己的能耐从头做起，面对这么一个令人心酸的局面，他无所适从了（这些事全都发生在亚历山大皇帝执政初年），无奈之下，他只好回到乡下，傍依他的父亲。然而，他出生其间的老家简陋寒碜、邋遢肮脏；草原地区的生活荒凉闭塞，黑乎乎的屋里到处是烟炱，这一切使他感到伤心失望；寂寞折磨得他茶饭不思；而且，家里人除了母亲之外，谁都对他十分冷漠。父亲看不惯他那首都人的习气，看不惯他的常礼服、他的衬衫上高高竖起的硬领子、他的书籍、他的长笛、他的整洁，他厌恶这种作风当然有他的道理；他总是絮絮叨叨地责怪儿子。"他对这里的一切都不满意，"他父亲说，"吃饭时挑挑拣拣，而且动不动就搁下不吃了；无

---

① 原文为法文
② 卢梭（1712—1778），法国作家，哲学家，对欧洲进步的社会思想哲学和文学均有影响。
③ 原文为法文。
④ 原文为法文。

法忍受别人身上的气味和沉闷的空气；看到别人喝醉了酒就一脸的不高兴；如果他在场，你想粗着嗓子说话都不行；还不愿意出去自谋生计：说什么身体不适，嗬，好娇贵呀！这都还不因为伏尔泰①主义充塞了脑子。"老头子特别鄙视伏尔泰和那个"狂妄自大"的狄德罗②，尽管他从来没有读过他们的著作——读书跟他毫不相干。彼得·安德烈说得倒也是实话：的确，他儿子脑子里装的全是伏尔泰和狄德罗，而且，不仅仅是他们两个，还有卢梭、雷纳尔③、爱尔维修④以及许多和他们类似的著作家——当然，只是装在脑子里罢了。伊凡·彼得罗维奇以前的老师，是一位退了职的神甫，学识非常渊博，他因为自己把十八世纪的全部艰深难懂的思想统统灌输给他的学生而感到非常满意；伊凡的头脑里也确实装满了这些思想；但是，这些思想没有溶入他的血液，没有流进他的心田，没有形成坚不可摧的信念……这也难怪，时至今日，我们尚且难以形成这些信念，更何况一个五十年前的青年！前来拜访他的父亲的客人在他面前显得窘迫不安，因为他瞧不起他们，他们在他面前自惭形秽。就是比他大十二岁的姐姐格拉菲拉也不能理解他的思想，和他根本谈不到一块。这位格拉菲拉简直就是个怪物：她长得颇为难看，背有点驼，身体孱弱，一双凶巴巴的眼睛瞪得浑圆，薄薄的嘴唇闭得紧紧的，她相貌、神色、笨拙而慌慌张张的动作都酷似她的祖母，安德烈夫人，那个茨冈女人。她脾气很固执，喜欢对人指手画脚，对于出嫁，则根本不想提。她对伊凡·彼得罗维奇的归来并不乐意；当库宾斯卡娅公爵小姐让他留在家里时，她曾经满怀希望地想得到父亲的至少一半财产，她那悭吝的本性也酷似她的祖母。此外，格拉菲拉还对自己的弟弟心怀妒忌：他有着那么好的修养，还讲得一口带巴黎口音的流畅法语，而她却只能别别扭扭地

---

① 伏尔泰（1694—1778），法国著名作家，启蒙运动者。
② 狄德罗（1713—1784），法国十八世纪资产阶级思想革命家。
③ 雷纳尔（1713—1796），法国历史学家、哲学家。
④ 爱尔维修（1715—1771），法国十八世纪资产阶级思想革命家。

说"蓬如阿"和"科曼符·波尔特·符?"① 不错，她的父母根本连一丁点儿法语都不会，故而她心里总是很不舒服。伊凡·彼得罗维奇闲得发慌，无所事事，不经意间已经在乡下待了一年时间；对他来说，这一年简直比十年还长。他只有跟母亲在一起时，才可以吐露心事，在她那间低矮的卧室里，经常一坐就是好几个小时，听这位善良的女性絮絮叨叨，一边放开肚皮吃着果酱。凑巧的是，安娜·巴甫洛芙娜的女仆中有一位名叫玛兰尼娅的漂亮姑娘，她目光灵澈，含情脉脉，眉清目秀，聪慧而贤淑。伊凡·彼得罗维奇初次见面就看中了她：他爱她娇羞的步姿、脆生生的语气、清灵的嗓音和半含半露的微笑。他越来越觉得她温柔可爱。她把整颗心都献给了伊凡·彼得罗维奇，情意绵绵，做了一个俄罗斯少女爱上一个男子时所能做的一切——把自己的身体给了他。在乡村地主的家里，没有什么秘密能长期地不为人知：没过多久，年轻少爷与玛兰尼娅的关系已是无人不知了。彼得·安德烈终于听到了这个消息。倘若是在别的场合，他可能不理会这种无关紧要的小事，但他对儿子早就很不满了，现在有机会来侮辱一下这个从彼得堡归来的自以为是的花花公子，不禁心头暗喜。于是风波顿起，一番吵闹、叫嚷之后，玛兰尼娅被关进了贮藏室；伊凡·彼得罗维奇被召到了父亲面前；安娜·巴甫洛芙娜闻讯也赶了过来。她努力想让丈夫息怒，可是彼得·安德烈伊奇已经听不进任何劝说了。他像饥饿的老鹰捕捉猎物一样，对着儿子大发雷霆，骂他道德败坏，不信上帝，虚伪透顶；同时把心中郁积已久的对库宾斯卡娅公爵小姐的满腹怨恨一股脑儿发泄到他身上，各种难听的话都毫不掩饰地骂了出来。刚开始，伊凡·彼得罗维奇还沉默不语地忍受着，然而当父亲扬言说要给他以羞辱性的惩罚时，他忍无可忍了。"狂妄自大的狄德罗还没上场呢，"他想，"我要把他请出来了，你们走着瞧吧；我将让你们所有的人大吃一惊。"他虽然暗地里手脚颤抖

① 法语："日安！"和"您好！"

个不停，但随即镇定自若地告诉父亲，说他骂他道德败坏是毫无根据的；尽管他不想辩解自己的过错，但是打算设法弥补，而且更高兴地认为自己把一切偏见都抛在了身后，准备把玛兰尼娅娶为妻子。毫无疑问，伊凡·彼得罗维奇这番话马上奏效了：彼得·安德烈依奇被惊得目瞪口呆，一时间无言以对；但他随即就清醒了，当时身穿松鼠皮短袄，赤脚套着鞋子的他，挥着拳头就扑向了伊凡·彼得罗维奇，而那天儿子好像是故意梳了个 á la Titus① 的发型，穿了一件崭新的蓝色英国式燕尾服，一双带穗子的长筒靴和一条紧裹在身上的新潮鹿皮裤子。安娜·巴甫洛芙娜双手蒙面，尖叫起来；儿子从屋子中飞奔出去，一个箭步跳进院子，接着冲进菜园，又冲进花园，然后穿过花园一阵风似的跑到路上，一直不停地狂奔，连头也不回，直到完全摆脱了父亲那沉重的脚步声和他断断续续的叫嚷……"混蛋，站住！"他扯开嗓子大喊，"站住！我诅咒你！"伊凡·彼得罗维奇在附近一个独院小地主家里躲了起来。彼得·安德烈伊奇回到家中时人已汗流浃背，几近虚脱，刚回过神来就宣布收回对儿子的祝福，取消他的继承权，并下令把他所有的邪书烧掉，甚至把玛兰尼娅姑娘赶到遥远的乡村去，有几位好心人找到了伊凡·彼得罗维奇，把发生的事情都讲给他听。他感到自己遭受了极大的羞辱，肺都要气炸了，发誓要报复父亲，当天夜里，他悄悄地把运送玛兰尼娅的那辆大车截住，用强硬手段抢走了她，和她一起骑着马，到离此处最近的一座城里举行了结婚仪式。结婚所需的花销是向一个邻居借的，这个人一年四季都醉醺醺的，是一个古道热肠的退休水手，又是最喜欢管闲事，如他所言，他爱管一切崇高的事情。第二天，伊凡·彼得罗维奇以极其尖刻的语气给彼得·安得烈伊奇写了一封冷漠而有礼貌的信，自己则动身去了一个乡村，他的表兄德米特里·彼斯托夫和已经为读者所认识的他的妹妹到玛尔法·季莫菲耶芙娜住在那里。他把一切都告诉了他们，声称

---

① Titus，第杜（40—81），罗马皇帝。

决定去彼得堡找个活干糊口，并央求他们把他的妻子收留下来，哪怕只是暂时也好。当说到"妻子"两个字时，他失声痛哭起来，并且全然置自己在首都所学的教育和处世哲学不顾，像个俄罗斯贫民一样卑躬屈膝地跪在了亲戚面前，甚至把额头磕在了地板上。彼斯托夫一家人善良而富有同情心，他们毫不犹豫地应允了。他在他们家里住了大约三周，暗地里等父亲的答复；但是并没有回信，也不可能有。得知儿子结婚的消息后，彼得·安得烈伊奇大病一场，而且不许人们当着他的面提到伊凡·彼得罗维奇这几个字；然而母亲却瞒着丈夫，私下里跟司祭借了钱，给他捎去了五百卢布纸币，还捎去一个圣像送给他妻子；她不敢写信，不过她通过那个被派出去的一夜能走六十俄里的瘦骨如柴的农民，叮咛儿子不要太难过了，说上帝保佑，一切都会好起来的，父亲有可能会最终平息怒火，体谅儿子；说虽然她更愿意儿媳妇能换一个人，但似乎上帝对现在这个比较满意，她对玛兰尼娅·谢尔盖耶芙娜致以父母的祝愿。瘦骨如柴的农民获得了一卢布的奖赏，请求允许他和新少奶奶见上一面，他还是她的干亲呢，他吻了吻她的手，匆匆赶回家去了。

伊凡·彼得罗维奇欣然前往彼得堡。他前方的道路不知是福是祸；他可能会遭遇饥饿的挑战，但他已经永远地告别了可恶的乡下生活，最重要的是他没有给自己的老师抹黑，真正发挥了他们的作用，而且确实不曾给卢梭和狄德罗《人权宣言》① 丢脸。他内心中洋溢着一种履行了职责的感觉，大获全胜的感觉，无比自豪的感觉；同时，与妻子的分离并没有给他带来太多惶恐；倘若非要让他跟妻子日夜厮守，他反而会感到局促不安。那件事已经完成，眼下该着手做其他事情了。出乎他自己意料的是，他在彼得堡运气不错：库宾斯卡娅公爵小姐——尽管库尔丁先生已经将她抛弃，她却还活在世上——为了使自己在侄儿面前犯下的过错有所弥补，便向自己所有的朋友推荐了

---

① 原文为法文。

他，并送给他五千卢布，——这差不多就是她最后的一点钱了——还有一块雕饰有花纹的手表，在表上爱神头像组成的花边里，以大写花体刻着他名字的第一个字母。没过三个月，他就谋得了一个在俄国驻伦敦使馆里做事的工作，乘了第一艘从俄罗斯起航的英国帆船（当时对蒸汽船这东西一无所知）出海了。几个月之后，他收到了彼斯托夫写来的信。热心肠的地主向伊万·彼得罗维奇庆祝他有了儿子，他是在一八〇七年八月二十日降生于波克罗夫斯科耶村的，为了纪念殉教而死的圣徒费奥多尔·斯特拉季拉特，给他取了个名字叫做费奥多尔。由于身体过于虚弱，玛兰尼娅·谢尔盖耶芙娜只在信后附上了几行字，但这寥寥数行字却使伊凡·彼得罗维奇惊讶之极：他不知道，玛尔法·季莫菲耶芙娜已经教他妻子学会认字了。不过，伊凡·彼得罗维奇并没有在初为人父的激动中陶醉得太久；他正在向当时名气很大的一位甫灵①或莱斯②（当时正流传古典称谓）大献殷勤；蒂尔西和约③刚刚签订，大家都忙着吃喝玩乐，在一股疯狂的旋风里团团转，开朗大方的美少女的黑眼睛使他飘飘然忘乎所以。他的经济状况并不太好，但他在牌桌上运气不错，渐渐结交了很多人，不放过一切可能参加的娱乐活动，总之，他的日子过得很顺心。

九

伊凡·彼得罗维奇结婚好长时间都得不到他父亲老拉夫列茨基的谅解，如果过上一年半载，他能悔过，跪着求父亲宽恕他，父亲或许

---

① 甫灵：雅典著名的艺妓。
② 莱斯：雅典著名的艺妓。
③ 蒂尔西和约：一八〇七年拿破仑和俄国亚历山大沙皇缔结的和约。

可以答应，先把他骂得抬不起头来，然后拿拐杖打他一顿，让他再也不敢造次就行；然而伊凡·彼得罗维奇待在国外潇洒快活地过着，看起来从不把这件事放在心上。"把嘴闭上！不要提起！"假使妻子刚一启齿想求他饶恕儿子，彼得·安德烈伊奇就粗声粗气地大声说，"他这个王八羔子，我不盼着他遭雷劈都够好的了，他应该终生为我祝福才对，如果我的爹还活着，他非亲手打死这个混账东西，并且打得让他连声叫好。"听到丈夫说出这么可怕的话来，安娜·巴浦洛芙娜只有躲在背地里画十字。而伊凡·彼得罗维奇的妻子，彼得·安德烈伊奇刚开始时根本不愿意听；佩斯托夫在给他写信时说起了他的儿媳，可是他在回信中说他压根儿不知道自己还有儿媳，又说，他觉得有责任提醒他，私自收留逃跑的女奴是为法律所不容的；后来，当他获悉他有了孙子之后，他的心便不如从前那样硬如铁石了，托人顺带着问候一下产妇，而且送一点儿钱给她，然而装作这些钱并非是他给的。安娜·巴甫洛芙娜在费佳不满一岁时得了绝症。在去世的前几天，她已经只能躺在床上了，她的毫无神采的眼睛里噙着害怕的泪水，在接受她的忏悔的牧师面前，她对丈夫说，她很想和儿媳见见面，算是永别，而且祝福孙子。悲伤的老人为了安慰她，马上派他本人的马车去接儿媳，初次叫她玛兰尼娅·谢尔盖耶芙娜。玛兰尼娅·谢尔盖耶芙娜领着儿子和玛尔法·季莫菲耶芙娜乘车同来。玛尔法·季莫菲耶芙娜之所以陪她一起来，是因为担心她被别人欺辱。害怕得要死的玛兰尼娅·谢尔盖耶芙娜战战兢兢地走进了彼得·安德烈伊奇的书房。奶妈抱着费佳紧随其后。彼得·安德烈伊奇一言不发地瞅了瞅她；她走到他的面前，努力将她那微微抽动着的嘴唇贴到他的一只手上，轻柔地吻了一下。

"嗯，从天而降的阔少奶奶，"他终于开口说，"你好，我们过去探视太太吧。"

他站了起来，俯下身子看费佳；小鬼咧着嘴笑了一下，并且向他伸出一双毫无血色的小手。老人的铁石心肠彻底溶化了。

"唉，"他咕咕哝哝地说，"你这个没人疼爱的孩子！你代替你爹来向我求情了；我可爱的小精灵，我会照看你的。"

　　玛兰尼娅·谢尔盖耶芙娜一踏入安娜·巴甫洛芙娜的屋子，就马上在门边跪下了。安娜·巴甫洛芙娜示意她到床边来，拥抱了她，而且祝福自己的儿子，接着，把因为久受病痛煎熬而变得瘦削的脸向丈夫转了过去，很想说话……

　　"我明白，我明白你想对我说什么，"彼得·安德烈伊奇说，"你不要伤心：她将待在这儿，看在她的份上，我也会原谅万卡①的。"

　　安娜·巴甫洛芙娜艰难地抓过丈夫的一只手，贴在自己的嘴唇上面。就在那天晚上，她告别了人世。

　　彼得·安德烈伊奇言出即行。他告知儿子，冲着他母亲去世之前的交代，冲着小鬼费奥多尔的面，他重新为他祝福，把玛兰尼娅·谢尔盖耶芙娜也留在家里。他把阁楼上的两个房间拨给她，让她与独眼旅长斯库列亨夫妇——他最尊贵的座上宾会面；分给她两个婢女和一个小童供给她驱使。玛尔法·季莫菲耶芙娜向她辞别而去：她对格拉菲拉恨之入骨，和她一日吵了三次架。

　　这个不幸的女人开始时过得非常疲惫，而且处境很窘；然而，她慢慢地学会了隐忍以行和任劳任怨，也习惯了和老公公相处。他对她也习惯了，甚至对她产生了好感，尽管他很少跟她说话，就算对她表示关爱时，也会不经意地流露出鄙薄之情。最让她感到难过的是她的大姑子。母亲没有去世的时候，格拉菲拉就对家中大权觊觎已久，并且渐渐掌握在自己手中；包括她的父亲在内，全家上下全都听她指挥；没有经过她的同意，即使是一块糖也不准拿；她宁可死也绝不容许家中大权旁落到另一个主妇之手——而且这个主妇是什么德性啊！她对弟弟的婚事比彼得·安德烈伊奇还要生气：她非得要这个高攀的女人尝尝她的厉害，因此，玛兰尼娅·谢尔盖耶芙娜自从踏入这个家

---

　　① 万卡：伊万的贱称。

门起就成了她的奴仆。向来文静羞涩、战战兢兢、温柔顺从、体质虚弱的她，怎么敢跟蛮横刁钻、不可一世的格拉菲拉抗争呢？格拉菲拉无日不对她提起她过去的地位，无日不夸赞她谨记往昔的日子。无论格拉菲拉通过这些提醒和夸赞对她进行多么辛辣的冷嘲热讽，玛兰尼娅·谢尔盖耶芙娜都甘心忍气吞声……然而令她伤心欲绝的是他们把她的费佳夺走了。他们几乎不让她们母子两人相见，其理由是她根本不会管教孩子。教育孩子的责任“落在”了格拉菲拉的头上，孩子完全由她来管制。玛兰尼娅·谢尔盖耶芙娜痛不欲生，于是给伊凡·彼得罗维奇写信，希望他尽快赶了回来；彼得·安德烈伊奇也思儿心切，渴望与他相见；然而他在回信中只是一个劲地虚言应付，说父亲收留了他的妻子，给他寄钱，他对此感激不尽，答应很快回来——可是久久不见回来。一八一二年①，他终于被召唤回国了。父子分别六年之久，见面之后相互拥抱，彼此丝毫没有提起当年之事，再说当时也顾不上：全俄罗斯都起而奋勇抗敌，父子俩人都觉得，俄罗斯的血液在他们的血管里激荡。彼得·安德烈伊奇自己出资为一个后备军团购置了军服。然而战火熄灭了，危险不再存在；伊凡·彼得罗维奇又觉得百无聊赖了，于是对他那个生活惯了的、熟同故里的、十分遥远的世界心向神往起来。玛兰尼娅·谢尔盖耶芙娜无法将他挽留下来：她在他的心目中可以说是毫无分量。就连她的希望都化成了泡影：她的丈夫也觉得费佳由格拉菲拉来教育更好一些。数日之后，伊凡·彼得罗维奇的妻子含恨去世；她不堪忍受失去爱子的打击，也承受不了丈夫的再次别离。她一辈子都对任何事情没有作过反抗，甚至跟病魔也没有作过斗争。她已说不了话，她的脸已被死亡的阴影所笼罩，然而逆来顺受的惶惑和惯常的温良顺从依旧在她的面容上表现出来。此时此刻，她用默然不语的目光温柔谦卑地看着格拉菲拉，如同安娜·巴甫洛芙娜在咽气时亲吻彼得·安德烈伊奇的手一样，她将格拉菲拉

---

① 指一八一二年拿破仑入侵的战争。

36

的手拉了过来贴在自己的嘴唇上面，恳求她照料她唯一的儿子。就这样，这个性格温顺，宅心仁厚的女人走完了她的人生历程，恰似一株不知为何被人从滋养着它的土壤里拔出来的小树，随手一丢，任凭火热的太阳炙烤着它的根茎；它变得干瘪了，消失得毫无踪迹，也无人为它哭泣。唯有玛兰尼娅·谢尔盖耶芙娜的婢女和彼得·安德烈伊奇为她暗自伤心。老人怅有所失：他永远看不到这个寡少言语，欢寡愁殷的儿媳了。"永别了，我的温婉柔顺的儿媳！请原谅我！"他在教堂里最后一次向她鞠躬时默念道。他的眼中噙满了泪水，往她的坟上撒了一把土。

他也没有比她多活多长时间——至多五年。他携孙儿同格拉菲拉一起去莫斯科，在一八一九年的冬天默默地死在那里，临终前说把他葬在安娜·巴浦洛芙娜和"玛拉莎"①的身旁。那时，伊凡·彼得罗维奇正在巴黎过着醉生梦死的生活。听到父亲去世的消息后，他决定回俄国去。应该考虑处理家产了；另外，他从格拉菲拉的来信中他得知他的儿子费佳早已年满十二岁了，到了着手悉心教导他的时候了。

十

伊凡·彼得罗维奇回到俄国的时候，已经彻头彻尾是个英国式的人了。他浑身上下无处不散发着大不列颠的味道，充满大不列颠的精神：头发剪得短短的；穿着浅绿色的长裙礼服，衣领又高又硬，而且有好几层；面部表情非常僵硬，待人十分冷漠；说话时声音好像硬是从牙缝里挤出来似的；不时地发出干巴巴的笑声；一副冷冰冰的面

---

① 玛拉莎：玛兰尼娅的爱称。

孔；张口即谈政治和政治经济；喜欢吃夹生的煎牛排，喜欢喝葡萄酒。然而，令人颇感惊诧！虽然伊万·彼得罗维奇对英国顶礼膜拜，可他却也是一个爱国者，最起码他这样声称，尽管他对俄国的了解少得可怜，他的身上毫无俄国人的气质，讲起俄语来也很不地道：平时跟人交谈时，他说话斯斯文文，软绵绵的，而且动辄冒出几句法语，然而当谈到重大问题时，诸如"表现自我奋斗的感受"、"这与事情的本质风马牛不相及"此类的话就从他的嘴里汩汩流了出来。伊凡·彼得罗维奇带回来了几份有关国家制度的建立和改革的计划稿本；他对眼之所及的一切东西都很生气——尤以缺乏制度为最。他和姐姐刚一见面，立即就说，他要从本质上进行一场改革，从今而后，一切都要遵循新的规章操作。格拉菲拉·彼得罗芙娜对此没有作声，只是咬牙切齿地暗自寻思："这样一来，把我往哪儿搁呢？"不过，当她和弟弟同侄儿一道回到乡下之后，她那颗悬着的心立刻放了下来。家里确确实实发生了一些变化：寄于檐下吃白食的人和无赖汉很快被扫地出门；这下可使两个老太婆——一个是瞎子，一个瘫在床上不能动弹——吃尽了苦头，还有一个年事已高、身体衰弱的少校（曾经参加过奥恰科夫城堡的攻克战①），由于食量大得令人瞠目结舌，于是只给他提供几片黑糊糊的面包和一些扁豆。而且下了一道命令：从前的客人一概不许接待：取而代之的是一个男爵，这人是他们的一个远邻，体质孱弱，头发金黄，受过良好的教育，不过生性驽钝，笨手笨脚。把一切家具从莫斯科运了回来；配备了痰盂、小铃、洗脸用的小桌；上早餐的方式也跟过去大不相同；伏特加和家酿甜酒被外国酒所取代；仆人们穿的衣服也有所改变；把"守法即是美德"② 这一题词加在家族的纹章上。可实际上，格拉菲拉仍然大权独揽：所有的花销和采购都由她说了算；从国外带来的一个阿尔萨斯的侍仆竭尽全力和她一争高下，结果失去了自己的位子，虽然他的主人千方百计地庇护他。而

---

① 指一七八八年第二次发生在俄国和土耳其之间的奥恰科夫之战。
② 原文为拉丁文。

家中的事务以及农庄的管理（格拉菲拉·彼得罗芙娜对于这些事情都要过问），虽然伊凡·彼得罗维奇再三说出了自己的看法：要给这混乱不堪的局面注入新的生机和活力，——然而还是老样子，只不过有的赋税得以增加，劳役也更重了，并且不许农民们直接和伊凡·彼得罗维奇见面，因为这位先生根本不把自己的同胞放在眼里。伊凡·彼得罗维奇的新措施只有在费佳的身上得以应用：费佳的教育受到"脱胎换骨"式的改革：他的教育完全由父亲来负责。

十一

前文已经说过，伊凡·彼得罗维奇回到俄国之前，费佳始终受格拉菲拉·彼得罗芙娜的管教。母亲离开人世的时候，他尚不足八岁。他虽然很少跟她见面，但是深深地爱着她：对于她那温婉柔顺而又毫无血色的脸、忧愁抑郁的眼睛和战战兢兢的爱抚的记忆永远刻在他的心头上；然而他也隐隐约约知道她在这个家里处于什么样的地位；他感觉到，有一道她不敢也无法逾越的高墙冷冰冰地矗立在他们俩之间。他在父亲面前很不自然，父亲也从来不爱抚他。祖父还动不动抚摸一下他的小脑袋，把手伸给他让他亲吻，可是管他叫小怪物，把他当做小傻蛋。母亲去世之后，他就完全受姑姑的支配。费佳对她心怀畏惧，一想到她那双明亮的、犀利的眼睛和她那破锣似的声音，他就心惊肉跳；他在她的面前不敢说话，经常有这样的情况：他在椅子上只要略微动弹一下，她立马就会冲着他粗声粗气地叫道："你想要干什么？乖乖地给我坐着！"每逢礼拜天，在午祷之后，她允许他玩耍，不过要塞给他一本又艰深又难读的书——《象征与图谱》——马克西莫维奇·安博季克的著作①。这本书里约摸有一千幅图画，大多都看不懂，配的五种文字的说明也都不知说的是什么。这些图画里面，有很大一部分都是体态丰盈、全身赤裸的爱神。其中有一幅画题名为《番红花和彩虹》，附着的说明是：最具有影响力；跟这幅画相对的另一幅画名叫口衔紫罗兰振翅而飞的苍鹭，附着的说明是：你都熟悉，还有一幅画题名为《爱神和舔小熊的大熊》，附着的说明是：一步一步地来。费佳把这些画仔仔细细地看了好多遍，几乎都能将它们的细节背了下来。有几幅画——一直都是那几幅——使他深深地思索起来，使他在想象的世界里尽情飞翔；除此之外，他就再也没有别的什么娱乐了。当他到了学习语言和音乐的时候，格拉菲拉很廉价地给他雇了一位老师，此人是瑞典人，虽然岁数很大，但是未曾出阁，长着一双兔子眼，法语和德语讲得都很蹩脚，钢琴弹得也很一般，不过腌的黄瓜却很好吃。费佳和这个女教师、姑姑和老使女瓦西里耶芙娜一起生活了整整四年。他抽空就捧着他的《图谱》蜷缩在角落里，坐着……坐着，天竺葵的气息在低矮的屋子里飘荡着。屋子里点着一支油脂蜡烛，微弱的烛光轻轻地摇曳着，一只蟋蟀不时地发出单调的啾啾声，好像感到孤寂无聊似的，墙上的小钟匆促地嘀嘀嗒嗒地响着，一只老鼠在糊墙纸后窸窸窣窣地不知在咬什么东西；三位老处女活像三位命运女神②，一言不发地、迅捷地拨动着织针，在昏暗中，她们的手的影子一会儿轻灵地闪过，一会儿古怪地抖动；一些离奇的、同样昏暗的思绪也接连不断地飞入孩子的脑海里。没有人会觉得费佳是一个机灵的孩子：他面无血色，可是很胖，身材很不匀称，举止笨拙——拿格拉菲拉·彼得罗芙娜的话来说，——是个彻头彻尾的农夫；实际上，假如同意他到户外多走走，他的脸色也不至于如此苍白。他的学习挺好的，可是老是偷懒；他向来不哭，然而强起劲来，谁也管制不了他。身边的人，他一个也不喜欢

---

① 这本书是俄罗斯学者涅·马·安博季克（1744—1812）的著作，书中收有铜版画的神话画与寓意画共八四〇幅，并附有几种文字的说明。

② 即希腊神话中司命运的三女神，人们把她们想象为三个老太婆。

……一颗自幼就不懂得爱人的心是悲哀的!

伊凡·彼得罗维奇从国外回来第一次见到的儿子就是这个样子。他马上雷厉风行地在儿子的身上推行起他的制度来。"首先,我要把他培养成一个人,人①,"他对格拉菲拉·彼得罗芙娜说,"不光是一个人,还应是一个斯巴达人②。"伊凡·彼得罗维奇实施自己的措施,以期达到自己的目的:让儿子的着装穿的像苏格人,这个十二岁的孩子便身穿小腿裸露在外面的衣裤,头戴插着一根翎毛的简便的帽子;请了一位年轻的体操高手(他是瑞士人),替换了瑞典老处女;音乐索性被他取消,因为他认为堂堂男儿不应该学这种功课;让儿子学自然科学、国际法、数学和木工(这是按照卢梭的建议开设的);为了激励骑士的尚武情感而开设纹章学,——所有这些都是这位将来的"人"必须修习的课程;凌晨四点钟的时候他便把儿子叫醒,让他立即用凉水冲身,强迫他牵着一根绳索绕着柱子不停地跑;规定儿子每天只吃一顿饭,并且只有一道菜,逼着他骑马、射箭,稍有空闲就让儿子像他一样,苦练意志;每天晚上都要儿子将一天的生活内容和内心感受记在一本专用的笔记本上;而伊凡·彼得罗维奇本人则用法语给儿子写下训导之言,把他称为我儿③和您④。尽管费佳是用俄语称呼父亲——"您"——的,然而面对着他却不敢坐下。孩子被他的"制度"搞得晕头转向,许多混乱的概念纷纷涌进他的脑子,使他倍感压抑;可是,这些措施对儿子的体魄产生了很大的效果:起初生了一场热病,不过没过几天就康复如初了,而且长成了一个体格健壮的少年。他对此心满意足,用自己的捉摸不透的词句称呼儿子:"大自然的儿子,我的非凡之作。"费佳到了十六岁的时候,伊凡·彼得罗维奇觉得有责任培养起他轻蔑女性的意识了——于是这位年纪轻轻的、心中犹存胆怯的斯巴达人,尽管嘴上刚刚出现细小的髭毛,精力旺盛,激情四溢,然而不得不

---

① 原文为法文。
② 斯巴达人:古希腊的斯巴达人自幼受军事训练,以培养克服困难的坚韧精神。
③ 原文为法文。
④ 原文为法文。

设法装出一副不屑一顾、冷冰冰甚至粗鲁的样子。

光阴似水，流逝不止。伊凡·彼得罗维奇一年中的大部分时间都待在拉夫里基庄园（这个庄园是他世袭的主要庄园），冬天时就一个人到莫斯科去，下榻于小饭店，隔三间五地去俱乐部，在别人家的客厅里侃侃而谈，阐述自己的各种计划，他那英国式的派头和一个泼烦的政治家的特质在一言一行中都淋漓尽致展现出来，而且比任何时候都充分。但是一八二五年①来临了，并且各种苦难也随之而来。伊凡·彼得罗维奇及其熟人、好友都面临着严峻的考验。伊凡·彼得罗维奇匆忙回到乡下，深居简出。到了第二个年，伊凡·彼得罗维奇的身体状况突然变得不行起来：消瘦不堪，虚弱，精神颓废。他——一个自由思想家——却开始去教堂，而且把牧师请至家中做祈祷；他——一个早已被西欧同化了的人——却开始洗蒸气浴②，下午两点钟吃午餐，晚上九点钟睡觉，在老管家没完没了的东拉西扯的说话声中才能合上眼睛入睡；他——一位政治家——竟然把自己的所有计划和来往信函烧了个精光，见了省长两股战战，见了县警察局长嘴巴甜甜；他——一个意志坚强的人——竟然由于身上生了一个小脓疮而流泪，由于给他端来的汤是冷的而抱怨。全家的大权重又落到格拉菲拉·彼得罗维娜的手里；管家、村长、一般的庄稼汉都又开始从后门进来见"老恶婆"（奴仆们给她起了这样一个绰号）了。伊凡·彼得罗维奇的转变把儿子惊得目瞪口呆；他现在已经十九岁了，开始考虑事情，并且力争从他的束缚羁绊中挣脱出来。他早已感觉到父亲说的是一套，做的又是另一套，譬如嘴上大谈特谈自由主义，可实际上十分霸道、蛮横、褊狭，是个十足的专制主义者，然而他根本没有想到他的转变是这么大，这么突然。深深植根于身上的利己主义一下子全部暴露出来了。年轻的拉夫列茨基于是准备到莫斯科上大学，然而伊凡·彼得罗维奇的头上出其不意地降临了一个新的灾难：他的两只眼睛在一天之

---

① 指一八二五年的十二月党人起义。
② 蒸气浴：俄国农村的蒸气浴，被西欧视为不文明。

内瞎了，而且没有一丝儿治愈的希望。

对于俄国医生的医术他极不相信，于是千方百计地申请出国。但是没有被应允。他开始带着儿子辗转于俄国的各大城市，四处求医，历时整整三年。他毫无胆气，而且烦躁不安，把医生们、他的儿子和奴仆们都折腾得陷入了绝望的境地。返回拉夫里基之后，他变成了一个地地道道的废物，变得爱哭爱闹、爱使性子起来，活像一个小孩。痛苦的日子来临了，全家人都因为他而叫苦不迭。伊凡·彼得罗维奇只有在吃饭的时候才能安静片刻，他一直没有这么馋，食量也没有这么大；其余的时间，他就再也安静不下来了，而且也不让别人好过。他向上帝祈祷，抱怨自己交了倒霉运，整天骂骂咧咧：数落自己，咒骂政治及其制度，将他以前炫耀、夸大的一切和强迫儿子奉若神明、顶礼膜拜的一切骂得体无完肤；他不时地说他什么也不相信，但是随即便又祈祷起来；他不能忍受哪怕是一会儿的孤寂无聊，让家里的人时时刻刻陪伴在他的圈椅旁边，讲轶闻趣事给他听，然而他又动不动插嘴进来，粗声粗气地吼道："你们都在胡诌些什么呀！荒诞不经！"

吃的苦头最多的人是格拉菲拉·彼得罗芙娜；他不能没有她，否则无法忍受——对于病人的各种各样不合情理的要求她也一直能够满足，尽管有的时候她不能马上对他的问话作出答复，以免使自己的一肚子牢骚和不满在话语中稍有流露。如此又煎熬了两年，他最后在五月离开了人世。那一天，他被抬到阳台上，晒着太阳。"格拉莎，格拉什卡①！给我清汤喝，给我清汤喝，你这个老蠢……"他用僵硬的舌头嘟嘟囔囔地说，没来得及把最后一个字说出口就咽了气。格拉菲拉·彼得罗维娜刚把一碗清汤从仆人的手里接了过来，听到他的话便停住了脚步，瞅了瞅弟弟的脸，然后慢腾腾地画了一个非常大的十字，一言不发地走开了。那时他的儿子也在场，也没有说一句话，只是斜靠在阳台的栏杆上，注视着花园，看了好长时间。花园里散发着

---

① 格拉莎和格拉什卡：都是格拉菲拉的小名和昵称。

浓郁的芳香，青翠欲滴，在春天的丽日照耀下，显得格外灿烂。他已经二十三岁了。这二十三年的岁月过得多么可怕、飞快而又悄没声息啊！……现在，在他的眼前，生活的大门大开着。

十二

把父亲埋葬了，把管理农务和监督管家、奴仆的工作交付给一直没有变化的格拉菲拉·彼得罗芙娜之后，年轻的拉夫列茨基就启程前往莫斯科；一种难以言传的但是特别强烈的感觉吸引着他到那里去。他知道他自己受到的教育并不是很深，因此想努力将损失了的东西补了回来。最近的五年里，他大量地、广泛地阅读书籍，使见识增长了不少，头脑里也逐渐地形成了许多观念；无论哪一位教授都会佩服他在某些方面拥有的知识，不过也有许多东西他根本就不知道，但是这些东西每一个中学生早都谙熟在胸或者听过多少遍了。拉夫列茨基清楚，自己并不自由，他私下里承认自己是一个怪异之人。对英国顶礼膜拜的父亲和儿子开了一个啼笑皆非的玩笑。他那莫名其妙的教育终于有了自己的"收获"。多少年来，他凡事都依照父亲的心思来做，从不反抗；等他将父亲的真面目看清时，一切已经成为现实，习惯在身上已经植根很深了。他拙于交际：时至今日，他已经二十三岁了，尽管羞怯的心里怀着对爱情的冲动的渴求，但是始终没有敢正眼瞧过一位女子。他的头脑健全、清楚，不过有些迟钝，性格固执、懒散，但是爱好观察，凭着这些他理应在很早的时候就置身于生活的漩涡之中，可是由于人为的因素，他一直在孤独的环境中生活着……束缚着他的魔法的枷锁终于被砸碎了，但是他仍然裹足不前，把自己关闭在自己的小圈子里。令人感到滑稽的是，他都这么大了，竟然还穿学生服，然而他却毫不在乎：他受过的斯巴达式的教育总算起了作用——从不把别人的议论搁在心上，依旧我行我素。因此他大大方方地将学生服穿在了身上。他学的是数理系。他给他的同学们留下的印象十分奇怪：体格强健，面颊红润，不剃胡子，言少笑寡。他们没有看出来，这个有的时候坐着宽大的乡村雪橇准时前来听课的一本正经的小伙子，在内心深处却和一个小孩几乎毫无二致。他在他们的眼里是个怪模怪样的、迂腐不堪的书虫，他们对他毫无所求，因此无须去讨他的欢心，他也避免跟他们打交道。他在大学的最初两年里，只跟一个给他补习拉丁语的大学生过从甚密。这个大学生姓米哈列维奇，对人十分热情，是个诗人，他对拉夫列茨基真的颇有好感，而且是他，纯粹由于偶然的机会，使拉夫列茨基的命运发生了重大的变化，从而也使自己成了一个罪人。

有一次，他在剧院（当时莫恰洛夫①的声誉正处于巅峰，他的演出拉夫列茨基没有不去看的）的二楼包厢里看到了一位姑娘，——虽然他的心在任何一个女性从他那满脸忧郁的身边经过时都会突突地跳，然而从来没有这么急速地跳动过。姑娘的两只手臂搁在包厢的天鹅绒的扶手上，静静地坐着；她那圆圆的脸虽然有点儿黑，但是特别惹人喜爱，而且每根线条都洋溢着敏捷的青春激情，两道细眉美如春之柳叶，一双漂亮的眼睛温柔地、专注地望着舞台，表情丰富的嘴角挂着一丝微笑，她的头，手臂和颈部的姿态，无一不显出高贵、文雅、聪明和灵慧；她穿着华丽的衣服。她的身边坐着一个四十五岁光景的女人，此人的脸又黄又皱，胸和背都裸露在外面，头戴一顶女式直筒高帽，是黑色的；表情呆滞的脸上露出干瘪的笑容，牙齿已经脱落了。包厢深处有一个年岁颇大的男人，身穿宽宽大大的常礼服，脖子上系着一个高领结；两只小眼睛里流露出一种愚不可及的、目空一切的、某种古怪多疑和曲意奉承的神色，唇须和络腮胡子都染过色

---

① 莫恰洛夫（1800—1848），俄罗斯浪漫主义戏剧的代表。

了，额头宽阔而又毫无特别之处，脸上皱纹纵横。从这些特征来看，他是一位退役的将军。拉夫列茨基眼睛眨也不眨地盯着那位使他的心狂跳不已的女子；突然，包厢的门开了，走进来的是米哈列维奇。这个差不多是拉夫列茨基在全莫斯科唯一的熟人的出现，尤其在令他心醉神驰的女子的包厢里出现，对他来说是一种不同一般的、别有意义的事情，他继续注视着那个包厢，发现包厢里所有的人都热情地跟米哈列维奇打招呼，他们彼此间好像熟同亲人。拉夫列茨基对舞台上的演出再也提不起兴趣了，尽管莫恰洛夫在那天晚上的表演十分精彩，但是几乎没有给他留下什么印象。当舞台上出现了一个感人至深的场面时，拉夫列茨基忍不住瞅了瞅那位漂亮的姑娘：她的身子向前倾着，两个脸蛋儿红扑扑的；由于他目不转睛地望着她，她那原本凝视着舞台的眼睛慢慢地转向了他，最后落在了他的身上……那天夜里，他的眼前不时地闪现出她的那双转眄流精的美目。人为的堤坝终于决口了：他浑身燥热不安，次日就去见米哈列维奇。他从他那里知道，那位令他心向神往的姑娘名叫瓦尔瓦拉·巴甫洛芙娜·科罗宾娜；紧挨着她坐的那个老太太是她的母亲，包厢深处的那个老头是她的父亲；米哈列维奇自己和她是在一年前相识的。那时他在莫斯科近郊的 H 伯爵的庄园里当"家庭补习教师"。这个对人热情的人对瓦尔瓦拉·巴甫洛芙娜赞赏有加。"她啊，我的兄弟，"他用独具特色的、娓娓动听的声音兴奋地高声说，"她啊，是个顶呱呱的天才，真真正正的演员，而且十分善良。"他从拉夫列茨基的详细的探问中，看得出来瓦尔瓦拉·巴甫洛芙娜给他留下了非常深刻的印象，于是主动提出介绍他们俩认识，还说他在他们家从不被当外人看待，将军并不是一位盛气凌人的人，而她的母亲特别愚蠢，——就差把擦桌布当饭来吃。这一番话使拉夫列茨基羞得面红耳赤，咕咕哝哝地应付了几句就抽身跑开了。他和自己的怯懦整整斗争了五天；第六天，这位年轻的斯巴达人穿上了崭新的制服，对米哈列维奇一切都言听计从了，而米哈烈维奇作为自己的人，只把头发随便梳了梳，然后两人就动身一道前往科罗宾家了。

十三

　　瓦尔瓦拉·巴甫洛芙娜的父亲巴维尔·彼得罗维奇·科罗宾是一位退了职的少将，一生都在彼得堡服役，年轻时是一个赫赫有名的跳舞高手，也是一个非常出色的队列军官，由于出身于贫困家庭，曾经在两三个不得志的将军麾下当副官，和其中一个的女儿结了婚，得了约摸两万五千卢布的嫁妆，对于军队的演练研究颇深；经过二十多年的踏踏实实的工作，最后获得了将军军衔，把军团的指挥权弄到了手。实际上，他理应急流勇退，从从容容地巩固一下自己千辛万苦挣来的权力、荣誉和地位；他原本也想好了要这么做，然而没有把事情处理妥善：他琢磨出了一个动用公款的新方法，——这个方法的确妙不可言，然而他要聪明要得真不是时候：别人把他给告发了，结果搞出了一件十分尴尬、甚至令他无地自容的事情，几乎成了丑闻。将军费尽周折总算从这件丑事中摆脱出来，可要想在仕途上再"有所作为"却没了指望：有人劝他索性退役算了。他在彼得堡闲待了大约两年，心里想着没准儿能碰上一个文官的缺位，但是希望成了泡影。这时，他的女儿又从贵族女子中学毕业，花销与日俱增……迫于无奈，他决定迁往莫斯科，以便节省支出。他在老马厩街租了一间低矮狭小的房屋，屋顶上挂着一个大大的族徽，仗着每年两千七百五十卢布的进项，他在莫斯科过起退役将军的生活来。莫斯科这座城市非常好客，热情欢迎各方来宾，尤其对于将军们更是欢迎有加。没过多久，莫斯科一些最豪华的客厅里就出现了巴维尔·彼得罗维奇虽然笨重但是仍然具有军人仪态的身影。他那光秃秃的后脑勺，一绺绺染过色的头发，以及又黑又亮的领结上佩着的带有点点油渍的安娜勋章绶带，——就为一批整日无所事事、满脸愁云、在舞会上经常围着牌桌晃来晃去的年轻人所熟悉了。巴维尔·彼得罗维奇知道在社交场合如何使自己受到别人的重视；他鲜少言语，不过依旧遵循老习惯带着鼻音说话，——当然，和权高位尊的人交谈就不是这样；他打牌时谨小慎微，在自己家里吃饭时吃得并不多，外出做客时却非常能吃，食量可以抵得上六个人。关于他的妻子，几乎无话可说：她叫卡里奥帕·卡尔洛芙娜；她的左眼老是泪流不止，所以卡里奥帕·卡尔洛芙娜（而且她是德国人的后裔）说自己是一个富有情感的女人；她常常惶惶不安，好像总是饿着肚子，身穿又窄又小的丝绒服，头戴高高的直筒女帽，手腕上戴一副早已没有光泽的空心手镯。巴维尔·彼得罗维奇和卡里奥帕·卡尔洛芙娜只有一个女儿，名叫瓦尔瓦拉·巴甫洛芙娜，她从某贵族女子中学毕业的时候，刚刚年满十七岁，若说她不能算作学校里最漂亮的女生的话，或许说她是最聪敏的姑娘和最出色的女音乐家并不为过，况且，她在学校里还得过皇后颁发的花季奖章呢。拉夫列茨基第一次看到她的时候，她还不到十九岁。

十四

当拉夫列茨基被米哈列维奇带着走进科罗宾家拾掇得有点儿邋遢的客厅并被引见给主人的时候，这位斯巴达人的两条腿差点儿没有颤抖起来。不过那种控制他的怯懦的感觉没过多久就消除了：将军对他十分和蔼，那种每一个俄罗斯人与生俱来的温和、仁厚都在他的身上更好地显示出来，再说所有名誉上曾经有过污点的人都具备一种特别的热情；将军夫人很快就默默地出去了；而瓦尔瓦拉·巴甫洛芙娜看起来是那么温文尔雅、平静而又对自己充满信心，这使任何人在她的面前都没有一丝儿拘束之感。而且她那令人心旌摇荡的身体、言笑难分的美目、无法挑剔地缓缓倾斜着的双肩、皓如凝霜雪而又微微地透着粉红色的手臂、轻灵细碎同时若危若安的步态、不疾不徐并且甜润悦耳的嗓音，一切都散发出一种似有似无的、妙不可言的魅力，一种温婉柔顺的、含情脉脉的、羞涩的温存，某种令人心醉神驰的、能够激起情感——当然激起的肯定不是怯懦——的力量，仿佛空谷幽兰散发出的一阵阵沁人心脾的芳香。拉夫列茨基谈起了戏剧，于是说到了昨天晚上的演出。她也立即首先开口谈起莫恰洛夫，并且不仅仅是赞叹一番，还对她的表演发表了不少恰当的、唯有女性才能敏捷、细心观察得到的评论。米哈列维奇将话题转移到了音乐上。她就大大方方地坐到钢琴前流畅地弹奏了几首当时才开始流行的肖邦的马祖尔卡舞曲。到了吃正餐的时间；拉夫列茨基准备告辞，然而被留了下来共进午餐。用餐的时候将军用的仆人专门坐了马车到戴普莱商店买来的拉斐特葡萄酒来招待他。拉夫列茨基回到家已经很晚了，他静静地坐了很长时间，衣服也没有脱，双手捂住眼睛，进入了一种心向神往的痴迷状态。他似乎感到，此时此刻他才弄清楚了人活着的意义。他的一切打算、志向，所有这些荒诞不经的、毫不重要的东西，一时间全都被驱散了。他的心已经和一种情感、一个意愿水乳相融了，渴望得到幸福、拥有爱情——女性的甜甜蜜蜜的爱情。从那时起，他就频繁地到科罗宾家里去。过了半年，他把对瓦尔瓦拉·巴甫洛芙娜的爱情向她表达出来，并且向她求婚。她接受了他的求婚。早在这之前，大概就在拉夫列茨基初次登门拜访的前一天晚上，将军就已经向米哈列维奇打问过拉夫列茨基有多少个农奴。瓦尔瓦拉·巴甫洛芙娜在青年拉夫列茨基追求她的这段时日里，甚至在他向她表达爱慕之情的那一刻，都安之若素，她对这位年轻男子的富裕的家境也知道得一清二楚。而卡里奥帕·卡尔洛芙娜作如此之想："我女儿找了一门好亲事"①，因此给自己买了一顶崭新的帽子。

---

① 原文为德文。

十五

　　不管怎么说，拉夫列茨基的求婚被接受了，然而另外带有几个条件。首先，拉夫列茨基必须马上不能再到大学去读书，因为哪一位女子会和一个大学生结婚呢？再说，一个家底丰厚的地主都已经二十六岁了，仍旧像个中学生那样去上课，难道不是一件十分好笑的事情吗？其次，定做和采购嫁妆的事情要由瓦尔瓦拉·巴甫洛芙娜亲自操办，就是未婚夫送给她的礼物也要由她本人仔细挑选。她有很多与实际相符合的计划，还有各种各样的爱好，特别喜欢舒适，而且有能力使自己获得这种享受。当婚礼刚刚举行完毕，拉夫列茨基夫妇二人马上坐上她买的舒适的轿式四轮马车前往拉夫里基时，她的这种使自己过上舒适生活的精明才干令他吃惊不已。瓦尔瓦拉·巴甫洛芙娜把旅途中他身边的一切都考虑到了，都料想到了，都筹措妥当了！一些十分漂亮的旅行用品，一些十分美观的化妆盒和咖啡壶都在各个舒适的角落里出现了。每天早上，瓦尔瓦拉·巴甫洛芙娜都要亲手煮咖啡，那模样也是十分惹人喜爱！然而在那个时候，拉夫列茨基是无暇来观察的：他正沉浸在刚刚结婚的幸福之中，他正享受着温情；他仿佛一个孩子似的如痴如醉……不过，他这个年轻的阿尔基德①的的确确纯真得像个孩子。难怪在他看来，他那年轻的妻子浑身都散发着一种颠倒众生的魅力；难怪她让他觉得，她会给予他从来没有品尝过的、难以言说的愉悦；其实，他从她那儿已经得到了更多的、她所应允的东西。他们是在炎热的夏季来到拉夫里基的；她感到这里的屋子又邋遢又昏暗，仆人不仅十分古怪滑稽，而且全都土得可以，但是她想，

---

　　① 阿尔基德：又名"赫拉克勒斯"，希腊神话中的英雄，雷斯和阿尔克墨所生。

所有这些事情都无须在丈夫面前提起，因为假使她有在拉夫里基长住下去的意思，她会使庄园里的一切改头换面。当然，如果真的要进行改换的话，那么这幢房子是首当其冲的；可在这个偏僻、荒凉的草原上定居的念头却压根儿没有在她的头脑里闪现过；她住在这里就觉得跟住在野外营帐里没有什么两样，对于各种各样的不方便的事都和善地承受着，而且还把这些不省心的事用戏谑的口味随意说上几句。玛尔法·季莫菲耶芙娜前来看她曾照料过的孩子；瓦尔瓦拉·巴甫洛芙娜对这位姑姑很有好感，然而姑姑却对瓦尔瓦拉·巴甫洛芙娜没有好感。新娶进门的女主人和格拉菲拉·彼得罗芙娜的关系也不和谐；她本来可以不和她打交道，但是老科罗宾很想干预女婿的事情：他认为，就算是一位将军，管理这样近的亲戚的家产，并不是什么难为情的事。可以这样理解，哪怕让巴维尔·彼得罗维奇去给一个完全不熟悉的人管理家产，他也不会退缩的。瓦尔瓦拉·巴甫洛芙娜开始发起了十分机敏的进攻；起初她并不亲自出马，给人一种全身心地沉迷于幸福的蜜月、静谧的村居生活、音乐和读书之中的感觉；实际上，她逐步把格拉菲拉搞得不堪忍受，因此一天早上，她好像发了疯似地冲入拉夫列茨基的书房，把一串钥匙往桌子上一丢，扬言说，家里的事情她再也没有能力管理了，而且不想在村子里住下去了。瓦尔瓦拉·巴甫洛芙娜早已通过巧妙的方法让丈夫拉夫列茨基做好了思想准备，所以他对姑母的"要求"一点儿也没有表示反对。这倒出乎格拉菲拉·彼得罗芙娜的意料。"嗯，很好，"她说，眼睛没有了往常的光彩，"显而易见，我在这儿是一个毫无用处的人！是谁把我从这儿——我自己的家里——赶了出去，我心里一清二楚。可是，我的侄儿，请您记住我的话：你会像水中的浮萍一样四处飘荡一辈子，你终将会无家可归。这就是我临走前送给你的一句话。"她就在那天回到了自己的小村庄。过了一个星期，科罗宾将军大驾光临了，他的一颦一笑，一言一行，以及目光之中全都带着欢畅而又愁闷的神色，将全部家产统统接管到了自己的手上。

　　九月的时候，瓦尔瓦拉·巴甫洛芙娜携夫前往彼得堡。她在彼得堡的一所十分华美、亮堂、陈设精巧的宅邸里度过了两个冬天（夏天他们移居皇村①避暑）；他们跟社交界的许多中层乃至上层的人都结识了，隔三间五地出去拜客，也常常款待客人，举行过好多场极其高雅的音乐会和舞蹈晚会。瓦尔瓦拉·巴甫洛芙娜深深地吸引着宾客，就如同灯火诱惑飞蛾一样。对于这种悠闲自在的生活，费奥多尔·伊凡内奇并不是十分乐意过。妻子劝他出去谋职；他回想了一下父亲过去的情形，也基于自身的理解，懒得出去，然而为了博取瓦尔瓦拉·巴甫洛芙娜的欢心，他依旧在彼得堡留了下来。但是，没过多久他就心明如镜了：他过宁静孤寂的生活谁也阻挡不了；他拥有一个全彼得堡最清静、最舒适的书房也并非没有原因，再说对他十分关切的妻子也心甘情愿地协助他过独来独往、幽居在家的生活，——因此，打那时起，一切都进行得非常顺当，真是幸福极了。他又重操旧业，进行他自己觉得还没有完成的教育，接着读书，而且开始学习英语。他那强壮的、魁梧的身躯整日伏在书桌上，他那丰润的、红扑扑的、长着浓密的胡须的脸半埋在字典和书册中，看了令人惊讶不已。他每天早上埋头苦学，午餐吃得有滋有味（瓦尔瓦拉是一个相当不错的主妇），每天晚上都进入一个令人心醉神迷的、散发着芳香的、到处可以看见面带悦色的年轻人的天地——而那个热情的、贤惠的女主人，他的妻子，正是这个天地的主要人物。她给他生了一个儿子，使他喜不自胜，然而这个可怜的小家伙在人世上没有停留多久；他在春天的时候死了。夏天来临了，拉夫列茨基听从医生的劝告携妻出国，到温泉去治疗。这件不幸的事情发生之后，她有必要外出散散心，况且她的健康也需要温润的气候。夏秋两季他们待在德国和瑞士，至于冬季，正如计划中的那样，他们抵达巴黎。瓦尔瓦拉·巴甫洛芙娜在巴黎仿佛一朵盛开着的玫瑰，娇艳动人，并且也如同在彼得堡一样，不久就精心地为自己建立了一个舒适的家；她给丈夫缝了一件漂亮的睡衣，他从来没有穿过这样的睡衣；雇了一个模样可爱的女佣，一个手艺出众

---

① 皇村：彼得堡附近的沙皇别墅城市，为一大花园。

的厨娘，一个聪明伶俐的男仆；购置了一辆叫人叹为观止的轿式雕花马车；买了一架非常华贵的立式钢琴。没过几天，她已经披着披肩，撑着阳伞，戴着手套在巴黎的各大街道上转悠了，与生长在巴黎的女郎相比也过之而无所不及。刚开始时到她家里来的只是一些俄国人，渐渐地，一些热情洋溢的、谦逊识礼的、举止得体的、姓名好听的、没有成家的法国人也出现在了她家的客厅里；他们都很健谈，而且说起话来语速非常快；他们大大方方地跟人打招呼，喜气洋洋地眯起眼睛；他们个个嘴唇红润，牙齿雪亮，——并且笑起来是那么甜美，那么迷人！他们每一个人都把自己的亲朋好友引介给他们；很快地，从安坦大街到李尔路。（这是巴黎的两条最大的街道。）①，迷人的拉夫列茨基夫人②就成了尽人皆知的人了。当时（这是发生在一八三六年的事），小品文作家和新闻栏编辑之类的人物还不像挖开的蚁巢上的蚂蚁四处乱爬那样大量出现；然而就在那个时候，一位意思是茹里先生③已经常常出现在瓦尔瓦拉·巴甫洛芙娜的客厅里了，他的长相实在不敢恭维，而且名誉也非常坏，老是一副随时要与人决斗可又往往被打得一败涂地的模样，既恬不知耻又龌龊卑贱。瓦尔瓦拉·巴甫洛芙娜虽然骨子里对这位 m-r Jules 一点儿好感也没有，但是仍然把他奉为上宾，因为他经常在报纸上发表文章，还不时地说到她，有的时候将她称为拉夫列茨基夫人④，有的时候将她称为住在 P 街的、美貌绝伦的俄国著名贵妇人，＊＊＊夫人…⑤，向全世界，其实只向为数不多的、跟 m-me L……tzki 没有一点儿关系的报纸订阅者介绍一番这位夫人，称她是地地道道的法国女人（意思是"一个地地道道的法国女人"）⑥，——对法国人来说，这是最崇高的赞美之词——既亲切又惹人喜爱，是一个卓尔不群的音乐家，跳起华尔兹舞来美得令人倾倒

---

① 原文为法文。
② 原文为法文。
③ 原文为法文。
④ 原文为法文。
⑤ 原文为法文。
⑥ 原文为法文。

（平心而论，瓦尔瓦拉·巴甫洛芙娜的华尔兹舞确实跳得非常好，她那轻薄如雾的、进止难期的衣裙让人心旌摇荡）……简言之，有关她的情况他都向全世界宣传了，——是这样的，无论如何，总是使人欢畅的。当时，玛尔斯①小姐已经在舞台上退避三舍了，拉舍尔②小姐还没有在舞台上亮相；可是瓦尔瓦拉·巴甫洛芙娜依旧隔三间五地到剧院里去，而且热情有增无减。意大利的音乐使她如痴如醉，奥德里③的老式表演使她笑得前俯后仰，在法兰西喜剧院里很体面地打哈欠，多尔瓦④夫人在某一出非常浪漫的传奇剧中表现出来的精湛技艺使她泪流满面；而最值得一提的是，李斯特⑤曾经到她家里演奏过好几次，并且，他是那么平易近人而又令人尊敬——真是妙不可言！冬天就在这样使人心满意足的体验中过去了，而在冬天即将过去的时候，瓦尔瓦拉·巴甫洛芙娜还被介绍去过宫廷。至于费奥多尔·伊万内奇，他也没有孤寂的感觉，尽管偶尔认为生活的压力越来越大使他不堪忍受，——不堪忍受，是由于精神生活极不充实。他常常看报，到索尔朋纳大学⑥和法兰西学院⑦去听课，注意议院的辩论，而且开始翻译一部关于水利的很有名气的学术著作。“我并没有虚掷光阴，”他想，“这一切都具有实际意义；然而我必须在明年冬季回到俄国，开始干事业了。”说不准，他是否清楚，他所指的事业到底是什么，并且谁也不知道，他明年冬天能否回到俄国；目前，他要和妻子一道前往巴登—巴登⑧……他的全盘计划被一件出乎意料的事情打破了。

---

① 玛尔斯（1779—1847），法国著名喜剧演员。
② 拉舍尔（1820—1858），法国著名悲剧演员。
③ 奥德里（1781—1858），法国著名喜剧演员。
④ 多尔瓦（1798—1849），法国著名演员。
⑤ 李斯特（1811—1886），匈牙利著名钢琴演奏家、作曲家。
⑥ 原文为法文。
⑦ 原文为法文。
⑧ 巴登：德国的著名风景游览胜地。

十六

有一天，瓦尔瓦拉·巴甫洛芙娜外出拜客，拉夫列茨基来到她的书房，看到一张认认真真折叠过的小纸条在地板上，于是不经意地把它捡了起来并且打开：看到了如下几句法文：

可亲可爱的天使贝特西！（我始终大不起胆子把你称为译音为"巴尔贝"——瓦尔瓦拉的法语昵称①［或是瓦尔瓦拉］——即"瓦尔瓦拉"②）。［我在林荫路的尽头没有把你等着；明日一点三十分你到我们住的地方来吧。你的那位憨厚的胖丈夫］（意思是"你的那位憨实的胖丈夫"③）［这个时候一般都在潜心苦读他的书呢；我们继续唱你教给我的你们国家的诗人普斯（希）金］（意思是"你们的诗人普希金"④）［的那首歌曲：《老丈夫，苛刻的老丈夫！》⑤ ——吻你的不盈一握的手腕和脚踝一千次。我等着你。

爱涅斯特］

拉夫列茨基没有马上弄懂这几句法文到底说的是什么意思；他重新读了一遍——他的眼前开始发黑，他感到脚下的地板仿佛正在晃动着的船上的甲板似的，变得时高时低起来。他猛地嘶声叫了起来，艰难地呼吸着，过了一会儿忍不住放声痛哭起来。

他无法控制自己的感情。他对自己的妻子竟然相信到了这种地步。他压根儿没有料到，她会蒙蔽他、背弃他。爱涅斯特——他妻子

---

① 原文为法文。
② 原文为法文。
③ 原文为法文。
④ 原文为法文。
⑤ 歌词引自普希金的长诗《茨冈》。

的这个情夫，二十三岁光景，长相颇为俊秀，头发浅黄，鼻子高翘，留着两撇不宽的小胡子，他在她所结识的人当中可以说是最不惹人注意的一个。几分钟过去了，三十分钟过去了，拉夫列茨基仍旧呆呆地站着，手里用力捏着那张关系着他的命运的字条，两只眼睛迷茫地望着地板。某种黑色的旋风猛地向他吹来，他的脑海里浮现出了许多苍白的面孔；他感到一阵阵揪心裂肺的痛，感到自己仿佛正在迅速地摔落下去，摔落下去，摔落下去……坠入万劫不复的深渊。他熟知的丝绸衣服摩擦发出的细微的声响使他从痴痴愣愣的状态中清醒过来。瓦尔瓦拉·巴甫洛芙娜戴着帽子，披着披肩，外出而归了，走得很急。拉夫列茨基浑身哆嗦着，扭头就走，他感到，在这一刻，他或许会把她打得皮开肉绽，死去活来，并且就如同农夫一样，扑上去把她亲手捏死。瓦尔瓦拉·巴甫洛芙娜十分纳闷，想要把他拦住，然而他只是咕咕哝哝地说了一声"贝特西"，就冲出了房间。

拉夫列茨基把一辆马车叫了过来，让车夫送他到郊外去。那天剩下的时间和通宵，一直到早上，他始终在街头转悠，走一会儿，停一会儿，两只手不停地拍打着。他有时怒不可遏，有时感到十分荒唐，甚至觉得非常欢畅。早上他冻得不堪忍受，就来到郊外一家相当差劲的小旅馆，开了一个房间，便坐在窗前的一把椅子上。他忽然不断地打起了呵欠，两条腿软绵绵的，几乎撑不住身体了。他浑身懒洋洋的，没有一点儿气力，然而并不觉得困乏，不过困乏最终发挥了效力：他虽然坐在椅子上，眼睛望着墙壁，但是什么也不知道；他不清楚这到底是怎么一回事，他为何独自待在这个一点儿也不熟悉、空寂的房间里，而且四肢毫无反应，嘴里十分苦涩，胸口好像压着一块巨石似的。他想不通，瓦尔瓦拉为什么对这个法国人投怀送抱，为什么明明知道自己不是一个忠诚的妻子，还要安之若素地和他日夜厮守在一起，还要对他那么亲近、柔顺和信赖！"我搞不懂！"他那焦干欲裂的嘴唇喃喃地说，"谁能向我打保票，说在彼得堡……"这句问话被他的呵欠打断了，他时而浑身颤抖，时而紧紧地缩作一团。现在，对他而言，欢乐的回忆和悲伤的回忆都是一种痛苦。他猛地记起，几天前，她曾坐在钢琴前和爱涅斯特合唱《老丈夫，苛刻的老丈夫!》——而他，当时也在场！他想起她的神色：眼睛里闪动着奇怪的光辉，双颊挂着红晕。——他从椅子里站起身来，想要去对他们说："你们想要算计我，没门！我的曾祖父曾经用钩子穿着农民的肋骨将他们挂起来，可我爷爷本来就是一个地地道道的农民。"不错，应当杀死他们两人。过了片刻，他突然感到，他所碰到的这些事都是一场梦，甚至连梦都算不上，无非是一些漫想，只要晃晃身子，向四下里瞅瞅……于是，他向四下里瞅了瞅，然而悲伤越来越深地刺入了他的心房，就如同老鹰用尖利的爪子抓稚弱的鸟儿一样。这些不光彩的事除过之外，拉夫列茨基在几个月后就有做父亲的希望了……过去，将来，他的一切生活都被埋没了。最后，他又回到巴黎，下榻在一家旅馆里，给瓦尔瓦拉·巴甫洛芙娜写了一封信，连同爱涅斯特先生的字条一起寄给了她。信的内容如下：

> 一切都可以用附上的纸条解释。顺带着说一句，我差点儿认不得您了：您，一个向来谨小慎微的人，怎么会把这样重要的文件丢失了呢?!（倒霉的拉夫列茨基花了两个小时才琢磨出了这一句话，而且，他对这句话非常满意）。我无法再跟您见面，我觉得，您也不应该希望跟我见面。我决定每年给您提供一万五千法郎，恕我不能多给，否则我将无力承受。请把您的联络地址寄到乡下的账房先生那里。您想做什么事，您想在哪儿住，全都随您的便。祝您快乐。无须复信。

拉夫列茨基在给妻子的信中虽说无须复信……然而他在期待着，希望能够收到她的复信，他想听她对这件捉摸不透、令人难以置信的事情作何解释。瓦尔瓦拉·巴甫洛芙娜在那天立即给他回复了一封长信，是用法文写的；这封信使他几乎晕了过去，使他的所有的怀疑都烟消云散了。瓦尔瓦拉·巴甫洛芙娜没有作自我申辩，她只希望能跟他见一面，请求他不要不留余地。尽管信纸上留有一些泪痕，然而信的口吻冷冰冰的，而且十分勉强。拉夫列茨基很不是滋味地笑了笑，让送信的人对她说，一切都会妥善安排的。三天之后，他就从巴黎离开了，不过去了意大利，并没有回俄国。其实，对他而言，只要不回家，上哪儿都可以。他给他的管家寄去了付给他的妻子年金的指示，并且命令他把庄园的一切事务马上从科罗宾将军的手里接管过来，无须等账目清理完毕，就打发将军阁下离开拉夫里基。他活灵活现地想象着将军被扫地出门时的尴尬相和强自装出的不可一世的神态，所以，尽管他痛苦不堪，然而不禁感到一种将仇恨发泄出去的欣喜。另外，他在信中恳求格拉菲拉·彼得罗芙娜回拉夫里基来，而且把委托书给她寄了过去。格拉菲拉没有照他的话去做，还在报上声称委托书她拒绝接受，虽然她的这种做法没有什么实际意义。当拉夫列茨基在意大利的一座小城里离群索居的时候，好长时间都不能迫使自己不去留意妻子的去向。他从报上获悉，她依照从前的计划离开巴黎，前往巴登—巴登了；她的名字没过多久就在那位茹里先生撰写的小文章里出现了。这篇小文章通过习惯性的开玩笑的语气，表现出一种友善的惋惜。费奥多尔·伊凡内奇读了这篇文章后有一种呕吐的感觉。不久他又获悉，她生了一个女儿。过了约摸两个月，拉夫列茨基的管家写信告诉他，瓦尔瓦拉·巴甫洛芙娜已经把她年金的三分之一要走了。接着，有关她的丑闻接二连三地传出；最后，所有报纸上都刊登了一件啼笑皆非的事情，闹得满城风雨，他的妻子在里面饰演了一个令人鄙薄的角色。一切都无可救药了：瓦尔瓦拉·巴甫洛芙娜成了"家喻户晓、妇孺皆知的人物"。

她的去向拉夫列茨基再也不去留意了。然而他的情绪一两下还不能完全稳定下来。有的时候他对妻子的怀念是那么的刻骨铭心，以至于他想为了她而丢弃……她仍然可以得到他的宽恕，只要她的温声细语还能在他的耳畔响起，她柔嫩白皙的小手还能握在他的手里。但是，光阴并没有虚度。他生来就不是那种陷入痛苦的泥潭而不能自拔的人；他那健康的与生俱来的心性几乎压倒了一切。许许多多的道理他都开始明白了：他再也不觉得自己受到了巨大的打击的本身并非无法预料；他已经对妻子的立身处世的态度有所了解了——当你离开你亲密的人的时候，你才能真真正正了解他。他重新投入到了学习和工作之中，尽管兴趣没有从前那么大了：人生感受和受到的教育使他养成的怀疑主义，完全将他的心灵占领了，他对任何事情都没有热情了。四年之后，他认为自己能够重归祖国了，能够与家里的人见面了。他在彼得堡和莫斯科都没有闲待，直截了当地来到 O 市，——我们就是在这里离开他的，现在就请热情的读者跟我们一道返回那里去吧。

十七

在我们前文叙述到的第二天早上九点钟，拉夫列茨基踏上卡里金家的台阶，而戴着帽子和手套的丽莎正好走了出来，跟他相遇了。

"您要到哪儿去？"他向她问道。

"我去做祈祷，"她答道，"今天是星期天。"

"您是不是常常去做祈祷？"

丽莎没有回答，只是带着异样的表情看着他。

"哦，对不起，"拉夫列茨基说，"我并无此意，我是来向你们辞别的，一个小时之后我就要离开这儿到乡下去了。"

"离这儿没有多远吧？"丽莎问道。

"二十五俄里左右吧。"

正在这时，连诺奇卡出现在门口，她由一个婢女陪伴着。

"好吧，不要把我们忘了。"丽莎说，然后走下台阶。

"你们也不要把我忘了。另外，"他接着说，"反正您要到教堂去，顺便带着为我祈祷祈祷吧。"

丽莎停住脚步，向他转过身来。

"好吧，"她专注地望着他的脸说，"我一定为你祈祷。我们走吧，连诺奇卡。"

拉夫列茨基走进了客厅，玛丽娅·德米特里耶芙娜独自待在那儿。花露水和薄荷浓郁的气味从她的身上散发出来。她告诉拉夫列茨基，她的头很痛，夜里睡得不太安稳。她接待他的态度还跟往常一样——十分懒散。刚开始时，她很少说话。

　　"您觉得，"她向他问道，"弗拉基米尔·尼古拉伊奇是不是一个惹人喜爱的小伙子？"

　　"弗拉基米尔·尼古拉伊奇？"他重复说，"您指的是哪一位啊？"

　　"就是潘申呀，昨天在这儿的那个人。他对您很有好感。我说一个秘密给您听，我亲爱的表弟①，他非常爱我的丽莎，爱得几乎难以自制。这没有什么不好的。他出身不错，仕途上正一帆风顺，人也聪敏机灵，再说啊，他是个侍从官，假如这是上帝的意思……我嘛，作为母亲，自然乐不可支了。当然，这件事非同小可。父母决定着孩子们的幸福嘛。因此啊，时至今日，事情无论好坏，一切都由我独自操劳着：孩子的教养啦，孩子的教育啦，全都由我一个人来干……唉，可不是嘛，我刚刚还写信给博柳斯，请她帮个忙，请一位家庭女教师……"

　　玛丽娅·德米特里耶芙娜接着就絮絮叨叨地讲起她要张罗的各种各样的事情，她的苦楚，她身为母亲的心情。拉夫列茨基一言不发地听着，一面转动着手中的帽子。他那冰冷、悲伤的目光使这位一说起话来就无休无止的夫人感到很不自然。

　　"您感觉丽莎如何？"她问道。

　　"丽莎维塔·米哈伊洛芙娜是一位十分不错的姑娘。"拉夫列茨基答道，一面站了起来，向她鞠了一躬，然后去找玛尔法·季莫菲耶芙娜了。玛丽娅·德米特里耶芙娜很不畅快地看着他走了出去，暗自想道："十足的海豹②，地地道道的农夫！哦，无怪乎他的妻子要抛弃他呢。"

　　玛尔法·季莫菲耶芙娜正坐在她的屋子里，她被她的所有随从围着。她的随从一共有五个，他们在她的心目中一样亲近：一只灰雀，

---

　　① 原文为法文。
　　② 十足的海豹：转译为"笨汉"。

它嗉囊很大，受过训练，她对它十分疼爱，是因为它已经不能再鸣叫，也不能喝水了；一只小狗，名叫罗斯卡，它胆子很小，非常乖顺；一只雄猫，名叫"水手"，它易于发怒；一位名叫舒罗奇卡的小女孩，她大大的眼睛，尖尖的鼻子，肤色微黑，非常好动；一位名叫纳斯塔西娅·卡尔波芙娜·奥加尔科娃的老太太，她五十五岁左右，经常戴着一顶白色包发帽，穿着一件外面罩着褐色短棉袄的黑衣服。舒罗奇卡是在一个小市民家庭里诞生的，双亲已经亡故。玛尔法·季莫菲耶芙娜之所以收养她和罗斯卡，是因为可怜他们；她从街上把小狗和小女孩捡回来的，他们都瘦骨伶仃的，饿得直叫，而且秋雨将他们淋得浑身都湿透了。罗斯卡从来没有人来认领过；至于舒罗奇卡，她有一个叔叔，他是修鞋的，嗜酒如命，连自己的肚子都混不住，更不用说抚养侄女了，——他只会拿鞋楦打她的脑袋，因此，玛尔法·季莫菲耶芙娜收养她正合他的心意。而纳斯塔西娅·卡尔波芙娜，她和玛尔法·季莫菲耶芙娜是这样结识的：有一次在一座寺院里朝圣的时候，她在教堂里主动走到她跟前（用玛尔法·季莫菲耶芙娜的话来说，她祈祷起来非常带劲，因此她对她颇有好感），她首先开口和她攀谈，并且把她请到家中喝茶。打那时起，她就一直和纳斯塔西娅·卡尔波芙娜待在一起。纳斯塔西娅·卡尔波芙娜出身于破落的贵族家庭，是个孀妇，无儿无女，和蔼可亲，乐观快活。她的脑袋圆圆的，头发已经全白了，两只手又软又白，眉毛粗粗的，眼睛大大的，表情十分和善，鼻子向上翘着，看上去很滑稽。她对玛尔法·季莫菲耶芙娜非常尊敬，玛尔法·季莫菲耶芙娜对她也很有好感，尽管时常拿她的那颗极富有感情的心开玩笑，因为她对所有的年轻人都很热情，就是听到最普通的、没有恶意的戏谑话，她的脸也会禁不住像女孩子一样变得通红起来。她仅有一千二百纸卢布的家产；虽然她依靠玛尔法·季莫菲耶芙娜过活，然而她和她并无高低贵贱之分，因为玛尔法·季莫菲耶芙娜无法忍受那种奴才般的态度。

"啊，费佳！"玛尔法·季莫菲耶芙娜看他走了进来，兴奋地叫道，"我的这些朋友你昨天晚上没有看到，这次你就看个够吧。我们围在一块儿打算喝茶呢；这是我们礼拜天的第二次茶会。你可以跟我的每一位朋友接近接近，但是呢，舒罗奇卡不会让你接近她的，而小猫会抓人。你是不是今天就要走？"

"是的，"拉夫列茨基答道，一面坐在一把矮椅子上，"我刚才到玛丽娅·德米特里耶芙娜那儿向她辞别去了。而且，我碰到了丽莎维塔·米哈伊洛芙娜。"

"我的爷啊，你直接叫她丽莎得了，何必叫她米哈伊芙娜①呢？你坐着不要乱动，否则，舒罗奇卡的椅子会被你折个稀巴烂的。"

"她正要去做祈祷，"拉夫列茨基继续说，"难道她真的很虔诚吗？"

"没错，费佳，特别虔诚。你和我都不如她虔诚，费佳。"

"这么说，您不虔诚？"纳斯塔西娅·卡尔波芙娜咕咕哝哝地说，"今天早晨您就没有去做祈祷，晚祷您应当去。"

"我不去，——你一个人去吧：我变得懒洋洋的，我的大姐，"玛尔法·季莫菲耶芙娜说，"我因为喝茶而变得懒得动弹了。"虽然她和纳斯塔西娅·卡尔波芙娜平起平坐，但是她一直称她"你"，——无怪乎她是佩斯托夫家族的人：佩斯托夫家族中有三个人上了伊凡雷帝的追荐亡魂的名册；这一点玛尔法·季莫菲耶芙娜自然知晓。

"请您告诉我，"拉夫列茨基又说，"玛丽娅·德米特里耶芙娜刚才在我面前说起那位……到底叫什么呢？……啊，对了，潘申。这位先生究竟是怎么样的一个人呀？"

"啊，她真是个多嘴的女人，求上帝原谅！"玛尔法·季莫菲耶芙娜嘟嘟囔囔地说，"她可能是背地里告诉你的，说她遇到了一个出色的向她女儿求婚的人，她悄悄地告诉给那个牧师的儿子也就行了嘛。实际上啊，还差得远呢，多谢上帝！然而她已经在瞎说了。"

"为何多谢上帝呢？"拉夫列茨基问道。

"因为我对这个俊秀的年轻人没有好感；再说，这也不是一件什么值得高兴的事。"

---

① 按辈分丽莎比拉夫列茨基小一辈，后者在称呼她时不必加父称"米哈伊洛芙娜"。

"您对他没有好感?"

"不错,他又不是一个人见人爱的小伙子。不过嘛,纳斯塔西娅·卡尔波芙娜倒挺爱他的,这已经很不错的了。"

不幸的寡妇浑身不自在起来。

"您看您说的是什么话呀,玛尔法·季莫菲耶芙娜,您难道不怕上帝惩罚您吗?"她扬声说,羞得面红耳赤。

"这个骗人的家伙,他心里明白,"玛尔法·季莫菲耶芙娜截口说,"他明白如何博得她的欢心:他把一个鼻烟壶送给她。费佳,你跟她把鼻烟壶要来闻一闻。你会看见一个精致的鼻烟壶:壶盖上面画着一个骑马的骠骑兵。你就不要为自己申辩啦,我的大姐。"

纳斯塔西娅·卡尔波芙娜只是不停地摆手,表示否认。

"那么,"拉夫列茨基说,"丽莎对他中意吗?"

"她似乎对他很有好感,不过嘛,谁知道她呢!你明白,别人的心就仿佛一座黑得伸手不见五指的森林,更何况是姑娘的心呢。譬如舒罗奇卡吧,她的心里在想些什么——你能猜得透吗?打你进来之后,她就躲了起来,然而又不出去,这是为何?"

舒罗奇卡不禁笑出声来,便向外面跑去。与此同时,拉夫列茨基站起身来。

"的确如此,"他缓缓地说,"姑娘的心思是无法理解的。"

他开始向玛尔法·季莫菲耶芙娜告辞。

"那么,"她说,"我们不久还会见面吗?"

"说不准,姑姑:离这儿挺近的。"

"哦,是啊,你去瓦西里耶夫斯科耶村。你不想在拉夫里基住,——啊,当然,这是你自己的事;可是,到了那儿之后,你去你妈和你奶奶的坟上看看。你在国外学了一肚子知识,你去看她们,说不定她们在地下也能感觉得到呢。另外,费佳,不要忘了给格拉菲拉·彼得罗芙娜做追荐法事,给你一个卢布。拿好了,这是我为她做追荐法事的一点儿心意。她没有离开人世之前,我对她一丝儿好感也没有,和她难得和和气气地说上几句话,她是个脾气很大的姑娘。不过

63

嘛，她很聪明，对你也还算是不错。好吧，你走吧，上帝保佑你，否则你又嫌我唠唠叨叨了。"

说完，玛尔法·季莫菲耶芙娜把自己的侄儿拥抱了一下。

"丽莎不会跟潘申结婚的，你不用担心。这种丈夫怎么能配得上她呢！"

"我根本就不担心。"拉夫列茨基答道，然后走了出去。

十八

过了约摸四个小时，他就上路回家了。他的四轮马车迅速地行驶在松松软软的乡村道路上。两个星期以来没有下过一滴雨。远处的树林被弥漫在空气中的乳白色的薄雾所笼罩，焦臭味一阵阵地从那儿飘了过来。一团团边缘模糊的、深灰色的乌云在浅蓝色的天空缓缓飘动，一股股十分猛烈的风不断地刮起十分干燥的气流，然而不能把暑气驱散。拉夫列茨基把头靠到靠垫上，两只手臂交叠放在胸前，望着一片片如扇形般从眼前飞快地掠过的田野，望着慢慢闪过的爆竹柳丛，望着那些看似呆头呆脑的乌鸦和白嘴鸦，——它们带着愚不可及而又古怪狐疑的神情，斜着眼睛瞅着从前面疾驰而过的马车，望着长在长长的田埂上的苦艾、蒿子和艾菊；他望着……这片空气清新的、草色鲜艳的、肥沃的、广阔的田野，这翁翁郁郁的、青翠欲滴的林木，这绵延起伏的丘岗和遍布着矮小橛树丛的沟壑，这沉闷的小村落，这细瘦的白桦树，——他多年没有目睹的这整个俄罗斯风景，使他泛起了既甜蜜又惆怅的情思，以某种愉悦的力量压迫着他的胸腔。他那如同天空中的云团一样很不真切的思绪在他的头脑里徐徐飘飞。他想起了他的孩提时代和他的母亲，想起了她谢世之前的那一刻，他如何被人们领到她的面前，她如何把他的头抱在怀里，一边哭泣，一

64

边用细若游丝的声音为他祝福，最后瞅了瞅格拉菲拉·彼得罗芙娜——便沉默了。他又回忆起了他的父亲。刚开始时精力旺盛，说起话来十分响亮，对一切都看不顺眼，一切事似乎都不称他的心，后来成了一个瞎子，动不动就像个小孩似的哭了起来，灰白的胡子乱如蓬草，而且十分肮脏；回忆起了有关他的一件事：有一次用餐时他喝酒喝多了，把调味汁弄到了食巾上，他突然放声笑了起来，挤着两只瞎眼，面红耳赤地滔滔不绝地讲起了自己的流金岁月；他还想起了瓦尔瓦拉·巴甫洛芙娜——于是不禁眯起了眼睛，就如同一个人的心突然感到心痛一般，马上使劲摇了摇头。不久，他就想到了丽莎。

"没错，"他想道，"一个新人刚刚迈入生活。一个非常不错的姑娘，不知道以后的生活会是什么样子？她长得很漂亮。白嫩的脸，双眼和嘴唇是那么严峻、认真，目光又是那么诚挚，那么纯洁。遗憾的是，她对宗教过于热衷。她身材匀称，走起路来若危若安，说起话来十分温柔。我很喜欢她的这副模样：猛地停了下来，认认真真地听你说话，脸上的表情严肃而又平静，接着就把自己的头发往后拢一拢，静静地思索起来。是啊，我也觉得潘申不配娶她为妻。然而，他究竟有哪一处不好呢？唉，我为什么要想人家的事呢？她也将走上人们已经走过的或是正在走的路。我最好小睡一阵吧。"拉夫列茨基便合上了双眼。

他没有睡着；他一直处于旅途中迷迷糊糊的似睡非睡的状态之中。他的脑海里又浮现出了各种各样的人物和事情，这些都和其他的感觉掺杂在了一起。真是不可思议，连拉夫列茨基自己都不知道他会想到罗伯特·庇尔①……想到法国历史……他想着，如果他是将军，他会如何领兵打仗，取得胜利：枪炮声和叫喊声似乎就在他的耳畔回荡……他的脑袋向一边滑去，他猛地睁开了眼睛……田野依然，草原风景依然；拉边套的马的磨得十分明亮的马蹄铁在滚动而过的尘土中不时地闪着光芒，车夫的腋下那件镶着红条子的黄色的衬衫被风吹得圆鼓鼓的……"啊，真是棒极了，我重返故乡了，"——拉夫列茨基

---

① 罗伯特·庇尔（1788—1850），英国政治家，曾任英国首相。

65

的头脑里突然泛起了这个念头。他大声喊道："快走!"——于是把大衣裹得更紧了，把身子也更紧地靠在靠垫上。马车突然震动了一下：拉夫列茨基把身子挺了起来，将眼睛睁得大大的。一个小小的村子坐落在他眼前的小山冈的尽头，稍微往右一点儿可以看到一所地主小宅，小宅相当破旧，窗户全都没有打开，狭小的门廊已经歪得不成样子，宽阔的庭院，从大门口开始，全被绿油油的、密密麻麻的、好像大麻似的荨麻所覆盖；院里还有一个不大的粮仓，是橡木造的，依然坚实如初。这就是瓦西里耶夫斯科村。

　　车夫驾着马车拐了个弯，到了大门口，便把马勒住。拉夫列茨基的仆人从驭座上将身子微微抬了起来，好像要往下跳的姿势，叫道："啊!"一阵粗哑的、疲软的狗叫声传了过来，然而狗没有出现，仆人又准备跳下车去，又大声叫道："啊!"一阵狗叫声又传了过来，稍稍过了片刻，一个人不知从哪儿跑了出来，此人白发苍苍，穿着黄色的土布长袍。他把手搭在额上，遮住阳光，朝马车看了看，接着双手猛地一拍大腿，茫然不知所措地在原地转了一会儿，然后跑去把大门打开。马车驶进了院子，车轮在荨麻上滚动而过，发出轻微的沙沙声。最后停在了台阶前面。显然，那个头发雪白的人的动作并不迟钝，他早已在最下面的台阶上将两条微微弯曲着的腿叉开，迅速地把车上的皮带解了下来，往上拉了一下皮帘，将主人搀下车，然后吻了吻他的手。

　　"啊，你好，老兄，你好，"拉夫列茨基说，"你似乎叫安东吧？你还好端端地活着呀？"

　　老头一声不吭地向拉夫列茨基鞠了一躬，然后跑去拿钥匙了。在他跑开的那一刻，车夫仍然侧着身子静静地坐着，望着锁着的门；拉夫列茨基的仆人从车上跳了下来，一只手搭在驭座上面，意得自满地站着。老头把钥匙拿来了，他十分做作地好像蛇一样弯下身子，把双臂抬得老高老高，打开了门，接着退到一边，又深深地向拉夫列茨基鞠了一躬。

　　"我到家了，我回来了。"拉夫列茨基一边走进很小的前厅，一边这样想道。就在这时，百叶窗一扇接一扇地被打开了，发出吱吱嘎嘎的声音；好久没有人居住的房间里，明亮的阳光照了进来。

十九

拉夫列茨基进入的这座不太大的住宅，是上个世纪建造的，建筑材料都是坚实的松木；它从外表看来好像破旧不堪，可实际上仍能用上五十年甚至更长久；格拉菲拉·彼得罗芙娜两年前就是在这里离开人世的。拉夫列茨基把所有的房间都看了一下，叫人把窗子全部打开，这使躲在门楣下面的苍蝇十分惊恐，它们非常衰老，显得毫无活力，背上沾满了白色的灰尘；格拉菲拉·彼得罗芙娜死了之后，窗户就再也没有打开过。家里所有的东西都依然如故：客厅里的用闪闪发光的花缎包的白色的细腿小沙发，已经变得又破又旧，而且深深地坍陷下去，让人栩栩如生地想起叶卡捷琳娜女皇时代。客厅里还摆着一张圈椅，它的靠背高而且直，女主人在世的时候非常喜欢它，就是到了衰暮之年，她也没有在椅背上靠过。费奥多尔的曾祖安德烈·拉夫列茨基的旧画像挂在正面的墙壁上，他那张黝黑的、凶巴巴的脸在那变黑的、已经弯曲了的底板上几乎认不出来了；一双透着凶光的小眼睛从耷拉着的、看似浮肿的眼睑下面很不高兴地直视着前方；皱纹纵横的、沉重的前额上，一头没有扑过粉的黑发直直地向天翘着。一个蜡菊花环挂在画像的一角，上面落着一层厚厚的灰尘。"这个花环，"安东说，"是格拉菲拉·彼得罗芙娜亲手编织的。"卧室里放着一张床，又长又窄，帐幔是由古已有之的、十分牢实的条形纹布制作而成，一堆早已失去光泽的枕头和一条绗过的薄被放在床上，《圣母进入神殿》的画像挂在床头；被人忘却的老处女独自一人在即将咽气的一刻，最后一次把她那变得十分冰冷的嘴唇贴在这幅圣像上。窗前放着一张角上包着铜饰的拼花梳妆台，小镜子已经很不平整，镀金镜框也已经变得黑糊糊的。与卧室相连的一间小房间是用来供奉神像的，它的墙壁上面什么东西也没有，角落里摆着一个沉重的神龛，地上铺着一块小地毯，上面到处是蜡油的污迹，而且已经磨损；格拉菲拉·彼得罗芙娜就是跪在这块地毯上向上帝叩拜的。拉夫列茨基的仆人由安东领着去开马房和车房的门了；一个和安东年龄相仿的老妇人出现在他站的地方，她的眉毛几乎被包在头上的头巾所掩盖；她不停地晃动着脑袋，一双眼睛毫无神采，不过流露出热情而忠诚的神情和多年形成的对主人非常恭顺的习性，同时还流露出某种十分尊敬的遗憾之情。她走上前去把拉夫列茨基的手吻了吻，然后退到门边听从他的使唤。她叫什么名字他根本记不起来了，甚至以前有没有见过她，他都说不准。原来得知她叫阿普拉克谢娅；她在四十年前被格拉菲拉·彼得罗芙娜从老爷的宅院里轰了出来，叫她到这里来养鸡；她寡言少语，仿佛老不中用了似的，然而还能尽力博得主人的欢心。这座老爷的宅院里除了这两个上了年纪的人和三个身穿长衫、肚子鼓突的小孩（安东的曾孙）之外，还有一个独臂人，他是个免缴赋役的农夫，什么事都干不了，只是像个乌鸡似的不停地嘟嘟囔囔地说些什么。与他相比还能起点作用的是那条用粗哑而又疲软的吠叫迎接拉夫列茨基重归家门的老狗。格拉菲拉·彼得罗芙娜叫人买了一条又粗又重的铁链把它锁了起来，至今已有十年左右，它走起路来十分费劲，几乎拖不动自身的重负。拉夫列茨基把各个房间看了一遍之后便来到花园，他觉得花园挺好的。花园里，野草、牛蒡、醋栗果和马林果遍地都是；然而树阴很多，有许许多多的古老的椴树，大得令人瞠目结舌，枝杈的形状非常怪异。这些树栽得太稠密了，大概最后一次修剪是在一百年前吧。花园的最里面有一个小池塘，清澈之极，被高高的、红色的芦苇围着。人类生活的迹象被磨平得飞快：虽然格拉菲拉·彼得罗芙娜的庄园还没有彻底地破败，但是好像已经进入宁静的沉睡之中。费奥多尔·伊凡内奇也到村子里转了一转。农妇们站在自己家的门口，一只手托着下巴瞅着他，在离他相当远的地方农夫们就向他致礼，小孩都跑得远远的，狗三心二意地吠叫着。他终于饥肠辘辘了，然而他的仆人和厨子到了晚上才能到达这里；从拉夫里基运吃的东西的车辆还没有到来，于是他去找安东。安东立即忙乎起来：他把一只老母鸡捉了过来，宰了，把毛拔了；阿普拉克谢娅如同搓洗衣服一般，把它搓了好大一阵，仔仔细细地洗了一番，然后才放入锅中。鸡终于煮好了，安东迅速地把条布铺上，把餐具摆好，而且把一个发黑的、三只脚的镀金盐瓶和一个颈部细长的、塞着圆玻璃塞的雕花玻璃酒瓶放在餐具前面，然后温声细语地对拉夫列茨基说，饭菜已经准备妥当，——而他本人却站在主人的椅子后面，右臂用餐巾裹着，一种柏树般强烈的、陈腐的气味从他的身上散发出来。拉夫列茨基把汤尝了一下，把鸡捞了出来，鸡皮上有很多不小的疙瘩，每条鸡腿上都有一条粗壮的筋，鸡肉有一股木头味和碱味。用餐完毕，拉夫列茨基说他想喝杯茶，假如……"我马上送来，"老头截口说，——他的确没有自食其言。他找来了用红纸包着的一小撮茶叶，又找来一只非常小、但是用起来特别好、水烧开后能发出大而沉闷的声音的茶炊，还找到一些细碎的、表面似乎已经溶化了的白糖。拉夫列茨基用的是一只大茶杯，它的上面画着纸牌；这只茶杯他还是个孩子的时候就记得，是专供客人们用的——现在他也如同客人一样，用它喝茶了。天快要黑的时候，仆人到了；拉夫列茨基不想在姑姑的床上睡，叫人把床给他铺在客厅里。他把蜡烛吹灭，长时间地看着四周，想着各种各样令人不高兴的事，他体验的是任何一个第一次在很久没有人居住的地方过夜的人所熟悉的那种感觉。他似乎觉得，他周围的黑暗难以接纳他这位初来乍到的客人，就是墙壁仿佛也有点儿想不通。最后，他长长地叹了一口气，把被子拉过来盖上，慢慢地睡着了。安东睡得最迟，他和阿普拉克谢娅悄悄交谈了很长时间，他们都不时地、轻轻地长吁短叹，还画了两次十字；他们无法理解：主人的非常不错的庄园和华美的宅邸不是离瓦西里耶夫斯科耶村很近么，他为什么不去那儿住而跑到这儿来呢？他们无论如何也想不到，这座宅邸正是使拉夫列茨基非常憎恨和厌恶的，它会使他想到很多哀伤和悲痛的往事。他们痛痛快快地聊了很久，安东拿起一根棍子，在挂在仓库前、好久好久没有敲过的打更板上敲了几下，马上缩紧身子躺在院子里睡着了，头发雪白的脑袋上什么也

69

没有盖。五月的夜是宁静而暖和的——老头睡得非常安稳。

二十

次日，拉夫列茨基很早就起来了；他跟村长闲谈了片刻，到打谷场转悠了一圈，叫人把锁链从那条老狗的身上解下来。老狗只是低沉地叫了几下，甚至没有走出自己的窝。他走回自己的房间后，进入一种意得自满的、迷迷糊糊的状态，整整一天没有从中摆脱出来。"现在我真真正正地坠落到了河的最深处。"这句话他对自己说了好几次。他静静地坐在窗下，好像在谛听他身边的安宁生活慢慢流过的声音，在谛听荒僻而宁静的乡村间隔很长时间才传来的声音。他听到有人在荨麻地的后面轻声地哼着歌儿，而蚊子好像在与他一起歌唱。过了一会儿，这个人不唱了，然而蚊子仍然在叫。苍蝇也一起嗡嗡地叫，那令人心烦的声音听起来它们好像在发牢骚似的，而这声音中，又响起一只体格强健的土蜂的乏闷的声音，它的头动不动就撞在天花板上；一只公鸡在街上鸣叫起来，声音沙哑，而且把尾音拖得老长老长。一辆马车吱吱嘎嘎地驶过，村子里的大门发出嘎嘎吱吱的声音。"什么事呀？"一个老妇人的颤抖的声音突然传了过来。"啊，你呀，我的心肝儿。"安东对抱在他怀里的一个两岁的小女孩说。"去把克瓦斯拿过来。"刚才那个老妇人又说。——接着，一切归于死寂；刚才所有的声音都消失了；风吹树叶的声音也听不到了；燕子接连不断地、悄无声息地从地面掠过，它们没有响声的飞翔使人感到惆怅。"现在，我真真正正地坠落到了河的最深处。"拉夫列茨基又想，"这里的生活一直是，无论什么时候都是这么安静，这么不紧不慢，"他想，"无论是谁，只要进入这个圈子，就得听从它的摆布：在这儿，既没有什么让人觉得兴奋的事情，也没有什么让人感到惶恐的事情；在这儿，只有像农夫犁田那样从容不迫地犁出一道道小沟的人才能走向成功。在这周围，聚集着多么巨大的力量；在这看似毫无前途的静谧之中，积蓄着多么强大而健壮的生命！就在这儿，窗子下面，粗壮的牛蒡从野草丛生的地方探出头来，土当归在它的上面伸展着满含水分的茎秆，在更高的地方，圣母泪草扬起那粉红色的触须。田野那边，黑麦闪动着亮光，燕麦已经扬了花，每棵树上的每片叶子，每条茎秆上的每棵小草全都努力地向四周伸展。对女人的热恋使我浪费了最美好的时光，"拉夫列茨基接着想道，"希望我能在这孤寂的地方清醒过来，得到安慰，并且学会从从容容地做事情。"想到这儿，他便继续谛听这片宁静，什么也不祈盼，——与此同时又仿佛在不停地祈盼什么！他被静谧所包围，湛蓝而又沉静的天空中，太阳悠悠滑过，云朵缓缓飘过，飘向何处，为何飘游，它们都好像十分清楚似的。就在这时，在世界的别的一些地方，生活正在激荡，正在匆匆行进，正在欢唱。在这儿，毫无二致的生活悄悄地、静静地流过，如水从沼泽地上的野草上面流过一样。天色暗了下来，可是拉夫列茨基一直无法从这对流逝了的或是正在流逝的岁月的沉思之中摆脱出来。逝去的岁月的惆怅仿佛春雪似的在他的心里逐渐融化——真的好怪！——对故乡的感情在他的心里一向没有这么真切，这么深厚！

二十一

费奥多尔·伊凡内奇用了两个星期就把格拉菲拉·彼得罗芙娜的小宅子好好整顿了一番，把庭园和花园打扫得十分洁净；舒适的家具从拉夫里基给他运了过来，葡萄酒、书籍和杂志也从城里运来了；马厩里出现了马匹。一言以蔽之，费奥多尔·伊凡内奇把所有必需的东西都置办好了，过起了既非地主式的也非隐士式的生活。他的生活过得十分清淡，然而他并不感到孤寂，虽然绝少与人来往。他勤勤恳恳地、一心一意地经管田庄的事务，骑着马在村子附近转悠转悠，看书。可实际上，他很少看书，他更乐得让安东老头讲故事给他听。拉夫列茨基常常坐到窗前，手里拿上一个烟斗，面前放上一碗凉茶，而安东呢，他站在门边，双手反背，开始不疾不徐地讲起过去很久很久的岁月和神话时代的故事：那时，买卖燕麦和黑麦不用斗来计算，而用大麻袋来量，两三个戈比就能买它一袋；那时，城市附近、甚至城市都被无法通过的森林或是一眼望不到边的、然而还被没有开垦、种植农作物的草原所包围。"而现在哪，"老头带着不满的神情说，他已年近八十，"全都被砍得光秃秃的，开垦完了，就连马车走的路也没有了。"安东还讲了有关自己的女主人格拉菲拉·彼得罗芙娜的许多事情：她多么善解人意，多么善于管理家务；有一位年轻的先生，是她的邻居，为了博取她的欢心，隔三间五地上门来看她，而她也为了他不惜戴上节日才戴的镶着深红色带子的包发帽，穿上用利凡廷绸①缝制的黄色连衣裙；然而后来由于那位先生十分鲁莽地向她问了一句："小姐，我想您一定有不少财产吧？"她就怒不可遏，于是命令再也不准他来访，她还吩咐说，她谢世之后，所有的东西，就算是一块破布，统统留给费奥多尔·伊凡内奇。拉夫列茨基确实发现姑姑的所有的东西都好端端地保存着，连那顶镶着深红色带子的包发帽（节日才戴）和用利凡廷绸缝制的黄色连衣裙都完好无损地留给了他。拉夫列茨基很想找一些旧文据和十分有意思的文件来看看，但是找不到，只找到了一本又破又旧的小册子，他的祖父彼得·安德烈耶维奇在上面写着一些东西：有亚历山大·亚历山大罗维奇·普罗卓罗夫斯基公爵大人与土耳其帝国缔结和约②，圣彼得堡举行庆典；有一张医治胸部疼痛的汤剂药方，带有注释："这个药方是日沃纳恰里内雅·特罗依茨教堂大神甫费奥多尔·阿夫克欣季耶维奇赠给普拉斯科菲雅·费奥多罗芙娜将军夫人的"；还有一些政治新闻，譬如："不知为什么，

---

① 利凡廷绸：地中海沿岸地区生产的一种绸。
② 缔结和约：指第一次俄土战争（1769—1774）。

有关法国虎①的辩论不再进行了"，在它的旁边有这么两句附注："据《莫斯科新闻》载，米哈伊尔·彼得罗维奇·科雷切夫中校先生逝世。不知他是不是彼得·瓦西里耶维奇·科雷切夫的儿子？"拉夫列茨基还找到了几本旧历书和圆梦的书，以及安波季克先生的那本令人颇为费解的著作②；忘却已久的、但是仍很熟悉的《象征与图谱》又使他回忆起了许多往事。拉夫列茨基在格拉菲拉·彼拉罗芙娜的梳妆台的抽屉最里面发现了一个扎着一根黑色的细带子、用黑色的火漆封着的小包。小包里，面对面地放着两张画像，一张是他父亲年轻时的色粉画肖像，前额上披着柔软的鬈发，一双细长的眼睛流露出懒散的神情，嘴巴微微地张着；另一张画像磨损得相当厉害，画上是一位脸无血色的女人，身穿白色连衣裙，手里拿着一支白蔷薇，——这是他的母亲。格拉菲拉·彼得罗芙娜一直不喜欢别人给她画像。"费奥多尔·伊凡内奇老爷，"安东对拉夫列茨基说，"我尽管不曾在老爷的府上待过，然而您的曾祖安德烈·阿法纳西耶维奇我还是有印象的，可不是嘛：他老人家谢世的时候我刚好十八岁。有一次，在花园里，我和他相遇了，吓得我两股战战，然而他并没有训斥我，只是问了一下我的姓名，然后命令我到他的房间去取手帕。那还用说，他是大老爷嘛，从来不知道有比他更厉害的人。我告诉您吧，这是因为您的曾祖有一个非常奇妙的护身香囊③，那是一位打阿索斯山④来的僧侣送给他的。他对您的曾祖这样说：'老爷，为了您的热情款待，我把这个送给您。您戴上它就什么也不用害怕了。'嗬，可不是嘛，老爷，谁都知道那个年代是什么年代：老爷想干什么就干什么。"并不少见，就算是位老爷，有谁敢顶撞他老人家，他就把那个人瞅一眼，说：'你算什么玩意儿。'——他最爱说这句话了。您那谢世已久的曾祖住在木头建成的小屋子里，但是他留下了不计其数的财产，譬如银子

---

① 法国虎：指十八世纪末法国资产阶级革命。
② 指前面的提到的《象征与图谱》。
③ 护身香囊：迷信的人佩在胸前，内藏神香符箓之类。
④ 阿索斯山：在爱琴海左岸。

啦，积存下来的形形色色的东西啦等等，所有的地窖都塞得满满的。他当家当得真是太好了。那个您赞叹不已的水瓶就是他用来喝伏特加的。然而您的祖父彼得·安德烈罗维奇啊，他虽然住的是华美的砖房，但是没有积攒下财产，他无论干什么事都干不好。他的日子过得不如自己的父亲好，一点儿也不幸福。钱财都被他抖了个精光，关于他的事啊，没有什么可以值得大说特说的，连一把银勺子也没有留下，这份家业啊，要不是格拉菲拉·彼得罗芙娜操劳，根本保不住。"

"有没有这一回事，"拉夫列茨基截口说，"人家管她叫老恶婆?"

"哪有这回事呢!"安东答道，脸上露出不高兴的神色。

"老爷，"有一次老头大着胆子问道，"我们的太太现在怎么不见啦?"

"我跟她一刀两断了，"拉夫列茨基艰难地说，"请你不要再提起她。"

"是，老爷。"老头悲伤地答道。

三个星期之后，拉夫列茨基骑着马到 O 市拜访卡里金一家，并且在那儿留住了一夜。那天列姆也在；拉夫列茨基对他很有好感。由于父亲的教育，尽管他不会演奏任何一种乐器，然而他对音乐，尤其是严肃音乐和古典音乐特别喜爱。那天晚上潘申没有到卡里金家做客。他被省长派出去办事去了。丽莎独自弹琴，而且弹得非常熟练。列姆十分高兴，在屋里来来回回地走着，用一张纸卷成小筒，指挥丽莎，玛丽娅·德米特里耶芙娜看着他的这副模样，刚开始时觉得特别可笑，后来就去睡觉了。照她所说，她被贝多芬的曲子刺激得太强烈了。到了夜里，拉夫列茨基把列姆送回他住的地方，他在他那里一直待到凌晨两点钟。列姆说了不少话。他将他的驼背挺了又挺，眼睛大睁而且焕发出了神采，就连脑门上的头发也高高翘起。已经好久好久没有人跟他促膝长谈了，而很明显，拉夫列茨基非常同情他，向他问了很多事情，神情是那么专注，态度是那么真诚。这使老人感动不已。于是，他把自己的作品拿给客人看，为客人弹琴，而且用毫无活力的嗓音唱了他的作品的几个片断，其中包括由他自己配乐的席勒①

---

① 席勒（1759—1805），德国伟大剧作家，诗人。

的叙事诗《弗里多林》①。拉夫列茨基对他赞不绝口，再三请他把某些片断重复一遍，告辞时热情地邀他到他那里住上几天。列姆把拉夫列茨基送到街上，很快就答应了，而且将他的手紧紧地握住，然而当他独自待在新鲜而湿润的空气中，望着初升的朝霞的时候，他回过头来看了看，眯缝起双眼，紧紧地缩着身子，好像做错了什么事似的，慢腾腾地回到他的房间。"意思是：'我精神失常了'。"②（我可能是疯了），他喃喃自语道，一面躺在他那张既短且硬的床上。过了几天，拉夫列茨基乘着马车前来请他，他想以身体不适为由不到他那儿去了，然而费奥多尔·伊凡内奇来到他的房间里，把他给劝服了。实际上，拉夫列茨基为了他才叫人把一架钢琴从城里运到乡下的，这使列姆大受感动。他们俩一道前去拜访卡里金一家，并且在那儿待了一个晚上，然而一点儿也不如上一次令人高兴。潘申也在卡里金家，他滔滔不绝地讲起了他旅行中的所见所闻，特别可笑地把他见到的那些地主挖苦了一番。拉夫列茨基脸上挂着笑容，然而列姆一直默默不语地待在角落里，浑身仿佛蜘蛛似的不断地微微颤抖着，两眼忧郁而毫无光彩，直到拉夫列茨基走的时候他的情绪才高涨起来。甚至坐在马车里，老人仍然有些难为情，懒得说话。不过，静谧温馨的空气，习习微风，摇曳着的树影，青翠欲滴的野草，白桦树初发的嫩芽发出的幽淡的气息，没有月亮的天空宁静的光辉，极富节奏感的马蹄声和马匹呼哧着鼻子发出的声音——道路、春天和深夜的所有魅力都深深地沁入这个不幸的德国人的心里，于是他自己先开口和拉夫列茨基谈起天来。

二十二

他聊起了音乐、聊起了丽莎，后来又聊音乐。当他说起丽莎的时

---

① 《弗里多林》原名《去铁匠铺的路上》（一七九九）。
② 原文为德文。

候，他的语调好像比平时平缓了许多。拉夫列茨基谈到了他的作品，以调侃的口吻让他为他写一部歌剧。

"嗨，歌剧！"列姆说，"不，这我写不了，因为我早已不具备写歌剧的素质了，也就是说，我已丧失了激情和想象力了。我本身所具有那种能力已丧失殆尽……话说回来，倘若我还可以写点东西的话，我倒是更愿意写浪漫曲。不过嘛，我希望能得到很好的歌词……"

他不吱声了，静静地坐了很长时间，抬起头来仰望天空。

"譬如，"他过了好久又说，"啊，你们，星星，纯洁的星星……"

拉夫列茨基把脸微微向他侧了过去，专注地看着他。

"啊，你们，星星，纯洁的星星，"列姆又说了一遍，"你们俯视着善良的人和有罪的人，绝不偏袒一方……但是善良的人只是一部分——或者跟这样的一些歌词差不多……人们对你们表示理解，不，我的意思是人们爱你们。然而，我不是诗人，我哪里称得上是诗人！可是这样的歌词，这样美好的东西必须得有。"

列姆把帽子转向后脑勺，在夜色朦胧的黑暗中，他的脸越发显得毫无血色而年轻了。

"对你们来说也是如此，"他用逐渐低沉的语调说，"你们清楚谁在爱，谁懂得怎样爱，因为你们这些星星无比纯洁，只有你们能够安慰……不，我指的并非这些！我不是诗人，"他说，"总之，跟这些东西差不多。"

"我也感到十分惋惜，我不是诗人。"拉夫列茨基说。

"不切实际的幻想！"列姆说着，把身体蜷进马车角落里沉思起来。他闭上眼睛，似乎打算睡一会儿。

过了片刻……拉夫列茨基侧耳倾听着，……"啊，你们，星星，纯洁的星星，爱情。"老头儿自己咕哝着。

"爱情。"拉夫列茨基默默地重复着，他也开始静静地思索起来，心情变得异常沉重。

"克里斯托弗·费奥多雷奇，您为《弗里多林》配的乐太出色了，"他高声说，"您认为怎么样呢，要知道，当伯爵领着他见了妻子之后，这个弗里多林不久就成了她的情夫了，是这样吧?"

"这是您个人的看法，"列姆说，"因为这有可能是经验的作用……"他忽然住了嘴，而且窘迫地转过身去。拉夫列茨基努力地挤出一丝笑容，也转过身去，望着路上。

当马车驶到瓦西里耶夫斯科耶村的那座宅院门前时，已经是群星黯淡、天光渐亮的时候了。拉夫列茨基领着客人到了专门为他收拾好的房间，之后回到他的书房，坐在了窗前。夜莺在花园里唱着黎明前最后的歌。拉夫列茨基不禁想到，在卡里金家的花园里，曾经也有一只夜莺在歌唱；他还想到，当夜莺刚开始施展歌喉的时候，他们一起向窗外的沉沉夜色望去。他有点儿想丽莎，这使得他气定神凝。"多么纯洁的姑娘啊!"他轻声地自言自语道，"纯洁的星星"，他微笑着加了一句，然后便躺了下来，悠悠入睡了。

但是列姆却在床上长时间坐着，膝盖上放着一册摊开的乐谱，仿佛有一种从来没有过的旋律正在酝酿之中。他感到热血沸腾，无比兴奋，他已经感觉到那种旋律马上就要出现了，那种令人愉悦的疲惫也越来越近了……然而他最终还是没有等到它……

"我既非诗人，也非音乐家!"他最后喃喃自语道。

他那困顿之极的脑袋沉重地向枕头倒去。

二十三

次日早上，主客二人坐在花园里的一棵老椴树下喝茶。

"大师!"拉夫列茨基在谈话当中顺带着说了一句，"过不了多久，您必须得写一首赞歌了。"

"这是什么原因?"

"为了庆祝潘申先生和丽莎结为连理啊。您难道没有看出昨晚他是如何百般向她讨好的？看来，他俩的事情发展得非常顺当。"

"这绝不可能！"列姆叫道。

"为什么？"

"因为这绝不可能发生。然而，"他稍稍沉默了片刻，又补充道，"这个世界上发生任何事都有可能。尤其是在你们俄国。"

"让我们暂且撇下俄国不说；可是您觉得这桩婚事到底有什么不对之处？"

"哪儿都有不对之处，全都是。丽莎维塔·米哈依洛芙娜是一位正派、诚实、严肃的姑娘，心灵非常美好……然而他……总之，他是个肤浅的家伙。"

"但是她很爱他，难道不是吗？"

列姆从长椅上站起身来。

"不，她不爱他，也就是说她还单纯得很，自己也不晓得爱是怎么一回事。冯①·卡里金夫人告诉她，他是个出色的小伙子，她就把冯·卡里金夫人的话信以为真，因为她还是个不折不扣的小孩子，尽管她已经年近十九：她每天早上祈祷，晚上也祈祷，——这是值得褒奖的；可是她不爱他。她所爱的东西都是十分美好的，但他并不是这种人，即是说他并没有一付好心肠。"

列姆激动地一口气把这几句话说完，他说的时候一边在茶桌前来来回回地走着，眼睛瞅着地板。

"可敬的大师！"拉夫列茨基突然叫道，"依我看来，您本人已经爱上我的表侄女了。"

列姆猛地住了嘴。

"拜托，"他用微微颤抖的声音说，"拜托您不要拿我开这样的玩笑。我还没有疯：我只看到我的面前是幽暗的坟穴，而非粉红色的前景。"

拉夫列茨基开始同情这个老人了；他恳求他宽恕自己。喝完茶，

---

① 德国人称呼贵族出身的人时，在其姓氏前加个"冯"字。

列姆给他演奏了一曲自创的赞歌；吃午餐时，拉夫列茨基又说到了丽莎，引得列姆也没完没了地说了起来。拉夫列茨基凝神倾听起来。

"克里斯托弗·费多雷奇，您的看法如何，"他最后说，"现在我这儿一切都已准备就绪，花园里的花也开得正好，不是吗？……把她和她的母亲，还有我的姑妈邀请到这儿来玩一两天怎么样？这样做你开心吗？"

列姆低垂着脑袋，几乎把它埋进盘子里。

"那就邀请她们吧。"他用几乎听不见的声音说。

"还邀不邀请潘申呢？"

"不用了。"老人答道，脸上露出了孩子似的笑容。

过了两天，费奥多尔·伊凡内奇到城里去拜访了卡里金一家。

二十四

他去的时候，正好赶上他们全家人都在，但他没有马上把自己到这儿的目的告诉他们。他打算一个人跟丽莎谈谈。正好有个机会成全了他：客厅里只剩下他们俩。他们聊了很长时间。她已经和他很熟悉了——实际上她对任何人都不感到陌生。他听着她说话，专注地瞅着她的面庞，心里肯定了列姆的话，认可了他的看法。经常会出现这样的事，两个彼此认识但又并不亲密的人会在很短的时间内很快地接近对方，而且这种接近的意识立刻会在俩人的目光里，在俩人平静而友善的微笑里，在俩人的举手投足之间表现出来。拉夫列茨基和丽莎之间恰恰就出现了这种情况。"他这个人原来是这样的。"她面带笑容地看着他的脸想道，"你这个人原来是这样啊。"他的想法也是一样。故而，当她告诉他，——当然并不是一点儿迟疑也没有——她早就有些话要对他说，但又怕惹他不高兴时，他并没有显出太惊愕的样子。

"说吧，不要害怕。"他说，同时站到她面前。

丽莎抬起她那双秋波流转的眼睛，注视着他的脸。

"您的心地很好，"她说，一边暗自想道："是的，他的心地的确很好……对不起，我本来不应当鲁莽地向您问起这件事……但是您为什么要……您和您的妻子分开到底是为什么呢？"

拉夫列茨基猛然一愣，看看丽莎，在她的近旁坐下了。

"我亲爱的，"他说，"请不要触及这个伤疤；尽管您的手非常温柔，但我仍旧会有痛楚的感觉的。"

"我清楚，"丽莎好像没有听懂他的话的意思似的，接着说，"她对您犯下了大错，我不想替她辩解什么；但是，怎么能够把上帝撮合的东西拆散呢？"

"对于这个问题，我们的分歧太大了，丽莎维塔·米哈伊洛芙娜，"拉夫列茨基语气相当强硬地说，"我们没法互相沟通。"

丽莎的脸一下子变得煞白，她浑身哆嗦了一下，但她并没有就此保持缄默。

"您对她应该有宽容心，"她低声说，"假如您也希望别人对您宽容的话。"

"宽容！"拉夫列茨基接过话茬说，"您应该先弄清楚，您是在为一个什么样的人说好话？对这个女人有宽容心，重新把她接回自己的家，接受她这样一个轻薄肤浅、铁石心肠的东西！您又是听什么人说她要和我重归于好的？得了吧，她非常满足于自己的境况！……为什么要在这会儿谈起此事！她的名字不应该出现在您的口中。您太纯真、无邪了，对这种人您根本无法搞明白她在想些什么？"

"您干吗要侮蔑人！"丽莎的双手明显地颤抖着，吃力地说出话来，"是您本人把她甩掉的，费奥多尔·伊凡内奇。"

"然而我要对您说的是，"拉夫列茨基迸发出一种不吐不快的激动情感，大声叫道，"她是怎样的一个人，您根本不清楚。"

"那您干吗要和她结婚呢？"丽莎轻垂双眼，低声说。

拉夫列茨基"腾"地从椅子上站起身来。

"我干吗要和她结婚？那时候我的年岁还不大，一点经验也没有，我上当了，她的美丽的外表使我看走了眼。我对女人一无所知，我什么也不知道。希望上帝赐予您比这更美满的家庭！但是说真的，没有任何事情是绝对的。"

"我也一样或许会成为一个不幸的人，"丽莎说（她的语调变得不连贯了），"但到了那种时候也只能听凭命运的安排了，我的表达很差，然而倘若我们不听凭命运的安排……"

拉夫列茨基双拳紧握，跺了一下脚。

"对不起，请您不要生我的气。"丽莎连忙说。

就在这时，玛丽娅·德米特里耶芙娜走了进来。丽莎站起身来，准备出去。

"请稍等，"拉夫列茨基突然在她身后喊道，"我对您和您的妈妈有一个小小的愿望：请到我现在的宅邸做客。您知道，我购置了一架钢琴。列姆现在就在我家里。丁香花已经开了。你们可以去乡下，那儿的空气非常好，而且当天就能够回到这儿，——你们肯赏光吗？"

丽莎瞅了瞅母亲，玛丽娅·德米特里耶芙娜装出一副身体不舒服的模样。然而拉夫列茨基没等她说话便迅速地吻了她的双手。玛丽娅·德米特里耶芙娜一向容易被别人的亲近、关切的举动所打动，而且"傻瓜"突发的热情使她"猝不及防"，于是不再犹豫，便答应了。当她正在想应当把拜访的日子定在那一天时，拉夫列茨基走到丽莎面前，仍旧满怀激动地对她轻声说："谢谢，您真是个好心肠的姑娘，是我不对……"她白嫩的脸颊上顿时出现了一抹红晕，并露出了欢欣、羞涩和怯生生的笑容，她的目光也比以前更加柔和了。

"弗拉基米尔·尼古拉伊奇能否和我们同行？"玛丽娅·德米特里耶芙娜问道。

"能，没问题，"拉夫列茨基答道，"可是，只有我们自己家的人聚会，难道不更好吗？"

"但是，或许……"玛丽娅·德米特里耶芙娜本想说什么，却又戛然而止。"这样也好，悉听尊便吧。"她添上一句。

最后决定带连诺奇卡和舒罗奇卡一块去。玛尔法·季莫菲耶芙娜婉言谢绝了拉夫列茨基的邀请。

"我受不了这些，亲爱的，"她说，"我年老体衰哪能受得了旅途的颠簸呢。况且，想必你那儿也没有留宿的地方，再说啊，我在别人的床上无法入睡。让年岁小的人去折腾吧。"

拉夫列茨基已经失去了和丽莎单独相处的机会。但是他一直以那样的目光望着她，使她既觉得心里稍稍放松了一些，又觉得颇为不好意思，同时还有点儿怜惜他。当他准备离开的时候，他把她的手紧紧地握了握。屋里只剩下她一个人时，她静静思索起来。

二十五

拉夫列茨基一回到家，就有一个人从客厅门口迎了上来。此人又高又瘦，身着一件又破又旧的蓝色常礼服，尽管脸上皱纹纵横，但精神依然矍铄，两鬓灰白的络腮胡子乱如蓬草，鼻子高挑而挺拔，两只充满血丝的小眼睛红彤彤的。这个人是他以前上大学时的同学米哈列维奇。起初拉夫列茨基没认出他，但来客一说出自己的名字，他就亲热地拥抱了他。自从上次在莫斯科分手之后，他们就再也没有相会过。他们感慨万千，相互问这问那，早已搁浅在回忆中的旧事又重新浮现在脑海中。米哈列维奇一边飞快地把烟斗抽个不停，不时地呷一小口茶，一边挥动着自己颀长的胳膊，大讲自己的离奇历程。他的历程中，没有任何值得兴奋的东西，他没法炫耀自己事业上的建树，但他仍然不时地以沙哑的声音发出神经质的笑声。在一个月之前，他在一个搞承包的阔商人开的私人事务所里找了个工作，这个事务所在距O市三百俄里开外的地方。当他获悉拉夫列茨基已经回国了，便绕道而行，来看看自己的故交老友。米哈列维奇的讲话仍然和年轻时一样，容易激动，仍然和当年一样大喊大叫，慷慨激昂。拉夫列茨基正准备说说自己的状况，然而米哈列维奇截断了他的话头，急匆匆地轻声咕哝着："我早已有所耳闻，老弟，我早已有所耳闻——这些事情谁能想到呢？"继而他立即"引导"着拉夫列茨基谈起了别的不太要紧的事。

　　"老弟，"他说，"我明天就要出远门了。今天，请多包涵，还是让我们迟点儿睡觉吧。我一定要知道，你现在情况如何，你的看法是什么样的，你有什么样的理念，你身上发生了怎样的变化，生活告诉了你什么？（米哈列维奇的说话方式还和三十年前一样。）而我嘛，老弟，我在不少方面都发生了变化。生活的激流在我胸中跌宕起伏，呀，这句话是谁说的？虽然我没有改变主要的、根本的方面。和过去一样，我相信善和真理，然而现在不光是相信，现在我有信仰，没错，我有信仰，我有信仰。嗨，你知道吗，现在我在写诗。这些诗虽然没有多少诗味，但却蕴涵着真理，我念一首新近写的诗给你听吧。"——米哈列维奇读起了他自己写的诗。这首诗相当长，它的最后几句是这样的：

　　　　我把全身心都献给新的情感，
　　　　我炽热的心犹如初生的婴孩：
　　　　我把曾经奉若神明的一切都焚毁，
　　　　我对被焚尽的一切满怀崇拜。

　　在读到最后两句诗的时候，米哈列维奇差点儿没哭出声来，他那厚厚的嘴唇上掠过一丝难以觉察的颤抖——感情强烈波动的表证，他那并不俊美的脸上也焕发出了光彩。拉夫列茨基听他读着诗，听他……一种矛盾的心情在他心头起伏着，莫斯科大学生那种站在潮流前面的、一向激昂澎湃着的热情使他生气。过了约摸十五分钟，他俩便辩论了起来。这是只有在俄罗斯人中间才会发生的永无宁息的辩论。多年的离别，再加上他们在两种一点儿也不相同的世界里生活，使得他们不但对对方的思想一知半解，甚至对自己所持的观点都没弄透彻，便逮着一两句话，望文生义地钻起牛角尖来，并且都是用相同的几个词句针锋相对地反驳对方。辩论的话题非常抽象，而且这场辩论好像与他们的生命有关一样，他们毫无顾忌地高声叫嚷着，搞得所有的人都不得安宁，一片恐慌。米哈列维奇一来，不幸的列姆便把自己关在了房中，他对此不仅感到迷惑不解，而且有一些说不清、道不明的惶恐不安了。

"在遭遇了所有这些之后，你有什么打算呢？你这个悲观的人？"时间已经过了午夜十二点，米哈列维奇还是这样大声嚷着。

"有什么悲观的人和我一样吗？"拉夫列茨基反唇相讥道，"并非所有的人都是面无血色、孱弱不堪的，你是不是想让我用一只手把你举起来看看？"

"噢，倘若你不是个悲观的人，那就是个怀疑主义者，这就更加不妙了（米哈列维奇言语之间露出了他的小俄罗斯方言口音）。可是你有什么资格当个怀疑主义者呢？就算你生活的历程中运气不好，然而这并不是你自己的错。你天生就是个热血沸腾的人，一个情感炽热的人，但人们把女人从你的生活中强行隔离了，所以你遇到的第一个女人蒙骗你是情理之中的事情。"

"她连你也一起骗了。"拉夫列茨基阴沉着脸说。

"就算如此，就算如此吧，在这些事情上我仅仅充当了命运的工具，嗨，我在瞎诌些什么啊，这跟命运毫无瓜葛，我又犯了词不达意的老毛病了，然而这又说明了什么呢？"

"这说明，我从小就遭受了畸形的压制。"

"那你就该矫正自己！只有这样，你才能称得上是个人，是个当之无愧的大丈夫，你有足够的力量！但是无论如何，我们怎么可以、又怎么能容许把所谓的个别现象提升到一般规律而把它奉为至高无上的准则的做法呢？"

"这跟准则有什么联系？"拉夫列茨基截口说，"我不觉得……"

"不，这是你的准则，你的准则。"米哈列维奇也同样打断了他的话头。

"你是个自私自利的人，的确如此！"一个小时之后，他又高声嚷道，"你所追求的是自我沉醉，你期待的是生活中的幸福，你只想为自己活着……"

"什么是自我沉醉？"

"一切都将你蒙骗了，你脚下的一切都彻底瓦解了。"

"我问你的是，什么是自我沉醉？"

"而所有的这些瓦解都是情理之中的事情，因为你在不存在基础的地方找寻着基础，因为你选择了不可靠的沙滩来筑造你自己的楼阁……"

"你说清楚一些，少打点儿比方，我听不明白你在说什么。"

"这是因为——你尽管嘲弄取笑好了；因为你没有信念，没有热情，有的只是理性，你所拥有的只是毫不值钱的理性……你不过是个不幸的、过时的伏尔泰主义者，你就是这么一个人！"

"你说什么，你认为我是个伏尔泰主义者？"

"不错，你和你父亲没有什么两样，这一点你本人一直没有意识到！"

"要这么说来，"拉夫列茨基吼道，"我可以称你为偏执狂。"

"唉，"米哈列维奇颇为失落地说，"很遗憾，对这个伟大的名号我没有一点儿能配得上……"

"现在我可算找到称呼你的合适方式了，"凌晨两点钟的时候，米哈列维奇高声嚷道，"你既非怀疑主义者，也非悲观的人，更不是伏尔泰主义者。你是个懒虫，而且是个心怀不轨的懒虫。你是个有头有脑的懒虫，而不是心地单纯的懒虫。心地单纯的懒虫只知道躺在床上什么事儿也不做，因为他们什么事儿都做不了，他们甚至什么事儿也不去想，而你则是个善于思索的人，就算你躺在床上不动，也能够有事可做，然而你从不去做。你只管吃饱了饭后挺着肚子仰面朝天躺着。你这样躺着还有自己的说法，认为无论人们做些什么都显得没有意义，所有这些都是没有价值的瞎忙。"

"你说我躺着不动有什么根据吗？"拉夫列茨基反驳道，"你为什

85

么要把这些想法牵强附会到我身上呢?"

"还有，你们这种人，所有你们这帮家伙，"米哈列维奇口若悬河地接着讲道，"都是些学识渊博的懒虫。你们晓得德国人什么地方比较差劲，晓得英国人和法国人的缺陷所在，你们令人惋惜的知识使你们受益匪浅，它可以掩饰你们可鄙的懒惰和可恶的无事可做。有人还为此自鸣得意，说瞧我多么的聪明，我只要躺着就可以了，但是那些蠢物却忙得团团转。没错! 我们的确还有这样的老爷，我这里可不是说你。他们的一生都在乏味、麻木中度过，他们已经习以为常了。他们待在那种状态中，就像蘑菇拌了酸奶油一样，"米哈列维奇突然顿了一下，他本人也为这个比方而露出了笑容，"啊，这乏味的、麻木的生活将断送俄罗斯人的前途! 这些可恶的懒虫，终其一生都在计划着开始干点事业……"

"你为何攻击我!"现在该拉夫列茨基叫嚷了，"干点事业……工作……你应当说出来让我听听，要做什么事情，而不是攻击我，你这个波尔塔瓦来的迪莫西尼①"。

"嗬，你想得太美了! 这我才不对你说呢，老弟。这是每个人都应该清楚的事，"迪莫西尼讥讽道，"一个地主、一个贵族竟然不晓得自己该干什么! 这都是没有信仰造成的，要不然，他就会晓得自己该干什么了。没有信仰，也就不会有觉悟。"

"但至少我们还需要休息休息吧，你这个该死的，让我们仔细考虑考虑。"拉夫列茨基用恳求的语气说。

"一分钟也不许停下来，甚至一秒钟也不许停下来!"米哈列维奇用一种上级对下级的口吻反驳道，"一秒钟也不许停下来! 因为死亡是不等人的，所以生命也不等人。"

"是什么人，在什么时间，什么地方，想到要偷懒的?"凌晨四点的时候，他又嚷道，但是他的声音已经变得有些嘶哑了，"是在我们的国度! 是现在! 是在俄罗斯! 是在每个自由独立的个体都对上帝、

---

① 波尔塔瓦来:乌克兰地名。迪莫西尼(公元前384—322)，古希腊雄辩家。

对人民、对自己负有不可推卸的崇高责任的时候！我们睡觉的时候，时间却在飞快地从身边溜走，我们都在沉沉的睡梦中……"

"请准许我向你提出一点意见，"拉夫列茨基说，"现在我们哪里是在睡觉，相反，是在打扰其他人睡觉。我们仿佛一对公鸡似的扯着嗓子尖叫。听，这应该是鸡在叫第三遍了。"

他这么巧妙的一说，惹得米哈列维奇露出了笑容，也使他渐渐冷静了。"明天见。"他把烟斗放进烟袋里，面带微笑说。"明天见"。拉夫列茨基也说。可是两位朋友接着又谈了将近一个钟头……只是他们不再放声大喊了，他们低声交谈着，他们的话语里充满了伤感和友善的意味。

次日，无论拉夫列茨基如何劝他留下来，米哈列维奇都不肯。费奥多尔·伊凡内奇虽然没能把他说服，让他留下来，但是已和他进行了一次畅谈。很明显，米哈列维奇不名一文。昨天午夜时分，拉夫列茨基就相当可悲地在他身上看到了一些长期穷困的人所特有的情形和习惯，比如已经相当破旧的靴子，后襟丢了一个扣子的常礼服，手上没有手套，头发上沾着一根羽毛。到主人家之后，他没有表示过一次洗澡的意思，用晚餐时跟鲨鱼一般大口大口地吃饭，用双手撕肉吃，用他发黑而坚硬的牙齿啃骨头。此外，他的工作没有给他带来什么利益，但他却寄希望于承包商，那个承包商雇佣他只不过是为了证明自己的事务所里有个"有学问的人"而已，然而对于这一切，米哈列维奇从不泄气，他自行其是地过着一种愤世嫉俗者、理想主义者和诗人的生活。他热切地关注着人类的命运，牢记着自己的神圣责任并为它们殚精竭虑，很少考虑怎样使自己免于饥饿。米哈列维奇一直未曾成家，但他曾经热恋过不知多少次，并且给所有那些他心仪过的女人写过诗，他尤其为一个神秘的黑发女郎狂热地唱着颂歌……这样的传说的确曾有过，这位女郎似乎是个很一般的犹太姑娘，许多骑兵军官都和她很熟……但是，只要仔细想一想，还不是都一样吗？

米哈列维奇和列姆性格极为不合。因为彼此不习惯的缘故，德国人觉得他的高谈阔论和激烈的行为十分可怕……都是到处流落的人，不论相距远近，都能彼此相知相惜，可是一到了晚年就很难再接近了，这一点没有什么奇怪的，因为他没有任何东西可以与人共享，甚至连希望都已经没有了。

在动身之前，米哈列维奇又和拉夫列茨基进行了一次长谈，他对他说，倘若他还不幡然悔悟，那便是自取灭亡了，他还希望拉夫列茨基做一些实事来改善农民的生活状况。他还以自己为例，自称在历尽艰辛之后净化了灵魂——说到这儿时，他几次三番地声称自己是个幸福的人，并自喻为天上的小鸟和幽谷的百合……

"归根到底，那是朵墨色的百合。"拉夫列茨基说。

"嗨，老弟，不要摆你的贵族架势，"米哈列维奇和颜悦色地反驳道，"你还是应该感谢上帝，因为你的血管里同样流淌着正派、老实的平民百姓的血液。然而就我看来，现在你急需一个圣洁的、天使般的人，她或许能使你从那种冷漠、低沉的状态中走了出来……"

"多谢，老兄，"拉夫列茨基说，"我早已领教过你那些天使啦！"

"得啦，你这个'完世不恭'的家伙！"米哈列维奇大声呵斥道。

"是'玩世不恭'。"拉夫列茨基纠正着他的错误。

"就是'完世不恭'。"米哈列维奇不以为然地又说了一遍。

就算是上了马车，他仍然在喋喋不休。人们把他那只轻若无物的扁平的黄色手提箱放进了马车。他身披着一件领子已经变成了棕红色的、用狮爪取代了纽扣的西班牙式斗篷。他还在继续宣讲自己对俄罗斯前途的远见卓识，一只黑黝黝的手在空中指指点点，仿佛是在撒播未来幸福生活的种子。最后，马车启动了……"你要牢记我所说的最后三个词，"他把整个身子探出马车，站稳了大声喊道，"宗教，进步，人性！……后会有期！"他那帽檐直遮到眼睛的脑袋缩了进去。拉夫列茨基孤零零地站在台阶上，凝望着道路的远处，直到马车踪影全无。"他的话可能是对的，"拉夫列茨基在往屋里走时想道，"我大概真是个懒虫。"米哈列维奇的很多话已经不容抗拒地占据了他的心灵，虽然他和他辩论过，而且不赞同他的看法。只要一个人有颗善良的心，就没有人能够抗拒他。

二十六

两天之后，玛丽娅·德米特里耶芙娜履行了自己的承诺，率领所有年轻的一代人到瓦西里耶夫斯科耶来了。女孩子们马上跑到了花园里，玛丽娅·德米特里耶芙娜则倦倦淡淡地到每个房间看了看，倦倦淡淡地赞扬了她所遇到的一切。在她看来，这次访问拉夫列茨基是她前所未有的一次降格的表示，简直就是做了一件善事。当安东和阿普拉克谢娅遵循古老的家仆礼节走上来亲吻她的小手时，她面露和蔼的微笑，然后有气无力地用鼻子哼出了她想喝茶的要求。安东那天特意把针织的白手套戴上了，但最让他感到恼火的是给来访的贵妇上茶的竟然是拉夫列茨基雇来的侍仆，而不是他。就像老头所说的，这个家伙连一点儿礼节都不懂。不过安东的愿望在吃午饭时实现了：他稳稳当当地站在玛丽娅·德米特里耶芙娜的座椅背后，绝不向任何人让出这个地方。瓦西里耶夫斯科耶长久以来一直是冷冷清清的，如今竟然有贵客光临，这使老头喜出望外：看到老爷和如此尊贵的客人来往，他心里格外高兴。然而那天不只是他一个人满心欢喜，列姆也兴奋之极。他穿着件烟色的、尖后襟的短燕尾服，用带子系得紧紧的，还不时地咳嗽两声清清嗓子，欢愉而谦恭地躲在一旁。拉夫列茨基自豪地发现，他和丽莎的关系正在越发接近：她一进门就亲密地把手伸向他。午餐过后，列姆从他动不动就伸手去摸一摸的燕尾服后面的口袋里掏出一小卷乐谱，抿着嘴，一言不发地将它搁在钢琴上面。这是昨天夜里用古老的德语歌词谱写的一首关于满天繁星的浪漫曲，丽莎马上走到钢琴前面坐下，把乐谱读了一遍……可惜！这首曲子结构混乱，内容晦涩难懂。显然，作曲家是想尽力地表现一种热烈而深刻的主题，但结果是失败的：努力终归是徒劳无功的。对这一点，拉夫列茨基和丽莎都同样深有感触，列姆也注意到了，他默不作声，把浪漫曲拿起来放回口袋里。当丽莎提议说重新弹一遍试试时，他摇摇头，语气深沉地说："现在……一切都结束了！"——然后弯着腰，把身子蜷缩成一团走开了。

一到傍晚，大家便一块儿去钓鱼。花园后的池塘里有许许多多的鲫鱼和红点鲑鱼。给玛丽娅·德米特里耶芙娜安排的位置是岸边树阴下的一把扶手椅，周围铺着地毯，为她准备了最好的钓竿；安东在钓鱼方面是个内行，便自告奋勇地表示愿意竭诚为她效劳。他十分耐心地用鱼钩穿起蚯蚓，用手轻拍了片刻，吐了口唾沫，甚至还优雅地俯着身子，亲手把鱼钩抛了出去。那天，玛丽娅·德米特里耶芙娜在对拉夫列茨基说起安东的时候，用了一句在贵族女子中学学来的法语评价他："今不如昔，再也找不到这样的人了"。①

列姆带着两个小姑娘跑到远处去了，几乎已到达了水坝。拉夫列茨基就待在丽莎身边。不断地有鱼儿上钩；空中不时地会有被钓上岸的鲫鱼的腹部闪现，时而是金光夺目，时而是银光耀眼。小姑娘们一直欢呼个不停；玛丽娅·德米特里耶芙娜也在不失自己高雅风度的同时尖声叫了两次。在所有的人里面拉夫列茨基和丽莎钓到的鱼是最少的。很明显，这是他们对钓鱼不如别人那么专心的缘故，竟然任由自己的鱼漂缓缓地漂回了岸边。高高的芦苇泛着淡淡的红色，在他们身边沙沙作响，平静的湖水在他们面前闪烁着点点粼光，他们的交谈也是轻柔而平和的。丽莎站在一个木制的小埠头上；拉夫列茨基坐在一株歪歪斜斜的柳树干上。丽莎穿一袭白色长裙，腰系一条宽腰带，也是白色的；一手拿着草帽，另一只手微微用力捏着弯曲的钓竿柄。拉夫列茨基望着她那清新秀美、稍显端庄严肃的侧影，望着她掠到耳朵后的秀发，望着她晒得微黑的、孩子般柔嫩的脸庞，暗自揣度道："啊，你在我家的池塘边上亭亭玉立，样子多么可爱呀！"丽莎没有把脸转过来看他，而是凝望着水面，眼睛似闭非闭，嘴角似笑非笑。附

---

① 原文为法文。

近一株椴树把阴影投下来，轻轻地笼罩着他们俩。

"您可能并不知道，"拉夫列茨基打开了话匣，"通过我们近来的交谈，我思量再三，从中得出了一个结论，那就是：您真是个好心人。"

"我的原意并不是这样……"丽莎已待辩解，却又有些难为情。

"您真是个好心人。"拉夫列茨基重复道，"我这个人生性粗鲁，但我觉得您应该受到所有人的爱戴。比方说列姆，他简直已经爱上您了。"

丽莎并没有皱眉头，而是轻轻颤抖了一下。每当她听到不爱听的话时她总会有这种神情。

"今天我太替他难过了，"拉夫列茨基继续说，"就是因为他那首失败的浪漫曲。倘若是年轻人作曲能力差，那还可以忍受；但是人上了年纪后发现自己心有余而力不足，这就让人不堪忍受了。自己的力量正在悄悄地衰减而自己又感觉不到，这太令人难堪了。这样的打击对老人来说很难承受！……留神，你那边有鱼要上钩了……据说，"拉夫列茨基沉默了片刻后接着说，"弗拉基米尔·尼古拉伊奇写了一首非常出色的浪漫曲。"

"不错，"丽莎答道，"一点小意思罢了，不过总算还不是太差。"

"那么，"拉夫列茨基问道，"您认为他是一名优秀的音乐家吗？"

"就我看来，他在音乐方面有很高的天分，但他从来就没有认真钻研过。"

"原来如此。那么，他称得上是个好人吗？"

丽莎笑了笑，飞快地瞥了费奥多尔·伊凡内奇一眼。

"好奇怪的问题啊！"她高声说，一面把钓竿拽出水面，然后用力向远处抛去。

"有什么可奇怪的吗？我是以一个初来乍到的人，一个亲戚的身份跟您打听他的。"

"以一个亲戚的身份？"

"没错。说来我应该是您舅舅吧？"

"弗拉基米尔·尼古拉伊奇为人心地善良，"丽莎说，"他心灵聪慧，妈妈很喜欢他。"

"那么，您喜不喜欢他呢？"

"他是个好人，我有什么理由不喜欢他呢？"

"哦！"拉夫列茨基说到这里时默不作声。一种既充满忧郁，又夹杂着挖苦的表情在他脸上闪现。他的目光紧盯着丽莎不放，这使得丽莎窘迫不安，然而她脸上仍然带着笑容。"好吧，愿上帝带给他们幸福！"他终于自言自语似的咕哝了一句，随即便转过脸去。

丽莎脸上一片绯红。

"您错了，费奥多尔·伊凡内奇，"她说，"您这样想是不应该的……莫非您对弗拉基米尔·尼古拉伊奇有什么想法？"她突然问了这么一句。

"是有想法。"

"那到底是什么原因？"

"我觉得他心肠不好。"

丽莎的脸上笑容全无。

"您评价人一向都比较苛刻。"她沉默了好一会儿才说。

"我并不这想，您可以想想，当我自己都在等待别人谅解的时候，我还有资格去苛刻地评价别人吗？大概您忘了，只有懒人才不来挖苦我……怎么样，"他又说，"您履行自己的诺言了吗？"

"什么诺言？"

"您为我祈祷了吗？"

"是的，我为你祈祷了，而且是每天都要祈祷。请您别漫不经心地谈论这件事。"

拉夫列茨基于是向丽莎郑重声明，说他压根就没有这种想法，说他对各种信念深表尊敬。接着他谈起了宗教，谈起了宗教在人类发展进程中的价值，基督教的价值……

"人之所以应当成为基督徒，"丽莎语气沉重地说，"并不是为了认识天堂……人间……而是为了认识人都是要死的。"

拉夫列茨基不禁吃了一惊，抬眼朝丽莎看去，正巧遇上了她的目光。

"您说这话干什么呀?"他说。

"这话并不是我说的。"她答道。

"不是您说的……但是您为什么要提到死亡呢?"

"我也说不清，我经常会想到它。"

"经常想到它?"

"不错。"

"看着您现在这张活泼，开朗，挂着笑容的面庞，我实在难以相信，您会说出这样的话来……"

"的确，我现在很快乐。"丽莎说，脸上充满天真的表情。

拉夫列茨基简直想抓住她的双手，紧紧把它们握在自己的手心。

"丽莎，丽莎，"玛丽娅·德米特里耶芙娜大声嚷道，"快来瞧瞧，我钓到了多大的一条鲫鱼!"

"马上就来，妈妈。"丽莎一边回答着，一边向她走了过去。拉夫列茨基仍旧待在柳树干上。"和她说话的时候，我似乎不再是一个行将就木的人。"丽莎离开的时候，顺手把草帽挂在了树枝上。拉夫列茨基怀着一种不可捉摸的、近似于柔情万种的情怀向这顶草帽和帽子上那条揉得有点发皱的长长的飘带望了望。没过多久，丽莎就回到他身旁，依旧站到了那木制的埠头上。

"您为什么会认为弗拉基米尔·尼古拉伊奇心肠不好?"过了半晌，她问道。

"我已经告诉过您，或许是我弄错了。不过时间最终是会证明一切的。"

丽莎陷入了沉思。拉夫列茨基开始谈论瓦西里耶夫斯科耶的日常生活，谈论米哈列维奇，谈论安东;他感到自己迫切地想和丽莎谈话，把他心里所想到的一切都告诉她;她是如此的温柔可人，心无旁顾地听他说话;她偶尔提出的意见和异议在他看来是如此的淳朴、机智。他甚至把这种想法对她讲了出来。

丽莎吃惊不已。

"果真如此吗？"她说，"我原本以为，我和我的女仆娜斯嘉同属于一种类型，都不会用自己的语言表达自己。有一次她告诉她的未婚夫说：你和我在一起会感到单调无味；你对我说的话总是充满了趣味，可是我却总是不会用自己的语言表达自己。"

"感谢上帝！"拉夫列茨基心里暗想道。

二十七

暮色在此时已然四合了，玛丽娅·德米特里耶芙娜流露出想回家的意思。费了很大的劲儿，小姑娘们才被带离了池边，所有的事都安排妥当了。拉夫列茨基声称将亲自把客人送到半路，于是便告诉下人，把马给他准备好。他把玛丽娅·德米特里耶芙娜扶到马车中后却找不到列姆了，什么地方都没有这个老人的踪影。他一钓完鱼就消失了。车门被安东轰然关闭，就他的年龄来讲，他的劲儿可够大了，他一脸郑重，大声道："开路了，车夫！"马车于是就动了起来。在后排的座位上，玛丽娅·德米特里耶芙娜与丽莎一同落了座；在前排座位上就座的是两个女孩子与侍女。这是个暖意洋洋、宁静温馨的傍晚，马车的两个边窗拉了下来。在靠近丽莎的那一侧，拉夫列茨基驾着马贴近马车，与它并驾齐驱，信步而行，他把一只手搁在了车门上——马儿正稳健地慢跑着，他把缰绳甩到它脖子上——时而，他也同这年轻的女郎聊上几句。余晖散去，夜幕低垂，但是气温却暖和了不少。不久，玛丽娅·德米特里耶芙娜便打起了瞌睡；女孩子们与侍女也纷纷入眠。马车前行着，飞快却又稳定；丽莎将身体向前探过去，一轮明月初升，映照着她的脸，温润的夜风卷着芬芳，吹上了她的双眸与面颊。她的心情很是愉悦。在车门上，她也搁了一只手，贴在拉夫列茨基的手旁。他的心中也满是愉悦。在这静谧温柔的夜色中，他纵马驰骋，那张和善的年轻面庞让他久久凝望，她的声音传入他的耳朵，那声音很年轻，私语时也依旧清亮，她讲述的事情很平凡，却分外美好；在不经意之中，一半路程已经走完了。他不愿意把玛丽娅·德米特里耶芙娜打扰了，只是握握丽莎的手，说："我们算得上是朋友了，对不对？"她颔首，他把马勒住了。马车晃晃悠悠地再度前行，隐约可见。拉夫列茨基向回走，让马缓步向前。夏天的夜是如此迷人；四周令他诧异，出乎他的预料，却又是他早已耳熟能详的、令他沉醉的；所有的东西——不管近处还是远方（眼光可以看出去很远，但不少东西是朦朦胧胧的）——全都悄然入眠。不过生气十足、活泼旺盛的力量也就在这一片寂然之中破土发芽了。拉夫列茨基的马跑动着，精力十足，它忽左忽右地摆动，合着节拍。在它的一侧，它那庞大的影子同它齐头并进。有什么东西隐藏在马蹄的"得得"声中，它给人以愉悦，又令人诧异，鹌鹑抬高了嗓门叫着，充满欣喜，妙不可言。在茫然一片的白色淡雾中，星星们慢慢隐没了；月已半残，流光闪动，那光芒如蓝色的水流洒满皓空，淡淡的云层飘过来，月光给它抹上一点点金色，如烟似雾；眼睛在温润的空气中湿乎乎的，他的四肢和躯干也被它所充盈，它柔和得如同流淌进心中的清流。拉夫列茨基肆意沉浸在这满心的欣喜之情中。"是的，我得继续生活，"他心里想，"我尚未被全部拖垮呢……"他被什么人或是别的什么拖垮，他并没有讲明……然后，丽莎又出现在他脑海里，他认为她不一定爱上潘申；倘若他和她相识在另一种情况下——结局会怎样只有天晓得了；尽管她讲不出"属于自己的"话，可对于列姆的心意，他完全明白了。不过仍有不正确之处：她有属于自己的话……"请别对这事轻易发表意见"——这句话浮现于拉夫列茨基脑畔。良久，他坐在马上，头低垂着，接着他仰起了身子，慢声吟道：

这是我以往顶礼膜拜的，我投诸于火；这是我以往焚烧的，我顶礼膜拜……

95

随即他快马加鞭奔向家中。

他从马上翻下，又看了这周围最后一次，不由自主地，饱含感激的笑容浮上了他的脸。夜宁静而又温馨，山陵和山谷都在它的拥抱之中；自远方，自芬芳怡人的深处，究竟是何处只有天晓得了——天际抑或是地下——温馨的柔柔暖意迎面扑来。最后一次，拉夫列茨基默默祝福丽莎平安，接着便跑着上了台阶。

次日是淡然无味的。天空打清晨时就落起了雨；眉头深皱的列姆把嘴巴抿得越发严了，就像他已盟了誓，再也不说话一样。入睡时，拉夫列茨基往床上带了一大沓法国报纸，在他的桌上，它们不被启封地躺了足足两周了。他打开封皮，冷淡地将报上的各栏一掠而过，报上并没有什么新的消息。它们几乎要被他甩到旁边去了，——他蓦地翻身起了床，仿佛被蜇着了。儒尔先生，我们的老相识在一张报纸的小品栏中，发布了一条"叫人黯然神伤的新闻"给读者："天姿国色、娇媚无双的莫斯科美女，"他是这样写的，"社交界的皇后，巴黎沙龙的宠儿，拉夫列茨基夫人①仙逝，去得十分突然，"这条消息万分属实，令人扼腕叹息的是，儒尔先生才知晓这一消息不久。他接着写道，"此人是亡人的挚友……"

把衣服穿妥后，拉夫列茨基去花园待到了黎明，在一条林荫道上，他踟蹰着。

二十八

列姆在次日清晨的茶点时间请求拉夫列茨基，要他准备马匹给他，他得回城了。"我得干活了，换句话说就是讲课去，"老人说，

---

① 原文为法文。

"在这里待着，我只是糟蹋时间。"拉夫列茨基的回复不太及时，看上去他魂不守舍似的。"也行，"末了他说，"让我与您同行好了。"在拒绝仆佣做帮手之后，列姆把自己那个小皮箱拾掇停当，他喘着粗气，一脸怒容，将几张乐谱扯烂，随即就烧了它。马匹来了。走出书房时，拉夫列茨基在口袋中塞了张报纸，前一天晚上读过的那张。列姆与拉夫列茨基在路途中绝少搭话，他们都为自己的事陷入了沉思，他们并不互相干扰，他们也为此而欣慰。分开时两个人很漠然，但这是俄罗斯朋友们之间的常见情形。老人被拉夫列茨基一直送到自己的小屋门口：列姆从车上走下来，把皮箱拿到手，同他的朋友连手都不握一下（他的双手被皮箱占住了），瞥都不瞥朋友一眼，操着俄语道："再会!"拉夫列茨基同样回了声"再会"后就告诉车夫，让他把马赶向自己住的地方。为了以防急用，在 O 市他租到了一处宅子……写过几封书信之后，拉夫列茨基将午饭慌忙咽下肚便直奔卡里金家。只有潘申独自一人在他们家的客厅中，他们相遇了，潘申告知他玛丽娅·德米特里耶芙娜片刻之后会下楼，然后就与他聊起了天儿，口气很是亲密和气。潘申在此之前谈不上傲慢无礼地对待拉夫列茨基，但总有委曲自己的意思。可是，说起前一天的野游时，丽莎告诉潘申，拉夫列茨基聪慧过人，是大好人，话说到这份儿上就够了，要努力让这个"大好人"喜欢自己。潘申首先拍了一番拉夫列茨基的马屁，把玛丽娅·德米特里耶芙娜一家的欣喜之情叙述了一通，据他说这是在谈到瓦西里耶夫斯科耶时表露出来的，随后同往常一样他使自己不知不觉地成为谈话的中心，他的职务、处世哲学、世界观、他如何看待机关单位成了谈话的主题；他发表了几句言论，关于俄罗斯的明天，又说得把省长们管好一些；他说到这里就讲了几句自我解嘲的话，还面带微笑，又随口加上一句，他在彼得堡被授了命，将"土地应该调查并登记在册"的思想推广开来①。他说话的时间很长，对各类难题的解决品头论足，开口时心不在焉，一副自大狂傲的样子，认为那些生

---

① 原文为法文。

97

死攸关的行政与政治问题对他而言只是举手之劳，仿佛他是个玩球的变戏法的人。动不动一些话就脱口而出："我要是当政就会如何如何"；"您会对我的观点持赞赏态度，您是个明白人嘛。"拉夫列茨基任潘申口若悬河，一脸淡漠，这个仪表堂堂、聪明伶俐、大大咧咧，假装斯文的人无法获得他的好感，此人微笑起来似乎胸无城府，开口时极有礼貌，一双眼睛总想刺探别人的思想，对此他也没有好感。很快，潘申发觉对面的人并不怎么欣赏他，他在迅速地察言观色上特别有一套，他瞅准一个合适的机会便借故离开了；在心里，他认定拉夫列茨基可能是个大好人，可他无法引起人们对他的好感，不平易近人①；到底是②挺滑稽的。在格杰奥诺夫斯基的陪伴下，玛丽娅·德米特里耶芙娜来了；接着来的是玛尔法·季莫菲耶芙娜同丽莎，在她们身后是家里另外一些人；一位乐迷，别列尼岑娜也在最后来了这里。这位夫人干干瘦瘦，脸蛋迷人，仿佛是孩子才有的，却又一脸倦意，一袭黑色衣裙裹在身上，发出窸窣的动静，一把扇子捏在她手中，扇子上涂得五颜六色，手上的金镯子却沉得很；她的丈夫，一个肥胖的人与她同行，他脸泛红光，粗手大脚的，睫毛泛白，呆滞的微笑闪现在他那厚墩墩的嘴唇上。他的妻子在拜访别人家时向来不理他，回了家，在甜蜜之时却用"我的小猪猡"来做他的昵称。潘申返了回来，房间中高朋满座，喧闹不堪。人满为患的地方从不为拉夫列茨基所喜；那个别列尼岑娜老是一举长柄眼镜，窥探着他，他对此极为气恼。他会立即起身便走，倘若不是丽莎的缘故的话；他有个愿望：和她一个人谈谈，可恰当的时机始终都没出现，他只好凝望着她，胸中欢乐暗涌，有了这些也足够了；从来没像今天这样，他感觉丽莎的相貌如此娇媚可人。在别列尼岑娜的映衬下，她愈发显得姿容俊秀。在椅子上，别列尼岑娜晃个不停，那干瘪的肩头耸来耸去，笑声不断，又娇又嗲，眼睛时而只留一道缝，时而又瞪圆了。丽莎正襟

---

① 原文为法文。
② 原文为法文。

危坐，气度从容，双眸直视，脸上不带一丝笑容。女主人落座了，同玛尔法·季莫菲耶芙娜、别列尼岑娜、格杰奥诺夫斯基打起牌来。出牌时，格杰奥诺夫斯基老是慢吞吞的，错误连连，他一边眨着眼一边拿手绢抹脸。潘申在脸上挂出忧伤难耐的表情，说出的句子都短得要命，好像别有深意，又好像饱含痛苦——同一个无人鉴赏的艺术家别无二致——可他偏偏就不唱那首抒情小调，尽管别列尼岑娜向他打情骂俏，百般恳求；他因为这里有拉夫列茨基而不自在。费奥多尔·伊凡内奇也没怎么说话；丽莎打他一进来，就被他那奇特的神情吓了一跳：随即她就有种感觉，他想对她讲述什么，她却没胆量询问他，这其中的原委她也说不上来。末了，她去了大厅，倒茶时她回望了他一下，完全是情不自禁。马上他就尾随着她来了。

"您是怎么回事？"她压低了声音，在茶炊上搁下了茶壶。

"莫非您有什么发现？"他问。

"今天的您不同于往日。"

拉夫列茨基把头垂了下去，面向桌子。

"我得，"他开了口，"把一件事儿对您讲，不过这会儿不能说。但是这小品栏中有铅笔标记的文字请您读一下，"他给了她自己身上的那张报纸后又说，"请别说出去，明天一早我会来拜访。"

丽莎迷惑不解……门边出现了潘申的身影，报纸被她藏进了口袋里。

"《奥贝曼》① 这本书您看过没有，丽莎维塔·米哈伊洛芙娜？"潘申问道，他仿佛在思索什么。

丽莎随口应付了个答案给他，便从大厅中走开上了楼。拉夫列茨基又到客厅中去了，站在离牌桌不远的地方。解开包发帽带子的玛尔法·季莫菲耶夫娜脸都憋红了，正在发着牢骚，拿她的话说，她的对家格杰奥诺夫斯基对打牌一窍不通。

"瞧上去，"她说道，"打牌哪像搬弄是非那么简单呢！"

---

① 《奥贝曼》：浪漫小说。作者瑟南古（1770—1846），法国浪漫主义作家。

对家不断眨眼和抹脸，依然故我。丽莎又到客厅中来了，她坐到了旮旯里。拉夫列茨基凝视了她一眼，她也回望——双方都觉得心里的不舒服是相差无几的。从她的脸上，他读到了迷惑与暗藏的责难。他想将心曲倾诉给她，却苦于不能；他又因作为来客中的一员与她共处一室而别扭；他下了告辞的决心。他在分手时重复他次日将来拜访的话，还添上话说对于她的友谊，他加倍渴望。

"请来好了。"回答的时候，她的表情依旧充满了迷惑。

潘申一等拉夫列茨基离开就活泼多了。想点子帮帮格杰奥诺夫斯基后，他又向别列尼岑娜卖弄风情，那首抒情小调在末尾也被他演唱了。不过，一凝视丽莎，一与她交谈，他就恢复了别有深意、抑郁忧伤的老样子。

这一夜，拉夫列茨基同样不能成眠。没有伤恸，没有情绪上的波动，但他无法成眠。连追忆过去也没有；他仅仅对自己的生活进行了检阅：他的心跳着，强健而又均匀地跳着，时间转瞬即逝，但他睡意全消。间或会有个念头出现在脑海里："它不真实，是伪造的。"——这念头也转瞬即逝，他低首再度对自己的生活进行检阅。

二十九

拉夫列茨基于次日再度拜访玛丽娅·德米特里耶芙娜，招待他时，她的态度不怎么亲热。"看上去他来得上瘾了。"她这么想。原本对于他，她就不太有好感，更有那控制她思想的潘申，前一天夜里又夸起他来，一副别有他意、含着轻视的腔调。在她看来，亲戚与家里人差不到哪儿去，犯不着陪客人似地陪着，因此，她没把他当外人看，于是半个钟头还没过，在花园的林荫道上，他已同丽莎并肩而行了。几步之外的花坛边，连诺奇卡与舒罗奇卡东奔西跑。

同平时一样，丽莎平静从容，但是比起平时来，她面色苍白多了。从衣袋中，她把报纸拿了出来，递到拉夫列茨基手中，它已被折成了小块。

　　"真叫人恐怖！"她的声音很低。

　　拉夫列茨基一语未发，不作回答。

　　"没准这不是件真事。"丽莎再度开口。

　　"我请您守住消息正是这个缘故。"

　　丽莎迈了几小步。

　　"您对我说，"她开口道，"您就不难过？哪怕一丁点儿？"

　　"我怎么想的，我自己也无法说清。"拉夫列茨基答道。

　　"但是，您曾爱着她吧？"

　　"曾经爱着。"

　　"很深？"

　　"很深。"

　　"她死了，您就不难过？"

　　"对于我，她并非死于今日。"

　　"这是犯罪，您讲这样的话……请别恼恨我。我是您的朋友，这是您讲的。朋友讲话应该无所顾忌。实话实说吧，我都感到恐惧了……您昨天的时候脸色灰白……您不久之前还批判过她，这您有记忆吧？——她没准儿在那会儿已撒手人寰了。太叫人恐惧了。好像这是用来责罚您的。"

　　拉夫列茨基苦笑起来。

　　"这是您的想法？……现在，最低限度我也是赤条条来去无牵挂了。"

　　丽莎不易觉察地打了个哆嗦。

　　"行了，别再讲这种话了。对您来说，没有牵挂有何用处？此时此刻，这不是您考虑的问题，宽容才是……"

　　"我早就宽恕她了。"她的话头被拉夫列茨基截住了，他舞动着手。

"不，您没明白我的话，"丽莎涨红了脸回答，"我话里的意思您没听出来。您得自己求得宽容，这才是您操心的事……"

"我，求得谁的宽容？"

"谁？上帝。哪个人能将宽容赐予我们？只有上帝例外。"

她的手被拉夫列茨基紧握起来。

"哦，丽莎维塔·米哈伊洛芙娜，您得信任我，"他嚷出声来，"我已经背负过太多的责罚，您要相信对于我的罪孽，我早已赎清了。"

"您无法弄清这件事，"丽莎的声音压得很低，"您不久以前同我讲您无法给她宽恕，您不记得了吗？"

林荫道上，他们走着，不发一言。

"您的女儿可怎么办？"蓦地，丽莎顿住脚步问。

拉夫列茨基打了个寒噤。

"嗯，不要为她操心！各个地方我都有书信寄到。她将来怎样，您同她的……正如您所言……是有依靠的。您别为这事忧虑。"

丽莎笑了笑，一脸忧色。

"但是您的话很正确，"拉夫列茨基又继续道，"我别无牵挂后又能干吗？我要自由，用途何在？"

"您收到这报纸是什么时间？"避开他的问话后，丽莎小声说。

"你们拜访我的次日。"

"莫非……莫非连泪珠您都没掉？"

"没有。我很是吃惊，可泪水又怎么流得出来？为昔日而流——我的昔日却已悄然逝去，断不复返了！……她犯了错，但我的幸福并未因之而毁灭，这错误是个证明，证明那幸福从来就没存在过。哭泣又有何益？可是谁又能预料？倘若这件事在两周前传入我的耳朵，我或许会比现在难过……"

"两周前？"丽莎问道，"有什么事在这两周中发生了吗？"

拉夫列茨基不予回答，不过，丽莎的脸红得却比一会儿之前更甚了。

"没错，没错，您想的是正确的，"忽然，拉夫列茨基抢过话头，"对于何谓一尘不染的女性心灵，我在这两周中完全明了了，我的往昔从此愈发地与我拉开了距离。"

丽莎尴尬了，她朝花坛旁的连诺奇卡与舒罗奇卡缓步走去。

"对于给您读这报纸的事我心满意足，"在她的身后，拉夫列茨基跟着她说，"对您我没有可藏着掖着的，我已习惯成自然了，我但愿您对待我时也能如此相信我。"

"您这么想?"丽莎低语道，她收住了脚步。"倘若这么说，我有必要……但，不！这样行不通！"

"有事吗？请讲出来，讲好了。"

"说实在的，我认为这样不妥……但是，"丽莎再度开口，她的身子转向了拉夫列茨基，露出了微笑，"怎么能只让一个人公开秘密呢？您晓不晓得，今天我接到了一封信。"

"潘申给您的?"

"没错，他给我的……这事您怎么晓得?"

"他向您求婚了?"

"没错。"说罢，丽莎直视拉夫列茨基，一脸郑重。

拉夫列茨基同样直视丽莎，一脸郑重。

"那，您用什么话回答?"他末了问。

"说什么，我也不清楚。"丽莎说着便搁下叠在一块儿的两只手。

"为什么？您爱他，不对吗?"

"没错，我喜欢他，他为人不错，我是这么认为的。"

"这话同您三天前的话如出一辙。您是否爱他，心中涌动着热烈的情愫，涌动着一般我们称之为爱情的东西，这才是我想弄清楚的。"

"不是，就你的想法来看。"

"您没对他产生爱情?"

"没。一定得如此吗?"

"为什么不呢?"

"妈妈对他颇有好感，"丽莎往下说，"他为人和善。不接纳他的借口我找不出来。”

“但您还没拿定主意？”

“没错……我之所以没拿定主意，这原因或许在于您，您说的话。您前天谈到的那些，您还有印象吗？但懦弱是……”

“哦，我的女孩！”猛然间拉夫列茨基激奋了，他的声音提高了，他打着战，“别想当然了，别用懦弱称呼您胸中发出的呐喊，同一个自己不爱的人生活，您的心难以苟同。这个人您不爱，您仅仅是打算屈从于他，您别为他负上那叫人害怕的重任……”

“我不去背负这个重任，我听您的。”丽莎打算继续……

“您该听的是您的心，能将事实告知于您的，唯它而已，”她的话头被拉夫列茨基截住了……“经验、思维什么的——全都不堪一击！在这世上，您仅有的完美无瑕的幸福，您可不要糟蹋了！”

“您说这个，费奥多尔·伊凡内奇？您的婚姻是基于爱——您又有什么幸福？”

拉夫列茨基双手一拍。

“哦，别往我身上扯！这样一个男孩会怎么看待爱情呢，他年少、经历太浅，受的又是那种教育，这一切您弄不明白的！……但是，贬抑自己干什么？一会儿之前，我告诉您我从未尝过幸福……错了！我得到过幸福！”

“我的意见是，费奥多尔·伊凡内奇，”丽莎低语道（在交谈中，每逢与对方产生歧见她就会低语，她也觉得胸中波澜起伏），“我们无法主宰世间的幸福……”

“我们可以主宰，我们可以主宰，请您信任我（她的两手被他握牢了；丽莎面容煞白，她端详着他，差不多算是震惊却又看得异常仔细），别把自己的日子搞糟了就成。建立在爱情上的婚姻或许会带给某些人厄运，您却不会如此，您的性情温柔，您的胸怀纯真呀！乞求您别走入这种婚姻，原因只是出于责任，舍己为人，还有别的什么……这种作法和没有信仰没什么不同，也算是精于算计——恶劣得无以复加。您得信任我——我这么说是有道理的：我是花了天价才把它换到手的。倘若您的上帝……"

拉夫列茨基在此时发现丽莎的身畔立着连诺奇卡和舒罗奇卡，他们凝视着他，目光诧异，一声不吭。他把丽莎的手放松，慌忙说："您宽恕我吧。"接着便走向房子。

"只有一桩事我想恳请您，"再踱走回丽莎跟前时，他小声说："决定别下得太仓促，稍微停片刻，想想我所告诉您的。就算您信不过我，就算您出嫁全凭理性——就算事已至此，和潘申先生结婚也是不对的；作为您的丈夫，他不合适……别把决定作得太仓促，您同意了是不是？"

丽莎打算给拉夫列茨基一个回复——可一个字也出不了口，并不是她铁了心，"仓促"便作决定，她的心怦然而动，跳得太快，她气都喘不上来，一种几近恐怖的感情抓住了她。

三十

走出卡里金家的大门时，拉夫列茨基与潘申邂逅了；他们颔首致意，态度冷漠。一回到屋子里，拉夫列茨基便闭门不出。一种情绪弥漫在他心头，他从来没尝过这种滋味。他不是不久前还把自己沉浸于"波澜不兴的麻木"中吗？他不是不久以前还断言，拿他自己的话说"沉到河底去了"吗？他的境况不同于往昔了，为什么？他漂了起来，浮到了河表，原因何在呢？因为死亡——这个人们司空习惯、在劫难逃、猝不及防的事情吗？没有错，但是妻子的故去、自己获得自由并不是最让他挂心的，丽莎将用什么样的话来回复潘申才是他最牵挂的事。就在最近的三天中，他看待丽莎的态度与以往大相径庭了，他有这个感觉。归途中，在夜阑人静之时思念她的事又浮现脑际，他喃喃自语过："倘若！……"这"倘若"已然变为事实，尽管同他的预想有些差距，可他说出它时是就往昔、就不可能实现的事而言的。可是仅他没有了牵绊还不够。"她对母亲百依百顺，"他心里想，"她会与潘申结婚；可就我而言，就算她不答应他又有什么区别？"他从镜子前方经过时端详了一下自己，把肩膀一耸。

这一天就在他如潮的思绪中倏忽逝去；夜幕降临了。拉夫列茨基出发了，他要去卡里金家。一路上，他行色匆匆，却在接近他们家时把步履放缓了。潘申的马车在台阶前停着。"对了，"拉夫列茨基想着，"我可不能只顾了自己。"然后他便进了门。他没在房子里发现一个人，客厅中同样寂然无声；一推开门，正在打"皮凯"①的潘申和玛丽娅·德米特里耶芙娜映入了他的眼帘。潘申一语不发，冲他点了点头。可女主人却放大了嗓门："太出乎意料了！"同时轻轻一皱眉头。坐在她身旁之后，拉夫列茨基瞧起她的牌来。

"这种'皮凯'，莫非您也懂怎么打？"她问道，一种恼怒之情弥漫在她胸中，然后她就声称把好牌误打出去了。

赢到九十分之后，潘申着手将吃了的牌整到一块儿，他的态度温文尔雅、平静从容，一脸凝重端庄的神情。这种玩牌的架势，活动家们正应当做到；或许在彼得堡，他玩牌时也是这副模样，这是让某某要员喜欢他，以为他沉稳干练呢。"一百零一，一百零二，红桃，一百零三。"他叫着牌，很合节拍，他这样说话听上去算什么呢，拉夫列茨基搞不懂，是对别人的斥责抑或是洋洋自得？

"能让我瞧瞧玛尔法·季莫菲耶夫娜吗？"看着潘申洗牌时摆出一种加倍庄重的态度，他便问。从潘申这里，已经一丁点儿艺术家的气息也闻不到了。

"没问题，我想，她在楼上，在她自己的房间里。"玛丽娅·德米特里耶夫娜说，"您自己打听去好了。"

拉夫列茨基爬上楼来。适逢玛尔法·季莫菲耶芙娜同样在打牌：

---

① 皮凯：一种纸牌游戏。

对手是娜斯塔西娅·卡尔波芙娜，玩的是"抓傻瓜"①。一见他，小狗罗斯卡便吠叫不止；不过两个老太太都招呼着他，态度很亲密，尤以玛尔法·季莫菲耶芙娜为甚，她格外高兴。

"哟！费佳呀！欢迎来访！"她说，"坐下呀，我的小少爷。很快我们就玩完了。吃不吃果酱？舒罗奇卡给他把草莓果酱端过来。不想吃吗？也成，坐着好了；千万别吸烟，我闻不惯你们的烟，况且闻了它，'水手'会打喷嚏的。"

拉夫列茨基慌忙辩称他根本没有吸烟的意思。

"去过楼下吗？"老太太又开了口，"都是哪些人在那里？潘申还在吧，没走是不是？丽莎你瞧见没有？没有？她会来这儿，她讲过的，……你看她这不是来了，说曹操曹操到。"

走进门来的丽莎见到了拉夫列茨基，她的脸色绯红。

"我只在您屋里坐一会儿，玛尔法·季莫菲耶夫娜。"她张口说……

"坐一会儿，为什么？"老太太问她，"你们这些小女娃子，干吗总是不能坐的时间长一些？有客人拜访我，你也瞧见了：谈谈天吧，给他做个伴儿。"

在椅子上，丽莎贴边儿就座了，她抬起眼，瞥了拉夫列茨基一下，——她与潘申的会谈有了什么样的结局，她觉得非得让他晓得不可。但是此言如何出口呢？她半是羞涩，半是窘迫。这个人的足迹鲜少踏入教堂，他的妻子去世了，他以冷漠置之，她与此人相识又有多长时间呢？——但她要将自己的心事对他倾吐了……诚然他对她的事很关注，而她也信他不疑，她被他迷住了；然而，仿佛她那贞洁纯真的闺阁被陌生的男人破门而入了似的，她总是有种难为情的感觉。

玛尔法·季莫菲耶夫娜伸出了援手。

"是呀，你不和他做伴儿，"她说，"这个可怜的家伙又有谁来陪呢？换上我吧，就他而言，我太老了，就我而言，他又机灵得过了

_____

① 抓傻瓜：一种纸牌游戏。

头；换上娜斯塔西娅·卡尔波芙娜呢，就她而言，他可是嫌老了；她只对少年人感兴趣。"

"做点什么来陪费奥多尔·伊凡内奇呢？"丽莎吞吞吐吐，"不如我弹钢琴，演奏个曲子给他听，倘若他喜欢。"她又找补了一句，有些拿不定主意。

"太棒了；我聪明伶俐的小家伙，"玛尔法·季莫菲耶芙娜回答，"去好了，我亲爱的，下楼去好了；你们把曲子弹完再回来；看呀，我成'傻瓜'了，气死我了，得把它搞赢为止。"

丽莎立了起来。拉夫列茨基尾随在她身后。丽莎在下楼时止住了脚步。

"常言说得好，"她启齿道，"人的心终日在作斗争。原本，您的先例应令我裹足不前，对建立在爱情之上的婚姻不再信服，然而我……"

"您把他给回绝了？"拉夫列茨基截住了她的话头。

"并没有；可是也没应允他。我告诉了他所有的事，我心里是怎么想的，我也对他讲了，我恳求了他，让他再等等。您认为好吗？"说完，一抹微笑飞快地掠过她的面颊，她把手轻盈地搭在楼梯的护栏上，飞跑到楼下去了。

"弹些什么给您听？"她问着，随即开启了琴盖。

"什么都行。"拉夫列茨基边说边坐了下来，恰好能瞧得见她。

丽莎的双目紧紧盯住自己的手指，她弹起琴来。末了，她将眼光投向了拉夫列茨基，手歇了下来：他的表情在她看来格外的奇特与不寻常。

"您有什么事？"她问。

"没事，"他答道，"我挺好的；我替您觉得快活；见到了您，我很快活，请再往下弹吧。"

"仿佛我有这种感觉，"丽莎顿了一顿又说，"他本不应给我写那封信，倘若他确实在爱着我的话；这会儿我不能给他个回答，这一点他该清楚。"

"这一点没什么打紧，"拉夫列茨基说道，"您不爱他，这才是最关键的。"

"请不要再讲了，怎能说这种话！在我的面前仿佛总浮动着您亡妻的形象，我觉得您挺可怕。"

"沃尔德马尔①，我的丽赛特②的琴艺可真棒，对不对？"玛丽娅·德米特里耶夫娜正巧在问潘申。

"对的，"潘申答道，"很出色。"

玛丽娅·德米特里耶夫娜瞥了瞥这年轻的牌搭子，目光中饱含柔情；他却叫着"十四个王"，神情更端庄自持、抑郁难安了。

三十一

拉夫列茨基早过了翩翩少年时。他的心灵被丽莎搅动后，到底产生的是什么感情，他无法一直自己骗自己；这一天，他到底还是实打实地承认自己是爱她的了。可是他的心并未因他的承认而欢欣鼓舞。"莫非，"他这么想，"人过三十五岁就无事可做，只有向一个女人托付自己的心吗？当然，说起那个女人，丽莎与她是大相径庭的：她不会提出请求，要我为卑微的事做牺牲；她不会命令我，令我抛开自己的工作；她会给我鼓劲儿，让我做事只做老老实实、公公平平的事，我们携手同行，共赴光辉灿烂的明天。没错，"他收回自己的思绪，"完美无瑕，但她连一点同我共同前行的打算都没有，这可真烦人。她说我令她害怕可不是空穴来风呀。但潘申也不是她爱的对象……仅仅是让自己宽宽心罢了！"

---

① 沃尔德马尔：潘申的名字—弗拉基米尔的法文译音。
② 丽赛特：丽莎的法文名字。

拉夫列茨基返回瓦西里耶夫斯科耶；可是四天还不到，他就待不下去了——他孤寂难耐。他还遭受着艰难的等待：那件由儒尔先生报道的新闻还没被证明属实，但是没有一封信函寄到他处。又到城里之后，他把整晚的时间都花在了卡里金家里，玛丽娅·德米特里耶芙娜有些讨厌他，他一眼就发觉了，然而，在玩"皮凯"牌时，他输了十五卢布给她作赌资后，她对他的态度又略微有了点儿起色。尽管丽莎的母亲在前一天夜里告诫她，别和"干了件蠢事"① 的人走得太近，他还是瞅准了时机，与她独处了半个钟头，他认为她的改变是显而易见的：仿佛她更为深藏不露了，因为他的缺席，她埋怨了他，又问他次日去祈祷不去（次日是礼拜日）？

"去好了，"她不等他回答就先开了口，"为她的灵魂祈祷，我和你。"她还说，关于如何处理此事，她也不清楚，让潘申等她作回复，一直等下去是否应该，她同样不清楚。

"原因何在呢？"拉夫列茨基问道。

"原因在于，"她说，"这个回复会是怎样的回复，我如今都不敢想了。"

她言称自己头疼，将指尖递向拉夫列茨基时，她有些举棋不定，随即她便登上楼梯，回了自己房中。

拉夫列茨基在次日前去祈祷。丽莎在他抵达时业已在教堂中待着了。她没有冲他回首，尽管她的眼光已捕捉到了他。她在祈祷，满心挚诚：光芒自她的眸中射出，她时而低头时而昂首，动作轻盈。她的祈祷也是为了他，他能觉察得到——他的胸中升腾起感恩之情，这感情难描难画。欣喜有之，羞惭亦有之。人们庄严的伫立着，一张张脸庞上满是亲切，歌声谐和，香气四溢，阳光拉出悠长的光线，斜斜地穿过天窗，墙壁与穹隆的光线黯淡——他的心因这些而震颤。很长时间了，他未进过教堂的门，未向上帝祈祷了；他就在此时此刻仍没有祈祷一个字——连默祷他也不曾去做——但是，他在刹那之间是匍匐

---

① 原文为法文。

在地顶礼膜拜了，就算肉体并没有，他的思想却这么做了。少时的往事回到他的记忆之中，那时他在教堂里祈祷时，不到感觉什么人在他额头轻碰一下，一丝爽快之感钻入心中之时，他是不会停止的；那会儿，他总觉得这是守护天使接纳他的表示，他在我的前额标记了一下，他选择了我。他瞥了瞥丽莎……"我是被你领到这里来的，"他在心里说，"碰触我、碰触我的心吧，拜托你了。"她祈祷着，那份宁静不变；在他的感觉中，她一脸喜色，因此他又被深深地打动了。他祈祷，但愿另一个灵魂安息，他祈祷，但愿自己的灵魂得到宽恕……

在教堂门前，他们相遇在台阶之上；她唤着他，神情愉快、亲密却端庄有礼。教堂的院子里，娇嫩的草儿沐浴在明媚的阳光中，女人们那花花绿绿的衣裙与头巾也沐浴在阳光之中；天空里荡漾着钟声，它来自左近的教堂；栅栏之上，麻雀们喧闹不休。伫立在那里的拉夫列茨基帽子也没戴，笑容满面；他的头发、丽莎帽上的发带在和风中飞舞。丽莎与同行的连诺奇卡被他扶到马车之中，他掏出身上的钱，散给了乞丐们，随即他步履缓慢地回家去了。

三十二

生活在费奥多尔·伊凡内奇这里变得难熬了。他的心情在不停地大起大落。每一个早上，他都兴奋难抑地直奔邮局，将信件和报刊一一拆阅——然而，能证明那关乎他身家性命的传说确系事实或是纯属子虚乌有的信息，他一丁点儿也寻找不到。他也有厌恶自己之时："我这又算什么，"他想，"我急待妻子的死讯变得确凿起来，仿佛我是乌鸦，正急待饮血！"每一天，他都造访卡里金的家，然而他并不能在那里松上一口气；显而易见，女主人给他冷颜相向，她接待他只是出于屈就；潘申过于有礼地对待他；列姆向他打招呼时很勉为其难，仿佛对这世道烦透了，——丽莎仿佛要避开他，这是最关键的一点。就算得到了与他独处的个把机会，她也不再对他信赖有加，取而代之的则是忐忑不安；对他，她不晓得如何启口，而他也惴惴难安。丽莎在几天之中变得面目全非，同他熟悉的那个人大相径庭：她的心正在经历重重的忧患和起伏不断的波澜，它们通过她的举动、腔调、笑声显现出来。对这件事，玛丽娅·德米特里耶芙娜丝毫未觉，她是彻头彻尾的自私自利；不过，玛尔法·季莫菲耶芙娜却上了心，对她的心肝儿仔细探查起来。让丽莎读到那份报纸真是大为错误，拉夫列茨基这样谴责自己已不是第一次了：对于她那一尘不染的心灵来说，他必定有些可耻的情感因素，这一点他无法不承认。他还有个念头，因为丽莎的心正左右矛盾着，她对如何回复潘申迷惑不解，因此她变了。一次，她将一部沃尔特·司各特①的小说归还给他，这书是她开口问他借的。

"您把这书读过一遍了？"他问道。

"还没呢，这会儿我没有阅读的心情。"她一答完就要离去。

"稍微停一会儿。很长时间了，我们都不曾独处。仿佛您畏惧我。"

"对。"

"原因何在，能问一下吗？"

"我不晓得。"

拉夫列茨基不吭声了。

"拜托，对我说吧，"他又说道，"您决断过了没有？"

"您这话什么意思？"丽莎问，并没有抬眼望他。

"我的意思您清楚……"

忽然，丽莎满面红光。

"拜托了，别问我任何问题，"她的话语说得飞快激昂，"不晓得，什么也不晓得，对于我自己，我都捉摸不透……"

---

① 沃尔特·司各特（1771—1832），英国著名作家。

话一讲完，她赶快离开了。

拉夫列茨基次日午餐后到卡里金家来了，发现为了做夜祷，她们正在收拾预备着。一张桌子端放在餐室的角上，上面铺着洁净的桌布，数个小圣像贴着墙放在桌上，衣饰上镶嵌了黄金，几粒小钻石嵌入它们头顶的光环中，已失却了光辉。一位老仆镇定自若地从餐室中插过去，并未发出半点响动，他着一件灰色礼服，脚蹬皮鞋，在圣像跟前，他摆上了精美的烛台，插上一双蜡烛，画了十字后又弯腰行礼，随后悄无声息地离开了。客厅中空荡荡的，灯也没有点。在餐厅中，走过来的拉夫列茨基询问可是某人的命名日？不是的，人们压低了嗓门说，是要做夜祷，是丽莎维塔·米哈伊洛芙娜同玛尔法·季莫菲耶夫娜的主意；原本计划请的圣像极为灵验，但一个有病人的家请走了它，在三十俄里开外呢。神甫领着执事们在片刻后出现了，这神甫的头秃了大部分，可见年龄已不小了，在前厅中，他提高嗓门咳了一声；随即由书房之中便排队走出了妇女们，她们来到他面前，请他祈福；拉夫列茨基同她们致意，一言不发；她们回礼，同样一言不发。神甫立在那儿，片刻后再咳一声，压低了喉咙沉声问：

"能开始吗?"

"请，神甫，开始吧。"玛丽娅·德米特里耶夫娜回答。

神甫将法衣穿上身；一个执事身披辅助祭服，要来了一小块木炭，他的态度太过彬彬有礼，烟雾弥漫开来。自前厅里，侍女与男仆走出来汇聚起来。小狗罗斯卡向来不下楼，这会儿却一下子进了餐室；为了将它轰走，人们七手八脚地忙着，被吓了一大跳的它晕头转向，干脆坐着不走了。它被一个男仆抓住后送出门去。开始夜祷了。在旮旯中，拉夫列茨基隐藏着自己；他有种莫名其妙、几近郁郁不乐的情绪；这情绪算做什么，他自己也搞不太明白。队伍的末尾是玛丽娅·德米特里耶芙娜，她在几张安乐椅的跟前立着；她画着十字，风度高雅、心不在焉、贵妇人的派头十足——她要么环顾四周，要么猛然间向上望去：她没有耐心了。瞧上去，玛尔法·季莫菲耶芙娜万分担忧；娜斯塔西娅·卡尔波芙娜膜拜之后直起了腰，有些轻轻的、细

113

小的响动打她那儿响起来；丽莎纹丝不动地站着，她一往那儿站就没动过一下；她的祈祷充满激情，她是全身心地投入，从她那着了迷的神色便能看得出来。做完了夜祷，她吻着十字架和神甫红彤彤的手掌。玛丽娅·德米特里耶芙娜发出了邀请，让神甫饮茶；除去法衣长巾的他颇有些世俗之气，他陪着妇女们，一块到客厅里去了。接下去的闲聊气氛不太好。饮过四杯茶之后，神甫把他那秃了的脑袋用手绢擦来擦去，他随口说为了给教堂的穹窿镶金，商人阿沃什尼科夫捐了七百卢布出来，又给了她们个偏方，能治雀斑。拉夫列茨基想同丽莎挨着坐，可她的表情端庄到一丝不苟的程度，她不看他，一次也不看。她不正眼看他，这好像是作出来的；她陷入了一种激动之中，它冷酷而又凝重。不知为什么，拉夫列茨基一直想笑笑，开开玩笑解解闷儿，然而却觉得不是个滋味，末了他离开时憋了一肚子心事……他摸不透丽莎在想什么，他有这个感觉。

拉夫列茨基有一回待在客厅里，听格杰奥诺夫斯基滔滔不绝地说，此人善于拍马，又总拍在马腿上，猛然间，他一下子拧过头去，他也不清楚为什么会这样，却与丽莎的眼光迎面撞上，那里面饱含着深意、关切与疑窦……这目光投向他，叫人捉摸不透。这目光让拉夫列茨基在接下来的一整夜中都魂牵梦萦。少年的爱情：唉声叹气、郁郁不乐和他全然不相配，他也不能如同一个少年那般去爱了，在他的心中，由丽莎她掀起的情愫也不是这样的。不过爱情在各种年龄段的人那里，生出的痛楚都会有所不同——对于这些痛楚，拉夫列茨基遭受的已经够多的了！

三十三

同往日相同，拉夫列茨基某天又在卡里金家中闲坐。白昼燥热难忍，夜在它度过之后来了，沁人心脾，尽管对过堂风不怎么喜欢，玛丽娅仍嘱咐下人，打开了所有朝向花园的门窗，不玩牌了，她这么宣告着，她说天气如此怡人，再玩牌便是有罪了，如画的自然风光在前，就该好好品味。潘申是仅此一个的来客。他的心被优美的风景搅得波动不已，当着拉夫列茨基唱歌，他不乐意，但艺术的灵感在他胸中涌动，因此，他表演了诗朗诵：被他诵读的几首诗是莱蒙托夫写的（普希金还未在那时再次风行），他的朗诵水平一流，但太造作，那种细致完全多余。他的感情倾泻而出好像忽然叫他难为情了，他便评论起《沉思》①来，并以此为楔子，把这一代新青年品评得一无是处；他自然也瞅准了时机，宣布假若到他掌权之时，他会如何如何，扭转乾坤。"俄罗斯，"他说，"早已走在了欧洲的身后；我们得迎头赶上。我们正值年少，某些人以此说服我们——什么乱七八糟的话；还有，连发明创造我们也没有，连捕鼠机我们都造不出来，这话霍米亚科夫②自己也觉得对。这样就逼得我们搞拿来主义。正如莱蒙托夫所言，我们有病——这话我赞成；然而，我们的病根在于我们变成欧洲人只变了一半儿；我们得头疼医头，脚疼医脚（"土地登记"③，拉夫列茨基这么想）。我们有，"他又往下说，"对此信之不疑的人，他们慧眼独具——清醒的头脑④；说句实话，各个民族没有什么差别，将优秀的体制引进来——万事大吉了。它或许要一点点与大众的生活相契合，这些事归我们，归我们（他几乎将"精英"冲口说出了），政府人员管；然而若有必要，不要顾虑重重，那种生活同样会被这种体制所同化。"一听之下，玛丽娅·德米特里耶芙娜拍案大赞，"你看，这个在我家里高谈阔论的是个机灵的人。"她心想。在窗边倚着的丽莎一声不吭；拉夫列茨基也不发一语；在墙角边，玛尔法·季莫菲耶夫娜同女友打牌，一边还喃喃自语着。房间里，潘申走来走去，一口的

① 《沉思》：俄国诗人莱蒙托夫的诗作，作于一八三八年。
② 霍米亚科夫（1804—1860），俄国社会活动家、政治家，创立斯拉夫主义。
③ 原文为法文。
④ 原文为法文。

花言巧语中藏有不为人知的厌恶；遭他贬斥的好像不是那一代人而是为他所熟识的几个。丁香在卡里金的花园中长得枝繁叶茂，一只夜莺停在上面，它在那夸夸其谈略一休息之时，便将它的初啼传送到了夜空中；菩提树的梢头纹丝不动，在它头顶，最早升起的星星闪耀在玫瑰色的天空里。立起身来的拉夫列茨基就潘申的话进行回敬了，他们开展了一场辩论。从保持俄国年轻的人们与俄罗斯的独立自主永不改变出发，拉夫列茨基要替新人类们说句公道话，要为他们的信仰和心愿说句公道话，哪怕把自己与自己这一代人都葬送掉；潘申对他反唇相讥，他忿忿然、用词尖利刻薄，他言称精英会将这一切改头换面，终于，他那侍从官的职务和光明的仕途被他抛到了九霄云外，他用不思上进的保守者来称呼拉夫列茨基，还影射——自然很是委婉——拉夫列茨基在上流社会中步履维艰。拉夫列茨基既不动怒也未大叫大嚷（他想到了米哈列维奇，后者也用不思上进来形容他——只是改为不思上进的伏尔泰分子）——仅仅对潘申的论据一一驳斥，态度极为平静。面对潘申他宣称，一蹴而就的变革与自以为是的改造只能是一枕黄粱，倘若不全心地去对故国作一番剖析，不全心相信理想的话——就算这理想并不怎么高尚——你就不会发现，从未有证据证实这种变革和改造是正确无误的；接着，他又现身说法，用自己受的教训作为证据，说明对于来自民众的真知灼见，我们应予以承认，虚心接受——倘若连接受也不肯，又怎会有胆量与弄虚作假作斗争呢；他在末了并没有一味反对潘申对他的指斥：漫不经心地挥霍时间与精力，他觉得他理应被这样指斥。

"太棒了，这所有的事！"末了潘申嚷了起来，他愤恨难平，"您如今又回俄国来了，——您这是准备做什么？"

"耕田，"拉夫列茨基答道，"尽己所能，将田耕好。"

"此事颇甚褒奖，这是不容置疑的，"潘申回嘴道，"据说在这片领域，您业绩累累；然而，这件事儿并非人人都可胜任，这一点您要承认……"

"具有诗人风度，①"玛丽娅·德米特里耶芙娜插话了，"他自然不会去耕田……同时，② 弗拉基米尔·尼古拉伊奇，天生您就是要完成 en grand③ 事业的。"

这话对于潘申来说也属太过，他无法接话茬了，争论停止了。他努力着，要转而聊聊星夜的优美、舒伯特的音乐——然而谈不起来，仿佛没什么可聊的，他终于提了个建议：同玛丽娅·德米特里耶芙娜打牌，玩"皮凯"。"那怎么成！在这样美的夜色下？"她拒绝了，但不太坚定；接着就差人拿牌去了。

一副新牌被潘申拆得滋啦作响，仿佛约定了一般，丽莎同拉夫列茨基一齐立了起来，在玛尔法·季莫菲耶芙娜身旁就座。猛然间，他们俩的心情都好转了，好像产生了一种恐惧，不敢独处——他们与此同时也发觉那慌乱业已逝去，永不复回，它已纠缠了他们几天了。老太太将拉夫列茨基的脸颊不引人注目地拍拍，眼睛一眯，有些狡猾，她晃了几下脑袋，把声音压得低低的："太感谢了，那个家伙自作聪明，却被你修理了一顿。"房间中再度一片寂静，唯有点着的蜡烛劈里啪啦的轻响着，间或手触到了桌子，发出了声音，还有惊呼和数牌分的声音也不时响起，夜莺的歌声陪伴着凉意袭人的露水向房间中流淌，它清亮高亢、坚毅狂热、不忌讳什么，如同一股股波浪。

三十四

丽莎在拉夫列茨基与潘申争执时默然不语，不过她倾听得十分认

---

① 原文为法文。
② 原文为法文。
③ 法文，伟大的、光辉的。

真，她的立场是同拉夫列茨基根本一致的。对政事她向来不加留意；可她讨厌的，是这位高人一等的官吏说话竟是这般刚愎自用（这样充分祖露自己的思想，从前他还没有做过）；她的心受伤了，因为他竟这般轻视俄国。自己是爱国者，这是丽莎想也未曾想过的事，可她与俄国的民众性情相投；她欣赏的是俄罗人的脾性与思想。母亲庄园的村长要是进了城，她准会同他随意攀谈，聊着聊着几个钟头就过去了，她不会故作清高，一向平等待人，也不要小姐的派头。拉夫列茨基对这些了如指掌；原本，他不会对着潘申开炮，说了那么多话，他只是为丽莎而说的。他们俩彼此并没交流什么，就是眼光的交融也很少有；可他们都再清楚也不过了，他们俩的心贴得很近了，就从这一夜开始，他们的好与恶相互一致了，这一点，他们也再清楚不过了。他们的观点只有一处不同；但是在私下里，丽莎抱着个愿望：让他能回到上帝怀中。在玛尔法·季莫菲耶夫娜的身旁，他们仿佛正坐在那儿瞧她打牌，其实他们瞧的就是她，千真万确——可就在他们的心中，爱情正持续地滋生，一切之于他们都有了新意：夜莺的歌是献给他们的，星光闪耀是在给他们照明，林木轻声耳语，在梦幻、夏日的温情和暖意的催眠下，他们沉醉。这情感的波澜淹没了拉夫列茨基，令他无法自已——欣喜弥漫于他胸中；不过那少女纯真心灵中掀起的浪花，可就远非语言所能描述了；这是秘密，就她本人而言也是；让它成为一个永恒的秘密好了，对一切人。一颗种子在大地的胸怀中，它要抽芽、开花、灌浆、结实，这工作是与生俱来的，可至于怎样做，没人会知晓，没人会发现，永不会被发现。

敲过十点了。玛尔法·季莫菲耶芙娜同娜斯塔西娅·卡尔波芙娜上楼去了，她们回了房。走过客厅以后，拉夫列茨基与丽莎收住脚步，立在未闭的花园门前，举目望向远方，那里漆黑一片，随即他们四目相投，微笑起来；大概，他们打算握手倾谈，兴尽而止。他们又回到了还在打"皮凯"的玛丽娅·德米特里耶芙娜和潘申身旁。终于，最后一张王出现了，女主人哀叹着喊累，打安乐椅那装了靠垫的里面探起身子；把帽子捏在手里后的潘申吻了一下玛丽娅·德米特里耶芙娜的手说道，对于想入眠或静看夜景的走运的人来说，不存在任何阻碍，可他得彻夜无眠；他要批阅文件，它们简直空无一物；他随即向丽莎辞行，口气冷漠（她面对他的求婚竟让他再等下去，这太出乎他的意料了——为了这个，他很愤然）——接着就走了。出门时，拉夫列茨基跟随在他身后。在大门口，他们道过别；拿手杖尖点点马车夫的脖子后，潘申把他弄醒了，潘申上了车，一溜烟地走了。拉夫列茨基毫无回家之意，他出城直至原野。尽管没有月光，宁静的夜依旧光线明亮；草地被夜露浸透，湿漉漉的，在那里，拉夫列茨基长时间地踟蹰着，不经意间，一条小道映入他的眼帘，沿着小道，他继续前行了。一堵围墙矗立在路的尽头，围墙很长，上面开着道小门。他试了一下，伸手一推门，为什么要这么干他自己也不清楚：吱呀一声低响，门开了，仿佛正在等候，请他伸手来碰。一座花园展现于拉夫列茨基身畔，他穿行在菩提树下的林荫道里，在几步之后蓦地收住了脚，万分诧异：这花园是卡里金家的，他看出来了。

随即，在繁茂的胡桃树的阴影下，他进去站了很久，动也不动，他耸耸肩，诧异极了。

"肯定不是出于无意。"他这么认为。

四下里并无半点声息。没有一丝声响由房子的那个方向传过来。他向前方行去，十分小心。忽然，那房子的全部正面凸现在林荫道的拐角处，它是朦朦胧胧的，灯光只闪烁在楼上的两扇窗里，很是模糊：一支蜡烛点在丽莎的房中，就在那洁白的窗帘之后；圣像前的长明灯在玛尔法·季莫菲耶芙娜的卧房中燃着，若明若暗的红火均匀地打在圣像身上，映照着他金色的衣饰；楼下的门大开着，从那儿可以去往阳台。在木制的凳子上，拉夫列茨基坐下后便以手支着自己，他所凝望的，便是那门与丽莎的窗。钟声响起，预报午夜来临，那是从城里传来的；小闹钟同样敲过十二点，这清亮的声音发自屋内；更夫把更板打响了，急匆匆的。拉夫列茨基的脑海里没有浮现什么，心情愉悦的他并不等什么，他觉得，自己在这条木凳上坐着，和她的距离很近，在她的花园中，她坐这条木凳也不是一次两次了……烛光一下子熄灭在丽莎的房里。

"睡吧，我亲爱的女郎。"拉夫列茨基纹丝不动地坐着，一边自言自语着，那窗户已漆黑一片，他仍盯着不放。

光亮猛地出现在楼下，映上了第一个窗口，又到了下一个窗口，接着是第三个……什么人正走过那些房间，手里端着蜡烛。"可能是丽莎吗？没有这回事儿！……"拉夫列茨基的身子立了起来……一个人影一闪而过，很是熟悉，客厅里，丽莎的身影出现了。一袭白袍裹着她，发辫尚未打开，在肩头披着，她在一张桌前站住了，悄没声息地将蜡烛一搁，仿佛是在找东西，她的腰俯了下去；接着，对着花园她扭过了脸，冲着那扇开着的门，她走了过来，她立在门边不动了，一身素白的她轻柔极了，身材颀长。颤抖一掠而过，传遍了拉夫列茨基的周身。

"丽莎！"他情不自禁地喊出声，声音几不可闻。

她打了个哆嗦，然后便对着黑暗，认真端详起来。

"丽莎！"拉夫列茨基又叫，声音高了一些，他走出了林荫道的阴影。

丽莎把头一伸，一脸诧异之色，她一晃身子：她知道是他了。再一次，他呼唤着她，向她伸出了自己的手。从门边走开的她进入了花园。

"是您吗？"她说，"您在这里吗？"

"是我……我……让我来告诉您。"拉夫列茨基压低了喉咙，把她往长凳前带，牵着她的一只手。

她尾随着他，很顺从；诧异流露在她惨白的脸上、专注的眼光里，她的一举一动中，诧异溢于言表。让她坐上木凳之后，拉夫列茨基在她跟前站定了。

"来到这里并非出于自愿，"他说，"我之所以来了……我……我……我爱您。"他说，情不自禁地害怕起来。

缓缓地，丽莎瞥了瞥他；在这一刹那间，仿佛对于她所处的位置，她经历的事情，她刚刚才搞清楚。她打算站起来，却全是徒劳，她以双手掩面了。

"丽莎!"拉夫列茨基说,"丽莎!"他再叫,在她的脚前,他伏下了身体……

轻轻地,她的肩头战栗了,她的脸更用力地埋入手中,那手指纯白。

"您在干吗?"拉夫列茨基问,他的心在这小声的哭泣声中被攫住了,紧紧地……这泪水的含义他心中明了。"莫非您也爱我?"他自言自语着,轻轻抚着她的膝盖。

"请站起来吧,"她的声音传了过来,"求您起来,费奥多尔·伊凡内奇。咱们俩干的是什么事呢?"

立起身后,他在木凳上落座,紧贴着她。她止住了哭泣后端详着他,双眸还湿漉漉的。

"我恐惧极了;我们干的算是什么事呢?"她重复着。

"我爱您,"他再度开口,"让我为您供奉出我的全部生命吧,我心甘情愿。"

她再度打了个寒噤,仿佛挨了什么的蜇似的,她抬起眼,将目光投向碧空。

"一切全凭上帝的安排。"她说道。

"可丽莎您是爱我的,对不对?我们会过快乐生活吗?"

她的眼睑低垂;他拥她入怀,动作轻柔,在他的肩头,她把头倚了上去……稍稍一转头,他和她苍白的嘴唇相碰了。

拉夫列茨基半个钟点后立在了花园的小门跟前。发觉门已落锁后,他翻墙而出。到市里后,他穿越街道,它们也沉浸在睡眠中了。他的心被欣喜塞满了,它自天而降,无可衡量,所有的困惑全都从他的心海里逝去了。"往昔与黯淡的幻梦全部逝去好了。"他想道,"她是爱我的,我会拥有她的。"他猛然有种感觉,一种音乐正在头顶的空中飘动,它动听而又充满愉悦;他的脚停了下来;音乐再度奏响,它的恢宏更胜于前;它如波涛起伏,一泻千里,它动人又宏大——他的幸福仿佛已被这音乐全部倾诉了出来,演奏了出来。他转过头,寻找起来：在一幢小楼的两扇窗中，那音乐正飘了出来。

"列姆！"拉夫列茨基边跑向那小楼边嚷出声来，"列姆！列姆！"他的声音抬高了。

音乐声止，窗口出现了一位老人，他披着晨衣，怀敞开着，头发乱哄哄的。

"哦！"他的态度很严肃，"原来是您！"

"克里斯托弗·费奥多雷奇，这音乐真是动听！托上帝的福放我进来好了。"

一声不吭的老人一挥手就把屋门的钥匙扔出了窗口，落在街面上，他的模样严肃极了。拉夫列茨基以飞快的速度上楼进屋，老人将一把椅子指给了打算奔过来搂搂他的拉夫列茨基，下命令一般要他就座。"坐下来再听。"老人结结巴巴操着俄语，在钢琴前，他自己落了座后便回顾四周，目光倨傲又庄严，他开始弹奏了。很久很久了，这样的音乐再没让拉夫列茨基听到过了：它的旋律柔美动听，充溢着激情，第一个音符跳动，便能令人动容。听上去，它光辉闪动，是在灵感的触动下而发，在幸福与美中受着熏陶，它时而激昂时而低首。人间所有可堪珍惜的、神秘纯洁的东西，它都有所涉及；在它里面，荡漾着一股忧思，它永恒不变，向天际飘去，无影无踪，把腰挺直后的拉夫列茨基脸色发白，感到周身寒冷，他过于激动了。他的心灵才为爱的幸福所震颤，如今又被这充溢着爱火的曲子占据了。"请再演奏一回"；他一俟末尾的和音弹完便小声恳求。老人瞅瞅他，目光尖锐得像头雄鹰，他的手拍打着胸脯，他操着母语，从从容容的说："我创作了这支曲子，因为我是一个杰出音乐家。"然后，这妙不可言的曲子再度被他演奏起来。没有灯火闪烁在这屋中，月儿升了起来，将清冷的光斜斜映在窗上；在乐曲声中，似乎空气也多情地产生了共鸣；好像这陋室已然化为了圣堂，圣洁庄严，老人的头颅高高扬起在闪烁明灭的银光中，似乎正灵感涌现。走到他身边后，拉夫列茨基搂住了他。列姆开始对他的拥抱不予理睬，更有甚者，他用胳膊肘顶他，想让他走开，许久，老人纹丝不动，一脸庄严地坐着，他双目几

122

近粗鲁地前视，唯独含混地哼了两下："哼哼!"末了，他那走形的脸变得平和而轻松了，他开始用微笑作为对拉夫列茨基的回应，然后，他小声啜泣起来，仿佛他是个孩子。

"真是巧事，"他说，"您适逢此时来此；可是，我已晓得了，晓得了一切。"

"您知晓了一切?"拉夫列茨基问，有些难为情。

"我的音乐您已听过，"列姆答道，"莫非我知晓了一切这一点还令您搞不明白吗?"

直到黎明，拉夫列茨基始终不能入眠；整整一夜，他在床上坐着。丽莎同样夜不能寐：她做了祈祷。

三十五

拉夫列茨基的成长经历与发展史已为读者们所熟知了；我们就丽莎受到的教育也来说些什么吧。丽莎在父亲逝去的那一年刚好是十岁，然而，父亲对她的关怀少得可怜。他相当忙碌，工作缠得他无法脱身，对于使自己的财产不断增长，他是最为关心的。这个有着火爆脾气的人礼貌欠周，总是耐不下性子；花起钱来他是不心疼的，他给孩子们请了教师、外国家庭教师，要给孩子买服装或别的什么他也慷慨解囊；然而，他无法忍受——按他自己的说法——为一大帮子叫唤个不停的小东西当看护。况且，他也没有看护他们的时间：繁忙的工作与事务占用了他的绝大部分时间，他不怎么休息，难得打上一次牌便又扑到工作上去了；对自己他有个譬喻：一匹被套到打谷机上的马。"我这一辈子真是转瞬即过呀。"他在逝世前这样呢喃着，一缕苦笑挂在他干裂的嘴唇边。说句实话，玛丽娅·德米特里耶芙娜并不比丈夫更多地为丽莎操劳，尽管在对拉夫列茨基吹嘘时，她说她孩子的教育问题是她一人撑下来的：精心装扮丽莎，让她跟洋娃娃似的，把她的小脑袋抚弄抚弄，用"聪明仔"和"心头肉"来称呼她，但那是在客人的跟前——就是这些了：这位夫人如此慵懒，任何事只要老是需要她去照顾，她马上就不耐烦了。丽莎在父亲活着的时候由莫罗小姐照顾，她来自巴黎，是位家庭女教师；丽莎在父亲去世后改由玛尔法·季莫菲耶芙娜照顾。读者早已熟知了玛尔法·季莫菲耶芙娜；而莫罗小姐这个女人个头不高，一脸褶子，她行动起来活像一只鸟，思想也是如此。她在年少时日子过得很滋润，她在已近暮年时还有两个嗜好没有丢——大吃大喝、赌牌。一俟她酒足饭饱，没打牌也没侃大山，每到此时——一种死了一般的神情就会立即浮上她的脸上：一些时候，端坐在那儿的她也会看，会呼吸，然而她的脑际是空洞无物的，这一点显而易见。你连用"善心人"这种词称呼她都是不对的：你能用"善良"来形容鸟儿吗？没有人知道，因为她过于轻易地挥霍了青春，抑或是她从小到大都在呼吸巴黎的空气——在她的脑袋里，一个东西已挥之不去了，它同那平凡的、廉价的怀疑主义有些相像，一般她是这样来表述它的："全部是胡说八道"①。她说法语，尽管不符合语法，却是十足的巴黎话，她不爱嚼舌头，从不任意妄为——你怎么还能希望一个家庭女教师有更多的什么呢？对于丽莎，她并未留下多少影响；丽莎的保姆阿加菲娅·弗拉西耶芙娜则在她身上留下了更多的影响。

这个女人的一辈子，是跌宕起伏的一辈子。她在一个农民的家里出生，一满十六岁她便嫁了出去，对方是个农民；不过她在农人的丫头中属于鹤立鸡群的人物。干了二十年村长的父亲有不小的积蓄，她是被娇惯大的。她很漂亮，百里挑一，在这一片地区，她的穿着是最出色的，她聪明大胆，嘴很甜。她的主人德米特里·佩斯托夫就是玛丽娅·德米特里耶芙娜的父亲，他脾气很好、人也老实，一次，他们相遇在打谷场上，与她聊了几句后，主人就疯狂地爱起她来。没多长

---

① 原文为法文。

时间，她守了寡；佩斯托夫把她迎进家门，把家人的衣饰给她穿戴，尽管他早已成家了。立即，阿加菲娅便对自己的新身份得心应手了，她好像从来就没有在别的环境中生活过。她开始白皙丰润起来，手臂从细纱的袖子中伸出来时，显得那样"珠圆玉润"，和商人老婆的别无二致；在她的桌上，茶炊长年摆着，她不再想穿别的料子了，只中意绸缎和丝绒，她垫着羽绒的垫子才能入睡。她这样舒舒服服地生活，五年过去了，然而，德米特里·佩斯托夫去世了；他的遗孀心肠很软，这位夫人顾念死去的丈夫，对于自己的情敌，她不想做得太绝，另外，阿加菲娅也从不当着她随意妄为；可是，女主人依旧找了个养牲畜的农奴，把她配给了他，让她出了门。三年就这样过去了。在夏日的一个大暑天中，太太有次到畜牧场上来看看。阿加菲娅接待了她，给她吃的冻奶味道极佳，她那样毕恭毕敬地对待她，自己却是一副光头净脸、快快活活、知足常乐的样子，女主人由此原谅了她，她得到了允诺，重返主人家中；女主人在六个月后已变得事事依赖于她，她升了职，成了掌管所有家事的女管家。重新受宠的阿加菲娅再度白皙丰润起来，对她，女主人是百信不疑。五年的时间又这么过去了。阿加菲娅又一次受到了打击。让她弄到主人家做家仆的丈夫迷上了酒，经常连家也不回，他最终偷了主人六把银汤匙去卖，出手之前，它们被他藏到了妻子的箱笼中。事情败露了。他被赶了出去，再度养牲畜了，失去宠信的阿加菲娅尽管没被扫地出门，却从管家的职务上被刷了下去，她成了缝衣女仆，不准再戴包发帽的她只好包头巾。但是，在这突如其来的灾难面前，阿加菲娅表现出了令众人惊诧的服从与平静。时年已三十有余的她失去了所有的孩子，丈夫也没活得长命一些。是时候了，她应大彻大悟了，事实上她确实大彻大悟了。她开始沉默，每一次晨祷与月祷，一心向善的她都从不漏过，她分送给旁人自己的一切好衣服。又过了十五年，她平静祥和、虚怀若谷，正正派派地生活着，不与任何人斗嘴的她深谙忍耐之道。她在旁人粗野地对待她时只是弯腰行礼，表示对她受到的教育的谢意。很早以前，女主人就原谅了她，再度信赖她的女主人把从自己头上摘下的包发帽送给她；然而，自己的包头巾她再也不想取下来了，她老是着一袭黑衣；她在女主人逝去后越发地平和与虚心了。获得俄罗斯人的畏惧与爱意是件易事，难的是让他尊敬你。想得到尊敬是不可能一蹴而就的，同时，并非任何人都能得到它。阿加菲娅受到主人家全体成员的尊敬；她旧日的错误似乎伴着老主人，一同进了黄土，没有人能再记得起来了。

与玛丽娅·德米特里耶芙娜成婚后，卡里金原来打算让阿加菲娅掌管家务；她却以"害怕被引诱"为借口回绝了；当她受到他斥责时，她深深一躬腰便退出门去。卡里金聪敏、能够鉴人。对于阿加菲娅的为人，他心中明了也未曾抛诸脑后。他后来搬到了城里，丽莎时年五岁，他求得阿加菲娅同意，让她做了丽莎的保姆。

丽莎在一开始对新保姆有些畏惧，她有张一本正经、正颜厉色的脸；但没过多久，她习惯起来，对保姆的爱恋日深。就丽莎自己而言，她也是一本正经的；她那张轮廓清晰、端庄周正的脸颇似卡里金，不过她的眼睛与父亲的全不相同；安详、关爱与正直在她的双眸中闪烁，孩童们很少会这样。对于洋娃娃她没什么兴趣，她笑的时候从不放声长笑，她的一举一动端庄沉稳。她陷入思索的次数并不太多，可她肯定因为某种缘故才会思索；一般说来，她会对大人提问一个她沉思片刻后想出的问题，由此可知，一个新得到的形象正在她的脑海中被探寻着。很迅速地，她说话不再咿呀不清了，她在三岁时便已口齿清晰。父亲是她所畏惧的，她怎样看待母亲却不好说——畏惧是没有的，但依恋同样没有；她尽管只对阿加菲娅有爱恋，但同样没有依恋。阿加菲娅与她是寸步不离的。这是个奇特的景象，看到两个人相处时，人们准会这样想。永远黑衣裹身的阿加菲娅头戴黑头巾，一张脸消瘦极了，白得像蜡，但那张有着丰富表情的脸依旧美丽如昔，正襟危坐的她正在织袜子，丽莎坐在她脚旁的小椅子上也忙碌个不停，抑或把她那双明眸一本正经地抬起来，阿加菲娅讲故事，而她倾听。阿加菲娅从不讲童话给她听：她讲圣母传、隐居的修士、主的信徒和女殉教者的事迹，她的声音宁静安详，合着节拍；在荒漠中，主的圣徒们如何生存下去，他们忍饥挨饿以求拯救自己的灵魂，这便是阿加菲娅告诉丽莎的——对于他们的君主，他们毫不畏惧，只将基督供奉在心中；鸟儿们将吃的从天下送了过来，野兽也对他们温顺驯服；鲜花是如何在他们滴下鲜血的地方盛开起来。"开的是桂竹香花吗?"有一次，酷爱鲜花的丽莎问了起来……讲述这些事时，阿加菲娅似乎自感要说出这些崇高而圣洁的语言，自己还不够资格似的，因此她的表情很严正，样子很虚心。在阿加菲娅的讲述中，丽莎的心灵被上帝充盈了，他无所不在、无所不知，他是被一股让人欣喜的能量带来的，敬畏充斥了她，那是何等纯真虔诚的敬畏，耶稣则为她所熟悉了，她像是待亲人一般对他充满亲近之意。阿加菲娅还把祈祷也教给了她。丽莎有时在天刚亮就被她叫醒，她飞快地给丽莎穿上衣服，私下里领她做晨祷去了；屏息静气、轻手轻脚的丽莎尾随着她；天将黎明，寒气未消，曙光初照，明灭可见，教堂中的空气清爽怡人，寂寥无人，秘密地离家外出突如其来，回了家，蹑手蹑脚地往被子里钻——这些事情搅和在了一起，它们是不被允许的，也是怪异的和神圣的，女孩的心中留下了深深的烙印，它一路延伸，直至她内心深处。阿加菲娅不对任何人斥骂责备，丽莎顽皮时，她也不斥责。她仅用默然来表示她对某事的不满；对于这种默然，丽莎心中了然，倘若阿加菲娅不满意某人——不管是对玛丽娅·德米特里耶芙娜抑或对卡里金本人——丽莎也能心中明了，她有孩子才有的敏锐的观察能力。在三年多中，阿加菲娅照顾着丽莎，接着取而代之的是莫罗小姐；可在丽莎心中为心爱保姆保留的位子，是这个法国女人所不能取代的，她举止轻率、态度冷淡，动不动就嚷嚷"这一切都是愚蠢的。"①。种子撒下后，扎下了那样深厚的根。而且阿加菲娅依旧在家中住着，虽然丽莎不再归她管了，她同这个自己照料过的女孩的会面依旧频繁，对于她，丽莎也信赖依旧，和昔日一样。

不过，卡里金家来了玛尔法·季莫菲耶芙娜之后，阿加菲娅与她

---

① 原文为法文。

不投缘。对于这"穿过粗布格子裙的农村女人"的严厉和不苟言笑，老太太很是看不惯，她自己的性子急，又爱随心所欲。在获准出门朝圣后，阿加菲娅一去不回头。据说她到一座分裂派①的修道院里住了下来，但只是传说。不过在丽莎的心里面，她留下了永难消失的烙印。同以往一样，丽莎像过节似的去做日祷，祈祷时，她欣喜难耐，怀着极有分寸的、有些难为情的激动，在私下里，玛丽娅·德米特里耶芙娜对此很纳闷，而玛尔法·季莫菲耶芙娜绞尽脑汁，要把她的激情抑制一下，不许她跪拜的次数太频繁，说这和贵族们的派头不相符，但她平时总是放任丽莎的。丽莎学习很不错，换句话说就是她肯发奋刻苦；上帝并未把异于别人的才干和大智大慧赋予她；她可能会一事无成，倘若她不很下些工夫的话。她弹得一手好钢琴，可她为此付出多少努力，只有列姆一人知晓。她没怎么读过书，"属于自己"的语言她也没有，但她有属于自己的思维，她正在走的路属于她自己。父亲向来不让旁人告知自己该做什么，所以她被认为和他很相像。她这样成长着——从从容容，安安详详一路走到十九岁。她是个美人却又不自知这一点。优雅自她的举止中散发出来，它纯粹出自天然，还带着些羞涩，她有一把宛若银铃的嗓子，它纯洁清脆，充满青春；她会因最微不足道的欢愉而使微笑闪现她的嘴边，让人着迷，使柔情含而不露地显现在她的明眸之中，使之闪烁着深沉的光辉。责任感充溢了她，她最怕的事，就是弄伤了别人的心。她的心地善良，她温和柔顺，所有人都是她爱的对象，但没有人让她格外地爱恋；只有一个让她充满激情、满心羞涩与温柔的去爱：那便是上帝。第一个将她内心的静谧打乱的人，便是拉夫列茨基。

丽莎这个人便是如此。

---

① 分裂派：与正统东正教教会相对立的教会。

三十六

　　拉夫列茨基于次日约摸十二点钟时又往卡里金家去了。潘申与他在途中相遇，把帽子一直压至眉毛的潘申骑着马，一溜烟地冲过他身旁。拉夫列茨基到卡里金家后未被招待——这是自他与他们家相识后的首次。玛丽娅·德米特里耶芙娜"睡下了"，仆人这样回复他，"她老人家"闹了头疼。玛尔法·季莫菲耶芙娜和丽莎维塔·米哈伊洛芙娜不在家中。拉夫列茨基心中隐隐抱着想邂逅丽莎的愿望，便在小花园旁遛起了弯，可他没碰到一个人。他在两个小时后又返回，仆人却在给他同一个回复的同时还斜目瞥了瞥他。第三次在同一天中造访某家，拉夫列茨基感到太有失礼貌——由于原本就要去瓦西里耶夫斯科耶办点儿事，他就打定主意回那里去。他在路途中假想了许多一个美似一个的梦想；姑母的小庄子到了，他却猛地产生了忧愁；他到了安东那里，和他聊了起来；然而，在那老头的脑袋里的思想全是叫他难过的，仿佛成心在跟他为难。在弥留之际，格拉菲拉·彼得罗芙娜把自己的手咬破了，安东对拉夫列茨基说的就是这个，随即便一言不发了，等了一会儿他又开了口，叹息着说："我的老爷，人们都是自己的克星，这是生来便注定的。"拉夫列茨基在天已黄昏时回到了城中。他依旧沉浸于昨夜的音乐声中，他的心海里再度显现出丽莎那柔美的形象，它是那样的明朗清晰；她爱他，每想至此，他就甜蜜难言——就在这种甜蜜在心中流淌之际，他平静地回到了城里的住所。

　　他走进了前厅，一缕广藿香的香水味扑鼻而来，首先就吓了他一大跳，他对这种味儿顶反感；另外，巨大的箱笼与旅行包堆在地上。仆人匆匆地跑来迎接他，他感到他们的神色颇为特别。这些景象还没容他好好咂摸，他一步迈进了客厅——一位夫人自沙发上直起身来，冲他迎面走来，她身着有皱褶花边的黑绸裙，被细麻纱手绢蒙着的脸惨白，她前走几步便垂下了头，那头发十分仔细地打理过，散发着香气——她在他脚前拜倒了……他直至此时方才发觉这位夫人就是他妻子。

他一口气也呼吸不了……他在墙上倚着。

"泰奥多尔①请不要轰我出去！"她说的是法语，他犹如利刃刺心一般听着她的声音。

他瞅着她，目光呆滞，可她更加白净和丰润了，这一点不由他发现不了。

"泰奥多尔！"她又叫，她的眼睛有时抬一抬，她的手慎重小心地扭来扭去，那手指尖涂成了粉红色，十分迷人，"泰奥多尔，我对您犯有过失，简直可说是犯下了罪孽，我是有罪之身，话得说得重一点；可您听我把话讲完，拜托您了；我经受着悔意带来的伤痛，自作孽，不可活呀，面对我的境况，我不堪忍受；我想到这儿找您，想过无数次，但您可能会暴怒，这让我畏惧；我要举慧剑，同往昔决裂，我已经下了决……更不用说我还大病一场，②我被这病折磨成这样，"她将前额和脸颊摸摸之后又补充道，"机会来了，外界传出了关于我已死的谣言，我正好将所有事丢到九霄云外后，随就往您这儿赶，没日没夜地赶路，顾不上休息；来到您身边，我的审判者的身边是否可行呢，在很长时间中，我都举棋不定——我的审判者，我到您面前来了③；不过最后我还是作了到您这儿来的决定，因为在我的记忆中，您的好心肠是永不改变的；我把您的住址问到了，是在莫斯科问到的。您信我一次，"她往下说着，并从地上立起身来，小心翼翼在一张安乐椅的边上就座了，"死去，是我不时会想到的一件事，将自己的生命完结掉，我有这个胆量——哦，生活对于我就像一副重任，令

①　泰奥多尔：费奥多尔的法语发音。
②　原文为法文。
③　原文为法文。

我不堪承受！——然而，当女儿，我的阿多奇卡①浮现在我脑海中的时候，我就无法去死了，她在这里，睡在旁边房间里，这孩子多可怜！她很疲倦——您去瞧她一眼；最低限度，在您的面前，她没有过错呀，我太惨了，太惨了！"嚷了一句之后，拉夫列茨基夫人号啕大哭。

终于，拉夫列茨基回过神来了；他从墙壁旁扭身走向大门。

"您打算走？"他的妻子说，口气中满是绝望，"噢，您太冷血了！您不发一语，连斥责都没有一句……能将我逼上绝路的轻视哟，这太可怕了！"

拉夫列茨基的脚步停了下来。

"什么是您想听的话呢？"他的声音几不可闻。

"不用说什么，不用，"她的话接得迅速异常，"向您提什么条件，我自知我不配；我求您相信我并未神经错乱，对于您的原谅，我是既不渴求也没胆量渴求；我只能鼓足勇气，求您给我下个命令，我应该做什么，我应该住在什么地方？对于您的命令，不管它是什么，我都会照办，像奴仆一样照办。"

"对于您，我没什么命令可下，"拉夫列茨基回答，声音同刚才别无二致，"我们俩的关系已然完结，这您晓得……如今比以往尤甚。您随便住在哪儿都成，只要您乐意。要是您因赡养费过少而不高兴……"

"天哪，别把这样残酷的话说出口，"瓦尔瓦拉·巴甫洛芙娜抢过了他的话头，"把宽恕赐予我吧，就算……就算是替这个小天使着想好了……"话一说完，瓦尔瓦拉·巴甫洛芙娜进了隔壁的房间，她的行动很快，立刻，一个小女孩被她抱了出来，女孩被装扮得粉团一般。女孩的小脸红彤彤的，美丽可人，眼睛很大，笼罩着朦胧的睡意，乌黑如漆，大团大团的鬈发呈淡棕色，垂在它们上面；正在甜笑的女孩把眼眯成一条缝，那是遭到灯光照射的结果，她用小手抱住母

---

① 阿多奇卡：阿达的爱称。

亲的脖颈，那手胖胖的。

"阿达，你看，这就是你爸爸①，"瓦尔瓦拉·巴甫洛芙娜说着便吻着女孩，把盖住她眼睛的头发鬈掀到一边去了，"请求他吧，咱们一起来。②"

"这是我的爸爸。③"小女孩呜哩呜噜地学着。

"没错，我的孩子，你爱他，对不对?④"

然而拉夫列茨基在此刻已经不堪忍受。

"这算哪一出，是什么滑稽剧里面的吧?"他喃喃着，然后便离开了。

愣在原地的瓦尔瓦拉·巴甫洛芙娜片刻之后略一耸肩，她抱着小孩，又回了旁边的屋子里，她脱下孩子的衣服打发她入睡。接着就在灯前坐了，手持一本书等候着，约摸一个小时后，她也就寝了。

"事态如何呀，太太?⑤"帮她解紧身褡时，法国女仆问道，她是从巴黎带过来的。

"如此而已，茹斯汀，⑥"她回答，"他老了不少了，可是心地善良依旧，我就这么感觉。递给我手套，夜里用的那副，把高领子的灰外套给我预备妥当，明天我要穿；阿达吃的羊肉饼不要忘记了……在这里，这东西的确挺难搞到手，不过得尽力，试着找找看。"

"表面意思为'作战就要像作战，'即是'全力去做某件事'之意。⑦"话一说完，蜡烛便被茹斯汀吹灭了。

---

① 原文为法文。
② 原文为法文。
③ 原文为法文。
④ 原文为法文。
⑤ 原文为法文。
⑥ 原文为法文。
⑦ 原文为法文。

三十七

在城中的街巷与胡同中，拉夫列茨基游荡着，走了两个多小时。他度过的那个巴黎近郊之夜，如今又回到了他的记忆中。心痛如绞的他觉得脑子中乱哄哄的，那些同样忧郁不乐，荒唐和使他悲哀的念头盘踞在那里，挥之不去。"她仍在人间，她在这个地方，"他自言自语着，那份诧异一而再、再而三地缠绕他。在他的感觉中，丽莎已从他的怀抱中滑脱了。他被懊恼折磨着，这叫他气也喘不上来；这是个蓦然而至的飞来横祸。小报上的传闻总是胡扯八道，他为什么随随便便就信了它，信了那片巴掌大的纸呢？"算了，我就算不予置信，"他这么想，"有什么两样吗？那么，对于丽莎对我的爱，不仅我不会觉察，她自己也无法知晓了。"妻子的模样、声音、目光在他脑海中盘旋萦绕，他驱之不散……他对自己、对这个世界中的所有东西发出了咒骂。

他在破晓时分到达列姆的寓所，他已浑身无力了。门被叩了很长时间仍没有回应；末了，老人的脑袋显现在窗口上，戴着顶睡帽的他一脸皱纹，精神不振，这张脸同二十四小时前的判若两人，那时的他正立在艺术灵感之巅，他俯瞰着拉夫列茨基，一派华贵之气，灵感四溢、庄严凝重。

"您打算干吗？"列姆问道，"每一天夜里都进行弹奏我可吃不消，刚才我喝了药汤。"

但是，拉夫列茨基做出了一副奇特的神色，这是显而易见的，因为老人认真端详起这位深宵来客了，他以手搭额以便看清些。最后，他将拉夫列茨基让进门去。

一进屋，拉夫列茨基就往一把椅子里一坐。在他跟前的老人，把

133

那件色彩繁杂的睡衣往里裹了裹，他的身子瑟缩成一团，咕噜着什么。

"我的妻子到这儿来了。"说毕之后，拉夫列茨基把头一昂，猛地，他控制不住自己，狂笑不已。

列姆被吓了一跳，他的神色说明了这一点，可是他只是更往里裹着睡衣，一个笑容都不肯露。

"您是不晓得，"拉夫列茨基又往下说，"原本我当……她已去世，这是我从报纸上发现的。"

"哦——哦，您发现这事儿是不是没多久？"列姆问。

"对，没多久。"

"哦——哦，"老人再感叹一遍，把眉毛挑得很高，"那么如今她到了这里？"

"到了这里。她此时此刻就在我那里。可我……我是不走运的。"

他酸楚地笑了。

"您是不走运的。"列姆又说了一遍，说得很慢。

"克里斯托弗·费奥多雷奇，"拉夫列茨基再度说，"帮我送张便笺，可以吗？"

"唔，给谁，可以问问吗？"

"丽莎维……"

"哦，行了，行了，我晓得了。可以。送过去要在什么时间呢？"

"明天，早一些更好。"

"唔。送这个，我可以派遣我的厨娘卡特琳。算了，还是我去。"

"能将回函捎给我吗？"

"捎给你回函。"

列姆叹息着。

"没错，我那可怜的小朋友，千真万确，您是不走运的。"

拉夫列茨基给丽莎写信，只有几行：他对她讲，他的妻子回来了，他想同她会面，时间由她定。他写完了信便瘫倒在一张窄小的沙发上，脸对着墙。回到床上的老人翻来覆去，良久都在咳嗽，间或喝

134

喝药汤。

黎明已至。两个人都起了床。他们相互对视，目光奇特。拉夫列茨基在这一时刻简直想自尽。厨娘卡特琳把咖啡给他们端了过来，口感很差。列姆在整八点便戴上了帽子，他说他在卡里金家上课的钟点是十点，可他会有合适的理由来说明，话一说完，他出门了。拉夫列茨基依旧在小沙发上卧着，撕心裂肺的笑又涌出了他的心灵深处。妻子怎么赶他出了家门是他这会儿所想的事；丽莎如今境况怎样，在心里他猜度着。双目紧闭的他在脑后垫着自己的两只手。最后，归来的列姆将一张便条带给了他，便条上的字是丽莎用铅笔写的，写得很匆忙："今天，我们无法相见，或者——可能在明晚能行。再见。"拉夫列茨基向列姆致谢，态度冷漠，魂不守舍，随即他回了自己寓所。

妻子在他进门时正吃早点。一头鬈发的阿达身穿白色连衣裙，上嵌蓝色条纹，她正吃羊肉饼呢。瓦尔瓦拉·巴甫洛芙娜一俟拉夫列茨基进门，马上立了起来走到他面前，脸上的神色很温顺。他向她提出请求，要她与他同去书房。他关上门，来来回回地走着，端坐在那儿的妻子两手交叠，一副羞怯之态，她凝视着他，那双美目靓丽依旧，但仍旧被稍稍装点了一番。

良久，拉夫列茨基一言不发，他不由自主了，他难以自制，他清楚这一点。显然，瓦尔瓦拉对他丝毫没有畏怯之心，可她装模作样，仿佛被惊吓得立刻就会昏厥过去，他看出来了。

"请听我讲，夫人，"末了他张了口，他深吸着气，牙关紧咬，"不用在咱们两个之间来这套虚的；您的忏悔我根本不信；退一步说，就算这忏悔发自内心，那也不可能，我是指重归于好，再度同住。"

瓦尔瓦拉·巴甫洛芙娜的嘴唇紧闭着，两只眼半睁着。"这说明他讨厌我，"她心想，"这也是自然；我之于他连个女人也算不上。"

"没有可能，"把话再说一次之后，拉夫列茨基扣着纽扣，他一直扣到最末一粒，"您大驾光临敝处的意图，我搞不清楚；或许您没什么钱了吧？"

"天哪！这是对我的践踏。"瓦尔瓦拉·巴甫洛芙娜低语。

"无论如何，您仍旧是我妻子，这真是件憾事。将您轰出去，我做不到……我拿出这样一个方案给您。今天，倘若您高兴，您可以去拉夫里基居住；有幢房子在那里，很不错，这您清楚，所有您需要的，您都能得到，还有那年金……您愿不愿意？"

瓦尔瓦拉·巴甫洛芙娜拿出绣了花的手绢，把脸掩住了。

"我告诉过您，"她悄声答道，嘴唇紧张地颤动着，"我会对您的一切处理表示赞同，不管那是什么；这一回，我只有一个请求：因为您对我格外开恩，我得为此献上挚诚的感谢，您同意吗？"

"感谢不需要，不如就这样吧，拜托了，"拉夫列茨基匆匆回答，"这样的话，"说着话，他走向门口，"是否我能想见……"

"我会在明日待在拉夫里基。"瓦尔瓦拉·巴甫洛芙娜立起身来，态度恭顺地回答，"可是费尔多尔·伊凡内奇（她不用泰奥多尔这个称呼了）……"

"还想干什么？"

"能让您宽容我的因素，而今我还没有，这我清楚，最低限度在以后的日子里，我可以不可以期待……"

"哦，瓦尔瓦拉·巴甫洛芙娜，"拉夫列茨基接过了她的话头，"您这个女人一点就透，我却也不是笨蛋；对那件事，您毫不需要，这我清楚，况且我早就原谅你了；不过，会有一条深不见底的代沟横亘于我们之间，永远。"

"我接受这一切，"瓦尔瓦拉·巴甫洛芙娜垂着头答道，"我犯下了罪行，我没有将它抛之脑后，倘若您会为听悉我的死讯而觉得痛快，我不会因此而诧异的。"她说，样子很驯服，在那张报纸上面，她微微点了点手指，它是被拉夫列茨基忘在桌上的。

费奥多尔·伊凡内奇打了个寒噤：小品文上留着铅笔做的标记。瓦尔瓦拉·巴甫洛芙娜打量着他，目光更加卑微了。看上去她在片刻之间漂亮得惊人。她的身体很有弹性，像是十七岁少女才有的，巴黎式的灰色连衣裙紧紧包裹着她，她的颈子细嫩柔软，被托在洁白的衣领之中，她的胸波浪般伏动，她的手不戴手镯与戒指——她是那样完美无瑕，她的全身，头发光可鉴人而鞋只露出一个尖……

拉夫列茨基端详着她，目光中满是气愤，差一点，他就要把"好!"① 喊出口了，他几乎没挥出一拳，把她打倒，他扭身便走。他在一个钟头后出发，前往瓦西里耶夫斯科耶，可瓦尔瓦拉·巴甫洛芙娜在两个钟头后却嘱咐下去，要租一辆马车给自己，要城里最出色的，她戴上草帽，帽子平平常常，附着黑纱，她穿好短斗篷，斗篷素静极了，她让茹斯汀看着阿达，自己赶往卡尔金家。每天，她的丈夫会去那儿，这是向仆人打听时，她问出来的情况。

三十八

这一天，拉夫列茨基的妻子来到了 O 市，他为之而郁郁不乐，而丽莎在这一天也心情不佳。马蹄声由窗外传来，而那时她连下楼向母亲请安还没做呢，进院子的是潘申，她瞧着，心中惊慌失措。"这么早他就来了，是想得到最终的回音吧，"她暗忖。果不其然，未出她所料。在客厅里，潘申溜达了片刻，便发出了邀请，让她陪自己去花园，然后他问她，对他的将来她将做出怎样的判定。她无法和他结婚，壮了胆子后丽莎这样说。从头到尾，他都在倾听，斜着身子立在她面前，额头上扣着帽子，她讲完后他就提问，声音很有分寸但调儿已然变了：这一回答是无法更改了吗，她的观念有了这样的剧变，是否因为他的某些行为给了她借口？然后，他以手掩目叹息着，声音很短，若有若无，接着便飞快地放下了那只手。

"我是不愿因循守旧的，"他说，语音暗哑，"我想过找位自己所钟情的姑娘；可眼看是没有这种好事了。再见吧，幻梦!"深深地鞠

---

① 原文为法文。

了一躬给丽莎后，他到屋里去了。

丽莎只求他立即便走；但是，潘申进了书房，与玛丽娅·德米特里耶芙娜共处了差不多一个小时。"您母亲唤您，永别了①……"他在离开前这样告知丽莎，话一说完他就骑到马背上，一俟下了台阶，他就风驰电掣地离去了。到书房后，丽莎看到了涕泪横流的玛丽娅·德米特里耶芙娜：她已从潘申那里知晓了他的惨事。

"为啥要让我遭这种罪呢？为啥要让我遭这种罪呢？"这位寡妇难过得要死，发起了牢骚，"您还要嫁给什么人做丈夫？作为你丈夫，他有什么不好的地方？他是位侍从官！又不营营狗窦！在彼得堡，随便一位贵族、女官他都娶得到手。我么，我还抱着一肚子热情呢！你不再钟情于他是从何时开始的？总不会凭空落下一朵阴云，它总有它飞来的地方。可是那个呆子的责任？是什么样的家伙在为你出谋划策哟！"

"但是，他，我的宝贝蛋，"玛丽娅·德米特里耶芙娜又说了下去，"对我，他总是彬彬有礼，他总是关心爱护我。尽管这会儿他难过得要命！他不会弃我于不顾，他发了誓的。天哪，我不堪忍受了！天哪，头疼得要死！快去叫帕拉什卡。是你让我遭了罪，假若你不会回心转意的话，你有没有听到耳朵里？"又用"忘恩绝情"称呼了丽莎两遍之后，玛丽娅·德米特里耶芙娜才准她离开。

丽莎到自己的屋中去了。她刚向潘申与母亲剖白了心迹，一场急风骤雨又击在未及喘息喘息的她的身上，它的出处是丽莎想也想不到的。进了她的屋子以后，玛尔法·季莫菲耶芙娜即刻把门阖好。老太太的脸惨白，歪歪扭扭戴着包发帽，一双光芒晃动的眼睛，不住颤抖的手和嘴唇。这副样子吓了丽莎一大跳：这种情形是她从未得见的，她这位姑姥姥向来机敏过人，干练通达。

"太棒了，小姐，"玛尔法·季莫菲耶芙娜说，她的声音压得极低，哆里哆嗦，若有若无，"太棒了！谁教你玩这手，我的妈哟……

---

① 原文为法文。

倒些水给我；我的声都发不出来了。"

"消消气，姑姥姥，您这是怎么回事？"一说完，丽莎便递了杯水过去，"看上去，对潘申先生您也没什么好感呀。"

杯子被玛尔法·季莫菲耶芙娜搁到一边去了。

"这水我咽不下。我这几颗牙是仅存的了，都会给震掉下来。关潘申什么事？与潘申有何相干？半夜里头，与人私会，谁教你的，最好对我讲，唔，我的妈哟？"

丽莎的脸猛地变白了。

"不要顾左右而言他，你，"玛尔法·季莫菲耶芙娜又往下说，"这事为舒罗奇卡亲眼所见，她告知了我一切。我说她这是编的，但她从不胡说八道。"

"原本我就没想赖掉，姑姥姥。"丽莎说，声音几不可闻。

"嗯哼！事情是这样的，我的妈哟；这个老流氓，这个假模假式的人，跑到这儿私会你，是你叫他来的？"

"不。"

"那是怎么样呢？"

"当他在花园里时我下了楼，我想取本书，他叫了我，要我去。"

"你过去了是吧？太棒了。你爱他，对不对？"

"爱的。"丽莎的声音细若蚊哼。

"我的亲妈！她爱他！"猛然间，包发帽被玛尔法·季莫菲耶芙娜拽了下来，"一个有妇之夫，她竟爱他！啊？爱上他！"

"他告诉我……"丽莎启口。

"这头鹰隼告诉你啥了，都说了啥？"

"他的妻子逝世了，他就这么说的。"

玛尔法·季莫菲耶芙娜画着十字。

"祈求让她的灵魂得到拯救，"她的声音很轻，"不提她也罢，这个女人是个浪荡儿。事情闹了半天是这样。这就是说他成了鳏夫。照我说，此人可真有一手。一个老婆被搞得没了命，又打第二个的主意。还是个老实人？但是，侄孙女，要是姑娘们在我们是少女的那会

139

儿这样做，一定会吃亏倒霉，这就是我要说的。我的亲妈，别为此恨我，忠言只有呆子听到才会怀恨在心。今天，我嘱咐下去，他再来不予接待。我不会饶了他这次的所作所为，尽管我对他有好感。还算个鳏夫呢！给我水。对潘申你干得不错，让他碰了一鼻子灰，你可真称得上棒极了，至于同那些老混蛋、那些男人夜半私会，这是不行的，我这个老太婆，不能再为了这个劳心伤神了！对人好我会，但我可还会咬人的……还算个鳏夫呢！"

丽莎在玛尔法·季莫菲耶芙娜走后坐在了旮旯里，她抽泣起来，撕心裂肺，这就是她此刻的感觉，这种凌辱，她本不应当承受呀。她曾因爱情而感到喜悦，她自打前一天夜里，已经哭了第二回了。这种崭新的感情自天而降，它才刚从她的心头破土生长，她就为之付了代价，多么沉甸甸的代价呀，这秘密是她的最爱，可它被别人伸手触摸了，多么粗鲁的触摸呀！耻辱感、恼恨、难过一齐涌上心头；不过，她并不觉得举棋不定和畏惧难安，拉夫列茨基之于她是可堪珍贵的。举棋不定，她有过，那是对自己不甚知之的时候；然而她已心中明了，那次私会，那个吻之后不可能有举棋不定的事了；她爱了，一心一意、彻彻底底地爱了，终其一生，他们纠结在一起难以分离，她对此了然。要挟她不畏惧，这样的关系是无法强行打破的，她就这么认为。

三十九

瓦尔瓦拉·巴甫洛芙娜·拉夫列茨卡娅登门造访的事传报给了玛丽娅·德米特里耶芙娜，此时的她手足无措，接待她还是不接待，她都不能肯定，费奥多尔·伊凡内奇会因此而恼怒，这正是她所担心的。末了，她觉得自己更想瞧个热闹。"算得了什么，"她想，"也算个亲戚吧，"她便往安乐椅里坐好，告诉仆人："有请!"门在片刻之后开启了，面对着玛丽娅·德米特里耶芙，瓦尔瓦拉·巴甫洛芙娜进来了，她步履轻快，几近无声，无须对方从安乐椅里立起身，她已走到对方跟前跪拜下去。

"表姑，非常感谢，"她说的是俄语，声音和谐、柔软，"非常感谢，你的气度如此之大，远超乎于我的想象，您的心地真好，如同天使一般。"

话一出口，玛丽娅·德米特里耶芙娜的一只手忽然被瓦尔瓦拉·巴甫洛芙娜握住了，后者手戴一副雪莲色手套，产自鲁汶①，她在自己鲜红、丰润的嘴唇上讨好地吻着这只手。这个差不多伏在自己脚旁的女人貌若天仙，穿着考究，玛丽娅·德米特里耶芙娜一见之下简直手足无措了，该如何去做呢，她也搞不清楚：她打算从对方手中抽回自己的手，又打算让她落座，还打算同她聊聊，口气要亲密一些。末了，她起身吻了瓦尔瓦拉·巴甫洛芙娜，吻在后者那油光水滑、香气四溢的前额上。瓦尔瓦拉·巴甫洛芙娜被她的吻搅得周身发软。

"您好，您早②，"玛丽娅·德米特里耶芙娜说，"自然，这出乎我意料……但是千真万确，看到您我很快活。我亲爱的，您得晓得丈夫与妻子的事体，由我来裁决似乎是不太得体……"

"在所有的事上，我丈夫都正确，"话头被瓦尔瓦拉·巴甫洛芙娜接了过去，"过错都出在我一个人身上。"

"您这么想，可堪夸奖，"玛丽娅·德米特里耶芙娜答道，"可堪夸奖。您回来是在什么时间啊？见过他没有？请坐好了。"

"我回来时是昨天，"瓦尔瓦拉·巴甫洛芙娜在椅子上就座后回答，态度很温驯，"费奥多尔·伊凡内奇已同我会过了面，我们也聊过天了。"

"哦! 那，他怎么讲?"

---

① 鲁汶：比利时的一个城市。
② 原文为法文。

"原本，他会为我忽然归来而恼怒正是我所忧虑的事，"瓦尔瓦拉·巴甫洛芙娜说，"可与我相见，他倒也没反对。"

"这话的意思是说他还没……对，对了，我很清楚，"玛丽娅·德米特里耶芙娜说，"他这个人心软，就是看上去粗野些而已。"

"费奥多尔·伊凡内奇没有将宽容赐予我，我对他说话，他都不打算听完，可是他给了我拉夫里基，让我住在那里，他这个人真是心地善良。"

"哦！那座庄园很出色！"

"明天，我会出发去那里，以便让他的命令得到贯彻；但是，我得先到尊府造访，我有这个必要。"

"可真谢谢您，真的，我亲爱的。亲眷是不应被遗忘的，永远不应该。我最诧异的是您，这么流利地讲俄语，这您可晓得吗？的确让人诧异①。"

瓦尔瓦拉·巴甫洛芙娜叹息着。

"我晓得我在国外住了太久了，玛丽娅·德米特里耶芙娜，但我的心没变，终究还是俄罗斯人的心，对于我的祖国，我向来就不曾忘怀。"

"对，对的，这一点好过其他任何事。但对于您会回来，费奥多尔·伊凡内奇根本就没指望……对呀，我有长年的经验，请相信我：祖国高于一切②嘀，这么精致的短斗篷！给我瞧一眼吧！"

"您中意吗？"斗篷被瓦尔瓦拉·巴甫洛芙娜从肩上脱了下来，动作很利索，"做它的是波德兰夫人，当时的巴黎著名服装设计师。③，它挺简洁的。"

"是波德兰太太的活儿，一瞧就瞧出来了……这么精美，这么雅致！肯定有不少叫人爱不释手的玩意儿被您带了回来，我敢这么说。真想欣赏一番哟。"

---

① 原文为法文。
② 原文为法文。
③ 原文为法文。

"您可以对我的全部服饰随意穿用，我亲爱的表姑。我还能点拨一下您的侍女，倘若您应允的话，一个女仆——一位出色的裁缝被我从巴黎带回来了。"

"您可真好，我亲爱的，但是我可有点难为情，千真万确哟。"

"难为情……"瓦尔瓦拉·巴甫洛芙娜把这话又讲了一遍，口气中充满了不高兴，"我的东西您可以随便用，就像是您的一样，倘若您愿意让我觉得心满意足的话。"

玛丽娅·德米特里耶芙娜如坠雾里云中。

"您真是魅力十足①，"她说，"干吗不摘了帽子和手套呢?"

"啊?您愿意我这么做?"瓦尔瓦拉·巴甫洛芙娜似乎有些不敢置信地问，把手互相叠放着。

"那是自然，但愿您不要走，同我们一块用午餐。我…我会介绍我的女儿，让您见见她。"玛丽娅·德米特里耶芙娜拿不定主意了，"算了，还是这样好了!"她思忖着，"可她今天有些身体不适。"

"啊，我的表姑，②您是个大好人!"瓦尔瓦拉·巴甫洛芙娜边用手绢揉着眼睛边喊着。

格杰奥诺夫斯基到，仆人这样回禀道。这位吹坛老将一进门就鞠了躬，洋洋自得的微微一笑。玛丽娅·德米特里耶芙娜让他与自己的女客人相识。他先是有些不好意思，但随即便激奋到了面红耳赤的地步，因为瓦尔瓦拉·巴甫洛芙娜同他聊天时，又是撒娇又是对他毕恭毕敬，他开始口若悬河了，无事生非的假话、谣传流言、拍马屁的甜言蜜语多得像蜜。瓦尔瓦拉·巴甫洛芙娜边听边展露微笑，笑得很得体，她也絮絮地谈起来。巴黎的情况、自己的旅行、还有巴登，她均一一涉及，一副虚怀若谷之态。她两次令玛丽娅·德米特里耶芙娜失声而笑，但她立刻会在此之后叹次气，声音低沉，好像这种快活劲儿来得不是时候，她正在心里自责呢。她要带阿达来这里，这个请求被

---

① 原文为法文。
② 原文为法文。

143

应允了。她用手来比划给边要安在哪里，边条要怎么叠，花边该往哪里镶，花结要如何打，她那脱了手套的手光洁如玉，用檀香①香皂洗濯过。又说一定送瓶香水过来，新牌子——维多利亚女王牌②的英国香水，她得知玛丽娅·德米特里耶芙娜愿意收下这份礼品时，她欣喜若狂，仿佛还是个小孩子；她流了几滴泪，那是当她回想往事，俄罗斯的钟声第一次传入她的耳中时，"那钟声直入我心，如此深刻。"

丽莎便在此时此刻进了门。

对于和拉夫列茨基的妻子相见，丽莎是有备而来的，早在读完他的便条，怕得浑身瑟缩不已时，她就这么想了，她们会相见的，她有这种感觉。她下定决心，躲着不见，如她所言，她得对自己那种有罪的心愿进行惩戒。使她大为震惊的正是她生命中的这一剧变，它太出乎于她的意料，她的脸在两个小时左右一下子削尖了；她却并未哭一声。"命该如此！"心中有股夹杂着悲苦愤怒的兴奋悄然升起，这令她自己都为之战栗，不过，她极力地、惴惴不安地将它压了下去。"可以了，是见她的时候了！"拉夫列茨卡娅到来的事一传入她耳中，她便这样想着，因此她来了……良久，她伫立在客厅门外，然后才打定主意推开门；"在她面前，我罪孽深重，"她跨越门槛时这样想着，她努力控制自己，让自己面向她微笑。瞧见她，瓦尔瓦拉·巴甫洛芙娜马上走了过来，神态恭顺地略一弯腰算作行礼。"我将自己介绍给您，望您应允，"她说，口气中充满了讨好的意味，"对我，您的妈妈③是宽宏大量的，只愿您也……把友爱赐予我，"末尾那句话一出口，丽莎便对她讨厌起来，讨厌她的神情、她那诡计多端的微笑、她那冷淡却又柔媚的眼神、她的臂膀和两手所做的一举一动、她的服饰、她这个人，因为这个原因，她仅仅勉为其难地向她伸出了一只手，什么话也没说。"这位小姐对我没什么好感，"瓦尔瓦拉·巴甫洛芙娜在丽莎冷若冰霜的指头上握了一下，这么想到，她朝玛丽娅·德米特里耶芙

---

① 原文为法文。
② 原文为法文。
③ 原文为语文。

娜转身过去，压低了喉咙说："她漂亮至极！"① 红霞染上了丽莎的脸庞；讥讽与怨毒，这便是她从这夸赞之语中感觉到的，对于自己的感觉，她不打算相信，在窗前她落了座，准备绣花，依旧缠着她不放的瓦尔瓦拉·巴甫洛芙娜跟到了她身边，对她的审美水平、绣花的水准开始赞叹不已……丽莎的心狂跳不止，又是兴奋又是难受，她使出全力才抑制住了，仍然端坐在那里，对于这一切，瓦尔瓦拉·巴甫洛芙娜似乎都了如指掌了，她因此而窃喜不已，嘲讽于她，丽莎的想法就是这样。幸运的是，瓦尔瓦拉·巴甫洛芙娜的注意力被引到格杰奥诺夫斯基那里去了，他拉她侃起大山来了。在绣花架前埋头干活的丽莎冷眼偷觑着她。"这是他爱过的，"丽莎想，"那个女人"，可这关于拉夫列茨基的念头立刻被她甩到脑后去了，否则她会失控，这正是她最为惧怕的，她有些头昏眼花。玛丽娅·德米特里耶芙娜把话题扯到了音乐上。

"亲爱的，"她开口说，"据说你有一手很棒的琴技呢！"

"很长时间我都不弹琴了，"瓦尔瓦拉·巴甫洛芙娜马上往钢琴前一坐说道，她的手在琴键上一掠而过，"弹个什么？"

"爱弹什么都成。"

瓦尔瓦拉·巴甫洛芙娜演奏了赫尔茨②的一支练习曲，它非常动听，但很有难度，她游刃有余地弹着，声音强劲、动作敏捷。

"此曲只应天上有啊！"格杰奥诺夫斯基嚷了起来。

"精彩之极！"玛丽娅·德米特里耶芙娜附和道，"喂，瓦尔瓦拉·巴甫洛芙娜，我敢说，"这是首次她用全名来称呼她，"我被您给慑服了；要是您来场音乐演奏会，那可就太棒了。一位音乐家正在我们家，他年纪挺大了，来自德国，性格挺怪，但内涵颇深，他教丽莎弹琴，他听到您的琴声会欣喜若狂的，绝对如此。"

"丽莎维塔·米哈伊洛芙娜也精通音乐？"瓦尔瓦拉·巴甫洛芙娜

---

① 原文为法文。
② 赫尔茨（1806—1888），德国作曲家。

问道，她的脑袋向那边略微一偏。

"对，她的琴技还成，对音乐她也颇感兴趣，然而与您相比她又能怎么样呢？但是还有一个青年也在此地，对他，您真该见识一下。此人生来便是做音乐家的料，他作曲，水平极为出色。对您能有个恰如其分的评判的人非他莫属。"

"一个青年？"瓦尔瓦拉·巴甫洛芙娜问，"他是什么来头？可是出身寒门？"

"怎么可能，我们这片地区最抢手的未婚男子就属他了，不光在这片如此，在彼得堡①同样如此。上流社会的宠儿，宫廷侍从官。没准儿对他您也有所耳闻，潘申，即是弗拉基米尔·尼古拉伊奇。因为工作上的原因，他到此地来了……千真万确，他来日会是一位大臣的！"

"是个艺术家？"

"生来就是做艺术家的，为人非常有魅力。您有同他见面的机会。近来，他总是到我的家中来；我向他发出了邀请，要他今天晚上来；只求他能成行。"玛丽娅·德米特里耶芙娜叹息着，但极快地便停止了，她苦笑起来，动作很轻。

对于这苦笑表达了什么，丽莎心中了然，可她哪有余力来管这个呢。

"还是个青年？"瓦尔瓦拉·巴甫洛芙娜边将音调不为人知地变换着边问。

"年仅二十八岁，仪表堂堂，极为迷人。一位仪表堂堂的青年，②千真万确哟。"

"真称得上是年轻人的楷模。"格杰奥诺夫斯基说。

猛然间，格杰奥诺夫斯基吓了一跳，颤动了一下，因为瓦尔瓦拉·巴甫洛芙娜弹的是施特劳斯的一首热闹异常的圆舞曲，它的开头是

---

① 原文为法文。
② 原文为法文。

颤音，它是那么的激昂与快速；她将圆舞曲演奏到中途，忧伤的曲调便取而代之，末尾结束全曲的是《露契娅》[1] 中的咏叹调 "片刻之后"[2] ⋯⋯就她当前的状况来说，她不宜于弹奏快乐的音乐，她已经发现了这一点，更叫玛丽娅·德米特里耶芙娜大为动容的，是《露契娅》中的咏叹调，在它里面，一切忧伤的音乐都被予以了强调。

"太让人感动了。"她告诉格杰奥诺夫斯基，声音很小。

"此曲只应天上有！"格杰奥诺夫斯基两眼仰视着空中说。

该吃午饭了。玛尔法·季莫菲耶芙娜等到汤上了桌子便下了楼。对瓦尔瓦拉·巴甫洛芙娜，她冷若冰霜，面对后者对她的巴结，她爱理不理，根本不用眼皮挟她。没多久，瓦尔瓦拉·巴甫洛芙娜就不搭她的碴了，因为她很清楚，这个老太婆绝不会对她假颜辞色了；姑妈如此无礼，玛丽娅·德米特里耶芙娜大为恼怒，她由此而加倍善待起自己的女客人来。但是，不被玛尔法·季莫菲耶芙娜正视的，不仅是瓦尔瓦拉·巴甫洛芙娜，还有丽莎，虽说她那双神采奕奕的眼眸中精光闪烁。她正襟危坐，如同一座石雕，一张脸又黄又白，嘴唇抿得很紧，不肯吃任何东西。一眼看上去，丽莎的模样很镇定从容，在她的心中确实已然风平浪静，她沉浸在一种漠然无知的情绪中，这情绪很怪异，只有被审判的人才会有。瓦尔瓦拉·巴甫洛芙娜在午饭期间似乎又畏惧起来，她不怎么开口了，毕恭毕敬、抑郁难安的神色又浮上了她的脸。为了让气氛活跃一些，格杰奥诺夫斯基一人编造起故事来，但常常他得瞅瞅玛尔法·季莫菲耶芙娜，目光畏畏缩缩的，再打扫一下嗓子——当他打算编谎时，倘若遇到她，他总会打扫嗓子，因为他觉得喉头奇痒，——然而，他的话头并未被她截下，她不打搅他。午饭吃过了，瓦尔瓦拉·巴甫洛芙娜被知晓是个 "朴列费兰斯" 牌迷；对于这一发现，玛丽娅·德米特里耶芙娜欣喜若狂，她甚至在深感震撼的同时告诉自己："对这样的女人，费奥多尔·伊凡内奇都

---

① 《露契娅》：意大利剧作家唐尼采蒂（1797—1848）创作的歌剧。

② 原文为意大利文。

无法了解，他可真算是傻到家了！"

为了同瓦尔瓦拉·巴甫洛芙娜和格杰奥诺夫斯基打牌，她坐了下来，可玛尔法·季莫菲耶芙娜声称，丽莎的脸色那么差，必是犯了头疼病无疑，她带着丽莎到楼上去，回到了自己的屋里。

"没错，她的头疼闹得很凶，"玛丽娅·德米特里耶芙娜告诉瓦尔瓦拉·巴甫洛芙娜，她的眼珠四处乱转。"很多时候，这种偏头疼我也会有……"

"没错。"瓦尔瓦拉·巴甫洛芙娜应道。

一走到姑姥姥的屋子里，丽莎就在一把椅子上瘫倒了，气力全失。玛尔法·季莫菲耶芙娜凝视了她良久，一声也不吭，在丽莎面前，她悄然跪下了，把她的双手挨着个吻来吻去，依旧是一声不吭的。丽莎的脸颊绯红，她欠起身子，抽噎起来，但是，她既没搀扶玛尔法·季莫菲耶芙娜，也没拿回自己的手；将手拿回，她没有这个权利，对于老妇人流露出的后悔、怜悯，因为昨晚的事而乞求她谅解，她更没有权利去阻止，她就是这么认为的。这双手是这样令人怜悯，它惨白而没有一丝力气，玛尔法·季莫菲耶芙娜吻着吻着，没完没了，——她的眼眸中无声地淌下了泪水，丽莎也是如此。在宽敞的安乐椅中，老猫水手伏在和线袜堆放在一起的线团旁酣睡，发出呜哩呜噜的声音；圣像前，神灯的火焰高涨，正在轻轻地摇动发抖，娜斯塔西娅·卡尔波芙娜在隔壁屋子的门背后伫立着，她擦拭着泪水，手里捏了块团起来的方格手绢。

四十

朴列费兰斯牌戏在此时此刻正于楼下的客厅中继续；由于赢了牌，玛丽娅·德米特里耶芙娜情绪高涨。仆人进了门，潘申来了，他这样禀告。

手里的牌被甩到一边去了，在安乐椅中，玛丽娅·德米特里耶芙娜一通忙活，瓦尔瓦拉·巴甫洛芙娜冷眼瞧着她，目光中带些讥讽，接着，她的眼光开始看着房门了。身着黑色燕尾服的潘申来了，纽扣被他一路扣到顶，衣领是英国式的，竖得很高。"原本我断难来此；不过瞧，我依旧到来了。"——那副脸色要说的就是这个，他那不苟言笑的脸，刚刮过不久。

"真是的，沃尔德马尔，"玛丽娅·德米特里耶芙娜大声感叹着，"您从前进门的时候，向来用不着禀告的！"

看了看玛丽娅·德米特里耶芙娜之后，潘申就算是作了回答了，他向她鞠躬致意，非常有分寸，却并未前去吻她的手。他被她介绍给瓦尔瓦拉·巴甫洛芙娜认识；与刚才相同，他同样向后一退鞠躬致意，非常有分寸，只是高雅与尊重的成分更多了一些，接着在牌桌旁，他也落座了。不久，朴列费兰斯牌玩完了。在问候丽莎维塔·米哈伊洛芙娜时，潘申知晓了她身染微恙，便表达了叹惋之情；然后，像在外交场所中一样，他同瓦尔瓦拉·巴甫洛芙娜聊上了，他斟酌着词句，每一句话都吐字清晰，对她的答话，他听得彬彬有礼。但是，对于瓦尔瓦拉·巴甫洛芙娜来讲，他语调中那外交家才有的凝重严肃毫无用处，一点儿也打动不了她。与此相反，她端详着他的脸，神情喜悦而又全神贯注，说话时，她丝毫不讳忌什么，她的鼻翼纤巧异常，轻轻地振动不已，似乎她特别想笑，但是在使劲控制着自己。玛丽娅·德米特里耶芙娜夸起她来了，称她是才华横溢；潘申额首赞同，彬彬有礼地说"关于这一点，他早就信之不疑了，"他的头在衣领允许的程度中晃动着。差一点儿，他们就要开始谈论梅特涅①了。瓦尔瓦拉·巴甫洛芙娜目光柔和地眯起了眼，压低了喉咙说："您同为艺术家，同行②"，随即她又加了一句，语调更低了："来（一

---

① 梅特涅（1773—1859），奥地利首相、外交大臣，为奥地利反动政府服务。
② 原文为法文。

首）!①"同时她面朝钢琴，将头晃了一下。潘申的外表在顷刻之间为这一句"来（一首）②!"改头换面了，这不经意说出的词仿佛沾染了神秘的力量。看上去，他不再忧国忧民了，微笑挂上了他的脸庞，他的精神头来了，把燕尾服的扣子一解便一迭声地说："我哪里谈得上是艺术家，哦！可是您，据说正是如假包换的艺术家哟！"尾随着瓦尔瓦拉·巴甫洛芙娜，他来到了钢琴之前。

"请他来首抒情小调——就唱那首'天空中，月亮游荡'。"玛丽娅·德米特里耶芙娜把喉咙抬高了。

"您唱不唱呢？"瓦尔瓦拉·巴甫洛芙娜瞥了瞥他，速度飞快但目光闪亮，"坐下好了。"她说道。

一开始潘申婉拒。

"您请坐。"她重复着，固执地拍打着椅背。

他落座了，他边清清嗓子边扯开了衣领，他开始唱了，唱的是自己的那首抒情小调。

"太棒了③，"瓦尔瓦拉·巴甫洛芙娜说"唱得可真棒，您的演唱风味十足④，再唱一会吧。"

在钢琴旁，她绕到了面对潘申的方向，伫立在了那里。那首抒情小调于是又被他重唱一遍，极具戏剧性的颤音出现在了歌声中。瓦尔瓦拉·巴甫洛芙娜在钢琴上支起了臂肘，她那两只洁白似雪的手则被她抬得与嘴唇同高，她在端详他。一曲终了。

"太棒了，有个很棒的主题⑤，"她说，口气不疾不徐，泰然自若，俨然是此中高手，"您创作的作品有没有给女声，给女声⑥的，请您对我讲？"

"其实我没怎么写过歌，"潘申答道，"我写这个仅是玩票性质的

---

① 原文为法文。
② 原文为法文。
③ 原文为法文。
④ 原文为法文。
⑤ 原文为法文。
⑥ 原文为法文。

……莫非您也会唱?"

"唱的。"

"哟,给我们来上一首好了。"玛丽娅·德米特里耶芙娜请求。

瓦尔瓦拉·巴甫洛芙娜的脸颊绯红,她举手撩开了覆盖于其上的头发,把头摆了一下。

"我们的声音会水乳交融的,"她冲着潘申说,"二重唱,我们就来这个好了。您对《我妒忌了》①、《把它给我》②、还有《月色皎洁》③ 可有所耳闻?"

"只有《月以皎洁》是我以前唱过的,"潘申回答,"但已记忆模糊,这是因为时日已太久远的关系。"

"那不打紧,我们先熟悉一遍,低声地唱,您跟着我。"

在钢琴前,瓦尔瓦拉·巴甫洛芙娜就座了。在她的身畔站着潘申。他们练着二重唱,喉咙压得挺低。有几处他的演唱有问题,瓦尔瓦拉·巴甫洛芙娜便予以点拨,接着他们开始唱了,声音拔得高高的,一曲终了,他们又把 Mira la bianca lu…u…una 重复演唱了两遍。虽说瓦尔瓦拉·巴甫洛芙娜的歌喉之高亢程度已不复往日,可她对嗓子的使用很有些窍门。一开始,心头微怯的潘申跑了点儿调,随即便沉浸于其中了。他仿佛已是一位如假包换的歌唱家了,因为即使他的歌唱还谈不上毫无瑕疵,他却煞有介事地摇动着双肩和整个身体,间或还一扬手臂。瓦尔瓦拉·巴甫洛芙娜弹了两三支曲子,是塔尔贝格④的作品,还将一首法国咏叹调"吟唱"了出来,风骚十足。对于自己的那份欣喜之情,玛丽娅·德米特里耶芙娜已经不晓得如何表露了;有好几次她嘱咐了下人,要丽莎下来。同样不知该讲点什么好的是格杰奥诺夫斯基,他唯一能做的便是颔首示意,不过,他在猛然之间打了哈欠,算他醒悟得快,便把嘴一捂。瓦尔瓦拉·巴甫洛芙娜的

---

① 原文为意大利文。
② 原文为意大利文。
③ 原文为意大利文。
④ 塔尔贝格 (1812—1871),奥地利作曲家。

眼光并未放过这个呵欠；忽然，她用背冲着钢琴，把身子扭了过来说："已经有了足够的音乐了①；我们闲谈一下好了。"她交叠着双手说。"对，已经有了足够的音乐了②，"潘申学着舌，心里很快活，他们侃起大山来，操的是法语，说得兴高采烈又轻松自如。"同巴黎第一流的沙龙没什么两样呢。"玛丽娅·德米特里耶芙娜自忖，他们的闲聊总是另有他意，却又气氛热烈。潘申的心情非常好，闪烁的光芒自他的眼中迸射出来，笑容挂在了他的脸上。有时，当他与玛丽娅·德米特里耶芙娜两个人的视线相接时，开始他还把手放到脸上揉一揉，双眉紧锁着唱叹不已，然而她随即便被他抛到九霄云外去了。这种谈话内容一半涉及交际，一半涉及艺术，他已然完全陷于其中而不能自拔了。不管什么问题，瓦尔瓦拉·巴甫洛芙娜的回答都是早就预备下的，不管聊什么，她都当机立断、泰然自若，俨然是位大哲学家；时常与之谈天说地的必定是各种聪慧过人的家伙，巴黎是她的生活中心，她的一切思维与情感都围绕着它，这是显而易见的。闲谈中，潘申开始谈论起文学来，没成想法国小说是她唯一肯读的，这一点与潘申别无二致：让她忿忿然的是乔治·桑③，虽然巴尔扎克的书作她看不下去，但她仍觉得他很可敬，欧仁·苏④同斯克里布⑤在她的眼中是杰出的，他们专门挖掘人们的内心世界，仲马与费瓦尔⑥是她所钟爱的；不过在她心中占据首位的自然是保罗·德·柯克⑦，然而就连他的名字，她也未曾谈到过，原因是显而易见的。说句实话，她对文学是缺乏兴趣的。在闲聊中，只要是与她眼下的境遇有关系，哪怕只有一丁点儿关系，她也很有技巧地绝口不提。爱情并未成为她的谈资，她的立场与之相左，说起各种艳事中那些泛滥的爱情，她总

---

① 原文为法文。
② 原文为法文。
③ 乔治·桑（1804—1876），法国女作家。
④ 欧仁·苏（1804—1857），法国作家。
⑤ 欧·埃·斯克里布（1791—1861），法国剧作家。
⑥ 费瓦尔（1817—1887），法国通俗作家。
⑦ 保罗·德·柯克（1794—1871），法国庸俗作家。

声色俱厉，她对这些事已心灰意冷，态度冷淡了。她的观点遭到了潘申的驳斥；对他的观点，她也持不赞同的意见……可这真是咄咄怪事！那些用词严正的句子从她的嘴里蹦了出来，但她用来说这些句子的嗓音与此同时却是很体贴入微、很温柔可人的，她的眼神仿佛也在倾诉，别有深意……真是搞不明白这双魅力十足的眼眸说的话是什么意思，然而，这可不是正义凛然、也并非模棱两可，那是甜如蜜糖的语言。对于这些别有深意的话，潘申是竭尽全力了的，他试着去了解，试着用自己的眼睛说话，但是他明白这是浪费工夫，瓦尔瓦拉·巴甫洛芙娜的的确确是头母狮子，她来自海外，比他高出一个档次，他就是这么认为的，他无法完全自抑也正是由于这个原因。瓦尔瓦拉·巴甫洛芙娜在交谈时，习惯于略微一扯交谈者的衣袖，弗拉基米尔·尼古拉伊奇被这电光火石间的相碰搞得春心浮动。随随便便就可以同人熟识，这是瓦尔瓦拉·巴甫洛芙娜的又一本领；潘申仿佛感到他们已相识很久了，这只是两个钟头里发生的事，可丽莎仿佛已在烟雾缭绕中失却了影踪，丽莎是他曾经的爱人，就在昨天，他还向她求过婚呢。闲聊在茶被送上来后越发随便了起来。摇了铃之后，仆人被玛丽娅·德米特里耶芙娜唤了进来，他被命令告知丽莎下楼来，倘若她已经不怎么头疼的话。丽莎的名字一传入潘申的耳朵，关于自我牺牲精神的话题就被他挑了起来，他滔滔不绝地谈着，还对谁是更富有自我牺牲精神的人——男人抑或女人——而大谈特谈。马上，玛丽娅·德米特里耶芙娜情绪激昂地下了判断：更有自我牺牲精神的是女人，要讲明这个道路，只需要只字片语，她就是这么说的，她的话颠三倒四，结尾之前，她作了一个比喻，但比喻的驴唇不对马嘴。手捏一本乐谱的瓦尔瓦拉·巴甫洛芙娜用它半掩着脸，她弯下身子，面向着潘申耳语，一边还吃着饼干，从容自若的微笑显现在她的嘴唇眼角："这位可爱的夫人只带枪而不带火药，意思是说，她只说不做[①]"。瓦尔瓦拉·巴甫洛芙娜的放肆吓了潘申一跳，他有些纳闷；不过，不少

[①]　原文为法文。

对他自己的轻视之意，也在这句突如其来的大实话中隐隐包含了，这一点他却丝毫不觉，因此，玛丽娅·德米特里耶芙娜对他的深情厚爱、满腔挚诚全被他抛到了脑后，她招待他时那一餐餐美味佳肴、她借予他的那些钱也被他忘到九霄云外去了，相似的笑容挂在了他的脸上，他回答时用了同样的口吻（这个倒霉蛋）："Je Crois bien"，就连"Je Crois bien"他也不用了，他说我完全相信①。

瓦尔瓦拉·巴甫洛芙娜瞅瞅他，目光很亲密，她直起了身子。没有被玛尔法·季莫菲耶芙娜拦住的丽莎进了门，她已经作出了决定，她得经受得住考验直到结束。面对着丽莎，瓦尔瓦拉·巴甫洛芙娜连同潘申走向前去，那种外交官才有的神色再度浮现在潘申脸上。

"您玉体可好？"他对丽莎问。

"感觉舒服些了，谢谢。"她答道。

"适才，我们演奏音乐来着，歌也唱过了，瓦尔瓦拉·巴甫洛芙娜也唱了，您没听上真是一件憾事。她表演得十分出色，是位真材实料的艺术家②。"

"到我这边来吧，我亲爱的③。"玛丽娅·德米特里耶芙娜的声音传了过来。

马上，瓦尔瓦拉·巴甫洛芙娜便走向她了，仿佛她是个驯服的孩子，在后者脚畔的小凳上面，她坐了下去。为了能让自己的女儿与潘申独处，聊聊天，就算只有片刻也好，因此玛丽娅·德米特里耶芙娜唤过了瓦尔瓦拉·巴甫洛芙娜，在私下里她仍抱有幻想：女儿的脑筋会转过来的。另外，她得赶快把她心中冒出的一个想法讲出来。

"您晓不晓得，"面对瓦尔瓦拉·巴甫洛芙娜，她压低了声音，"我打算为您和您丈夫的破镜重圆而努力；我想努努力，尽管我不能肯定一定会奏效。他对我总是毕恭毕敬的，这一点您要晓得。"

缓缓地，瓦尔瓦拉·巴甫洛芙娜的双目抬了起来，她凝视着玛丽

---

① 原文为法文。
② 原文为法文。
③ 原文为法文。

娅·德米特里耶芙娜，两手交叠，身姿优雅。

"倘若如此，您就是我的救世主，ma tante，"她说，语气中满是忧愁，"对于您对我的这种厚待，我是真不晓得怎么感谢了；但对于费尔多尔·伊凡内奇，我的确是做得太不好了；他不可能再将宽恕赐予我了。"

"莫非您……的确……"玛丽娅·德米特里耶芙娜问，满心的好奇。

"求您不要问下去了，"她的话头被瓦尔瓦拉·巴甫洛芙娜截住了，后者垂着头，"在那个时候，我年纪还小，鲁莽从事……然而，我不打算替自己开脱。"

"哦，事已至此，何不一试呢？您可别过于灰心了，"玛丽娅·德米特里耶芙娜本想边说边拍拍她的脸颊，可她没敢下手，因为在她的脸上瞥了瞥之后，"如假包换的一头母狮子，虽说温驯倒还算温驯。"她想着。

"您有病了？"潘申与此同时正在问丽莎。

"对，我感觉不太好。"

"我明白怎么回事。，"他一言不发，良久才说，"对呀，我明白。"

"什么呀？"

"我明白怎么回事。"潘申几乎说不出什么别的了，只有这么别有深意地重复着。

开始丽莎有点儿尴尬，接着便想："无所谓！"潘申则把眼光投向别的地方，他一声不吭，脸上的神情挺严肃，一副高深莫测的样子。

"可是，十一点的钟仿佛已经敲了。"玛丽娅·德米特里耶芙娜说。

对于这种隐语，客人们都明白它的含义，于是就告辞了。对于第二天再来吃午餐的请求，瓦尔瓦拉·巴甫洛芙娜被迫同意，并同意领阿达一道来；在旮旯里坐着的格杰奥诺夫斯基几乎睡了过去，这会儿却自己请命，送她到家里去。在与大伙儿分别时，潘申弯着腰，一脸

155

凝重之色，不过，立在大门旁的他在把瓦尔瓦拉·巴甫洛芙娜扶上马车时，和她却握起手来，车开了，他追着叫道："Au revoir!①"路途中在她的身畔，格杰奥诺夫斯基端坐着，她总是把自己的脚往他脚上一踏，似乎她只是不小心，以此来取乐；他尴尬异常，却又不停地拍她马屁；她讪笑个不停，一俟马车被路旁的灯光照亮就抛一个媚眼给他。在她的脑海中，那曲她自己演奏过的圆舞曲至今仍回响着，她的心因此而兴奋莫名；只要这样一出场景显现在她的心里：灯光闪烁，舞厅喧闹，人们飞旋着，音乐伴奏声响着，不管她身处哪里——她的心便被点燃，双目炯炯有神，目光奇特，一丝微笑挂在了唇边，疯狂和欢愉的情感四溢，在她的身体里流淌。瓦尔瓦拉·巴甫洛芙娜在家门在望时从车上跳了下去，那样身轻如燕——这种动作只有母狮子做得出来——对着格杰奥诺夫斯基，她猛然一拧身便狂笑不止，笑声响遏行云。

"这个女人真是魅力十足。"往自己的住处赶时，这位五等文官暗自想到，他的仆人此刻正等候在他的住处，手持一瓶肥皂樟脑汁②，"还算幸运，我这个人老老实实……可她到底笑个啥？"

一整夜，玛尔法·季莫菲耶芙娜都守候在丽莎的床头。

四十一

在瓦西里耶夫斯柯耶，拉夫列茨基居住了一天半，他差不多把所有时间都花在了围着庄子跑蹿上面。在一个地方待的时间一长，他就受不了，他被忧愁滋挠着；感情上的矛盾吞没了他，它连绵不绝、突

---

① 法文，再见。
② 肥皂樟脑汁：一种药膏，可治疗风湿病。

如其来，他对此毫无办法。他痛恨着自己，因为自己在来到农村的次日，那种溢满了心胸中的种种思绪，那时自己的一个又一个梦想又回到了他的脑海里。他的责任，他在日后唯一的工作，是什么东西让他把这些全部抛诸脑后了呢？是对幸福——还是对幸福——的渴求！"米哈列维奇看起来是正确的了，"他想，"对于幸福的滋味，你打算再度去品尝，"他呢喃着告诉自己，"幸福只是一个过度奢华的、人们不配接受的赏赐，就算它偶尔落到了某人头上，可你把这些全忘记了。你便会将那一次的幸福说成是有瑕疵的，像个肥皂泡一碰就碎。但是，您就有追求圆满的、千真万确的幸福的权利么，亮出你的条件好了！放眼四顾，有哪个在你周围的人在享受生活，在满足万分？你看，没准儿在那儿驾着车要去割草的农夫会满足于自己的生活……那又如何？同他交换一下角色，你可答应？再思考一下，你那没有什么过多要求的母亲又过得是什么日子？你因为想耕田才返回俄罗斯，你就是这样告诉潘申的，原来你只是吹捧自己一下罢了；您为了勾搭年轻的女郎才回到这里，可你都到了这个岁数了。你来了，如同追逐蝴蝶的小男孩，你一获悉自己取得了自由，所有的一切便被你抛开，忘到了脑后……"丽莎的影子在他思索时总是显现在他的心中；这个影子是他要竭尽全力要去除的，就像他竭尽全力要去除另一个影子一样，一个纠缠不休、艳丽无匹、从容自若、诡计多端叫人生厌的影子。老爷的心中愁云深锁，这一点被老人安东瞧了出来，在门外，他唔叹不已，在门内他亦是如此，他下了决断要到他跟前去，让他喝些什么，得喝热一点儿的。然而，大声呵斥他的拉夫列茨基只是命令他出去，随即便对他表达了歉意，可是安东的心因此而加倍悲伤了。在客厅里，拉夫列茨基仿佛看到画像中的祖父安德烈正瞥着他这个懦弱可欺的子孙，目光中满是蔑视，他因此如坐针毡。"嗨，你哟！真是个大脓包！"他仿佛这么说道，嘴唇都歪到一侧去了。"对于自己我都无法制服，却束缚于……这种不值一提的细微小事之中？"（人们在战场上受了重伤，老是爱用"不值一提的细微小事"称呼自己的伤势，一个人是无法生存于这个世界中的，除非他骗骗自己。）"莫非我确确实实是个小男孩？唉，千真万确，在我的附近，我发现马上就有可能得到一生的幸福了，可它猛然间消失于无形；在赌博中，情况依然相似——穷光蛋会在这轮盘的一点轻微移动后变为大富翁。行了，这种事不可能发生了——算了吧。把牙关咬紧干活儿去吧，干自己该干的，万事忍为安；幸运的是这样压抑自己，我已不是第一次了。干吗逃之夭夭，干吗像个把头躲入灌木丛中的鸵鸟，藏在这个地方？是对迎接厄运的恐惧——胡说八道！"

"安静！"他嚷出了声，"嘱咐下去，准备好车马。""没错，"他又想，"应该把自己压抑起来，万事忍为安……"

这是多么强大多么铭心刻骨的痛楚哟，尽管为了减弱它，拉夫列茨基竭尽全力像上面那样去思索；但当他在马车里坐定，要到城里时，阿普拉克谢娅（那个老婆子，你可以认为她老得浑浑噩噩，更可以说她的所有情感都麻木了）都盯着他的背影，她的头摇动着，一脸忧伤的表情。马撒开了四蹄；他正襟危坐着，纹丝不动，腰身端得笔直，双目直视前方的路途。

四十二

有张便条让拉夫列茨基这个晚上到丽莎家去，那是她于昨夜写给他的；但他首先回的是自己的处所。在住所中，妻子和女儿他都没见着，妻子及女儿去了卡里金家，这是仆人们禀告他的。他被这个消息吓呆了，也因此而大发雷霆起来。"瞧瞧这个瓦尔瓦拉·巴甫洛芙娜，她是铁了心不让我好好过了。"他想着，一肚子愤恨之情，冲动得无法安静。他来回地走着，小孩子的玩具、书籍与妇女用品碍了他的路，他便手脚不停地把它们甩掉、踢到一边去。茹斯汀被喊来了，她被他命令搞走这些"烂玩艺儿。""好吧，先生①。"她说，并且挤眉弄眼，她动作优雅地躬身拾掇起屋子来，拉夫列茨基由她的一举一动便不难发现，她以此来发泄心中的感觉：她觉得他是个野蛮人。瞧着这个巴黎女人，她已人老珠黄，但她的脸仍旧残存着"风韵"，她的神情中含着嘲弄，她戴着白色的袖套和真丝围裙，包发帽十分精致，他厌恶得无以复加。末了，他让她走了，良久，他一直拿不定主意（因为瓦尔瓦拉·巴甫洛芙娜依然没回来），然后他下了决心，去了卡里金家，他拜访的人并非玛丽娅·德米特里耶芙娜（在她的客厅里，他的妻子正坐在那儿，他是说什么也不会去了），而是玛尔法·季莫菲耶芙娜；他记得有道旁门专供女仆们出入，门后有座与她房间相连的楼梯。他很幸运，在院儿里他与舒罗奇卡相遇了；他被她一直带到玛尔法·季莫菲耶芙娜那儿。他发现屋中只有她自己，这和平素有些不同；在屋角中，她呆坐着，包发帽也没戴。她的身体蜷缩着，胸前搁着交叠的双臂。一发现拉夫列茨基，老太太大吃一惊，她直起身来，速度飞快，在屋子中，她仿佛寻找包发帽似的踱来踱去。

"呀，你来了，是你来了，"她手忙脚乱地说，不敢与他的视线相接，"唔，你好。唔，您好吗？如何是好呀？你昨天到哪里去了？唔，她到这儿来了，唔，没错。唔，事情虽然如此……得拿个主意呀。"

在椅子上，拉夫列茨基坐了下来。

"嗯，嗯，请坐，坐好了，"老太太径直往下说，"你先上的楼吧？唉，自然如此喽。怎么回事，你来拜访我吗？多谢了。"

老妇人不再吭声了。该和她谈什么呢，拉夫列茨基也不晓得，但他为什么来这儿，她是很清楚的。

"丽莎……想起来了，刚才她还来过这里，"玛尔法·季莫菲耶芙娜又说道，她的拎包上的带子，这会儿被她解了又系，系了又解，"她身子不爽。舒罗奇卡，跑到哪里去了？快过来，我的亲妈哟，坐一会儿都办不到吗？我的头也挺疼。可能是被什么歌呀，什么曲子呀

---

① 原文为法文。

159

给折腾的。"

"被什么歌，姑妈?"

"还说什么呀；拿你们的话说，在这里他们来了个什么，什么叫二重唱的玩意儿，操着意大利语，叽里咕噜，和两只喜鹊没啥两样。那些个音调一出口，人都要叫他们给烦死了。潘申算一个，你们家那个算一个。眨眼之间就熟得不能再熟了。已经和亲戚没啥区别喽，千真万确哟，连个礼节也不讲了。话又说回来，狗还得有个地方藏身呢；还好它不会在门外暴死，因为人们不撵它。"

"此事完全出乎我预料，这一点我要说实话，"拉夫列茨基答道，"想干这档子事，胆子要大些。"

"错了，我亲爱的，这是诡计多端而不是什么胆子大。上帝保佑她好了! 据说她要被你弄到拉夫里基去了，是不是啊?"

"没错，我给了瓦尔瓦拉·巴甫洛芙娜那个庄园。"

"她有没有要钱?"

"眼下她没有。"

"唉，这只是暂时的事。到了今天，我才懂得您是哪种人。你的身子如何?"

"算得上可以。"

"舒罗奇卡，"忽然，玛尔法·季莫菲耶芙娜抬高了声音，"对丽莎薇塔·米哈伊洛芙娜讲，哦不行，问她一声……她在不在楼下?"

"就在楼下。"

"哦，就这样，问她一声，我的一本书被她放到哪里了? 她一听就清楚。"

"好。"

老太婆忙碌起来，她慌慌张张地抽出五斗柜里的每个抽屉。在椅子中，拉夫列茨基呆坐着，纹丝不动。

猛然间，轻捷的脚步声在楼梯上回响起来，进来的是丽莎。

拉夫列茨基起身施礼；在门旁，丽莎收住了脚步。

"丽莎，丽佐奇卡，"玛尔法·季莫菲耶芙娜说道，她仍手忙脚乱，"我有一本书，你把它搁在哪儿了？"

"是什么书，姑姥姥？"

"那本书喽，老天爷呀！可我也没让你来……嗨，没什么区别。在楼下你们干啥来着？喏，费奥多尔·伊凡内奇来了。你的头有什么感觉？"

"没什么事。"

"没什么事，你老是这一句话。在楼下你们干啥呢，又弄什么音乐？"

"不是，打牌呢。"

"没错，她是干什么都不错。舒罗奇卡，你是不是打算去花园玩呀，我早发现了。"

"不是，玛尔法·季莫菲耶芙娜……"

"不要反驳了，快去。花园里只有娜斯塔西娅·卡尔波芙娜自己，过去吧，和她做个伴，对老年人要尊重。"舒罗奇卡走了出去。"我把包发帽放哪儿去了？它在什么地方？这可真是！"

"我帮您找一下。"丽莎说道。

"待在这儿好了，待着，我又没有被截掉两条腿。没准儿放在卧室里了。"

玛尔法·季莫菲耶芙娜瞥了一下拉夫列茨基，她的眉头深锁，然后她出了门。屋门原本开着，然而她猛地又回身拉上了它。

在椅子的靠背上，丽莎依偎着，她以双手掩脸，沉默着；拉夫列茨基没有动，依旧站在那里。

"在这种状况下，我们却相会了。"末了，他开口说。

丽莎的手放了下来。

"对的，"她的声音轻若游丝，"这样迅速，我们便被惩罚了。"

"惩罚，"拉夫列茨基说，"您也被惩罚，这又为什么呢？"

丽莎的双眸抬了起来，她凝视的目光中不包含伤痛，也没有惧怕的成分；她眼睛看起来变小了，目光灰暗。她的脸惨白，嘴唇微张，同样是惨白色的。

拉夫列茨基的心战栗了，那是深深的同情和爱意引起的。

"所有的都完结了，在便条上，您这么写着，"他悄声说，"对的，所有的在还来不及开始之时就完结了。"

"把所有的事都统统忘记吧，"丽莎说，"您的到来令我快乐；原本，我计划写信给您，但这无疑更为妥当。时间只有短短几分钟，我们得抓紧利用。我们该履行的责任，我们得去履行。费奥多尔·伊凡内奇，对于您的妻子，您，要与之重归于好。"

"丽莎！"

"您要去做，我恳求您；唯有如此方能抚平……所有业已发生的事。您好好考虑一下——别对我的意见置之不理。"

"丽莎，瞧着上帝的面子，别用我做不到的事要求我。您要求我做的所有事，我都心甘情愿去做，然而与她重归于好，在此时此刻！……对什么事情我都没有异议，一切往事，我都能抛诸脑后；可对于自己的心，我无法进行强制……放过我吧，这太过于冷酷了！"

"您……您谈到的那件事，我并没有请求您去做，同她生活在一个屋檐下，倘若您办不到也可以不办；但是，求您与之重归于好，"丽莎又以手掩目道，"为您的女儿着想吧；求您去做吧，就算是为我。"

"可以，"拉夫列茨基勉强回答，"我这样去办，就算是这样；这样算是履行了我的职责。但是，您——什么又算是您的职责？"

"它是什么我自己心里清楚。"

忽然，拉夫列茨基战栗了。

"该不会是您要嫁给潘申吧？"他问道。

丽莎略微露出一丝笑容。

"哦，不是！"她回答。

"噢，丽莎，丽莎！"拉夫列茨基嚷出声来，"原本我们可以美满幸福的！"

丽莎再度瞅瞅他。

"您这会儿也算亲眼目睹了，费奥多尔·伊凡内奇，不是我们，是上帝对幸福掌握着生杀予夺的大权。"

"没错，原因在于您……"

突然，和隔壁屋相通的门开了，手里捏着包发帽的玛尔法·季莫菲耶芙娜进了门。

"找到它可真费了些事，"她说，接着就往拉夫列茨基和丽莎中间一插，"它被我乱放了。上了年纪了，就是如此，讨厌极了！可是年纪轻轻的也好不到哪儿去。咦，你妻子去往拉夫里基时，你也要同行吗？"她冲着费奥多尔·伊凡内奇扭过身去又这么问道。

"去拉夫里基，和她同行？我？不晓得。"沉默了一会儿，他回答。

"你去不去楼下？"

"今天——不去也罢。"

"唔，算了，你随意好了；你呢，丽莎，是不是下楼去好些，我这么觉得，哎唷，老天爷，该给红腹灰雀喂食，可我忘了。等等我，马上我就来……"

连包发帽也没戴，玛尔法·季莫菲耶芙娜小跑着就出了门。

拉夫列茨基来到丽莎面前，他步伐飞快。

"丽莎，"他开了口，语气中满是乞求，"我们俩即将永别，我已心碎，为了告别，把您的手伸给我好吗。"

丽莎昂起头来，在他的身上，她的眼神凝住了，多么筋疲力尽，黯淡无华的眼神……

"不了，"那已伸出的手被她收了回去，她说道，"不了，拉夫列茨基（这么称呼他①，在她还是首次），不给您我的手了。这又有什么用呢？拜托您了，您请回吧。我爱您，这您晓得……对，我爱您，"她艰难地又说了一遍，"然而，不……不行。"

在她的唇边，她搁上了自己的手绢。

"送这条手绢给我总算能行吧。"

---

① 直呼对方的姓表示冷淡。

吱呀一声，门开了……沿着丽莎的双膝，那手绢跌落了下去。拉夫列茨基将它一把捞住，并没有等它掉在地上，它被他塞进了衣服的侧兜，就在这电光火石的瞬间。把身子扭过来后的他恰好与玛尔法·季莫菲耶芙娜视线相接。

"丽佐奇卡，仿佛我听到了你母亲唤你的声音。"老太太说。

立刻，丽莎起身出了门。

在自己的那个旮旯中，玛尔法·季莫菲耶芙娜再度坐了下去，拉夫列茨基则预备同她告别了。

"费佳！"猛然间，她开了口。

"您有事，姑妈？"

"你算是个老实人吧？"

"啊？"

"我是说：你算是个老实人吗？"

"我但愿自己是。"

"噢。不过请你立下誓言，说自己会是个老实人。"

"可以。但原因何在呢？"

"原因何在，我自己心里清楚。可是你，我的老兄，你不是个呆瓜对不对，若是你肯好好动动脑，我问你这个问题的原因你也就不言自明喽。这会儿么，再会吧，我的老爷。你来探望我，我在这里先谢过了；可是你的话已经出了口，你得记在心里，费佳，吻我一下。嗨，我的宝贝，我晓得你心里不好过；可大伙的心里都不舒服，这你也要晓得嘛。我曾经嫉妒过苍蝇：我这么想，看一看这些家伙，在这个世上数它们过得最逍遥喽。可我有一回半夜听见了苍蝇的惨叫，它落到蜘蛛爪子里去了，——我就想，错了，苍蝇也会走麦城呢。我们又能怎么办呀，费佳，但在心里，你得记住你说过的话。你走吧。"

从侧门出来后，拉夫列茨基眼看就要到大门了……一个仆人赶了上来。

"请您去见玛丽娅·德米特里耶芙娜，她老人家亲口嘱咐的。"仆人这样告知拉夫列茨基。

"老兄，烦劳转告她，此刻我不便去……"费奥多尔·伊凡内奇开口了。

"您必须去，太太她就这么嘱咐的，"仆人径直往下说，"就她自己在那儿，她是这么对我讲的。"

"客人莫非离开了？"

"对。"仆人嘻笑着回答。

耸耸肩膀后，拉夫列茨基随仆人而去。

四十三

在自己的书房中，玛丽娅·德米特里耶芙娜一个人坐在伏尔泰椅①上，她嗅着香水，身畔的小桌子上端放了一杯香橙花水。她挺兴奋，可也有些忧心忡忡。

拉夫列茨基走了进来。

"您打算见我。"他躬身说，态度冷漠。

"没错，"玛丽娅·德米特里耶芙娜抿了口水回答，"您一来就去了姑妈房间，这我都晓得了，我请您来此，就是这样吩咐的，有些话我不得不跟您讲。您请坐，"玛丽娅·德米特里耶芙娜顿了顿，"您晓不晓得，"她又开了口，"您妻子，她到过这里。"

"我晓得此事。"拉夫列茨基说。

"噢，事实是她拜访了我，我就得招待招待，这就是我打算告诉你的，费奥多尔·伊凡内奇，对您，我得说说清楚。我，上帝保佑，是受到所有人敬重的人，那种有碍名誉的事，我是绝对不做的。对此你会不痛快，我已经有了先见之明，可是拒不与她见面，我怎么能如

---

① 伏尔泰椅：安乐椅的一种，椅背较高，座位深陷。

165

此狠心呢，费奥多尔·伊凡内奇，我和她有亲属关系——这全因为您；换了您是我，拒不与她会面，我怎能有这个权利呢——您以为如何，为我想一下好吗？"

"您真是多虑了，玛丽娅·德米特里耶芙娜，"拉夫列茨基答道，"这件事您处理得对，我不会为此心中不快。瓦尔瓦拉·巴甫洛芙娜有权会见自己的亲朋好友，我绝对没有阻挡她的意思；我不在今天拜访您，原因仅在于我不想同她碰面——如此而已。"

"哎呀，我真是为听到您这样的话而感到快活，费奥多尔·伊凡内奇，"玛丽娅·德米特里耶芙娜嚷了起来，"说句实话，您的心地高贵，您的回答也必定如此，我向来都这么觉得。要说我对此有顾虑——也没什么可惊讶的：我是女人，又是母亲。您的妻子……对于您和她的事，我当不了裁判官，这是显然的喽——对她，我也是这样讲的。可是这位太太很惹人喜爱，她能让人感到的不是什么别的，唯有满心的欢愉。"

拉夫列茨基边冷冷一笑边将帽子抚来弄去。

"有些话我还要对您讲，费奥多尔·伊凡内奇，"玛丽娅·德米特里耶芙娜往下说，身子挨他挨得更紧了点，"倘若她的一举一动能让您亲眼看见就太好了，她是那样端庄有礼，毕恭毕敬！说句实话，人们简直被她打动了。谈到您时，她的评价要是落入您的耳中就好了！在他那里，我犯下了不可饶恕的错误，她说；我不懂得好好拥有他，她说；他不是普通人而是天使，她说。是天使，她千真万确是这么说的。她这样追悔莫及……说句实话，这种痛彻心扉的懊悔为我一生所仅见！"

"然而，玛丽娅·德米特里耶芙娜，"拉夫列茨基说，"我很想知道一件事，请恕我冒昧：听人说，在您这里，瓦尔瓦拉·巴甫洛芙娜唱起歌来了，她正在懊悔，却又唱了歌——抑或是……"

"唷，这种话您也讲得出口，您不脸红么？只因要逗我高兴，她才唱歌、演奏，这么做是我要求的，我拼命地要求，差一点儿就逼迫她了。她很伤心，这我能感觉到，她太伤心了，于是我就打算让她消愁解忧，得想个主意啊，——而且据说她是个多才多艺的女子！行了，费奥多尔·伊凡内奇，她彻彻底底地丧失了信心，您去找谢尔盖·彼得罗维奇问一声吧。这个女人信心全失，彻头彻尾的①，您这么说又算什么呢？"

拉夫列茨基唯有耸肩而已。

"另外，您的阿多奇卡太可爱了，和小天使一模一样，美丽得惊人！特别听话，聪敏过人，一口流利的法语；还能听懂俄语，对我，她张口就叫姑妈。小孩到了她这个岁数没有不怯生的，您晓得吧——但她，一点儿也没有。费奥多尔·伊凡内奇，她像您，像得不得了。眼睛，眉毛……噢，同您仿佛是一个模子里刻出来的。说句实话，对这个岁数的小娃娃，我从来没有好感，可您的女儿真叫我爱不释手。"

"玛丽娅·德米特里耶芙娜，"猛然间，拉夫列茨基问，"谈起这些事，您原因何在，我能斗胆一问吗？"

"原因何在？"嗅嗅香水，抿了口水之后，玛丽娅·德米特里耶芙娜说，"费奥多尔·伊凡内奇，谈起这些事，原因就在于……我和您不是亲戚吗，最让我放在心上的就是您……您这个人心肠最软，这我晓得。我的表弟②，听我一句话吧——到底我这个女人人生经验丰富呀，我说话从不会信口胡言：宽恕她，宽恕您的夫人，拜托了。"忽然，泪水溢满了玛丽娅·德米特里耶芙娜的双眼。"设想一下吧，拜托您啦，正值年少，阅历尚浅……被不良之徒勾引，又缺乏那种母亲，能把她往光明坦途上引的母亲。赐予她宽容吧，费奥多尔·伊凡内奇，她已经遭受了太多的惩罚了。"

从玛丽娅·德米特里耶芙娜的脸颊上，泪水源源流下。她不去拭泪：哭泣是她的所爱。拉夫列茨基坐立不安。"上帝呀，"他想，"这种折腾真叫人不堪忍受，我今天撞上了个什么样的日子！"

"您不给我答复，"玛丽娅·德米特里耶芙娜再度开口，"对您的

---

① 原文为法文。
② 原文为法文。

心意我怎样去揣摸呢？您是真的这样冷血？不，对此我无法信服。您已经为我的话动了心，我是这么认为的。费奥尔多·伊凡内奇，您的心地如此善良，上帝会为您祝福，求您了，把您的妻子从我的手中领了过去……"

完全是情不自禁，拉夫列茨基从椅子里立起了身子；同时，也立起身子的玛丽娅·德米特里耶芙娜异常迅速地到屏风后面去了，瓦尔瓦拉·巴甫洛芙娜被拉了出来。面色惨白的她仿佛已奄奄一息，她将视线投向地面，好像她所有的念头、所有的意志已被她丢到一边去了——她向玛丽娅·德米特里耶芙娜付出了自己，听凭她的处置。

拉夫列茨基向后退却了一下。

"您待在这儿呢！"他嚷了起来。

"别对她发火，"玛丽娅·德米特里耶芙娜赶快说，"她不想留在这里，怎么说都不行，但是我要她留在这里，是我下了命令，我要她在屏风后待着。她告诉我，您会为此气上加气，她说了一次又一次，对于她的话，我根本听不进耳朵；比起她来，还是我对您的了解更深。把您的妻子从我手里领过去好了；来，瓦丽娅，别担心，在您丈夫的跟前，跪下吧，（她的手被她扯了一下）——我预祝……"

"慢着，玛丽娅·德米特里耶芙娜，"拉夫列茨基抢过了她的话头，他的声音嘶哑，直入人心深处，"这样叫人感动莫名的场景，似乎您是格外偏爱的（拉夫列茨基没有讲错话，在玛丽娅·德米特里耶芙娜的女子中学时代至今，对于戏剧化的场景，她总是格外钟情），您看了这出戏解颐一笑，可是旁人却要因它而忍受着痛苦。然而，您不是这出戏的主演，我对您也就不多说了。您还想向我要些什么呢，太太？"面向妻子他扭过身补了一句，"一切事情，但凡我做得到的，我都为您做过了，不是吗？不要告诉我，不是您在为这次见面出谋划策，对您我无法信赖——我没办法相信您，这您自己心里也清楚。究竟您要从我这里得到什么？您这人十分机敏——您有某种意图才会去做某事。同过去一样，与您共同生活，这我做不到，您也该对此心中了然，我变了，同以前不一样了，这才是原因，而并非出于我对您的愤怒。我在您回来的次日就告诉了您这些，在您的心中，您对我的想法也是持赞同意见的，但是在社会上，您却还想挽回自己的声誉；对于住在我的家中，您并不觉心满意足，您要的是与我同住，在同一个屋檐下对吧?"

"我要的是您的宽恕。"瓦尔瓦拉·巴甫洛芙娜回答，眼睛抬也不抬。

"她要的是您的宽恕。"她的话被玛丽娅·德米特里耶芙娜又说了一遍。

"我恳求您不是为自己着想，而是为阿达着想。"瓦尔瓦拉·巴甫洛芙娜又说，声音压得很低。

"她的恳求不是为自己，而是为您的阿达。"这话又被玛丽娅·德米特里耶芙娜说了一遍。

"太棒了。这就是您的所求?"拉夫列茨基说，他拼命抑制着自己，"行啊，说到这个，我也没意见。"

飞快地，瓦尔瓦拉·巴甫洛芙娜打量了他一下，玛丽娅·德米特里耶芙娜则嚷起来，"噢，感谢老天爷!"瓦尔瓦拉·巴甫洛芙娜的手被她抓了起来，"现在，把她从我的手里接……"

"停一下，对你们讲吧，"她的话头被拉夫列茨基截住了，"瓦尔瓦拉·巴甫洛芙娜，与您共住我已经同意了，"他又开口说，"这话的意思是：您会被我送到拉夫里基，我会与您共住，直至我无法忍耐为止，随后我会走——我会间或去瞧瞧您。对您，我不愿加以欺骗，这您也能发现，比这更进一步的非分之想，我请您也莫要再提。我倘若用力拥您入怀，像我们这位可敬的亲戚渴望的那样，还对您讲……什么事都未发生过，正如巨树被砍倒了，可它仍能再绽开花朵，您也会失笑不已。可我只有屈从，对这一点我心中有数。您是不会弄明白这句话的涵义的……这倒也无所谓。再对您讲一次，我将与您共住……或者，不，我无法在此事上作出妥协……与您同归于好，再度将您当成我妻子……"

"最低限度，您也该把手给她意思一下嘛。"玛丽娅·德米特里耶芙娜的泪也已干涸，她这么说道。

"对于瓦尔瓦拉·巴甫洛芙娜，我至今从来没有骗过她，"拉夫列茨基说，"她因此而信任我。她会由我送至拉夫里基——您得牢记在心，瓦尔瓦拉·巴甫洛芙娜，我们之间的约定会在您从那里出来时被破坏殆尽。请允许我此刻要告退了。"

面对着两位太太，他弯腰行礼后急急忙忙地去了。

"您还没把她带上呢。"冲着他离去的身影，玛丽娅·德米特里耶芙娜大叫着……

"随他的便好了。"瓦尔瓦拉·巴甫洛芙娜说，声音低沉，马上她就抱住了对方，感恩的话涌出她的口，她吻对方的手，并用"我的救世主"来称呼她。

对于她这番温柔的举动，玛丽娅·德米特里耶芙娜装作镇定。然而，对于拉夫列茨基抑或是瓦尔瓦拉·巴甫洛芙娜，对于她充任导演演出的戏，她打心眼里不满意。并没有什么催人泪下的场景出现，瓦尔瓦拉·巴甫洛芙娜在她的想象中应在丈夫的脚旁一下子跪倒。

"我的想法您怎么没搞清楚？"她评点道，"得跪下去，这我同您讲过了。"

"这样好一些，亲爱的姑妈；别为这事烦神——所有的事都挺不错。"瓦尔瓦拉·巴甫洛芙娜这样说。

"哼，他也是的，跟冰块似的冰凉凉，"玛丽娅·德米特里耶芙娜说，"您虽说没掉泪，可当着他的面，我的泪水可流了不少。他打算让您在拉夫里基坐监牢吗。什么，您连我家也来不了吗？男人无一不是冷血动物。"她在最后摇着头说，别有深意。

"然而，心地善良和心胸宏大意味着什么，女人是再明白也不过了。"瓦尔瓦拉·巴甫洛芙娜悄然跪倒在玛丽娅·德米特里耶芙娜身前说，她双手一搂后者那肥胖的腰，把自己的脸用力贴上去。一缕微笑在这张脸上绽放，玛丽娅·德米特里耶芙娜却又抽泣起来。

回到寓所后，拉夫列茨基在仆人的屋子里把自己反锁起来，在沙发上，他一头瘫软下去直至破晓。

四十四

　　次日是礼拜日。拉夫列茨基没有被晨祷的钟声唤醒———一整夜他都未入睡，只是在钟声里，某一个礼拜日又回到了他的记忆中，他在那一天听从了丽莎的心愿，他去了教堂。他急匆匆地起了床，悄没声息地，他离开了家，他告知仆人他会在吃午饭时归来，请他转告瓦尔瓦拉·巴甫洛芙娜，后者仍在沉睡，然后，迎着那单调、哀伤、正在唤他前去的钟声，他甩开大步走过去了。时间还早：教堂中差不多空无一人，在唱诗班的席位上，执事颇有节奏地诵着经文，那时而高亢、时而低沉的声音间或会被咳嗽打断。在大门旁不远处，拉夫列茨基就座了。祈祷的人鱼贯而入，他们立定之后便画了十字，向四周弯腰行礼；他们的脚步声荡漾在空洞无声的教堂中，声音很响亮，回声则清晰地回荡于拱顶之中。在拉夫列茨基的身边，一个老太太正跪在那里，她老态尽显，身披一件破了的带风帽的外套，她祈祷着，聚精会神；一张脸发黄了，刻满了皱纹，牙齿也掉光了，可是，一种满心感动的神色正显露在这张脸上；她的眼睛发红，凝视着神像壁上的神像时转都不转；她的手已消瘦不堪，它从外套中不时伸出画着长十字，手势虽缓但充满力量。教堂里又进来一个农民，一脸茂密的胡子，一脸愁容，他头发散乱、神情沮丧，双膝跪在地上后他急忙地画起了十字，他的头在他拜一下之后就会一昂，再晃上几下。拉夫列茨基决意到他面前去询问他的情况，因为显现在他的脸上和举止中的感情是那样地撕心裂肺。农民避开了，表情畏惧而淡漠，他瞥了他一眼……"我儿子死掉了，"飞速地说罢后他又开始跪拜……"教堂的慰藉对他们而言是无可替代的，"拉夫列茨基想着想着便有了祈祷的欲望；但是，他的心情很糟，一颗心冷冰冰的，他的思虑飘飞。他一直在等候的丽莎并没来。教堂中的人已摩肩接踵；她却总是踪影全无。晨祷开始，福音书已由执事诵读完毕，祈祷的钟声响了起来；在向前略微一靠时，拉夫列茨基猛地看到了丽莎，比起他来，她到得更早，只因为他没注意到她；在唱诗班的席位和墙壁间的缝儿里，她蜷缩着身体纹丝不动，也不四顾张望。拉夫列茨基没把自己的视线从她那里移开，一直到晨祷结束：他是在同她话别了。人群散去，而她大概是想候拉夫列茨基离开吧，因此动也不动。末了，她最后画过十字就头也不回地离开了；和她同行的还有个侍女。在她的身后，拉夫列茨基也从教堂里出来了，在街道上，她被他赶上了；她的步伐飞快，头低垂着，脸被拉下的面纱掩盖了。

"您好，丽莎维塔·米哈伊洛芙娜，"极力作出无所谓的神态后他嚷道，"我能不能送您一程？"

她一声不吭；他便上前与她并行。

"我的做法您满意吗？"他耳语道，"您已经知悉了发生在昨天的事了吧？"

"对，对的，"她轻声回答，"挺好。"

她的步伐越发快了。

"您满不满意？"

丽莎唯有点头而已。

"费奥多尔·伊凡内奇，"她开口了，声音平和却有气无力，"我就拜托您一件事：别去我们家，您赶快走好了；这之后的某个时候，一年之后，我们再会面好了。此时此刻，您就这样做吧，就算替我想想；瞧着上帝的面子，帮我达成心愿。"

"我甘愿按您说的任何要求去办，丽莎维塔·米哈伊洛芙娜；可是，莫非我们这样就算是永别了：对我，您一句话都不愿讲了吗？……"

"费奥多尔·伊凡内奇，别看您如今与我肩并肩走着……然而，我们之间已相隔甚远了。还不止您自己，还有……"

"讲完这句话，算是我求您！"拉夫列茨基冲动地叫道，"到底您要讲什么?"

"日后，或许您能听到……然而忘记我吧，不管怎么说……不，别忘记我，请将我记在心里。"

"想让我忘掉您……"

"行了，再会。请别在我后面跟着。"

"丽莎。"拉夫列茨基启口……

"再会，再会!"她再三念着，她更低地扯了扯面纱走了，差不多算是小跑了。

凝视着她的背影，拉夫列茨基的头低垂，他开始沿着街回家了。在途中，他与帽子一直盖住鼻子的列姆邂逅了，后者也走着，视线落在自己的脚下。

他们互相凝视着，不发一语。

"嗨，想说些什么吗?"末了，拉夫列茨基问。

"能说些什么呢?"列姆说，满脸愁云，"什么我也说不出来。一切都死了，我们也死了（一切都死了，我们也不例外①）。您往右，对不对?"

"是往右。"

"我则往左。再会。"

费奥多尔·伊凡内奇在次日偕同妻子共赴拉夫里基。妻子坐着轿式马车，带着阿达和茹斯汀先行一步；他坐着辆远行马车跟随其后。在路途中，活泼可爱的小女孩瞧着窗外，眼睛眨也不眨，对什么她都好奇：什么农民、农妇、农村小屋、水井、马轭、车铃铛、一群群白嘴鸦，和她同样诧异不已的是茹斯汀；瓦尔瓦拉·巴甫洛芙娜却以笑声来回应她们的交谈和诧异。她这会儿很快活。她和丈夫在离开 O 市前，详谈了一回。

"对您的境况，我心中了然，"她告诉他，对他的境况她确实心中

---

① 原文为德文。

了然，他一看她那双机敏的眼眸就看得出来，"不过，最低限度您对我的评判要公平，同我共处可不是一件难事；我不会对您纠缠不休，让您感到烦扰的事，我也不会去做；阿达能有个可靠的明天，这就是我所需要的；我再不会额外的提什么要求了。"

"没错，您的所有心愿，您都已达成了。"费奥多尔·伊凡内奇说。

"如今，只有一个梦藏在我的心里：在这穷乡僻壤间终老一生；对于您的大恩大德，我毕生铭刻在心……"

"呸！行了吧。"他抢过她的话头。

"对于您的自由与平静，我将无条件地维护。"她说，这句话她早就想过了。

面向她，拉夫列茨基深深一鞠躬。丈夫这个谢意是打心眼儿里发出来的，瓦尔瓦拉·巴甫洛芙娜心中有数。

他们于次日黄昏安抵拉夫里基；拉夫列茨基于一周后出发，去往莫斯科。为了妻子的生计，他留了五千卢布给她，潘申在拉夫列茨基离开的次日便前来拜访，不要在她隐居时把她抛到脑后去，瓦尔瓦拉·巴甫洛芙娜这样恳求过他。她接待了他，水平是再好也不过了，在这座宅院那宽敞的屋宇中，奏乐、笙歌、用法语讲出的笑谈荡漾着直到夜阑人静。在瓦尔瓦拉·巴甫洛芙娜的家里，潘申一拜访就是三天；他在临别时用力紧握她那双纤纤玉手，他允诺，他不久就会返回——这个允诺日后被他实现了。

四十五

在母亲府第中的二楼上，丽莎有间供自己使用的房子，房间不太大，但整洁、光线充足，一张洁白的小床陈设于其中，一盆盆鲜花放在墙角、窗前，另外一张小书桌也放在这儿，桌上满是书，耶稣受难的十字架则挂在墙上。从前，这屋子曾充作婴儿室，也是丽莎的出生之地。在教堂中，与拉夫列茨基邂逅后，她便返回到这里，拾掇这间小屋时，她比以往更为精心了，所有的灰尘，她全都抹了个一干二净，她又翻看了一次自己的笔记和女友们的往来书信，把它们用丝带捆妥当，所有的抽屉全被她锁好了，花也让她浇好、抚摸过了每一朵的花瓣。做这些事时，她镇定自若，一言不发，动人的、平和的、充满关怀的感情由她的脸上流露出来。末了，在屋子的中央，她收住脚步缓缓四顾，随后，冲着上面挂有耶稣受难十字架的桌子，她走过去双膝着地，在那互相紧握的手上伏下了头，再无动静了。

正打算进门的玛尔法·季莫菲耶芙娜恰好将她这副形态收入眼中。对于她的到来，丽莎丝毫未觉。老妇人蹑手蹑脚又出了门，她抬高了声音咳嗽着。迅速地，丽莎立起身来，眼睛经她擦拭后，那未及滴下的泪珠仍旧是晶亮晶亮的。

"让我瞧出来了，你的小房子①又被你拾掇了一回，"玛尔法·季莫菲耶芙娜边说边弯腰去看一盆含苞欲放的蔷薇花，"哎呀！它多香呀！"

丽莎深深地凝视自己的姑姥姥。

"刚才，您说了一句什么呀！"她自言自语道。

"什么话？哪句话？"她的话头被老太太一下子抢了过去，"你打算讲个啥？吓死我了，"猛然间，她一掀包发帽说道，在丽莎的小床上，她坐了下去，"我真的忍不下去了；我好像成了热锅上的蚂蚁，四天就这么过去了；装模作样，好像啥都没瞧见，我可不能再这么干了，一天一天过去，你的脸越来越白，人越来越瘦，哭个没完没了，我怎么能眼睁睁地瞧着呢，不成，就是不成。"

"您这是干什么，姑姥姥，"丽莎说，"我没有怎么……"

---

① "小房子"一词在俄文中还有"小修道室"之意，一般设在修道院中供修士或修女居住。

"没怎么?"玛尔法·季莫菲耶芙娜的喉咙放大了,"去跟别人说这个,别告诉我!没怎么!哪一个才在地上跪着呢?哪一个淌眼泪,睫毛还湿着?没怎么!快瞧一眼自己吧,你的小脸让你折腾成啥啦,找不着方向了吗?——没怎么!你以为我是一无所知的吗?"

"一切会重新变好的,姑姥姥,只是得过一段时间。"

"会重新变好,啥时候变好呢?老天爷哟,我的上帝!你就这么爱他?他已有了把年纪了,丽佐奇卡。唉,他心地不错,从不伤人,这些我不想不承认,但那又能怎样?我们的心地都不错呀,像这种心地不错的人,这天地间多着呢。"

"让我告诉您,所有的事会重新变好,终究会的。"

"丽佐奇卡,听我讲给你听,"玛尔法·季莫菲耶芙娜说,忽然,她一把扯过丽莎,让她也坐在小床,坐在自己的身旁,她时而抚弄着丽莎的发丝,时而又把她的围巾扯扯平。"之所以你觉得你一辈子都会这么伤心,那只是你一时间没法控制感情。唉,我的心肝宝贝,没办法好转的只有死!你所能做的就是告诉自己:我永远不屈从,滚开吧!那么很快你就不伤心了,顺顺当当你就走了过去,连你自己也会惊奇的。只要耐下性子过一段日子。"

"姑姥姥,"丽莎说,"所有的事会重新变好,它已经变好了。"

"变好了!哪里变好了!快看看,你的小鼻子都削尖了,你还大谈啥变好了。'变好了',真不错呀!"

"对,变好了,姑姥姥,你要伸出援手就好了,"讲完这句话,丽莎的情绪猛然间高亢起来,玛尔法·季莫菲耶芙娜的脖颈被她抱住了,"亲爱的姑姥姥,您同我是心连心的,伸出援手吧,别恼火,您得明白我的心……"

"啊,这话是怎么说的,怎么说的,我的亲妈?你不要吓我;不要用这种眼神看我,拜托啦,我快要嚷出声了,麻利点儿,告诉我这是什么意思?"

"我……我打算……"在玛尔法·季莫菲耶芙娜的怀里,丽莎埋进了自己的脸……"我打算进修道院。"她的声音有些哑。

老太太吃了一惊，由床上一跃而起。

"画十字，我的亲妈哟。你快醒一醒，丽佐奇卡，你这算什么呢，上帝保佑吧，"末了，她嘟囔着，"上床躺着，我的心肝宝贝，睡一小觉；我亲爱的，你缺眠少觉，所以才这个样子。"

丽莎的头仰起来了，她脸泛红霞。

"不要，姑姥姥，"她说，"这种话不要说了，我心意已定，祈祷，我已进行过了，上帝也已指示过我该如何去做，结局来临了，我同你们共同生活的日子也到该有结局之时了。这是个教训，它绝不是个意外，对于这些事，我不是初次去思考。我未能拥有幸福；我在满心渴望能拥有幸福之时，我的心也在遭受着折磨。一切我都了如指掌，自己所犯的罪，旁人所犯的罪，我们的财产是父亲如何搞到手的，我全都了如指掌。要为这所有的事祈祷方能免罪，祈祷能将宽恕带给我们。您是我放心不下的，还有妈妈、连诺奇卡，我同样放心不下，可是别无他法了，我在这里不会生活得舒心，我就是这么认为的，同所有的东西，同家中所有的一切，我都已辞了行，最后一次弯腰行了礼；我仿佛在接受什么的召唤；我很痛苦，想遗世独立地度过此生。不要拦着我，也别劝阻我，伸出援手好了，否则我会离家出走……"

倾听着外孙女的表白，玛尔法·季莫菲耶芙娜的脸上显露出了惊惶之色。

"她生病了，胡说八道呢，"她想，"赶快找个大夫来瞧瞧，可找哪一个大夫？几天前，有位大夫被格杰奥诺夫斯基夸奖过；不过他爱信口瞎扯——也许这次是真的也未可知。"然而，她终于大受惊吓，伤心欲绝了，因为她发现丽莎并未生病，也未胡说八道，对于她提出的所有反证，丽莎的回答都是一个样子。

"可我亲爱的孩子，要晓得你并不了解，"她劝说起她来，"住进修道院，要过什么日子！我的宝贝，你晓不晓得，你得吃大麻籽油，油还是青色的呢，你要穿粗麻布衣，厚墩墩的，大冷天儿里，你得出门；你怎么能忍受这些呢，丽佐奇卡。那个阿加菲娅，真是后患无

177

穷，都是因为她，你才搞不清楚的。不过，好日子她也过了，她是舒舒服服享受过的人，这你总晓得吧，你总得享享福吧。最低限度，我得先平平静静去见上帝，你等我闭了眼就随便好了。非去修道院不可，就因为一个山羊胡子，上帝宽恕我，因为一个男人，天底下哪有这种事儿？算了，你可以出门散散心，倘若你心里乱糟糟的话，去见见上帝的仆人们，向他们祈祷，多去教堂做礼拜，别给自己扣一顶黑乎乎的修女帽，不能这样啊，你啊你，我的亲妈哟，我的亲爹哟……"

玛尔法·季莫菲耶芙娜的心都碎了，她失声痛哭起来。

丽莎抚慰了她，帮她拭泪的同时自己也流泪了，然而，她去意已决。绝望的玛尔法·季莫菲耶芙娜想吓唬吓唬她，就以告知她母亲这件事为要挟……这个办法同样无效。不过，丽莎允诺这个宏愿将在半年之后才完成，这全是缘于老妇人一次又一次的恳求；然而，玛尔法·季莫菲耶芙娜不得不答应丽莎，倘若她六个月后仍然不改初衷，老太太就得伸出援手，想办法令玛丽娅·德米特里耶芙娜赞同此事。

瓦尔瓦拉·巴甫洛芙娜一俟严寒空气降临，便带着一笔积蓄迁往了彼得堡，她那幽居在穷乡僻壤的允诺已被她抛到脑后了，在这里，先她一步离开O市的潘申替她相中了一套朴素却很怡人的寓所，租了下来。最后在O市停留的日子里，在玛丽娅·德米特里耶芙娜的跟前，潘申已全然失了宠，莫名其妙地，他再也不去探望她，倒是待在拉夫里基一步也不肯走了。他被瓦尔瓦拉·巴甫洛芙娜变为了自己的奴仆，的确如此，是变为了奴仆：她对他的那种威严是无止境的，不讲求报答的，也是拒绝不了的，这种威严无法用别的词儿来表达。

在莫斯科，拉夫列茨基度过了冬季，他于次年初春打听到一件事，在俄罗斯最荒僻的边疆，丽莎在当地的B修道院做了修女。

尾声

又是八年过去。春天再度降临……但是，我还是先就米哈列维奇、潘申、拉夫列茨卡娅夫人的生活聊上几句吧，随后便同他们分道扬镳。在游荡了多年之后，米哈列维奇到底还是有了个工作，这很合他胃口：在一所公立学校里，他当上了首席学监。对自己的生活，他是心满意足了，对他，他的学生尽管也会偷偷学他的样子，寻个开心，但还是万分"崇拜"他的。春风得意、官场得胜的潘申已经对区长的位子志在必得。或许是脖子上挂着的、沉甸甸的弗拉基米尔十字勋章①吊弯了他的身子（那是赏赐给他的），走路的时候，他总是佝偻着躯干，向前倾着。官僚的味道在他的身上与艺术家的味道做了个比较，自然是前者完全压倒了后者；他的脸已然泛了黄，尽管还透着青春气息，头发秃了起来，歌唱与绘画他是沾也不沾了，倒是文学创作，他还偷偷地搞一些："谚语"式的小型喜剧，他写的就是这种玩意儿，在小型喜剧中，他刻画了一个风流成性的女人，因为倘若搞写作，眼下都时兴"刻画"一个人或是一件事嘛，暗地里，对着三两位对他颇为欣赏的夫人，他把它念了出来。可是他是至今未婚的，虽说有不少次，绝好的机会已撞到了他面前：这个责任完全得由瓦尔瓦拉·巴甫洛芙娜来负。她嘛，倒是在巴黎长久地住了下去：为了预防她再度不请自来，拉夫列茨基以一张期票买了个耳根清净。她有了老态，人也胖了不少，但仍是个惹人喜爱、妩媚迷人的女人。理想是人人都会有的；而瓦尔瓦拉·巴甫洛芙娜的理想，让她自己在小仲马先生的剧作中找到了。去看戏成了她的一生最爱，多愁多病兼多情的茶

---

① 弗拉基米尔十字勋章：一种勋章的称号，以十一世纪后基辅等公国的大公名字来命名。

179

花女们，是舞台上的常客；生命中的至乐之事，就是当多什夫人①那类人，她就是这样认为的；一次，她公然说：她不企盼自己女儿会有比这更出色的前途。然而，阿达小姐②被命运从这种幸福中推了出去，我们对此可以有着热望：那个脸泛红光、丰丰润润的女孩阿达，已然成了个少女，肺部病变，脸色惨白，神经衰弱。拜倒在瓦尔瓦拉·巴甫洛芙娜裙下的尚有人在，尽管已所剩无几了；其中的某些人，她也许会一直挽留，直至生命终点。这些人中有位名唤扎库尔达洛—斯库贝尔尼科夫的家伙，近来最是热情似火，此人是个近卫军军官，已经退役，三十八岁上下的年纪，一脸胡须，体格壮得出奇。"一头大牯牛，来自乌克兰，身高体胖"③，在拉夫列茨卡娅夫人的沙龙里，那帮法国客人就这样称呼他；自己那追赶潮流的晚会，瓦尔瓦拉·巴甫洛芙娜向来不向他发出邀请，但她确实是十分宠他的。

这样……又是八年。春天的气息再度荡漾在高空中，它充溢着幸福的光芒；对着大地，对着人群，春天展开了笑容；一切在春季的抚慰中含苞怒放，温情四溢，笙歌不断。O市在这八年间变化甚微；但是，玛丽娅·德米特里耶芙娜的府第却仿佛迎来了第二春：墙壁刚刚粉刷过，那白色令人心旷神怡，窗户敞开着，在落日的映照下，瑰丽的霞光射上了玻璃；一阵阵谈笑声飞出了窗户，飘入了街中，那是青春蓬勃、高亢轻松、欢欣愉悦的；勃勃的生机，无边的欢乐在这座府第中弥漫。府第的女主人早就魂归黄土：玛丽娅·德米特里耶芙娜去世了，就在丽莎落发为修女后的两年，比起自己的侄女来，玛尔法·季莫菲耶芙娜也并未更加长寿；在这个城市的一座公墓中，她们肩并肩地长睡不起。娜斯塔西娅·卡尔波芙娜也不在世了，这位老妇人异常忠诚，多年来，她那老友的坟茔她每周必去探望……日子一到，她也埋骨于潮湿的土地之中。不过，他人并未染指玛丽娅·德米特里耶芙娜的府第，它还在她家族的掌握之中；老巢仍未被摧残，连诺奇卡

---

① 多什夫人（1821—1900），法国戏剧演员，曾饰演茶花女。
② 原文为法文。
③ 原文为法文。

已初长成，这个少女娉娉婷婷，妩媚动人；她的未婚夫是个骠骑兵军官，一头淡淡的黄发；在彼得堡，玛丽娅·德米特里耶芙娜的儿子与他年少的新娘新婚燕尔，眼下，他们同回O市度过春季；他妻子的妹妹也来了，这位年方十六岁的女孩面色绯红，双目明亮，是贵族中学的学生；业已长大的舒罗奇卡也漂亮了不少——卡里金的家因为有了这群年轻的人们而充满了欢乐，谈笑声在四壁间回荡。家中有了翻天覆地的大变化，而新房主的风格正与这些变化吻合。以往那些老仆行动沉稳，如今他们被青年仆人取而代之了，他们不留胡子，爱说爱笑爱寻开心；两条猎犬你追我赶，精力十足，在沙发上蹦跶个不停，昔日，在这里，那一身赘肉的罗斯卡曾目中无人地来回溜达；养在马厩里的，有体态纤细但体格健壮的溜蹄马；难以驾驭的辕马；结起鬃毛、专供拉车的拉套马；顿河产的、可以骑乘的良种马；一天的三顿饭时间混乱，早饭、午饭、晚饭混作了一顿；要是依着左邻右舍们说，这就是“开此家先河的新风尚。”

一个晚上，也就是我们提过的那个，卡里金家的主人们（连诺奇卡的未婚夫是其中最年长的，但也仅有二十四岁）正在玩游戏，尽管挺容易玩，但对他们来说，那其中包含着无穷的乐趣，这一点由他们的欢笑声中就能听得出来：在房间中，他们你追我赶，奔跑跳跃；还有两条不停穿梭、不停吠叫的狗，几只金丝雀被关在窗前笼子里，它们也不甘示弱地拉开了喉咙唱着，满屋的嘈杂因为它们那响亮热情的啼鸣而更胜一筹。一辆四轮马车便趁着这响遏行云的喧闹到达沸点时停在了大门前，车上满是风霜的痕迹，一个人下了车便诧异地呆立不动了，他有四十五岁上下，身着旅行服。他立在那儿纹丝不动，片刻之后，他端详了一下这座府第，目光中充满情感，沿着边门，他来到了院里，缓缓步上台阶。没有一个人在前厅里迎接他；不过顷刻之间，大门訇然洞开，舒罗奇卡冲了出来，脸涨得绯红，一群青年紧随其后，也立即冲了出来，叫嚷不休。发现了陌生人后，他们立刻立在原地不说话了；然而那打量着他的眼眸闪烁依旧，里面仍射出友善的光芒，那些脸孔青春亮丽，仍旧绽放出笑意。客人的面前走来了玛丽娅·德米特里耶芙娜的儿子，他询问客人的来意，口气温文有礼。

"我是拉夫列茨基。"客人回答。

一阵充满友爱的欢叫是对他的回答——并非因为这位自远方而来、差不多已被人抛到脑后的亲戚自天而降，这群青年才如此快活，他们就是喜欢欢笑叫嚷、喜气洋洋，只要给他们一个机会。马上，他们团团围住了拉夫列茨基：身为老熟人，连诺奇卡首先介绍起自己来，还说她只需片刻就可以把他认出来，要他一定得坚信这一点，随即，她把其他的人一个一个向他介绍，介绍时她念着小名，包括自己的未婚夫。大伙从餐厅中插过，到客厅里来了。墙上已经换过了壁纸，两间房中却依旧留有旧家具，那架钢琴拉夫列茨基一眼就认了出来，放在窗边的绣花架位置依旧，就是旧时那一个——与八年前相比，那副未完的绣品也差不多是原样。他被请到了一架大安乐椅中，很是舒服，在他的四周，大伙团团围坐，温文尔雅。你争我抢地问问题、长吁短叹、讲述点儿什么，一直都没冷场。

"多长时间了，一直都没与您见面，"连诺奇卡说，带着些稚气，"我们也好长时间不见瓦尔瓦拉·巴甫洛芙娜了。"

"这是自然喽！"她的哥哥匆匆抢过话头，"你被我领到彼得堡去了，费奥多尔·伊凡内奇可是总在乡下住的。"

"没错，妈妈在那之后过世了。"

"玛尔法·季莫菲耶芙娜也是。"舒罗奇卡说。

"娜斯塔西娅·卡尔波芙娜也是，"连诺奇卡说，"列姆先生也是……"

"是吗？列姆也过世了？"拉夫列茨基问。

"对呀，"青年卡里金回答，"从这里离开后，他去了敖德萨，听人讲他是被蒙到那儿去的；在那儿，他过世了。"

"他过世了，有没有什么音乐作品留下，您晓得吗？"

"不晓得，不一定会留下。"

人们相对交换着眼神，一声不吭了。这些年轻的脸庞都飘浮着忧愁的乌云。

"可是水手还在人世。"忽然，连诺奇卡说道。

"还有格杰奥诺夫斯基也在人世。"她哥哥添了一句。

一阵整齐的大笑在格杰奥诺夫斯基的名字被提出后猛地响了起来。

"没错，他还在人世，谎也照撒不误，"玛丽娅·德米特里耶芙娜的儿子说，"你们来想想就是昨天，这个小调皮（他的妻妹，女子中学的学生）把胡椒粉洒进了他的鼻烟壶。"

"他那时是怎样打喷嚏哟！"连诺奇卡嚷起来——笑声忍不住再度爆发。

"一段时间以前，丽莎的消息传到了我们这里，"青年卡里金说——又是一片寂然笼罩了四周，"她过得还可以，身体状况比以前有了点起色。"

"她仍在那座修道院中住着？"拉夫列茨基问，仿佛问这些话很艰难。

"仍在那里住着。"

"她有书信给你们吗？"

"不，她一向不写信；总是别人捎来一些消息。"

长长的寂静再度笼罩全场；"一个天使飞去了，她是如此静默。"人们都这样思忖。

"难道您不去花园逛逛？"卡里金告诉拉夫列茨基，"尽管它在我们的手里被荒废了不少，但它如今依旧很迷人。"

拉夫列茨基进了花园，那条长凳最先进入他的视野——他和丽莎相处的那稍纵即逝的、永不回头的幸福瞬间，就是在这长凳上度过的；那已变黑的长凳歪歪扭扭的；但是它一被他认出，一种情感便袭上心头，没有别样的情感能与之相提并论，能有这般的甜蜜与苦涩，这是在哀叹那流逝了的青春，这是在回忆那曾经拥有的幸福。在林荫小径上，他和年轻的人们并肩而行：椴树在这八年中显出了老态，高大和浓荫更胜往昔；灌木丛蹿了起来，马林果树生机盎然，榛树有几分枯败，枯枝败叶、树林子、草地与丁香的香气飘逸在每一个角

183

落中。

"要是玩'四角'游戏，这个地方正合适，"一走进一块周遭环绕着椴树的草坪，连诺奇卡就猛地嚷了起来，"我们有五个人，刚好。"

"是不是忘记了费奥多尔·伊凡内奇？"她的哥哥问，"要不就是没算你自己。"

连诺奇卡的脸红了一下。

"费奥多尔·伊凡内奇都这个岁数了，莫非……"她启口了。

"你们去玩好了，"拉夫列茨基慌忙打断她的话，"别为我操心。我会更为快活些，倘若我自感你们没有因为我而受到约束的话。你们不要为我忙碌；我有我们这种老头子爱干的事，这是你们没尝试过的，不能用任何消遣取而代之的事，这件事便是回忆。"

青年们把拉夫列茨基的话听完了，表情中既温文有礼，敬意中却又掺了些嘲弄——如同他们的老师正讲课——猛然间，他们跑开了，冲着那树林中的草地，他们奔了过去，在树边，四个人各踞一角，中间站好一个人——开始了他们的嬉戏。

然而，拉夫列茨基返回了府第中，他经餐室走至钢琴前，一个琴键被他按动了，琴声回荡，声音虽轻却悦耳，他的心弦悄悄被这琴声拨动了：列姆，那逝去的列姆，在很久以前那个幸福之夜弹了段曲子给他听，那激情四溢的旋律、那令他不能自已的旋律便始自这个音符。拉夫列茨基随后又到客厅里去了，良久，他呆立在里面，在这个房间中，他和丽莎的会面是频繁的，在这里，丽莎的影子在他眼前显现得最为清楚生动；她的影子仿佛在他的身畔随处可见，他就是这样认为的；他抑郁难安，这是对她的相思带来的，这份相思沉甸甸的，并不宁静，同死亡引来的思念大为不同。在某个地方，一个边远的荒凉之地，丽莎依旧活着；那个生机勃勃的人才是他相思的对象，然而，在那弥漫的烟雾之中，他再也寻不到当初深爱着的那位少女了，只有一个苍白朦胧的影子披上了修女服。倘若拉夫列茨基肯对自己作一番审视，如同在幻想中审视丽莎那样，他也许会认不出自己了。在他的生命中，巨大的转变就发生在这八年之中，许多人都未尝过这种转变的滋味，可他本不会一生耿直、矢志不渝，倘若这种转变没有发生过的话，千真万确，自己的幸福已不是他所思索的对象了，私人的蝇头小利，也不是他追逐的目标。他平静起来，那衰弱了的不只是面容与身躯——干吗把真相遮掩起来？——衰弱了的还有他的心，让心灵直至年迈仍保有蓬勃的生气，正如人们所言，这不仅做起来很艰难，也很滑稽：一个人大可以心满意足，倘若对行善积德的信念、不变的坚强毅力、踏踏实实干工作的热情，他都没有抛弃的话。拉夫列茨基应该心满意足，他有充分的理由，他这个农庄主干得确实很成功，千真万确，他晓得如何耕田了，况且并非只为了自己，他才去劳动；为了保护农民们的居家生活，令他们长住久安，他已竭尽了全力。

从府第中出来后，拉夫列茨基再次走到了花园中，在那他熟识的长凳上坐了下来——这是处可堪珍藏于心的所在，他面对的正是那座府第，那是最后一次，他在那儿，在那府第之前，向着那酒杯徒劳地伸出了双手，杯中，那金色的、洋溢着生命欢歌的佳酿正在翻腾，——那些已将他取而代之的年轻人正在欢笑，这声音传入了他的耳中，而此时，他，一个茕茕孑立、漂泊不定的流浪者正回眸探看自己的一生。悲凉在心中徐徐升起，可他不难过，更不懊悔，遗憾或许有一点点，内疚的事却从不曾有过。"嬉戏吧，纵情欢歌好了，快长大成人，你们年轻，充满活力！"他想道，在他的脑海里没有酸楚，"你们有光辉灿烂的明天，你们将来的生活时会比我们悠闲，在黑夜里，我们为自己查找道路，我们战斗，我们倒下再度爬起，而你们就不同了；我们疲于奔命，为了使自己全身而退而殚精竭虑——没能全身而退的，在我们当中仍有许多！——你们所要去做的事，却是放手开创自己的事业，是工作。伴随你们的，是我们这些老头子的祝福。从今以后，经历了这些、体验了这些的我最后一次向你们致意，我心情黯然，但并无酸意，更无卑微的念头，对着自己生命的结束之处，我张望着，在对和上帝相见的盼望中我道一句：来吧，形影相吊的残年！点燃殆尽吧，这无所作为的一生！"

拉夫列茨基立起身来，他动作轻捷，悄没声息地离开了；他是无人注意的，也是无人挽留的；高大的椴树在花园中围出了一面绿色的墙，密密麻麻的，比刚才更为响彻云霄的欢声笑语由绿墙之后飘了出来。上了马车的他吩咐了车夫，让他赶车回家，但是无须快马扬鞭。

"这就算是结尾吗？"大概，未能心满意足的读者会问，"拉夫列茨基日后如何？还有丽莎？"可是，对于这些人有什么话好说，他们依旧在人世逗留，却已从人生的赛场上引退了。对他们谈论不休有何必要呢？有人说，那座幽居着丽莎的偏僻的修道院，拉夫列茨基是拜访过的，——她，他也瞧见了。在他的近旁，当她经一个唱诗班的席位前往另一个的时候，她经过了，她的步伐匀称、匆忙却毕恭毕敬，正是修女的步伐——她一眼也没瞥他；可是她的睫毛不为人知地抖了抖，正是对着他一侧的那一边，她那瘦得削尖了的脸庞更低地俯了下去——还有她的手指也相互握起，更紧地捏着，念珠缠绕在这双紧握的手上。会有什么样的思想掠过他们的脑海，他们感到了什么吗？又有谁晓得？谁又能将之吐露？会有这样电光火石的瞬间，这种情感存在于生活中……指出它们就到此为止好了——请与它擦身而过吧。

贵族之家

（俄罗斯）屠格涅夫 著

肖 白 译

前 夜

（俄罗斯）屠格涅夫 著

肖 白 译

百花洲文艺出版社

前　言

伊凡·谢尔盖耶维奇·屠格涅夫（1818—1883）是俄国伟大的作家。他是第一个拥有全欧乃至全世界影响的俄国作家。他的作品早在二三十年代就已经赢得我国读者的喜爱。屠格涅夫的作品充满激情，富有诗意，犹如清丽淡雅的风景画。他写作的结构简洁而紧凑，艺术风格凝炼而细腻，语言优美隽永。屠格涅夫的整个创作，尤其是他的六部长篇小说《罗亭》、《贵族之家》、《前夜》、《父与子》、《烟》、《处女地》是他用文学创作形式记录下来的、俄国由贵族进步活动家的革命转向平民知识分子民主主义革命的历史。

文学评论家们一致认为长篇小说《前夜》是屠格涅夫的创作中最重要的作品之一。它的不朽之处在于：它在俄国文学史上第一次以非贵族出身的（或是称为商人等平民出身的）知识分子代替贵族活动家作为作品的主人公，迅速而敏锐地反映了十九世纪五十年代历史发展的趋向和要求，揭开了俄国文学崭新的一页。

《前夜》中的主人公是时代的新人英沙罗夫和叶连娜。英沙罗夫是保加利亚人，父母遇害后随姑母在莫斯科读大学，立志要献身于解放祖国的伟大事业。他沉默寡言，坚强果敢，目标专一，讲求实际；虽然外表瘦削，内心却燃烧着激情的火焰，为解放自己的祖国，愿意牺牲自己的一切。在自己的同胞中他的威信极高。然而，拥有崇高理想并要坚决行动的英沙罗夫却在归国的途中，病逝于意大利。女主人公叶连娜是小说中另一个丰满的形象。实际上她是小说的中心人物。小说的情节都是围绕着她而展开。叶连娜出身于贵族家庭，生长在庸俗无聊而又充满矛盾的家庭之中，让她觉得孤独和苦闷。她单独成长，习惯于冷静分析和独立思考，敢于和封建宗法和家长制抗争。她爱上英沙罗夫后，就将自己的命运和他的命运联结在一起。英沙罗夫病逝后，她仍然要忠实他未完成的心愿，忠实于他为之奋斗一生的事业，毅然到保加利亚去当起义者护理者，继承自己丈夫为之奋斗的伟大事业。在她的身上，表达了俄国妇女解放运动的要求，反映了当时俄国贵族进步青年力图挣脱封建羁绊而转向民主力量的思想倾向。

因此可以将小说《前夜》看成是反映了克里米亚战争失败后俄国社会的新动向，透过小说艺术的折光，深刻地揭示了俄罗斯社会现实的一部杰作。

二〇一五年三月

目 录

一

一八五三年夏季，一个骄阳似火的日子，在孔佐沃①附近的莫斯科河岸边一棵挺拔的椴树树阴下，有两个小伙子在草地上躺着。其中一个年龄仿佛二十三岁左右，十分魁梧，皮肤和头发都很黑，鹰钩鼻子，额头突出，肥厚的唇边挂着一丝笑意，他仰天躺着，那两只灰色的小眼睛略略眯起，出神地向远方眺望着；另一个人脸冲下趴着，双手撑着下巴，一头浅黄色的鬈发，同样出神地向远方凝视着。他的同伴比他小三岁，不过外表看来非常年轻；不久前他的胡子才长出来，下巴上笼着一层淡淡的绒毛。在他那意气风发、圆圆的面孔上，那柔和的深棕色眼睛里，那美丽的、凸起的嘴巴和白皙的小手上，蕴含着一种婴儿似的无邪的东西，有一种令人心旷神怡的表情。他浑身上下都流露着健康的欢乐和幸福，散发着朝气——青年时代的无牵无挂，自负，倔犟和可爱的力量。他托着脑袋，眼睛转动着，挂着一丝笑意，仿佛孩子们清楚别人愿意凝视他们似的。他套着一件好像短上衣一样肥大的白外套；白皙的脖子上缠着一条淡蓝色的围巾，离他不远的草地上胡乱放着一顶有皱痕的草帽。

相形之下，他的朋友看起来倒非常衰老，谁发现了他那僵硬的身子，都不会认为他的生活非常舒适，正体会着生活的乐趣。他呆呆地倒在那儿；他那倒三角形的头颅非常不和谐地生在脖子上；他的双手，用力地抱着不长的黑常礼服的身子，他仿佛蚱蜢弯起后腿那样将一双长腿弯起来，它们的一举一动都流露出笨拙的神情。尽管这样，

---

① 孔佐沃：地名，在莫斯科附近。

倒也无法否定他是个受过教育的人；他那一举一动表现出一种"正派端庄"的特点，同时他那并不英俊，也许还有些可笑的面孔，也流露出一种思考的习惯和仁慈的心肠。他的名字是：安德烈·彼得罗维奇·别尔谢涅夫；他的朋友，那个一头浅黄头发的小伙子，则叫做巴维尔·雅可夫利奇·舒宾。

"为什么你不和我似的趴着呢？"舒宾开口讲道，"趴着真舒服，特别是你把一双脚抬起来，靠紧鞋后跟的时候——你瞧，就是如此。鼻子下边就是青草：假如你不喜欢看风景了——你就观察一下某一只圆滚滚的小虫子，打量它如何在草秆上蠕动，或者观察观察蚂蚁，细看它是如何跑来跑去的。没错，如此会舒服多了。不过眼下你倒扮出一副古典派的样子，和一个舞剧女演员将胳膊放在硬纸板做的悬岩上的神态毫无二致。你考虑一下，你目前绝对有权利放松自己。你已经拿到了第三名候补博士学位，这可是了不起的呀！放松放松吧，朋友；别再绷着劲儿啦，你就放松一下自己吧！"

舒宾含糊不清地、懒散而又调侃地讲了这些话（被人溺爱的孩子和为他们送来糖果的客人，就是这副腔调），他没等答话，又接着讲：

"在蚂蚁、甲虫和别的昆虫们身上，让我最觉得出乎意料的就是它们那种罕见的一丝不苟的精神；它们是如此得意、认认真真地奔波着，仿佛这就是它们来到这个世界的原因！行了，人是天地间最尊贵的生物，在注视着它们，不过它们倒毫不理会：一只小蚊子仍能够飞到人的鼻尖上，吸食人的血液呢。这是令人尴尬的。不过由另一个角度来说，它们的生命又有什么比不上我们呢？假如我们自己能够自高自大，它们又怎么不能够自高自大呢？嗨，哲学家，你发表一下高见吧！你为什么不开口呢？哎？"

"怎么？"别尔谢涅夫愣了一下说。

"怎么？"舒宾又讲了一遍，"你的伙伴在你面前发表了一些艰深的观点，不过你倒不知道他在讲什么。"

"我沉醉在风景中了。你瞧，阳光中这些田野是如何火热地闪闪发光啊！"（别尔谢涅夫有些口齿不清。）

"那仅仅是些夺目的色彩而已，"舒宾讲，"总而言之，那是大自然！"

别尔谢涅夫晃晃脑袋。

"这一切，你理当比我感触更深。这是你的专业：你是个艺术家。"

"别，朋友；这可不是我的专业，朋友，"舒宾回答说，将帽子扣在脑后，"我的职业是屠夫，朋友；我的本行是肉，修理肌肉呀，肩膀呀，腿，手，不过这里不存在什么模特，也没有什么整体，全部看来都不成形……你尽量去抓住一个完整的样子吧！"

"不过要清楚，这里也很迷人啊，"别尔谢涅夫毫不在意，"顺便打听一下，你的浅浮雕弄好了吗？"

"你说哪一件？"

"《孩子和山羊》。"

"见鬼去！见鬼去！见鬼去吧！"舒宾拉着嗓音若有所思地说，"我欣赏到名副其实的作品，欣赏到老一辈们的大作，欣赏到罕见的古物，就将自己粗糙的作品毁掉啦。眼下你教我感受大自然，还讲什么'这儿也很迷人'。是的，所有的事物都蕴含着美，不过你说什么也无法得到所有的美。古人——他们就没有一味强求；不过，他们的作品中却包含着美，美是从何而来的呢——鬼知道，可能是凭空而来的吧。他们拥有全世界；我们的想法不要不切实际：我们的手不够长了。我们在一个小河里放入鱼钩，就仅仅会呆坐着。鱼咬钩了，谢天谢地！不过，假如鱼儿不咬钩呢……"

舒宾吐了吐舌头。

"别急，别急，"别尔谢涅夫辩论道，"这是一种错误的理论。要是你不会欣赏美，你处处发现美却不会去喜欢它，那么美就不会自己送上门来，也不会在你的作品中体现出来。要是异常迷人的风景，异常动人的音乐，一点儿也无法使你产生共鸣，我是指，要是你无动于衷……"

"嗨，你呀，真是满口高论！"舒宾不假思索地说，为自己的话笑了起来，不过别尔谢涅夫倒出了神。"不，朋友，"舒宾接着讲，"你很有头脑，哲学家，莫斯科大学的第三名候补博士，如果想和你辩论可就不容易了，特别是我，一个没有念完大学的人。但是，我仍要告诉你：在我本职工作之外，我感兴趣的只有女人……少女，同时由某个时候开始……"

他转过身子，脑袋枕着双手。

他们一声不吭地待了一会儿。沉静的中午热浪滚滚，整个大地都静悄悄的。

"说起女人，"舒宾又讲道，"为什么谁也无法让斯塔霍夫更老实一些呢？你在莫斯科碰到过他吗？"

"没碰到。"

"老东西彻底精神失常了。他一天到晚待在他的奥古斯丁娜·赫里斯季安诺夫娜家中，太没意思啦，不过他仍不动一动。两个人相互紧盯着，傻透顶……真让人恶心。你考虑一下吧！老天爷为这个人安排了怎样的家庭呀，不过他却毫不在乎，仍一定要去奥古斯丁娜·赫里斯季安诺夫娜家！我至今没有发现过比她那副仿佛鸭子嘴似的样子更难看的了！前些日子，我为她弄了个有些丹唐①特色的漫画像。做得倒很好。过一阵儿我向你展示一下。"

"但叶连娜·居古拉耶夫娜的半身雕像呢，"别尔谢涅夫问道，"干得怎么样了？"

"别提了，朋友，别提了。这个人的面孔让我难以继续干下去。你猛地打量，轮廓鲜明；仿佛很容易就能干得很漂亮。不过，操作起来就不是那么回事了……仿佛神话中的宝贝，只能看看而已。你过去留神了没有，她是如何听人讲话的？面部的神色毫无变化，仅仅是眼

---

① 丹唐（1800—1869年），法国雕塑家、漫画家。

神不同而已，同时由于眼神的不同，她整体的模样也千变万化。面对这种情况，一个雕塑家，同时又是个十分差劲儿的雕塑家，你说，应当如何下手呢？她实在是个难以捉摸的女人……一个格格不入的人。"他沉静一阵儿后，又接着说。

"没错；她实在是个难以捉摸的女人。"别尔谢涅夫随后又说了一遍。

"但她的父亲却是尼古拉·阿尔捷米耶维奇·斯塔霍夫！看，还有，有人说起她的身世。没错，真有意思，他真是她父亲，他们的长相很相像，她的模样也像她的妈妈安娜·瓦西里耶夫娜。我从心底里爱戴安娜·瓦西里耶夫娜，我还受过她的恩惠；不过，她自身就和一只母鸡差不多。叶连娜如此魅力十足的心灵是怎么产生的呢？是什么人启发教育了她呢？你瞧，这又产生了一个疑点，哲学家！"

不过，"哲学家"还是一言不发！别尔谢涅夫一直沉默寡言，而且在他开口时，也讲得吞吞吐吐，还画蛇添足地展开双手；而在此刻，他体会到一种异样的安详，一种仿佛劳累，又仿佛伤感的安详。当他每天干完数小时的辛苦工作之后，前一阵儿他才来到郊外生活。身无要事，洁净的空气和让人高兴、心满意足的感觉，与伙伴无拘无束、思绪飞扬的聊天，一个猛地进入脑海的美少女的样子，这一切不同的、而且又不清楚为何仿佛相同的样子，在他的心里产生了一种心情，这种心情让他觉得很安详，让他觉得情绪高涨，也让他觉得非常困倦……他过去脾气很坏。

树阴下，看来十分清凉宁静；蜜蜂和苍蝇也纷纷抢占树阴凉爽的地方，它们飞行的噪音也仿佛小了许多；绿油油的草地干净整洁，一点也没有阳光的颜色，静静地铺在地上；花茎长长的，仿佛僵住了一样，静静地站在那儿；繁多的黄花儿，仿佛失去了生命一般，倒吊在椴树下边的枝条上。伴着一次次呼吸，令人沉醉的花香包围了整个身心，而肺腑也舒畅地享受着那无处不在的芬芳。在远处，由河流那儿一直到天边，所有的东西都光彩夺目，所有的东西都放着光芒；在那儿，一阵微风偶尔掠过，夺目的光芒也就渐渐扩展开来；一阵阵蒸汽笼罩在大地上。没有鸟儿的声音：在热浪滚滚的时候鸟儿也休息了。不过，纺织娘的叫声无处不在；在清凉之处休息，这富于活力的叫声在宁静中却也让人十分惬意：它让人神志不清，又启发人的思索。

　　"你发现没有，"别尔谢涅夫猛地说道，同时打着手势，"大自然正在我们心中引发出一种何等罕见的感情吗？在大自然中，所有都如此完美，所有都如此鲜明，我是指，我对所有东西都非常满意，我们能体会到这些，也能欣赏到这些，不过同时，我心中对大自然却多少怀着某种担忧，某种犹疑。这说明了什么呢？是不是在大自然面前，尤其是直接面对它时，我们更深刻地看到了自己的所有缺点，看到了自己的混乱，或者更加深刻地发现了，我们很难体会到像大自然对自己心满意足似的那种满足呢？相反，我是指，我们想得到的，大自然却恰巧不存在。"

　　"啊，"舒宾开口道，"我跟你讲吧，朋友，怎么会出现这种情况。你讲了一个单身男人的心情，这种单身男人不懂得生活，而仅仅是旁观和手足无措。为什么要袖手旁观呢？你一个人老老实实地过日子吧，你就会感觉很好啦！无论你如何亲近大自然，它都不会明确地告诉你，这是由于它无法开口。仿佛一根弦似的，它能够发出响声和呻吟声，不过你无法发现它的歌声。一颗朝气蓬勃的心——尤其是女人的心，却能够给你答案。因此，我尊贵的朋友，我希望你交一个你喜欢的女朋友，那么，你所有的难过心情就会立刻不见了。正像你讲的那样，这就是我们'想要得到的'。这是由于这种犹疑和伤感，归根结底仅仅是你本人感情上一种匮乏的反映。你为自己补充足够的食物，这所有的问题立刻就迎刃而解了。我的朋友，你就在生存的空间占下自己的位置，高高兴兴地过日子吧。是的，大自然又算老几，有何价值呢？你就亲自听一下吧：爱情……这是何等坚强、何等活力四射的词汇！大自然……却是个何等残酷、何等书生气的话语！因此呀（舒宾高歌起来）：'万岁呀，玛丽亚·彼得罗夫娜！'——也许不，"

他又接着说，"不是玛丽亚·彼得罗夫娜，行了，一切都无所谓！你清楚我在讲什么①。"

别尔谢涅夫欠了欠身子，用一对拳头撑着下巴。

"为什么说笑话，"他说道，看都没看自己的朋友，"为什么讲些尖酸的话呢？没错，你讲得完全正确：爱情是个不平凡的词，是一种非凡的感情……不过，你所指的是哪种感情呢？"

舒宾也欠了欠身子。

"哪种感情？无论哪种都行，如果拥有就行。我实话告诉你吧，在我眼中，所有爱情都是一样的。要是你动了情……"

"就要投入全部感情。"别尔谢涅夫补充说。

"没错，这是必需的，心和苹果不同：它是无法分开的。假如你喜欢上了，你就对了。我可不希望讽刺人。我的心都要融化了，眼下我心中是如此一往情深……我仅仅是打算说明一番，大自然怎么会——依你的话——到底会对我们产生什么影响？那是由于它可以引起我们内心的爱情，不过却无法让爱称心如意。我们被爱送入他人活力四射的怀抱中，不过我们并不明白爱，却是在等候着爱自身的一些东西。哎呀，朋友，朋友，你瞧瞧这阳光，这天空，何等迷人啊，这儿的全部，我们身边的全部，都是何等迷人啊，但你却在闷闷不乐；但是，要是在此刻，你手中摸着心上人的手，要是你拥有那手和那个女人，要是你就算以她的目光去打量，不是以你本人的寂寞的心情，而是以她的心情去感受——那么，朋友，大自然就不会让你伤感，让你犹疑了，你也无法去留意到大自然的迷人之处；大自然自己会高兴地放声歌唱，它会随着你的节奏高歌，这是由于在那时，你会给寂静的大自然放声歌唱的能力！"

舒宾猛地跳起来，来回踱了两圈，不过别尔谢涅夫的脑袋耷拉着，他的面孔上笼罩着淡淡的血色。

---

① 原文为法文。

"我完全反对你的观点，"他说，"我们并非总可以得到大自然的指点……爱情。(他没有开门见山地讲出'爱情'这个词)大自然也会故意考验我们；它让我们记起那些恐怖的……没错，记起那些无法弄清楚的现象。莫非它不是想毁灭我们，它不是正在不停地毁灭我们吗？在大自然中，有生，也有死；在大自然中，死也和生相同，一样也会发出大声警报。"

"在爱情中有生也有死。"舒宾插嘴道。

"可是，"别尔谢涅夫接着讲，"打个比方，我处在春天的森林中，身边是郁郁葱葱的树林，当我仿佛感到发现了奥白龙①的角笛那优雅的笛声时（别尔谢涅夫叙述这些话时，他感到有些尴尬），莫非这也是……"

"对幸福和爱情的期盼，就是这样!"舒宾继续说，"我也清楚这些仙乐，我也一样明白在森林的浓荫下，在树林中，或者在傍晚时分无垠的田野上，在日落西山，薄雾由灌木丛后的河上腾起时，心中就有一种激动的渴望。不过，由森林中，由河流上，由陆地上，由空中，由所有的云彩中，由所有的青草上，我都渴望着。我都希望幸福，在这所有的一切里和体会到的是幸福的临近，发现了幸福的呼喊! '我的上帝呀——伟大和愉快的上帝!'我过去以此为开头写过一首诗；的确，这句诗很不错，不过我无论如何也写不下去了。幸福呀! 幸福! 在生命仍然旺盛，在我们身体还健康，在我们还没有下滑，而是正在保持上升势头的时候! 滚蛋吧!"舒宾热情洋溢地接着讲，"我们还不老，也不是生来就有毛病的人，也不笨：叫我们为幸福而全力以赴吧!"

他甩了甩了鬈发，自负地露出不服气的样子，抬头看了天。别尔谢涅夫仰头注视着他。

"莫非不存在什么比幸福更有意义的事情了吗?"他小声说。

---

① 奥白龙：法国神话中的神仙王。听说，他在森林中生活，经常吹奏着声音婉转的角笛。

"能打个比方吗？"舒宾问道，又停了下来。

"例如，我和你，正如你所言，都是青春年少，假设我们都是善良的人；我们都期盼自己的幸福……不过，'幸福'这个词，莫非可以让我们更加亲密，鼓舞我们，让我们彼此帮助吗？莫非它不会让我们更加自私，我指的是，不会让我们四分五裂吗？"

"那么，你清楚什么可以增强凝聚力吗？"

"清楚；有很多；你也了解它们。"

"是吗？那是什么呀？"

"例如艺术——这是由于你是搞艺术的——还有祖国，科学，自由，公正。"

"不包括爱情吗？"舒宾问道。

"爱情也可以增强凝聚力；不过，绝不是目前你期待的那种：不是追求享乐的爱情，而是需要付出的爱情。"

舒宾的眉头紧锁起来。

"对德国人而言，这的确不错。不过，我不会为了别的什么去爱；我要首先考虑到自己。"

"首先考虑自己，"别尔谢涅夫又说了一遍，"我却认为，不应首先考虑自己——这才是我们生活的所有意义。"

"要是每个人都依你的话去生活，"舒宾扮作满腹牢骚的怪样说，"那么，地球上任何人都不会去吃菠萝了；人们都会互相谦让啦。"

他们静了很长时间。

"前一阵子我又和英沙罗夫碰面了，"别尔谢涅夫又开口讲道，"我向他发出了邀请；我无论如何都要把他给你……和斯塔霍夫一家引见引见。"

"你说谁？啊，是的，就是你向我提过的那个塞尔维亚人或者保加利亚人？这个人很爱国吧？是不是你被他的世界观所感染？"

"可能吧。"

"他是个与众不同的人，对吗？"

“对。”

“他很聪明？才华出众？”

“聪明？……没错。才华出众？不清楚，还没有考虑到。”

“真的？那么，他的特点是什么呢？”

“以后你会发现的。而目前，我认为，我们应当离开了。安娜·瓦西里耶夫娜也许正在期待着我们。什么时候了？”

“三点。我们动身吧。真是太热了！这次谈话弄得我情绪高涨。你过去的某刻也是……难怪我是个搞艺术的：我洞察一切。请直言不讳，你正爱上了某个女人？……”

舒宾原打算观察一下别尔谢涅夫的脸色，不过他已回过身子，离开了树阴。舒宾跟随在他身后，左右摇晃地甩开两条小腿。别尔谢涅夫走路的样子难看一些，他走路时肩膀高高地耸着，脖子探着；不过他的神态还是比舒宾看来更气度不凡，更像个绅士，如果我们讲，“绅士”这个字眼在我们这儿还有一点高尚的话。

二

两个小伙子来到莫斯科河旁，在河岸上走着，一股股凉气由河上吹来，波光闪闪的细语声，让人体会到一种安详的爱抚。

“我希望再游游泳，”舒宾开口说道，“不过我担心时间不够了。你瞧瞧河水：它仿佛在邀请我们呢。古希腊人认为河中有一个女神。不过我们不是希腊人，女神呀！我们是粗野的斯基福人①。”

---

① 斯基福人：公元前生活在黑海北岸草原的游牧民族。

“我们有美人鱼①。”别尔谢涅夫说。

“行了，你那个美人鱼！这种可怕的东西是因为懦弱、冷漠的梦想而凭空捏造的，它们是在无边的冬夜和无聊的农家小屋产生的，对我而言，对于一个搞艺术的人而言，有什么价值呢？我要得到的是光，是空间……我的上帝呀，我何时才能赶赴意大利呢？何时……”

“你指的是，打算前往小俄罗斯②吧？”

“安德烈·彼得罗维奇，你是不想直截了当地怪罪我的马虎大意吧，就是你不明确指出，我也为自己的马虎大意而十分难过了。没错，我真是太傻了：原先，心地善良的安娜·瓦西里耶夫娜赞助我去意大利玩，但我却前往赫霍尔人③那儿享用面疙瘩④，因此……”

“别往下讲啦。”别尔谢涅夫插了一句。

“不过我仍要讲，这些钱还是有一定意义的。我在那儿发现了不少典型，特别是女人的典型……是的，我明白：只有前往意大利，不然就失去意义了！”

“即使你前往意大利，”别尔谢涅夫说道，身子动也不动，“你也无所事事。你始终仅仅会扇扇翅膀，就是离不开地面。我们清楚你的为人！”

“斯塔瓦瑟尔⑤倒是离开地面了……还不仅仅是他自己。可我却还留在原地——换句话说，我仅仅是海中的企鹅，翅膀蜕化而已。我在这里感到非常烦躁，打算前往意大利，”舒宾接着讲，“那儿拥有阳光和美女，以及……”。

恰在此刻，一个头顶宽边草帽的少女，打着一把粉红色的遮阳伞，来到他们走着的小路上。

---

① 美人鱼：俄罗斯民间传说中带有迷信色彩的女鬼怪。据说，她长发散落在带有鱼尾的裸体上，生活在山林水泽间。
② 小俄罗斯：过去对乌克兰带侮辱性的称呼。以前俄政府歧视乌克兰，称其为小俄罗斯。
③ 赫霍尔人：过去对乌克兰人的蔑称。
④ 面疙瘩：乌克兰非常普通的食物。
⑤ 斯塔瓦瑟尔（1816—1850 年），十九世纪德国著名雕塑家。

"啊，我碰到谁了？这里真有一个少女朝我们走来了！一个谦卑的艺术家朝美丽的卓娅敬礼！"舒宾猛地高声叫道，夸张地舞动了一下帽子。

那个少女停了下来，朝舒宾挥动着一根手指，随后当他们来到自己身边，就大声地、略微有些含混地说：

"出了什么事啦，先生们，为什么你们还不去用午餐呢？一切都准备妥了。"

"我听到什么呀？"舒宾开口讲道，同时比划着双手，"莫非您——迷人的卓娅，决定要在如此热浪滚滚的时候离家来叫我们吗？我是否可以如此理解您的话呢？请讲吧，真的吗？也许不是，最好请您别讲出来，否则，我马上就后悔极了。"

"啊，得啦，巴维尔·雅可夫列维奇①，"少女有些不好意思地回答道，"您怎么一直跟我开玩笑呢？我可不高兴啦。"她带着矫揉造作的姿势接着说，努起了嘴巴。

"您别发火了，美丽绝伦的卓娅·尼基季什娜；您可别让我堕入地狱。我原先就喜欢开玩笑，这是由于我是个玩世不恭的人。"

少女晃晃肩膀，随后扭头转向别尔谢涅夫。

"你瞧，他始终如此：一直将我视为小孩；可是我已经年满十八岁了。我不再是小孩子啦。"

"啊，上帝呀！"舒宾深深叹了口气，转了转眼珠，可别尔谢涅夫则一声不响地稍稍笑了笑。

少女跺跺脚。

"巴维尔·雅可夫列维奇！我要发火啦！本来叶连娜也和我一块来的，"她接着讲，"不过，她待在花园中了。她担心天气太热，我却不怕热。我们动身吧。"

她顺着小路朝前走去，每走一下她那修长的身子都轻轻晃着，她

_____

① 巴维尔的父名为雅可夫列维奇，即雅可夫利奇，前一个称呼显得更为尊重。

202

那戴着黑手套的美丽小手摇摆着，她那柔软的长鬈发也飞舞着。

她身后跟着两个小伙子（舒宾时而一言不发地将两只手使劲放在自己的胸前，时而又将双手高高抬过自己的脑袋）。不一会儿他们来到了位于孔佐沃附近的很多别墅中的一所别墅前。那是个木制的小房子，刷着粉红色油漆，上面还有一个顶楼，坐落在花园之中，看来仿佛有些纯真无邪地由一片碧绿的树丛中伸出脑袋来。卓娅头一个拉开栅栏门，跑到花园中，然后高叫道："我把两个乐而忘返的人叫回来了！"小路附近的一张长椅上站起来一个面无血色而表情丰富的少女，一个身着淡紫色丝绸连衫裙的太太在房子的门旁站着，她将一条麻纱绣花手帕放在脑袋上遮住太阳光，昏沉地、疲劳地笑了笑。

三

安娜·瓦西里耶夫娜·斯塔霍娃，娘家姓舒宾，七岁时就无父无母了，她得到了一大笔遗产。她的亲戚有的很富，有的很穷：父亲一方的都很穷，母亲一方的都很富——包括枢密官①沃尔金，公爵奇库拉索夫一家。阿尔达利翁·奇库拉索夫被确认为她的监护人，他送她去最负盛名的莫斯科贵族女子寄宿中学，当她中学毕业后，他又把她安排在自己家生活。他的生活很奢侈，每到冬天都会频繁地举办舞会。安娜·瓦西里耶夫娜后来的丈夫尼古拉·阿尔捷米耶维奇·斯塔霍夫，就是在这样的舞会上赢得她的欢心的。在那天，她身穿一件十分美丽的粉红连衫裙，几朵玫瑰花别在整齐的头发上。她十分欣赏这种头型……尼古拉·

---

① 枢密官：相当于美法等国的参议员。

阿尔捷米耶维奇的父亲是在一八一二年负了伤①、在彼得堡弄到了一个肥缺的复员上尉。斯塔霍夫本人于十六岁进入贵族士官学校，毕业后参加了近卫军。他长相英俊，身材魁梧，在他大多数到场的中等贵族家庭的小型聚会上，差不多是公认的最讨人喜欢的男舞伴：那时，他还无法步入上层社会。自幼他就有两个希望：成为一个侍从武官和找一个有钱的老婆。对前一个希望，不久他就不抱幻想了，不过对后一个，倒渐渐狂热起来。因此，他每到冬季都要前往莫斯科。尼古拉·阿尔捷米耶维奇说一口流利的法语，同时还有哲学家的头衔，这说明，他对自己要求很严格。在他仅仅是个准尉时，他就已经爱执拗地和别人辩论了，比方说讨论一个人一辈子是否可以环游世界？人是否可以清楚海底目前的情形？——不过，他始终认为，这无法办到。

在尼古拉·阿尔捷米耶维奇和安娜·瓦西里耶夫娜"眉目传情"时，他才年满二十五岁；他已经复员，来到农村经管土地。农村生活不久就让他无法忍耐了，田产又只收代役租②了；因此，他搬到莫斯科，在老婆家中住。他以前从不玩牌，但目前却迷上了罗托③，当罗托不允许玩了之后，又喜欢上了叶拉兰什④。他在家中觉得没意思；因此他和一个有德国人血统的寡妇搭上了，而且差不多不离她左右。一八五三年他没有和家人一道前往孔佐沃避暑：他待在莫斯科，借口是什么为了洗矿泉浴；实际上，他是不愿和自己的情妇分开。但是，他和她的话也没多少，说的也仅是有关天气好坏之类的内容。有一回，不清楚是什么人称他为反对党人；他对此十分欣赏。"没错，"他思索着，兴奋地撇着嘴，身子轻轻摇摆着，"我可是个不好惹的人；你无法蒙住我。"实际上，尼古拉·阿尔捷米耶维奇的不满和捣乱也就仅仅是这样而已：例如，他一听别人讲"神经"这个词，他就会

---

① 指在一八一二年俄国抵抗法国入侵的卫国战争。
② 代役租：以谷物或货币缴纳给地主，用来代替劳役。
③ 罗托：一种纸牌游戏，可用于赌博。
④ 叶拉兰什：一种纸牌游戏，可用于赌博。

问："什么是神经？"或者，不管是谁如果和他提起天文学的成果，那么，他就会问："你们认为天文学可信吗？"当他打算完全摧毁他的对手时，他就总是讲："这全部仅仅是虚无缥缈的漂亮话而已。"的确，这种反对观点，不少人都认为好像是难以驳倒的（直到目前还是如此）；不过，尼古拉·阿尔捷米耶维奇无论如何也没有想到，奥古斯丁娜·赫里斯季安诺夫娜在给自己的表妹费奥多琳达·彼得济柳斯的信中，居然把他叫做："我的小傻瓜①。"

尼古拉·阿尔捷米耶维奇的太太安娜·瓦西里耶夫娜，身材娇小，眉清目秀，感情丰富。在中学读书时，她爱读长篇小说和学音乐，以后却全抛弃了：她开始注意打扮了。随后她的热情又消失了。她还关注过女儿的培养，不过这让她疲倦不堪，因此她不得不让一个家庭女教师来教导女儿；最后，她一天天无所事事，闲得无聊。叶连娜·尼古拉耶夫娜出生时，她的身体严重受损，打这儿以后，她就失去了生育的能力；尼古拉·阿尔捷米耶维奇总是向别人暗暗透露这件事，好为他本人与奥古斯丁娜·赫里斯季安诺夫娜交往找借口。丈夫的外遇，让安娜·瓦西里耶夫娜十分难过；尤其让她痛苦的是，有一次他玩弄诡计，将安娜·瓦西里耶夫娜所有的养马场的两匹灰马送给了他的情妇。她一直没有直接质问他，不过私下里，她却不停地朝家中所有的人，甚至和女儿讲叙这件事。安娜·瓦西里耶夫娜不愿意到外边参加交际活动；当有客人来和她一块坐着，海阔天空地聊着的时候，她心情十分舒畅；自己一个人时，她不久就会病倒。她为人十分善良和朴实：她很快就被生活弄得筋疲力尽了。

巴维尔·雅可夫利奇·舒宾本是她的不太亲的娘家侄儿。他爸爸过去在莫斯科上班。他的兄长们都进了武备学校②；他岁数最小，妈妈又非常喜欢他，还有他身体不太好，因此他没有去武备学校。家里

---

① 原文为德文。

② 武备学校：又名中等武备学校，帝俄时代培养下级军官的学校

人让他读完了中学，又让他进入大学学习。他自幼就十分喜欢雕塑；有一次，那个体态臃肿的枢密官沃尔金，在舒宾的姑妈家发现了舒宾做的一个小塑像（舒宾那时已年满十六岁），就赞不绝口地说，他要让这个小伙子的才华施展出来。舒宾的爸爸意外死去，差一点儿毁了他的前途。那个枢密官，把一个荷马①的半身石膏像赠给了他——也就是这样罢了；多亏他得到了安娜·瓦西里耶夫娜的帮助，使他在十九岁时艰难地就读于大学医学系。巴维尔对医学毫无兴趣，不过按照当初大学生已有的名额限制，已经无法更换专业了；而且，他也打算学习一些解剖学。不过，他没有修完解剖学；他没等到考试，没上二年级，就辍学了，全身心地投入自己喜欢的工作中了。他工作十分努力，不过偶尔也抽空到外边转转；他总是去莫斯科附近散步，制作和描绘一些乡下姑娘的人像，广泛地接触各行各业的人，其中有年纪不大的，也有上了岁数的；有身份不凡的，也有卑贱的；有意大利造型师，也有俄国艺术家；他不喜欢大学中枯燥的说教，也不承认什么门派。他有令人钦佩的才华：他的名字开始在莫斯科传开。他母亲的娘家是巴黎有名的贵族，他母亲是一个端庄、仁慈的人，她让他学到了流利的法语，而且每天都替他操劳，把他引以为荣；她还年岁不大就患肺痨去世了，咽气前她恳求安娜·瓦西里耶夫娜收留他。那时他已年满二十一岁。安娜·瓦西里耶夫娜履行了自己的承诺：把他安排到了别墅厢房的一个小房间。

四

"我们开饭吧。"安娜·瓦西里耶夫娜用发牢骚一般的语调招呼

---

① 荷马：传说中的古希腊诗人。

道，随后人们来到了饭厅。"卓娅，您挨着我，"安娜·瓦西里耶夫娜又悄悄说，"而你，叶连娜，帮忙招呼客人；你呢，巴维尔，请老实一些，不要招惹卓娅。我今天不舒服。"

舒宾朝头上望了望；卓娅抿着嘴朝他笑着。这个卓娅，或者更明白地说，卓娅·尼基季什娜·米勒，是一个迷人的俄德混血儿，眼睛有点斜，小鼻尖略微分为两半，嘴唇鲜红，头发浅黄，身材丰满。她擅长唱俄罗斯抒情歌曲，也会用钢琴演奏很多小曲，不管是欢快的还是忧郁的，都演奏得很好；她打扮别具一格，但是有些幼稚和过分讲究整洁。本来安娜·瓦西里耶夫娜是让她来陪女儿的，却总是让她陪在自己身边。叶连娜对此没有异议：在她和卓娅单独相处时，她一点也不清楚，应当和她聊什么。

午饭持续了很久；别尔谢涅夫与叶连娜聊着大学的生活，聊着自己的想法；舒宾认真听着，一言不发，满脸夸张的馋相，偶尔用嘲弄的、伤感的眼神看看卓娅，卓娅还是那样浅浅地笑着。用完午饭，叶连娜和别尔谢涅夫、舒宾共同朝花园走去；卓娅望着他们的身影，微微地晃了晃肩膀，就坐下来演奏钢琴。安娜·瓦西里耶夫娜问："你为什么不和他们一块去呢？"不过，她没等回话，又接着说："你就替我演奏随便哪一首带有一些伤感情调的曲子吧……"

"韦伯的《最后思索》①？"卓娅说。

"啊，好吧，就这首吧。"安娜·瓦西里耶夫娜说完，就坐在了安乐椅上，随后泪水出现在她眼中。

此时此刻，叶连娜和两个小伙子来到了一棵金合欢树中的亭子，里边放着一张小木桌，几个椅子摆在四周。舒宾扭头张望了一下，蹦了蹦，随后悄悄说："请稍候！"然后溜进自己的屋里，拿出一块黏土，他一边制作着卓娅的肖像，一边不停地晃着脑袋，悄悄咕哝着、

---

① 卡尔·韦伯（1786—1826年），德国作曲家、音乐指挥和音乐评论家。《最后的思索》是他写的一首抒情曲。

微笑着。

"还是过去那套把戏。"叶连娜说，向他打量了一番，随后又面向别尔谢涅夫，和他接着探讨吃午饭时已经开始了的话题。

"还是过去那套把戏，"舒宾又讲了一遍，"这的确是用之不绝的宝库！今天她使我产生了一种不可抑制的冲动。"

"这话从何而来？"叶连娜问道，"其他人还觉得，你似乎是在讲什么残暴的、令人恶心的老太婆呢。她却是个美貌的少女呀……"

"是的，"舒宾插嘴道，"她的确貌美，的确讨人喜欢；我认为，不管是谁经过她身边，如果打量她一下，肯定会有这种想法：假如可以和她一块跳波尔卡舞①……那该多好啊；我也认为，她清楚这一点，同时也对此极为骄傲……那么，她如此拿腔拿调，故意做作的是干什么呢？行了，您肯定清楚，我指的是什么，"他不屑一顾地说出这些话，"不过，您眼下心思不在这儿。"

因此，舒宾弄坏了卓娅的胸像，接着又烦躁地、仿佛觉得不好意思一样忙活起来。

"那么，您是打算成为一个教授了？"叶连娜向别尔谢涅夫问道。

"没错，"别尔谢涅夫回答道，把自己的两只手放在双膝之间，"这是我最大的希望。是的，我十分明白，要做一个名副其实的教授，我的差距还不小……

我是讲，我的知识水平还有待提高，不过我目前的希望是能够有机会出国；假如有必要，我会在国外学习三四年，同时那时候……"

他闭上了嘴，闭上了眼睛，接着又立刻抬起双眼来，羞涩地笑了笑，梳弄了一下头发。在别尔谢涅夫和女人聊天时，他的话讲得越慢，他的音调就越含混。

"你希望当个历史教授吗？"叶连娜问。

"当然，也许是哲学教授，"他接着说，声音很小，"假如有机会

---

① 波尔卡舞：一种节奏欢快的舞蹈。

的话。"

"目前他在哲学方面就已经有些造诣啦，"舒宾说着，用指甲在黏土上忙活着，"他还用得着出国留学吗？"

"您对自己目前的状况非常称心吗？"叶连娜问，她把一只手臂支在下巴上，注视着别尔谢涅夫的面孔。

"非常称心，叶连娜·尼古拉耶夫娜。没有任何东西比得上我所从事的事业更美好了。好吧，沿着季莫费·尼古拉耶维奇①的足迹前进……假如一念及我所从事的事业，心中就洋溢着愉悦和恐慌，没错……恐慌，为何恐慌……是由于我觉得自己的差距还很大。我爸爸就支持我为此而投入一切精力……我无论如何都会铭记他临死前的话。"

"你爸爸是今年冬天②故去的吧？"

"没错，那是二月份。"

"据说，"叶连娜接着说，"他有一部极其优秀的遗作；确有其事吗？"

"是的，是有这么一部。他是个十分善良的人。您会十分愿意接近他的，叶连娜·尼古拉耶夫娜。"

"我对此毫不怀疑。这部遗作是关于什么的呢？"

"它写的什么，叶连娜·尼古拉耶夫娜，一两句话无法说得清楚。我爸爸学识渊博，是属于谢林③派，他使用的名词十分难以理解……"

"安德烈·彼得罗维奇，"叶连娜插话说，"很抱歉，请解释一下什么是谢林派？"

别尔谢涅夫轻轻地笑了一下。

"谢林派，是指德国哲学家谢林，他的主张是……"

"安德烈·彼得罗维奇！"舒宾猛地高叫道，"我的老天！你不是

---

① 季莫费·尼古拉耶维奇·格拉诺夫斯基（1813—1855年），俄国历史学家和教育家。
② 冬天：俄冬季为十一月至次年的四月，时间较长。
③ 弗·威廉·谢林（1775—1854年），德国古典哲学的代表之一，客观唯心主义者。

真的打算为叶连娜·尼古拉耶夫娜讲什么谢林派吧？你饶了我吧！"

"绝对不是什么讲课，"别尔谢涅夫悄悄地说，面孔立刻涨得通红，"我打算……"

"讲讲有什么不好呢？"叶连娜补充道，"我们俩都要虚心听讲，巴维尔·雅可夫利奇。"

舒宾紧紧注视着她，猛地开怀大笑起来。

"有什么好笑的?"她漠然地和生硬地问道。

舒宾安静了下来。

"行了，算了，请不要发火，"不久他小声说，"是我不对。但是，请不要和我计较了。说句心里话，为什么在此刻，在一片树阴下，说什么哲学问题呢？我们最好聊聊夜莺、玫瑰、年轻人的眼睛和笑脸吧。"

"是的，还有法国小说和女人的衣着。"叶连娜补充道。

"行啊，也聊聊衣着打扮，"舒宾赞同道，"假如她们想穿得迷人的话。"

"随你吧。不过，假如我们不愿说衣着打扮呢？您总是自诩为自由的艺术家，那么您为什么不让其他人得到自由呢？请让我再问问您，您已经有了这种思想，为什么又对卓娅不满呢？您和她聊聊穿着打扮和玫瑰花，却是非常合适。"

舒宾猛地涨红了面孔，由板凳上欠了欠身子。

"嗨，到底是怎么回事？"他焦急地喊道，"目前我才清楚您话里的意思；您是想把我赶到她身边去，叶连娜·尼古拉耶夫娜。也就是说，我不适合留在这儿了?"

"我没考虑过让您离开这儿。"

"那么您是认为，"舒宾不安地接着说，"我没资格和其他人相处，我仅可以和她交朋友，我和这个甜得有些过分的德国少女相似，都有些寂寞、无所事事、没有见识吧？对不对？"

叶连娜眉头拧成一团。

"您以前可没有如此说过她，巴维尔·雅可夫利奇。"她驳斥道。

"噢！怪罪吧！马上就怪罪吧！"舒宾高喊道，"是的，我十分坦白，以前有过一段时间，那是十分短暂的，当初她那漂亮同时又俗不可耐的模样……不过，如果我打算和您争论一番，也让您明白明白……再见，小姐，"他猛地接着说，"我就快控制不住自己啦。"

接着，他抡起拳头，朝已制成一个脑袋轮廓的黏土用力砸了一下，接着飞快地离开了亭子，进了自己的房子。

"耍小孩脾气。"叶连娜望着他的背影说道。

"他是搞艺术的，"别尔谢涅夫不动声色地笑着说，"每个搞艺术的人都是如此。应当理解他们的倔犟。这是他们的特点。"

"没错，"叶连娜赞同说，"不过，到现在为止巴维尔还没有随便什么成就可以使自己享有傲慢的权利。目前他有什么成就呢？请递给我您的手臂，咱们顺着林荫路散散步吧。他破坏了我们的交谈。我们才说起您父亲的遗作。"

别尔谢涅夫挽着叶连娜的手，和她朝花园走去，不过以前被扰乱的话题，已经无法再接着谈了；别尔谢涅夫又提到自己对教授的职业，对自己以后事业的打算。他和叶连娜亲密地缓缓散着步，憨态可掬地牵着她的手，他的臂膀偶尔挨着她，从来没有打量过她；不过，他的谈话虽然不是彻底放开，起码是毫不紧张地进行着，他讲话十分精练而切中要害，同时他的两只眼睛，由一棵棵树干上，由小路旁的沙土地上，由青草上慢慢地滑动着，目光中蕴含着一种让崇高的情感所感染的愉悦，而在他平缓的语调中，能够感受到一个人发现他在自己喜欢的人面前流露真情的那种兴奋。叶连娜倾听着他的表述，依偎着他，始终注视着他那轻轻发白的面孔，注视着他那和蔼温柔而又竭力逃脱她的目光的眼睛。她的内心深处已经慢慢接受了他，因此她心中洋溢着一种温柔的、能够感受到的、令人陶醉的情感。

五

舒宾在天黑之前始终闷在自己的屋里。天已经完全暗了下来,未圆的月亮高高挂在半空,银河已经放出光芒,星星也陆续眨起眼睛;此刻,别尔谢涅夫和安娜·瓦西里耶夫娜、叶连娜及卓娅道了声晚安后,来到舒宾门前。他发现门没有开,就拍了拍门。

"哪位?"舒宾问道。

"我。"别尔谢涅夫说。

"你有什么事吗?"

"请开开门,巴维尔,不要再发火了;难道你还理直气壮吗?"

"我没有发火,我已经上床了,还与卓娅在梦中相遇了呢。"

"行了,你已经是个大人了。开开门吧。我想和你聊聊。"

"您和叶连娜聊得还不够尽兴吗?"

"算了吧;请开开门!"

里面却传出了舒宾故意装出的打鼾声。别尔谢涅夫晃晃肩膀,不得不离开了。

夜是温暖宜人的,不清楚为什么如此万籁俱寂,仿佛全世界都在倾听着和期盼着;因此,身陷浓雾之中的别尔谢涅夫,下意识地停了下来,也在倾听着和期盼着。一阵阵细微的摩擦声,好像女人连衣裙拖地的声音,偶尔由不远的树梢上发出,一种温馨而又恐怖的感觉涌上别尔谢涅夫心头,这是一种有些残忍的感觉。他的面孔在轻轻抖动,两只眼睛因为猛地滑落的泪水而有些凉;他希望一声不吭地,从容镇静地离开。他身边猛地掠过一股凉风:他轻轻抖动了一下,因此屏住呼吸站住了;树枝上坠落一只没有睡醒的小甲虫,啪地落在路面上；别尔谢涅夫悄悄地叹息着：“啊！”——他又停了下来。不过，他一念及叶连娜，这一切猛然间的感慨都不复存在了：仅剩下夜的清爽和月下漫步的那种令人兴奋的感觉；他的脑海中仅有一个妙龄少女的神态。别尔谢涅夫垂着脑袋，走着，咀嚼着她的话，她提出的问题。猛地，他仿佛感到身后响起慌乱的脚步声。他仔细听了一阵儿：是谁在奔跑，有人正在朝他跑来。已经可以听到隐约的、急促的呼吸声。随后，猛地在他面前，由一棵大树黑影中那伸手不见五指的地方，出现了光着脑袋，披散着头发，带着一身皎洁月光的舒宾。

“我太幸运了，你选择了这条路，”他上气不接下气地说道，“假如我不能碰到你，今天就会失眠了。把手递给我吧。你是回家吗？”

“对。”

“我送你一程。”

“不过，你为什么光着脑袋就追来呢？”

“没事。我也没系领带。眼下天气也不算冷。”

他们往前走了一段儿。

“我今天十分不理智，对吗？”舒宾猛地问道。

“老实说，对的。我实在猜不透你。我以前始终没有发现你如此激动。你有什么原因要大动肝火呢，算了吧！就由于那些不值一提的事？”

“哼，”舒宾高叫道，“原来你是如此认为的，不过，那些对我而言却是大事。你要清楚，”他接着说，“我理当告诉你，我……不管你如何看待我……我……行了！我喜欢上了叶连娜。”

“你喜欢上了叶连娜！”别尔谢涅夫重复着，停住了脚步。

“没错，”舒宾有些羞涩而又毫不在乎地说，“你非常吃惊吗？我还是跟你说吧。截止到今天黄昏，我还能期待，她有一天会喜欢上我。不过今天我才深深地认识到，我毫无希望了。她另有所爱。”

“另有所爱？哪一个？”

“哪一个？你！”舒宾高叫道，拍了一下别尔谢涅夫的肩头。

“我?”

“是的。”舒宾重复道。

别尔谢涅夫朝后退了退，就静静地立在那里。

舒宾狡黠地注视着他。

“这也让你觉得意外吗？你是个十分有教养的青年。不过，她正喜欢着你。你对此不用怀疑。”

“你真是满口胡言！”别尔谢涅夫难过地说。

“不，是有根据的。不过，我们为什么要停住脚步呢？接着走吧。边走边谈，会减缓紧张的气氛。过去我就清楚她，而且非常清楚她。我的眼力绝对没错。你已深得她的欢心。

“有一段日子，她曾经钟情于我；不过，第一，我在她眼中仅仅是个华而不实的小伙子罢了，而你是个十分严肃的人，你不管是在思想修养上，还是在身体上，都是个正人君子，你是……你慢点儿，我还有话，你是个淳朴而和蔼的好心人，你是他们——不，不是他们，——而是一般的俄国贵族阶级那些对科学痴迷的人们中一个优秀分子！第二，不久前，我在亲卓娅的手臂时被叶连娜撞到了！”

“卓娅？”

“没错，是卓娅。你认为该如何处理呢？她的肩膀是如此迷人。”

“肩膀？”

“行了，肩膀，手臂，有什么区别？叶连娜看到我如此荒唐，那是在午饭之后，可在饭前，我还在她面前数落过卓娅。太遗憾了，叶连娜不明白这种前后不一致的事情是很正常的。恰在此刻，你猛地露面了：你要知道……你要知道什么呢？……你会害羞的，你会和她聊席勒①，聊谢林（而她总是喜欢研究那些与众不同的伟人），你也就如此达到目的了，而我，一个可怜的家伙，却尽量在干扰……而且

---

① 约翰·克·弗·席勒（1759—1805 年），德国杰出的诗人、戏剧家，德国狂飙突进运动文学和古典文学的代表作家之一。

……实际上……"

舒宾猛地放声痛哭起来，走到一旁，蹲了下来，揪着自己的头发。

别尔谢涅夫来到他面前。

"巴维尔，"他开口说道，"你为什么如此不成熟？不要那么认为！你今天有什么不对吗？鬼知道，你在琢磨些什么，你又有什么可哭的。实际上，我认为你仿佛是在演戏。"

舒宾扬起脑袋。在月光中，他脸庞的泪水映着月光，不过他面孔上反而露出笑容。

"安德烈·彼得罗维奇，"他讲道，"随您如何认为都行。我甚至打算坦白，目前我正失去了理智，不过，我的的确确喜欢上了叶连娜，而叶连娜喜欢的却是你。但是，我答应要送你一程，我要说到做到。"

他站起来。

"何等迷人的夜呀！充斥着皎洁月光，黑暗的，洋溢着青春活力的夜！对那些有人喜欢的人而言，眼下是何等醉人的时光啊！对他们而言，保持清醒，又该是何等兴奋啊！你想上床休息吗，安德烈·彼得罗维奇？"

别尔谢涅夫一言不发，仅仅是加快了步伐。

"你那么快想去什么地方呀？"舒宾问，"请不要怀疑我的话，如此迷人的夜你以后无法再碰到了，而你的家中仅有谢林的著作。是的，你今天得到了他的帮助；不过，你还是不用着急。你放声歌唱吧，假如你会唱的话；假如你不会唱——你就脱掉帽子，抬起脑袋来，盯着星星悄悄地笑吧。所有的星星都在注视着你，仅注视你自己，星星仅钟情于那些心中有爱的人，——因此，眼下它们才如此光彩夺目。莫非你没拥有爱情吗？……你一声不响……你为什么不说话呢？"舒宾继续说，"啊，假如你认为自己很幸福，你就一声不响吧！我正讲些无聊的话，那是由于我不走运，谁也不喜欢我，我是个孩子气很重的人，是个搞雕塑的，是个微不足道的人；不过，假如我清楚，我正被某个人喜欢着，那么，在这迷人的夜晚，在这群星闪耀的夜空下，我也会这样高兴地一言不发啊！……别尔谢涅夫，你认为自己幸福吧？"

别尔谢涅夫还是沉默不语，在平坦的大路上飞快地走着。在前边的树林里，他居住的小村子的灯光不时地闪现；那村子总计有十幢左右的小别墅。在村口挨着大路的右侧，在两棵挺拔的白桦树下面，有一个小商店；商店已经关上窗子了，不过由仍然没关的门里，射出一道灯光，映在被人踏平的草地上，树木上，明晃晃地将一片白色的茂密的树叶映得雪亮。有一位少女，看打扮是个仆人，站在小商店中，正在和店主人讨价还价：从她为自己蒙在脑袋上，用一只手略微摁一下巴的红头巾下面，她那浑圆的面孔和漂亮的脖子露了出来。两个小伙子朝小店走去，舒宾向里边打量了一下，就停住脚步叫道："安纽什卡！"那少女立刻扭过身来。她长着一张面容可爱、鲜红而脸型略有些大的面孔，两只兴奋的深棕色眼睛嵌在浓黑的眉毛下边。"安纽什卡！"舒宾又叫了一遍。那少女瞧了他一眼，就显得手足无措和万分羞涩起来，东西还没买好就奔下小台阶，手忙脚乱地由一侧逃开，直接穿过大路，由左边溜了。店主人是个胖子，对什么事都冷冰冰的人，和每个城郊的小老板一样，他仅仅是打了一个哈欠，接着凝望了他一下，不过舒宾却扭头向别尔谢涅夫说："这个……这个……你瞧……我认识这儿的一个家庭……这个就是他们家的……你别认为……"随后，他没有讲完，就过去撵那个不久前逃开的姑娘。

"你起码要抹掉自己的眼泪。"别尔谢涅夫朝他叫道，不由得笑起来。不过，在他来到家中时，他面孔上兴奋的神情已经不存在了；他无论如何也笑不出来了。他怎么也不会相信舒宾告诉他的那些话，不过，他不久前讲的话，却深深地打动了他。"巴维尔是在逗我玩吧，"他思索着，"但是，她将来会喜欢上……她会对什么人青眼有加呢？"

别尔谢涅夫屋子里的那架钢琴，又小又旧，不过音色还不错，尽管已经有些含混了。别尔谢涅夫在钢琴前坐好，开始演奏起来。和每个俄国贵族一样，他的钢琴演奏得十分差劲儿；不过，他从心底里爱好音乐。说真的，他喜欢的不是音乐艺术，也不是它的各种形式（交响乐和奏鸣曲，甚至歌剧，都让他觉得毫无意义），而是音乐纯朴的本质和力量：他喜欢在优美的旋律和音调中产生的那种含混而兴奋的、无处不在而又不可捉摸的感受。他在钢琴前坐了一个多钟头，一个劲儿地演奏着同样的曲子，不太灵活地演奏着新的曲子，总是在慢慢降低的七度音上停下来陷入沉思。他内心苦恼，泪水不时地涌上来。他没有由于流泪而觉得不好意思；他让眼泪滑落在夜色中。"巴维尔讲得没错，"他思索着，"我也认为：这样的夜晚将一去不复返了。"最后，他站了起来，点亮一根蜡烛，裹上了一件长睡衣，在书架上拿下劳梅尔①的《霍亨斯托芬家史》② 第二卷——随后，他长出了两口气，就用心地看起书来。

六

当晚，叶连娜进了自己的屋子，在敞开的窗户旁坐着，双手撑着脑袋。一到晚上，都要在自己屋子里的窗前待上一阵子，这已经变为了她的一种嗜好。在此刻，她一个人静静地审视着自己，对即将过去的一天再重温一下。前些日子，她才过完十九岁生日。她身材高挑，面色苍白又有些黑，两只灰色的大眼睛在新月般的眉毛下闪闪发光，一些细小的雀斑分布在眼睛附近，前额和鼻子都很端正，嘴巴并拢

---

① 劳梅尔（1781—1873 年），德国历史学家。
② 霍亨斯托芬家族，日耳曼帝国的著名王室。

着，下巴很尖。她那条深褐色的发辫，垂落在漂亮的脖子上。她自身，她面孔上严肃而又有点害怕的样子，那清纯而又捉摸不定的眼神，那仿佛硬挤出来的微笑，那沙哑的、变幻莫测的声音，都包含着一种烦闷而又让人兴奋的东西，一种难以自制而又急切的，一句话是那么一种无法让人们都称心如意，甚至让某些人讨厌的东西。她那双细长、鲜红的手指，脚也同样小巧；她行走的动作轻巧，身子有些朝前倾，步子的频率很高。她的长大成人让人感到不可思议；开始，她十分喜欢爸爸，接着又和母亲十分亲近，最后她对父母都有些疏远，特别是对爸爸。这些日子，她对待妈妈，就仿佛对待体弱多病的奶奶一样；而她自幼被称为一个非凡的孩子，曾以她为荣的爸爸，在她长大后，他就开始对她有些恐惧了，而且在提起她时说，她有些像一个全力支持共和政体的人，谁清楚她到底是怎样的人啊！软弱让她痛恨，笨拙让她火冒三丈，对虚伪，她则永生无法饶恕；她的想法，无论遇到什么情况，都会坚持到底，即使是在祷告的时候，她也屡次想起人生的教训。一个人假如不配让她尊重了，——那么，她就会迅速地，常常还快得惊人地讲出自己的想法，——那人在她眼中，也就一文不值了。每种情感，都深深地印在她的内心深处；她的生活过得非常累。

安娜·瓦西里耶夫娜聘请的负责教育自己女儿的女家庭教师（顺便提一下，整天无所事事的夫人甚至没有亲自教育过女儿），是一个俄罗斯人，毕业于贵族女子中学，是一个感情丰富，仁慈而又喜欢说假话的人，她的爸爸是一个由于受贿被罢免的穷困官员；她一生都在谈朋友，最后当她年满五十岁时（当时叶连娜已经十七岁了），和一个军官结了婚，很快又被军官甩掉了。这位女家庭教师十分爱好文学，她本人也总是创作一些小诗；她让叶连娜养成了读书的习惯，不过读书无法让叶连娜完全满足：她自幼就期盼行动，向往积极的慈善行动；乞丐、吃不饱的穷人和体弱多病的人，总是让她十分痛苦，让她烦闷，让她同情；她总是和他们在梦中相遇，经常跟她每个朋友详细询问他们的情况；她怀着一种下意识的使命感和近于渴盼的心情，同情地帮助他们。所有受迫害的动物，枯瘦的看门狗，即将咽气的猫，由窝里掉下去的麻雀，甚至昆虫和两栖动物，叶连娜都会尽力去保护：她自己喂它们，任何时候都不会丢掉它们。妈妈始终不加以约束；不过，爸爸对自己女儿却十分恼火，看不惯——以他的话讲——极其庸俗的、无力的同情心，而且能这么讲，这些小动物占满了整个房间，下脚的地方都没有了。"列诺奇卡①，"他数次朝她嚷道，"你马上来，有只蜘蛛吃着一只苍蝇呢，你来帮帮这只可怜的家伙吧！"因此，列诺奇卡风风火火地跑过去，抢下苍蝇，为它松开绕紧的小腿。"啊，假如你如此善良，眼下就让它咬咬你吧。"爸爸讽刺说；不过，她没有在意他在说什么。她十岁时结交了一个要饭的女孩子卡佳，她总是悄悄地来到花园和她见面，为她拿去美味的食物，赠给她一些手帕和十戈比的银币——卡佳不要玩具。在荨麻丛后面的人迹罕至的地方，她们一道坐在地上，卡佳带着高兴的和卑微的感情吃着干巴巴硬邦邦的面包，听着和她有关的故事。卡佳有一个婶子，那是个残忍的老太太，总是欺负她；卡佳对她十分仇恨，总是讲她会想办法由婶子那儿跑开，听天由命地生活；叶连娜对此心中十分尊敬又有些害怕，认真听着这些前所未见的话，专注地看着卡佳，因此此刻卡佳身上的一切——她那两只黑乎乎的、有些近乎野兽似的四处乱转的眼睛，那两只乌黑的手，那低沉的声音，甚至她那褴褛的衣衫——在叶连娜眼中，都十分新鲜，几乎有些高尚了。叶连娜回家之后，对乞丐们的事情和上帝的旨意久久不能忘怀；她在思索着，她也要想办法为自己搞到一根核桃棍子，也带着一个要饭袋，也随卡佳共同溜走；想着她会戴着矢车菊做的花冠，顺着大路四处闲逛：她有一次就发现卡佳头上扣着这样的花冠。在此刻，亲人中无论什么人如果来到屋子里，她就会变得十分害羞和内向。有一回，她不顾大雨前去和卡佳见

---

① 列诺奇卡：叶连娜的爱称。

面，将自己的衣服弄得全身烂泥；爸爸发现了她，就叫她为小脏孩，农村小孩儿。她红光满面——她心中觉得恐怖起来，认为太罕见了。卡佳总是悄悄哼着一首不太健康的、士兵们哼的小调；叶连娜也由她那儿学会了这首歌曲……安娜·瓦西里耶夫娜发现了她在哼这首歌曲，就异常气愤。

"你和谁学会了这个肮脏歌曲的？"她责问道。

叶连娜仅仅朝妈妈打量了一下，一言不发：她认为，就算自己被分为两半，也不暴露自己的秘密。因此，她心中又觉得害怕，同时又觉得高兴。不过，她和卡佳的相处，并没有坚持多久：不幸的小姑娘得了急性热病，不久就离开人世了。

在叶连娜知道卡佳已离开人世时，她十分难过，连续好几天都想着她，失眠了很长一段时间。要饭的女孩那临死前的话，总是在她内心深处回响，她自己好像感到，她在向她招手……

而时光在悄悄地飞逝，仿佛雪底下的水，叶连娜的青春在飞逝着，看来波澜不惊，不过内心却充满了斗争和犹疑不定。她没有同性朋友：每个到斯塔霍夫家中的姑娘们，她一个也没有结交上。父母的权威从未让她觉得难过，她自从十六岁开始，差不多彻底独立了；她开始主宰自己的生活，不过生活得十分寂寞。她的内心热情高涨，又渐渐地消散，她仿佛鸟儿在笼中挣扎，不过并没有笼子：谁也不曾干涉过她的自由，谁也不曾制止她的行动自由，不过她却觉得伤心和烦躁。她本人偶尔也猜不透自己，甚至对自己也觉得恐惧。她身边的全部，在她眼中都不清楚是没有意义呢，还是无法弄明白。"没有爱，如何可以活下去呢？不过，谁也不值得爱呀！"她思索着，同时她由于自己有如此想法、如此感觉而感到十分恐怖。她十八岁时由于得了恶性疟疾，差点死掉；她天生身体健壮，但也遭到了严重伤害，身子很长时间都没有复原；生病的身子最后完全康复了，不过，叶连娜·尼古拉耶夫娜的爸爸还是声称她的神经不太正常。偶尔她心中想，她所追求的理想，是谁都想抛弃的，整个俄罗斯也没人想追求。接着，她稳定下来了，甚至觉得自己很可笑，无所事事地过着千篇一律的生活，不过猛地有一种巨大的、不明不白的，她还不清楚怎么控制的力量，充斥着她的全身，就快要喷射出来了。一场风暴慢慢消散了，两只虚弱的、还没有飞舞的翅膀，慢慢收了起来；但是，这些感情的冲动绝不会无缘无故地消散。虽然她极力掩饰内心的感情，她那动荡不定的内心的烦闷，还是在她故作镇静的外表流露出来，不过她的亲人们对她的"怪脾气"却觉得难以猜测和稀奇，总是无奈地晃晃肩膀。

在我们的故事开始时，叶连娜比往日坐得时间长了一些，一直待在窗前。关于别尔谢涅夫，他们的谈论，她考虑得很多。她爱他；她认为他的感情朴实，认为他的理想很高尚。他从未和她像那天黄昏一样聊过。她记起了他那害羞的目光，他的微笑——因此，她自己也禁不住乐了，随后又陷入了沉思，不过已经和他没什么关系了。她从窗子里向无边的夜空望去。她长时间地遥望着那黑暗的、矮小的天空；接着，她站起身，活动了一下脑袋，把散落在面孔上的头发弄到脑后，随后，她本人也不清楚是什么原因，将自己一双赤裸的、已经凉了手臂探出去，探进这无边的天空。接着，她放下一双手臂，来到自己床边，将面孔用力靠在枕头上；虽然她竭尽全力控制自己心中汹涌的感情，她还是哭了起来，淌下了有些不可思议的，然而却是滚烫的眼泪。

七

次日差不多十二点钟，别尔谢涅夫坐出租马车赶到莫斯科。他要去邮局取钱，购置一些书，再顺便见见英沙罗夫，和他聊聊。在和舒宾最后谈话时，别尔谢涅夫就打算让英沙罗夫来自己郊外的别墅。不过，他没有立刻见到他，这是由于他换了个地方住，而那新住处很难找到：它位于阿尔巴特街和波瓦尔斯卡街中间，一幢根据彼得堡样式修建的、砖石结构而又十分丑陋的房子的后院中。别尔谢涅夫白白地走过一条条小台阶，白白地偶尔高声询问扫院子的人，偶尔又询问路过的人。打扫院子的人，在彼得堡也是尽量躲开问路者的眼神，而在莫斯科就别提了：别尔谢涅夫的提问得不到任何回答。唯有一个裁缝因为好奇，穿着一件背心和一边手臂上放着一束灰线，由高高的通风小气窗悄悄地探出他那张瞎了一只眼睛的、毫无表情而又长着乱蓬蓬的胡子的面孔；还有一只没有角的黑色母山羊，来到一个粪堆后面，扭过头来，发牢骚一般叫了一下，就比以前更用力地吃着它反刍的食物。最后，一个披着十分陈旧的宽大的外罩和踏着两只已经变了形的皮靴的女人，终于怜悯起别尔谢涅夫来，告诉了他英沙罗夫的房子。别尔谢涅夫恰巧遇到他在家。他的房东，正是不久前由小气窗毫无表情地打量着顺便过来询问、不知所措的客人的裁缝。他租的房子还可以，四壁空空，墨绿色的墙壁，有三个正方形的窗，一张不大的床放在角落里，一张小皮沙发摆在另一个角落，屋顶上挂着一只大鸟笼；过去有段日子，这只鸟笼里曾有一只夜莺。别尔谢涅夫一进来，英沙罗夫就赶上前去，不过，他没有高叫："啊，您来了！"或者大声说："啊，我的上帝！您怎么来了？"他甚至连"您好"也没说，而是仅仅用力握了握他的手，把他让到屋内仅有的一个椅子上。

"请坐。"说完，他本人坐到桌子一角。

"您瞧，我这儿还乱哄哄的，"英沙罗夫继续说，指点着地板上的许多文件和书籍，"必备的生活用品，还缺不少。不过我没时间来置办。"

英沙罗夫的俄语非常好，所有词语的发音都十分有力和正确；不过，他那喉音很浓但还令人高兴的声音，讲话时还是有一些怪怪的味儿。英沙罗夫出生于异国他乡的特点（他是个保加利亚人），在他的长相上反映得十分突出：这是一个二十五岁左右的小伙子，干枯而青

222

筋凸现的身体，挺直的胸部，指骨节粗大的手；他的面孔干枯，鼻子高挑，蓝黑的头发整整齐齐，以及略窄的前额，两只不大而神采奕奕的、洞悉一切的眼睛，黑黑的眉毛。在他微笑时，一排整齐漂亮的洁白牙齿，猛地由单薄而看来有力的、轮廓突出的嘴唇下露出来。他身着一套尽管非常陈旧、不过非常干净的常礼服，扣子一直系到脖子旁。

"您为什么要换地方住呢？"别尔谢涅夫问道。

"这儿房租低一点；到学校也近一点。"

"不过，眼下是放假啊……您为什么夏天还在城里住呢？您已经打算换地方住了，就到郊外住吧。"

英沙罗夫对此没发表看法，仅仅是问别尔谢涅夫抽不抽烟斗，又接着说："真不好意思，我没有烟卷和雪茄。"

别尔谢涅夫叼起了烟斗。

"你瞧，我，"他接着讲，"已经在孔佐沃旁边租了一个小房子。房租非常合适，也非常让人满意。楼上恰巧还有一个屋子。"

英沙罗夫还是一声不吭。

别尔谢涅夫用力地抽了一下烟斗。

"我甚至打算，"他接着说，喷出了一股烟雾，"假如，举个例子说，如果有人……例如您，我这么认为……如果乐意……如果乐意在我楼上住……这该多棒呀！您觉得如何，我的朋友？"

英沙罗夫举目朝他打量了一下。

"您希望我去您的楼上住吗？"

"没错；我楼上还没人住。"

"十分谢谢您的好意，安德烈·彼得罗维奇；不过我认为，我的经济条件无法承受。"

"不能承受什么？"

"不能承受我租别墅。我无法付两份房租。"

"不过，我原打算……"别尔谢涅夫欲言又止，"这不会让您支

223

出更多的钱，"他接着讲，"这个房子，我认为，你先别退；话又说回来了，那儿所有东西都不贵；甚至还能够如此安排，例如，我们一块做饭。"

英沙罗夫没说话。别尔谢涅夫觉得有些尴尬。

"您起码可以找时间去我那儿做个客吧，"他待了一阵儿又说道，"在我附近有一家人，我非常希望向他们引见引见您。那儿有一个非常出众的少女，您如果见见她就好啦，英沙罗夫！那儿还有我的一个好朋友，一个极具才华的人；我认为，您和他会相处融洽的。（俄罗斯人十分好客——假如没有什么用来招待客人，就将自己的朋友也介绍出来。）没错，您去吧。但是，最好还是去和我一块住，没错。我们能够一块工作、学习……我，您清楚，正在学习哲学和历史。这一切您都会十分喜欢的，我那儿还有不少书。"

英沙罗夫站起身来，在屋内来回走着。

"我打听一下，"他终于开口说道，"您的别墅租金是多少？"

"一百银卢布。"

"那儿有多少个屋子呢？"

"五个。"

"那么，一个屋子的租金是二十银卢布了？"

"是的，不过，算了吧，那个屋子我一点儿也用不上。它闲着也是闲着。"

"可能是如此；但是，请您听我讲，"英沙罗夫接着讲，用力地、同时毫不掩饰地晃晃脑袋，"假如您答应收取我该付的租金，也只有如此，我才可以答应您的邀请。我还拿得出二十卢布，而且依您所言，在那儿，我在别的方面可节约不少开支。"

"是的；不过，那可太让我觉得难过了。"

"如果不这样我就放弃，安德烈·彼得罗维奇。"

"行啦，就听你的吧；您实在是太倔犟了！"

英沙罗夫仍然一言不发。

他们商量好了英沙罗夫搬家的日期。他们喊房东来；不过，房东开始派他的女儿来，那是个七岁左右的小姑娘，脑袋上蒙着一块硕大的花头巾；她专注地、近乎恐惧地听完了英沙罗夫的话后，就一声不吭地离开了；接着，她的妈妈来了，她已经快要生小孩了，脑袋上也蒙着一块头巾，但头巾很小。英沙罗夫和她解释，他打算孔佐沃旁边的别墅住，不过他租的房子不退，还请她照顾他的所有物品；裁缝的太太听了也仿佛十分意外，随后也离开了。最后，房东本人到了；他刚开始就仿佛清楚了一切，仅仅是心不在焉地说："离孔佐沃不远吗？"不过随后他猛地拉开房门，高叫道："那么，这个房子您还租用吗？"英沙罗夫让他不要担心。"因此呀，要问个清楚。"裁缝冷漠地重复了一次，也静静地离开了。

别尔谢涅夫离开时，为自己的提议得到采纳而十分欣喜。英沙罗夫用一种和善以及在俄国不多见的谦卑的样子，将他送出门，随后，只有他自己时，就珍惜地将常礼服脱掉，开始清理自己的文件了。

八

就在这一天黄昏，安娜·瓦西里耶夫娜在自己的客厅里坐着，感到一阵伤心。除了她，屋内还有她的丈夫和尼古拉·阿尔捷米耶维奇的堂叔乌瓦尔·伊万诺维奇·斯塔霍夫，他是一个差不多六十岁的复员骑兵少尉，胖得差不多连路也走不动的人，肥胖的黄脸上生着两只毫无光彩的黄眼睛和一对失去了血色的厚嘴唇。他复员后总是逗留在莫斯科，凭着商人家庭出身的太太剩下的一笔钱的利息过日子。他什么也不干，可能也不会思考，不过假如他也会思考了，那么，他思考过什么，也唯有他一个人明白了。他一辈子唯有一次十分冲动，那就是：有一次，他由报纸上听到伦敦国际博览会上有一种名为"低音大号"的新乐器，因此他打算为自己买这种新乐器，甚至到处询问，应该如何汇款，还有在什么地方才可以办理？乌瓦尔·伊万诺维奇通常身着肥大的黄褐色常礼服，脖子上打着白领结，他时时进食，而且吃得很饱；但是，在他尴尬的场合，换句话说，每当他想发表看法时，他常常是一边抖动着右手的手指，开始由拇指晃到小指，接着再由小指晃到拇指，一边费劲儿地说："应该嘛……无论如何，那个……"

乌瓦尔·伊万诺维奇在窗口的安乐椅上躺着，呼吸急促，尼古拉·阿尔捷米耶维奇则把双手伸进衣袋，在屋内踱着步；他的面孔上显现出愤愤不平的样子。

他总算停住了脚步，晃了晃脑袋。

"没错，"他说，"当初，我们年轻时所受到的教育可完全不同。年轻人绝不会让自己对老人不敬。但目前我就目睹了这种变化，觉得意外。可能我错了，而他们年轻人没错；可能如此。不过我到底有自己的观点：我天生就不是个傻瓜啊。您对此如何认为呢，乌瓦尔·伊万诺维奇？"

乌瓦尔·伊万诺维奇仅仅朝他看看，晃动了一下手指。

"举个例子吧，对叶连娜·尼古拉耶夫娜吧，"尼古拉·阿尔捷米耶维奇接着说，"我就不清楚叶连娜·尼古拉耶夫娜是怎么想的，一点儿也不清楚。在她眼中，我有些渺小。她的胸怀是如此宽阔，能够容纳整个大自然，甚至微不足道的蟑螂或者青蛙，一句话，除了我，什么都能容纳。嗯，真不错；我清楚这一点，也就不约束她了。因此，在这种情况下，精神失常也罢，知识丰富也罢，不着边际地胡思乱想也罢，这全都和我没关系。不过，舒宾先生……假设他是一个出众的艺术家吧，对此我不怀疑；但是，居然不尊重长辈，不尊重对他帮助很大的人，——对此，说真的，在我的所有良知面前①，我无法

---

① 原文为法文。

忍受。我通常对人要求并不严格；不过，每件事情总有个界线。"

安娜·瓦西里耶夫娜情绪紧张地摁了一下铃。一个仆人过来了。

"巴维尔·雅可夫利奇为什么不过来呀？"她说，"出了什么事，我都指挥不动他啦？"

尼古拉·阿尔捷米耶维奇晃了肩膀。

"算了吧，您打算让他来干什么呢？我可一点儿也没想让他来。"

"什么叫到这儿干什么呢，尼古拉·阿尔捷米耶维奇？他已经让您心神不定；可能他妨碍了您治病。我打算跟他聊聊。我打算弄清楚，他干什么让您不高兴。"

"我再重复一次，我毫不在意。有什么用呢……在用人面前^①……"

安娜·瓦西里耶夫娜的面孔稍稍红了。

"您别这么讲，尼古拉·阿尔捷米耶维奇。我从来……当着……用人的面……你走吧，费久什卡，你要当心，马上叫巴维尔·雅可夫利奇过来。"

仆人走了。

"这毫无必要。"尼古拉·阿尔捷米耶维奇好像有些生气地说，又开始在屋内踱来踱去，"我说那些话不是打算让他到这儿来。"

"算了吧，巴维尔理当到这儿给您认错。"

"算了吧，我用不着他认错。认错又如何？这都是没有用的话。"

"有什么用？应该教育教育他。"

"那您一个人教育他吧。他更尊重您的话。我对他无话可说。"

"不，尼古拉·阿尔捷米耶维奇，您今天一到家就闷闷不乐。我认为，您这些日子瘦了一点儿。我担心治疗对您没用。"

"我无论如何要坚持治疗，"尼古拉·阿尔捷米耶维奇说，"我的肝脏有毛病。"

---

① 原文为法文。

就在此刻，舒宾赶到了。他神态看来劳累不堪。他嘴唇上挂着一种毫不在乎的、略有些讽刺的微笑。

"是您叫我来的吧，安娜·瓦西里耶夫娜？"他悄悄问。

"没错，是我。算了吧，巴维尔，这太糟糕了。我对你十分不满。你为什么对尼古拉·阿尔捷米耶维奇不尊重呢？"

"是尼古拉·阿尔捷米耶维奇告诉您的吗？"舒宾问，嘴唇上又露出一样的讥讽，向斯塔霍夫打量了一下。

斯塔霍夫扭过头去，垂下眼睛。

"没错，是他讲的。我不清楚，你怎么冒犯了他，不过你应该马上跟他认错，这是由于他的身体已经很差了，话又说回来了，我们小时候，都明白应该敬重自己的恩人。"

"嗨，这是哪门子道理呀！"舒宾暗想。随后，他回过身子向斯塔霍夫说：

"我诚心跟您认错，尼古拉·阿尔捷米耶维奇，"他非常有礼貌地弯下身子说，"假如我真的冒犯了您的话。"

"我一点儿也没有那个想法，"尼古拉·阿尔捷米耶维奇回答说，还是在躲着舒宾的眼光，"但是，我十分愿意接受您的道歉，这是由于，您清楚，我一直对人要求不过分严格。"

"啊，的确如此！"舒宾说，"不过，请让我再问一下：安娜·瓦西里耶夫娜是否清楚，我哪儿做得不对吗？"

"不，我一点也不清楚。"安娜·瓦西里耶夫娜说，探着脖子。

"我的上帝呀！"尼古拉·阿尔捷米耶维奇连忙高叫道，"我已经请求过，说过无数遍了，我简直对每个说明和场面感到恶心了！一个人过了很长时间才回到家，只是打算安静一会儿——人们总是讲：合家欢乐，家庭，作为一个热爱家庭的人，——不过遇见的是这种情景，实在不愉快。让人片刻不得安宁。逼得你只好去俱乐部，或者……或者其他地方去。一个有血有肉的人，他有他的生理，有自己的生理要求，不过这儿……"

228

随后，尼古拉·阿尔捷米耶维奇还没讲完话，就急匆匆地离开了，还啪的一下关上了门。安娜·瓦西里耶夫娜望着他的背影。

"到俱乐部？"她悲哀地小声说，"您才不去那儿呢，风流鬼！俱乐部中，谁也用不着您赠送自己马场的马——而且还是两匹灰马呀！那是我最中意的颜色。没错，没错，一个荒唐的家伙，"她加大了音量接着说，"您才不会到俱乐部呢。而你呀，巴维尔，"她一面起身，一面接着说，"你为什么不脸红呢？看外表，你已经是小伙子了。你瞧，我现在又脑袋疼啦。卓娅在什么地方，你不清楚吗？"

"可能在楼上，在她本人的屋内吧。这个小心翼翼的小滑头，遇上如此的暴风雨，始终待在本人的安乐窝中。"

"算了吧，行了，行了！"安娜·瓦西里耶夫娜在自己身边找起什么来。"我那擦过的装着辣姜的小杯子，你发现了吗？巴维尔，你自己管好自己，以后不要叫我发火了。"

"姑妈，我可不敢让你发火。让我亲亲您的小手吧。而您的小杯子，我在书房中的小台子上发现了。"

"达丽娅总是记不住把它放在哪儿。"安娜·瓦西里耶夫娜说，随后就离开了，丝绸连衣裙发出细小的摩擦声。

舒宾还打算和她一块离开，不过他一发现自己身后有乌瓦尔·伊万诺维奇那不紧不慢的声音，就停住了脚步。

"可不应该就如此饶了你，小混蛋……"乌瓦尔接着重复道。

"不过，为什么要饶了我呢，伟大的乌瓦尔·伊万诺维奇？"

"为什么？你还小，就应该恭恭敬敬。没错。"

"对什么人恭敬呀？"

"对什么人？你心里明白，该对什么人恭敬。你还有心思笑呢。"

舒宾将双手放在胸前。

"哎呀，您是个领唱员，"他高声说，"您具有一种不可抗拒的力量，您是社会的栋梁之材！"

乌瓦尔·伊万诺维奇又晃起手指来。

"行啦，你这个浑蛋别让我生气。"

"噢，"舒宾接着说，"如此看来，一个年老的贵族，他身上还包含着多少快乐的、纯朴的思想啊！恭敬！不过，您这个没有进化的人，您是不是清楚，尼古拉·阿尔捷米耶维奇怎么会朝我火冒三丈吗？就是由于今天我同他一道在他那个德国情妇那儿待了整个早上；就是由于我们今天还共同高歌一曲《请不要离开我》①；假如您听到就太棒了。您也许会被深深打动呢。我们唱着，我的老爷，唱着——行了，我开始感到没有意思；我发觉：事情不妙，太恶心了。因此我就开始讽刺他们俩。最后可有意思了。开始，她对我十分不满，接着就对他不满；后来，他就对她十分不满，还跟她讲，他唯有在家中才快乐，家中才是他的安乐窝；她就骂他良心坏了；我就用德国味朝她哼了一声'咳嘿'！最后，他离开了，我却待在了那儿。他就回家了，也就是回到安乐窝，回到他非常憎恶的安乐窝啦。这就是他为什么要抱怨的起因。行了，老爷，目前您认为，是什么人不对呢？"

"不用说是你。"乌瓦尔·伊万诺维奇说。

舒宾怔怔地注视着他。

"我大胆地问一句，无畏的战士，"他开始以一种有意讨好的语气说，"您让我讲出这些令人惊奇的话，是我出于对您思维能力的某种担忧的结果呢，还是在猛然间闪现的灵感驱使下，在空气中发出振动的一种叫做声音的东西呢？"

"小子，别让我生气！"乌瓦尔·伊万诺维奇哼了一声说。

舒宾反而笑了，飞快地离开了。

"嗨！"过了一会儿，乌瓦尔·伊万诺维奇高叫道，"那个……倒一杯伏特加②。"

一个用人用托盘送来了伏特加和下酒菜。乌瓦尔·伊万诺维奇由

---

① 《请不要离开我》：是一首由俄国诗人阿·阿·费特（1820—1892 年）作词的抒情歌曲。

② 伏特加：即俄国白酒。

托盘上缓缓地端起酒杯，长时间地凝望着它。仿佛他不太清楚他手中的东西为何物一般。接着，他打量了一下小用人，询问道：他是不是名为瓦西卡？接着，他扮作一副痛苦的神情，干了伏特加，吃了下酒菜，探入口袋中摸出了手绢。不过，小用人早就将托盘和长颈玻璃酒瓶放回了原处，吃光了剩下的鲱鱼，而且把身子缩在老爷的大衣中，进入了梦乡。而乌瓦尔·伊万诺维奇却还在用张开的手指缠着手绢，放在自己眼前，用一样呆滞的眼神偶尔看看窗口，偶尔看看地板和墙壁。

九

舒宾来到自己的屋内，浏览着一本书。尼古拉·阿尔捷米耶维奇的用人悄悄地来到他的屋子，递给他一个叠成三角形的小字条，封口上还封着一个十分庄重的印记。"我希望，"这个便条上写道，"您，一个无私的人，甚至一点儿也不会透露今天早上说起的那张期票①。您已经清楚我的关系和我做人的原则，已经清楚那些不多的存款以及别的事；另外，还有一些家庭秘密理当严格保守，而且家庭的和谐又是十分难得的，唯有没有良心的人②才会不珍惜它，我肯定不会把您视为这种人！（阅后请退回）尼·斯·"

舒宾用铅笔在下面写了几个字："请别担心——现在我还不想由口袋里往外掏手帕③"，又将便条递给了那个用人，又接着看起书来。不过，书立刻就由他手中掉了下来。他看看已经被晚霞笼罩了的天

---

① 期票：向银行兑款的票据，或定期兑款的支票。
② 原文为法文。
③ "由口袋里往外掏手帕"：俄国俗语，意为家丑外扬。

空，看看树丛中挺拔的两棵刚长大的松树，心中暗想："松树在白天是青青的，但到了黄昏它们却变得异常翠绿。"因此，他朝花园走去，心中期盼在那儿可以看到叶连娜。他的期盼没有落空。在前边灌木林中的小路上，闪动着她的连衣裙。他赶上她，和她并肩之后说：

"您是不会打量我的，我一文不值。"

她猛地看了他一下，突然笑了，接着朝前面花园里边走去。舒宾随在她身后。

"我请您别看我，"他说，"不过我又要先和您聊天啦：这是个巨大的反差！不过，无论如何，这已不是第一回啦。我不久前才记起，对我头一天的不理智举动，我还没有正式跟您说对不起呢。您还在对我发火吗，叶连娜·尼古拉耶夫娜？"

她停住脚步，不过没有立刻答复他——不是由于她怒气未消，而是由于她的思想已经不在这儿了。

"不，"她总算开口了，"我一点也不气愤了。"

舒宾绷紧了嘴巴。

"何等伤心……又何等严肃的面孔！"他小声模糊地说，"叶连娜·尼古拉耶夫娜，"他加大了音量接着说，"让我为您说一个小笑话吧。我有一个朋友，而这个朋友也有一个朋友，那朋友开始道德高尚，是个老老实实的人，不过后来他酗起酒来。看，有一天清晨，我的朋友在路上看到他（请注意，那时他们已经翻脸了），他看到他，而且他发现他喝多了。我的朋友看出来是他后，就扭头躲开他。不过，他那朋友却走过去，然后说：'如果您索性不理我，我倒不生气，不过您为什么要扭过头去呢？可能，这是因为我不走运。让我地下安宁吧！'"

舒宾闭上了嘴。

"就这么多吗？"

"是的。"

"我不清楚您指的是什么。您是想说什么呢？您不久前才向我讲这些，就因为我没有看您一眼吧。"

"没错，不过我眼下已经告诉您了，扭过头去是何等尴尬呀。"

"不过，莫非我是……"叶连娜开始说。

"莫非不是吗？"

叶连娜面孔稍稍红了起来，向舒宾递过一只手。他用力抓着它。

"您确实认为我仿佛对您有些讨厌，"叶连娜说，"不过，您的怀疑是私下里的。我也没打算躲开您。"

"不会吧，不会吧。不过，您要坦白，眼下您脑子里就是有许多看法，也不会向我透露任何一种。如何？我也许没猜错吧？"

"可能对。"

"不过，这是怎么回事呢？怎么回事？"

"我的看法，我本人也还不明白。"叶连娜说。

"在另一个情景下，您却能向另一个人倾诉，"舒宾继续说，"不过，还是让我跟您讲讲，是什么原因吧。您对我有一种歧视。"

"什么？"

"没错，是您。您觉得，我身上的一切大多是假装的，这是由于我是个搞艺术的；您觉得，我不但什么也干不成——这一点，您的感觉可能没错，——而且也不会有什么真情实意：觉得我连哭也是假装的，觉得我仅仅是个冲动和说三道四的人——这一切，也全是由于我是个搞艺术的。如此一来，我们这种人就应当不走运，就应当被雷打火烧？举个例子，您，我敢打赌，就怀疑我的悔过。"

"不，巴维尔·雅可夫利奇，我不怀疑您的悔过，我也不怀疑您的哭泣。但是，我认为，您的悔过和泪水都是和您自己开玩笑的。"

舒宾哆嗦了一下。

"行了，我认为，这是医生们常提的一种绝症。这我不得不认输啦。不过，老天呀！当我周围存在着如此一个高贵的灵魂时，这莫非是确有其事吗？莫非我还会和自己开玩笑吗？我也清楚，您一辈子也不理解这个灵魂，一辈子也不明白，她因何闷闷不乐，她因何高兴，她因何犹疑不定，她追求的是什么，她准备到什么地方去……请跟我说，"他停了一阵儿后接着说，"您，不管怎样，至死也不会喜欢一个搞艺术的吗？"

叶连娜真诚地看看他的眼睛。

"我认为不会，巴维尔·雅可夫利奇；不可能。"

"这就是我想听到的话，"舒宾带着一种滑稽的伤感模样说，"那么，我觉得，从此以后，我最好别打扰您一个人散步。假如是一位教授就会向您问：您说'不会'的理由是什么呢？不过，我不是教授，根据您的看法，我仅仅是个稚气未尽的孩子；但是，请别忘了，就是面对一个孩子，人们也不会扭头。回头见，让我地下安宁吧！"

叶连娜原打算喊住他，不过她权衡了一番后，也吐出一句：

"回头见。"

舒宾由院子中出来了。

在斯塔霍夫的别墅附近，他碰到了别尔谢涅夫。他正快步走着，垂着脑袋，把帽子扣在了脑后。

"安德烈·彼得罗维奇！"舒宾叫道。

他停住了。

"走吧，走吧，"舒宾接着讲，"我仅仅是如此叫一下，我不打算耽搁你——你径直去花园吧；你可以在那儿碰上叶连娜。她，仿佛在恭候你……无论如何，她正盼着一个人的到来……你要清楚这话的含义：她正期待着你！你要清楚这是何等令人意外的事呀？你瞧，我和她在一栋楼中生活了两年啦，我已经喜欢上她，不过恰恰在不久前，在前十五分钟里，我才明白事情不是那样，我才了解她的为人，我明白了也就不得不放弃了。请不要带着这种假扮出来的讽刺人的微笑注视着我，这种微笑，和你的成熟稳重的风格反差太大。当然，我明白，你打算让我关注安纽什卡。那又如何呢？我不会反对。安纽什卡并不卑贱。安纽什卡们和卓娅们，甚至奥古斯丁娜·赫里斯季安诺夫娜万岁！你目前去找叶连娜吧，而我就去……你觉得，我就去找安纽什卡？你弄错了，朋友，比找她更差：我是前往奇库拉索夫公爵家。他是喀山鞑靼人中的墨齐纳特①，一个和沃尔金差不多的人。你瞧这封请柬，这些字母：R·S·V·P②？在农村我也没享受到宁静！再见③。"

别尔谢涅夫静静地听舒宾不着边际地说完，仿佛有些为他脸红，接着他来到了斯塔霍夫家的别墅的院子。而舒宾真的坐马车前往奇库拉索夫家了，他带着最谦卑的神情，向公爵讲了不少最难听的话。那个喀山鞑靼人的墨齐纳特听了开怀大笑，墨齐纳特的客人们也笑着，不过哪个人没有觉得高兴，而且走了之后，人们都非常难过。就是如此，两位一面之交的老爷，在涅瓦大街相遇之后，猛地相互都寒暄着，高兴地挤眉弄眼，抓耳挠腮；随后，相互分手之后，他们又扮出以前那种冷淡的，或者那种苦瓜脸般的，大多仿佛得了痔疮般的神情。

十

叶连娜热情地接待了别尔谢涅夫，不过已经不是在花园中，而且在客厅，而且马上就焦急地又开始了昨天的谈话。客厅中仅有她自己：尼古拉·阿尔捷米耶维奇已不声不响地不知去向了，安娜·瓦西里耶夫娜在楼上趴着，脑袋上缠着一块湿头巾。卓娅在她身边坐着，认真地扯平裙子后，一双小手就放在腿上；乌瓦尔·伊万诺维奇正躺

---

　　① 墨齐纳特：古罗马公元前一世纪富有的政治家和作家，他曾保护过一个诗人团体，利用该团体进行有利于古罗马帝国的诗创作，并经过这个团体物质援助。后来，他成了科学和文化艺术卫士的代名词。
　　② 法文，意为请复。
　　③ 原文为意大利文。

235

在顶楼一个宽大而舒适、名为"酣梦乐"的长沙发上，已经进入了梦乡。别尔谢涅夫又说起自己的爸爸：他一心一意地思念和爱戴他。关于他的经历，让我们也介绍一下吧。

别尔谢涅夫的爸爸拥有八十二个魂灵①（在他去世前就已让农奴们恢复自由），是"彩灯运动参加者"②，在老格廷根大学③留过学，写过《论精神在世界上的形成和表现》（在这本书里，他用别具一格的形式，将谢林主义、斯威敦堡主义④与共和主义捏在一块）。在别尔谢涅夫的妈妈死了以后，在别尔谢涅夫还小时，就将他领到了莫斯科，而且自己教育他。他为儿子备好了所有的课，尽管准备得极其认真，却彻底失败：他是一个空想家，书生，神秘主义者，说话结巴，声音低沉，当他越用打比方，越搬弄词语，讲得越模糊时，他就在自己非常喜欢的儿子面前也不由得脸红起来，所以，儿子每次听了他的课都只能不知所以然地睁着眼睛，因此毫无进步也就很正常了。老人家（当时他已五十岁，他成家很晚）总算想到事情进行得不顺利之后，才将自己的儿子送到寄宿中学。安德烈开始上学了，不过仍离不开父亲的教育：爸爸总是到学校去探望他，他那繁琐的训话和谈话，让校长也感到讨厌；连学监人员也对这个不请自来的人觉得棘手：他总是为他们拿来一些据他们讲是艰深的有关教育的书籍。甚至学生们一发现他那黑乎乎的麻脸，他那总是套着肥大的灰燕尾服的干枯的身影，也觉得不好意思。当初学生们还没猜到，这位严肃、大鼻子、踱着方步的老爷，心中就仿佛替他的儿子操劳和忧虑一样，也差不多关心和喜欢着他们所有人呢。有一回，他打算和他们讲讲华盛顿⑤的故

---

① 魂灵：农奴。

② 彩灯运动参加者：一种宗教性秘密结社的参加者。

③ 格廷根大学：德国有名的高等学府，十八世纪末曾为德国"狂飙突进运动"的活动中心。

④ 斯威敦堡（1688—1772年），瑞典科学家和神学家，开始研究自然科学，后来陷入神秘主义。所谓斯威敦堡主义，也就是一种神秘主义。

⑤ 华盛顿（1732—1799年），美国首任总统，在一七七五至一七八三年北美争取独立战争中担任移民军总司令，宣布美国独立，废除了英国的殖民统治。

事。"朝气蓬勃的中学生们！"他刚开口发言，不过中学生们一听他那稀奇的语气，就全跑光了。这位高尚的格廷根大学留学生不是生活在花前月下：历史的发展令他伤感，许多的问题和看法，让他觉得难过。当年轻的别尔谢涅夫上了大学时，他就总是陪着他一起听演讲；但是，他的身体已经开始衰弱了。一八四八年的事变①，对他产生了前所未有的震撼（他准备再次修改他的书了），不过一八五三年冬，他就离开了人世。他尽管没有活到儿子读完大学，却已经提前祝他获得副博士学位，同时鼓舞他为科学献身。"我把接力棒递给你，"他咽气前两小时对儿子说，"当我还可以拿得动它时，我始终在拿着它，希望你也一直拿着它，不要让它遗失了。"

别尔谢涅夫和叶连娜聊起他的爸爸，聊了很久。他在她面前曾有过的那种难为情已经不存在了，他说话的结巴也没那么严重了。话题转到大学生活。

"请跟我说，"叶连娜问，"您的同学中有过与众不同的人吗？"

别尔谢涅夫记起了舒宾的话。

"没有，叶连娜·尼古拉耶夫娜，说真的，在我们中间，一个与众不同的人也没有。的确，什么地方有呢？听说，莫斯科大学有过自己的鼎盛时期②！但是，不是目前。目前，它和一个中学差不多——不像真正的大学。我和同学们都曾经觉得无聊。"他又悄悄地接着说。

"无聊？……"叶连娜悄悄说。

"但是，"别尔谢涅夫接着说，"我应该顺便提一句。我结交一个大学生——的确，他和我不是一个年级，——这真是个出类拔萃的人。"

"他叫什么名字？"叶连娜连忙问。

"德米特里·尼卡诺雷奇·英沙罗夫。他是保加利亚人。"

---

① 指一八四八年法国二月革命，随后在六月发生巴黎工人起义。
② 指十九世纪三十年代，莫斯科大学曾成为当时俄国传播进步思想和进行哲学研究、文学活动的中心。

“保加利亚人？”

“是的。”

“他怎么会在莫斯科呢？”

“他前来深造。不过，您清楚他为什么要深造吗？他仅有一个理想：解放他的祖国①。他的经历也十分坎坷。他的爸爸是一个十分有钱的商人，在图尔诺沃出生。目前图尔诺沃是个小城市，但在远古，在保加利亚还没有被侵略时，它曾做过保加利亚的首都②。他在索菲亚③做生意，和俄国有关系；他的妹妹，也就是英沙罗夫的姑姑，目前还在基辅生活，她的丈夫是当地一个文科中学的历史老师。一八三五前，也就是十八年前，发生了一件令人恐怖的罪行：英沙罗夫的妈妈突然不见了，人们发现她时已让人弄死了。”

叶连娜哆嗦了一下。别尔谢涅夫就停住不讲了。

“接着讲吧，接着讲吧。”她说。

“据说，她是被一个土耳其阿哈④抢走后弄死的；她的丈夫，英沙罗夫的爸爸，搞清楚事情的来龙去脉后，就要复仇，不过他只用匕首捅伤了阿哈……他被他们枪决了。”

“枪决？用不着审判吗？”

“没错。当初英沙罗夫年仅八岁。邻居收养了他。那个妹妹听说哥哥家中的惨剧后，就要将英沙罗夫接到她身边。人们将他带到敖德萨，再由那儿前往基辅。他在基辅生活了十二年。因此，他的俄语很棒。”

“真的？”

“和我们没什么区别。当他刚刚二十岁时（一八四八年初），他就要返回保加利亚。他前往索菲亚和图尔诺沃，游历了保加利亚的每个地

---

① 十九世纪中叶，保加利亚处于土耳其统治之下。

② 图尔诺沃：现为保加利亚一个省城。一一八五年，伊凡·阿森一世把它定为保加利亚首都。一三九三年，土耳其入侵者占领了图尔诺沃。

③ 索菲亚：现为保加利亚首都。

④ 阿哈：土耳其高级官员。

方，在那儿待了两年，又掌握了祖国的语言。土耳其政府抓捕他，所以，也许在这两年中，他遇到的危机是够多的了；我有一回发现他脖子上有一块硕大的伤痕；不过，他不喜欢说这些。由某个方面看，他也是较为内向的人。我曾跟他打听过不少回——始终都没有透露。他讲的全是一些普通的事情。一八五〇年，他又来到俄国，来到莫斯科，准备修完自己的学业，同时故意和俄国人交往，接着，当他读完大学后……"

"那时又如何呢？"叶连娜问。

"看老天如何安排吧。将来是无法预见的。"

叶连娜长时间地注视着别尔谢涅夫。

"我对您的这番话非常感兴趣，"她说，"您的朋友，他的外貌如何，您为什么叫他……英沙罗夫？"

"该如何告诉您呢？我认为，长相很好。没错，您不久就会亲眼见到他。"

"这是怎么回事？"

"我会将他介绍给您。他过两天就会来这儿，将和我在一起生活。"

"是吗？他真的会乐意来探望我们吗？"

"是的！他会十分愿意的。"

"他不会拒人千里之外吧。"

"他？毫不。换句话说，随你自己看了，假如说他自负，他也非常自负，但是，不是您认为的那种自负。举个例子，他始终不朝谁借钱。"

"他贫困吗？"

"对，贫困。他前往保加利亚时，或多或少得到了一些爸爸惨遭不幸后的遗产，姑姑也总是帮助他；不过，这总计也是很少的一笔钱。"

"他，性格肯定十分坚毅。"叶连娜说。

"没错。他是个仿佛钢铁一样坚强的人。而且，您也会发现，就是在他精力集中的情况下，甚至在他不想向别人表明心意时，他身上也含有一种孩子一样无邪的、真挚的东西。是的，他的真挚——不是我们那种毫无意义的真挚，不是原来没有东西可掩饰的人们的那种真挚……的确，我会把他介绍给您，您等着吧。"

"他对人不会难为情吧？"叶连娜又问道。

"不，不会难为情。一些爱慕虚荣的人才会难为情。"

"莫非您爱慕虚荣吗？"

别尔谢涅夫手忙脚乱了，不得不摊开双手。

"您讲的故事让我非常感兴趣，"叶连娜接着说，"喏，那么，请跟我说，他还没有和那个土耳其阿哈报仇吗？"

别尔谢涅夫轻轻笑了一下。

"人们唯有在小说中才能报仇，叶连娜·尼古拉耶夫娜；而且，已经是十二年前的事了，这个阿哈也许不在人世了。"

"但是，有关这件事，英沙罗夫先生一点儿也没告诉您吗？"

"是的。"

"那么，他为何要前往索菲亚呢？"

"他爸爸以前在那儿生活过。"

叶连娜考虑了一会儿。

"解放自己的祖国！"她悄悄说，"这是何等的豪迈呀，甚至把它们说出来也令人担心……"

恰在此刻，安娜·瓦西里耶夫娜来到客厅，话题也就打住了。

当夜别尔谢涅夫来到自己的房子时，一些莫名其妙的感觉让他烦躁。他并不后悔自己为叶连娜引见英沙罗夫，他觉得他对于一个保加利亚小伙子的叙述，对她的内心产生强烈的震动是不足为奇的事……他本人不是也在尽量表现自己吗？但是，一种不为人知的、含混的感觉，却不知不觉地藏在他的心中；他产生了一种令人难过的伤感。但是，这种伤感并未阻止他捧起那本《霍亨斯托芬家史》，接着昨天读到的那页看下去。

十一

两天后，英沙罗夫拿着自己的行李，按照商定的日期赶到了别尔谢涅夫的住处。他没有用人，不过他一个人就把屋子整理好了，放好了家具，抹掉了灰土，弄干净了地板。在摆放写字台时，他用了很长时间，无论如何也把它弄不到两个窗户之间；不过，英沙罗夫由于内向和倔强，总算弄妥了。收拾好之后，他让别尔谢涅夫先收取十卢布，随后就抓起一根粗棍子，到外边观察这房子附近的景色。过了三个小时左右，他回来了，对别尔谢涅夫的款待，他声称他今天不拒绝与他吃饭，但是他已经和女房东说好了，他将与她一块用餐。

"不要那么干，"别尔谢涅夫反对说，"她那儿没有什么可口的东西：这个老女人一点儿也不会做饭。您怎么不愿和我一块开伙呢？我们共同分担费用。"

"我的钱让我无法和您吃得一样好。"英沙罗夫安详地笑着说。

在他那微笑里，包含着一种不让对方固执的力量：别尔谢涅夫没在坚持。饭后，他和英沙罗夫说，他准备领他去斯塔霍夫家；不过，他说，他准备用一晚时间都用来为他的保加利亚朋友们写信，所以让他把对斯塔霍夫家的访问挪到明天。

对于英沙罗夫的为人，别尔谢涅夫过去早就清楚；不过，唯有目前，当与他一块在一个房子里生活时，他方有机会完全证实，英沙罗夫无论何时都不会随意更改自己的任何一个想法，就仿佛他无论何时都会按时履行自己的承诺一样。他这种比德国人还要一丝不苟的精神，在别尔谢涅夫这个土生土长的俄国人眼中，开始感到多少有些不近人情，甚至有些滑稽；不过，别尔谢涅夫不久就适应了他这种一丝不苟，而且最后觉得，他这种一丝不苟，假如称不上可敬的话，起码对别人和自己都很有价值。

迁居的次日，早上四点英沙罗夫就已经起床了，差不多踏遍了整个孔佐沃，到河里游完泳，喝了一杯凉牛奶后，就开始学习。他要干的事很多：他正在学习俄国的历史，研究法律和政治经济学，翻译保加利亚歌曲和编年史，整理有关东方问题的资料，编写一本保加利亚人用的俄语语法书，一本俄国人用的保加利亚语语法书。别尔谢涅夫闲着没事去他那儿，和他聊了一会儿费尔巴哈①。英沙罗夫聚精会神地叫他讲，不时地发表一些异议，不过讲得都有根有据；由他的一些异议中可以发现，他尽量为自己搞清楚：他是应该开始研究费尔巴哈呢，还是先放一段时间。接着，别尔谢涅夫谈起了他的工作，而且问：他能否为他随意找点东西展示一下呢？英沙罗夫将自己翻译的两三支保加利亚歌曲读了一遍，并请他发表一下他的看法。别尔谢涅夫觉得译文很准，不过有些呆板。英沙罗夫郑重其事地采纳了他的看法，别尔谢涅夫由歌曲提到了保加利亚当初的形势，此刻他首次发现，一说起他的祖国，英沙罗夫身上就产生了巨大的改变：并不是他满面红光或加大了音量——不！而是他整个人都仿佛猛地变得异常坚定和要往前冲一般，嘴唇的轮廓更加清晰、更加坚毅，双目中好像有一种昏暗的、生生不息的火光。英沙罗夫不喜欢说自己在保加利亚的经历，不过他总是喜欢和每个人说和保加利亚有关的事情。他从容地说着土耳其人，说起他们的剥削，说起自己祖国人民的不幸，也说起他们的理想；在他的所有言语中，能够发现一种全神贯注的思索，和一种仅有的、不灭的热情。

"对呀，"别尔谢涅夫心中也暗自思索着，"看来，那个残害他双

---

① 路德维希·费尔巴哈（1804—1872年），马克思之前最优秀的唯物主义者，十九世纪三十至四十年代在德国宣扬并捍卫了唯物主义和无神论。他的主要著作有《黑格尔哲学批判》、《基督教的本质》等。

亲的土耳其阿哈，可能也得到了报应。"英沙罗夫还没有说完话，门一下子开了，舒宾到了。

他用一种过于散漫和做作的和蔼模样，来到屋内；已经十分清楚他的别尔谢涅夫马上知道，他又有什么事情不如意了。

"让我坦白地自我介绍一下，"他带着愉快而诚恳的表情说，"我姓舒宾；我是别尔谢涅夫的朋友。您是英沙罗夫先生，对吧？"

"是的。"

"那么，咱们握握手，认识一下吧。我不清楚，别尔谢涅夫和您说过我没有，他总是和我说起您。您在这儿住吗？太棒了！我如此注视着您，请您原谅。根据我的事业，我是个搞雕塑的，我想，我不久就会请您做我的模特的。"

"我很高兴。"英沙罗夫说。

"啊，我们现在应当干什么呢？"舒宾继续说，猛地坐进一张矮椅，一对手臂放在分开的两条腿上，"安德烈·彼得罗维奇，今天您想干什么？天气太棒啦；干草和干草莓的香气阵阵袭来……这仿佛就是喝着芳香四溢的浓茶。理当到户外转转。叫孔佐沃的新房客，观察一番孔佐沃看不完的美景吧。（'又让他坐不住了。'别尔谢涅夫心中想。）嗨，你为什么不吭声呢，我的朋友霍拉旭①？请您发表一下高见吧。我们到外边转转呢，还是留在这儿？"

"我不清楚英沙罗夫认为如何，"别尔谢涅夫说，"他仿佛想工作。"

"您打算工作吗？"舒宾由椅子上扭过头，带着少许鼻音问。

"不，"英沙罗夫说，"今天我能到户外转转。"

"啊！"舒宾说，"实在是太棒了。出发吧，我的朋友安德烈·彼得罗维奇，请在你那聪明的大脑袋上扣好帽子，让我们随心所欲地漫步吧。我们年轻人的眼睛——始终注视着远方。我清楚有一个十分差

① 霍拉旭：莎士比亚的著名悲剧《哈姆莱特》中的人物；他是哈姆莱特的朋友。

劲儿的小饭馆，让我们就去那儿用一顿极为差劲儿的午饭；不过我们会十分开心。我们出发吧。"

过了三十分钟，他们顺着莫斯科河岸散着步。英沙罗夫本来扣着一顶有大帽耳、十分少见的便帽，舒宾注视着它，显现出一种有些尴尬的笑容。英沙罗夫不慌不忙地踱着方步，欣赏着，呼吸着，安详地说笑着：他已经将这一天用做游玩，也就玩得非常高兴。"成熟的小伙子，每到周日就是如此到户外玩的，"舒宾在别尔谢涅夫耳边悄悄说。舒宾本人却非常有趣，他在前边跑着，摆出许多杰出塑像的样子，在草地上打滚：英沙罗夫的宁静，并未让他不高兴，却让他不得不故作姿态。"你为什么如此行走不定呀，法国佬！"别尔谢涅夫两次告诉他说，"是的，我是法国人，是半个法国人，"舒宾回答说，"而你，正像一个仆人告诉我的，却在放纵和严肃中间遵从中庸之道。"他们由河边改变了方向，顺着一条羊肠小道走去，路旁是墙一般的，高高的、黄灿灿的黑麦；由这墙一般的黑麦一侧，淡蓝色的阴影映在他们身上；明媚的阳光，好像在麦穗上滚动；云雀在欢叫，鹌鹑在高歌；每一片青草都显露出一片翠绿；轻轻的微风，徐徐吹着、挥舞着青草的叶儿，舞动着花冠。在漫长的散步、歇息、闲聊之后（舒宾甚至想和一个过路的掉光了牙的老农夫做跳背游戏，那老头始终笑着，随别人指使他），他们来到了那个"十分差劲儿的"小饭馆。服务生差不多忙得脚打后脑勺，确实为他们做了一顿非常难吃的午饭，酒是一种巴尔干产的酒；但是，正像舒宾说的那样，这并未破坏他们纵情地狂欢。舒宾闹得最欢——心中的愉悦却最少。他为不清楚、但却非凡的韦涅林①干杯，为保加利亚国王克鲁姆②，为几乎和亚当③同时代

① 尤里·伊万诺维奇·韦涅林（1802—1839 年），俄罗斯语言学家和斯拉夫历史学家。他对保加利亚的历史和保加利亚的民族作品进行了许多研究。他的著作促进了保加利亚人民的民族自觉的提高和发展。

② 保加利亚国王克鲁姆：于八一一、八一三和八一四年对东罗马帝国的军队作战中取得了胜利。

③ 亚当：圣经中人类的祖先。

的赫鲁姆或赫罗姆干杯。

"那是九世纪。"英沙罗夫更正道。

"九世纪?"舒宾加大音量说,"啊,太美满了!"

别尔谢涅夫感到,舒宾在他那些有意的、反常的行为中,仿佛一直打算考考英沙罗夫,仿佛准备摸摸他的底,同时他本人心中却非常忐忑不安,——但英沙罗夫还是和过去一样从容和安详。

最后,他们返回别墅,换了衣服;随后,为了和上午保持一致,他们决定当晚就前往斯塔霍夫家探望。舒宾连忙去通风报信。

十二

"非凡的英沙罗夫立刻要前来拜访啦!"他一面严肃地高叫道,一面来到斯塔霍夫家的客厅;目前,仅有叶连娜和卓娅在这儿。

"谁?"卓娅用德语问。如果遇上出乎意外的事情时,她常常讲起自己的母语。叶连娜伸伸腰。舒宾注视了她一阵儿,嘴角显现出一种嘲讽的笑意。叶连娜觉得不高兴,不过她一言未发。

"您听到了没有,"他重复了一次,"英沙罗夫即将来访。"

"听到了,"她说,"也听到了您是如何叫他的。我对您觉得奇怪,的确。英沙罗夫先生的身影还没出现,您就觉得要在此故作姿态了。"

舒宾猛地蔫了下来。

"您说得没错,您说得没错,叶连娜·尼古拉耶夫娜,"他悄悄地自言自语道,"不过,鬼知道,我仅仅是如此说说罢了。我们今天陪他玩了一整天,我可以发誓,他是个十分优秀的小伙子。"

"我并未向您打听他。"叶连娜说完,站了起来。

"英沙罗夫先生岁数不大吧?"卓娅问。

"一百四十四岁啦。"舒宾没有好气地说道。

一个仆人过来通报称有两个朋友到了。他们进了屋子。别尔谢涅夫引见了英沙罗夫。叶连娜让他们入座,随后她本人也坐下了,卓娅则赶往楼上:前去通报安娜·瓦西里耶夫娜。和人们第一次相逢时一样,大家讲了些无关痛痒的话。舒宾紧闭着嘴巴,躲在一旁打量着,不过也的确没有什么可看的。他发现在叶连娜身上对他有一种有节制的失望的感觉——但是也就是这样罢了。他注视着别尔谢涅夫和英沙罗夫,而且以一个雕塑家的眼光,对他们的长相进行对比。"他们,"他思考着,"都称不上英俊:英沙罗夫的面孔很有特点,线条仿佛浮雕似的鲜明;看,眼下它正放射着迷人的光芒;别尔谢涅夫呢,倒会让人情不自禁地联想到色彩画:线条模糊;但别具一格。看样子,不管是哪一个人,都有令人欣赏之处。她目前尚未谈男朋友,不过,她肯定会喜欢别尔谢涅夫。"他心里想。安娜·瓦西里耶夫娜进了客厅,因此谈话开始成为彻底别墅式的,名副其实的别墅式,而不是乡村式了。那次谈话涉及各个方向;但是,每过一会儿,就会出现一次片刻的、令人压抑的沉默,使谈话变得断断续续。在一次沉默中,安娜·瓦西里耶夫娜朝卓娅看了看。舒宾清楚她目光中的含义,做了一个丑陋的鬼脸,不过卓娅来到钢琴前,开始尽情施展她的才华,乌瓦尔·伊万诺维奇在门外晃了一下,不过他轻轻晃了一下手指,又离开了。接着,茶上来了;然后,客厅中每个人都到花园中漫步……户外,天渐渐暗了,客人们因此告别回去了。

叶连娜对英沙罗夫的感觉,并没有她本人想象中那么难忘,或者换句话说,他不是她想象的那种人。她欣赏他的坦白和从容不迫,也欣赏他的长相;不过,从整体上而言,英沙罗夫那从容中的坚定,普通中的朴实,不清楚为什么和别尔谢涅夫描述的,在她脑子里的样子有些差距。叶连娜本人在坚信他那种刚强和朴实的同时,猜测他会碰到"命运的更不幸"的事。"但是,"她思索着,"他今天说话不多,那只能怨我本人,我没有多向他询问;等下回吧……不过他那双眼睛却是显现出一种诚恳。"她认为,她没有为他痴迷的感觉,而是准备与他交个好朋友,她也还弄不明白她本人的白马王子,是否和英沙罗夫一样。白马王子这几个字,让她想到了舒宾,此刻她已经上床休息了,也猛地涨红了面孔,闷闷不乐起来。

"如何,您认为您今晚认识的朋友还可以吧?"在回家的路上,别尔谢涅夫问英沙罗夫。

"我十分欣赏他们,"英沙罗夫说,"尤其是她的女儿。可能是个不错的姑娘。她很情绪化,不过对她而言,这是一种合适的情绪化。"

"将来应该和他们多接触。"别尔谢涅夫说。

"没错。"英沙罗夫说完,就一直没吭声。他到家后就闷在自己屋内,不过他那的灯光一直亮到后半夜。

别尔谢涅夫还没看完一篇劳梅尔的著作,猛地由外边扔进一把细沙,打在他的玻璃窗上。他猛地愣住了,打开窗子,于是他发现了面无血色的舒宾。

"你老是胡闹!你这个夜蝴蝶!"别尔谢涅夫叫道。

"嘘!"舒宾拦住他的话说,"我是悄悄地来看你的,就和马克思去见阿格大①一样。我说什么也要和你私下里谈谈。"

"那你进屋吧。"

"不,不用,"舒宾回答道,把手撑在窗台上,"如此更有意思,仿佛有一些西班牙情调。第一,让我恭喜你:你的形象高大啦。你那个评价极高、与众不同的人,却失败了。这我能够保证。而为了向你显示我的无私,请听我讲吧,这就是我对英沙罗夫先生的评价:毫无天才和诗才;工作能力很强;记忆力不错;智力一般,不过还可以,而且灵活;乏味,坚定;当我们说起最令人觉得无聊的保加利亚时,

----

① 马克思和阿格大:都是德国作曲家卡尔·韦伯的歌剧《神射手》中的人物。

他甚至口才不错。如何，你认为，我的评价客观与否？另外，你一辈子也不会和他以你相称，什么人也不会和他以你相称①；我，一个搞艺术的，他是十分看不起的，我对此却引以为荣。枯燥，枯燥，不过他倒可以把我们大家都毁灭。他和自己的祖国生死与共——和我们这些无所事事的人不同，我们仅仅会向普通民众显示亲切说：啊，生命之水，你浇在我们身上吧！因此，他的职责也更容易清楚，更容易理解，神圣的东西，就是驱除土耳其人！不过这一切，感谢老天，女人们都不会感兴趣。毫无吸引力，十分枯燥，和我们都不同。"

"你为什么要算上我呢？"别尔谢涅夫悄悄地说，"在别的方面，你也看错了：他丝毫没有瞧不起你，他和自己的同胞就以你我相称……这些我是清楚的。"

"这又是一码事！对他们而言，他是个杰出的人；不过，说真的，我心目中的英雄是这样的：他们用不着夸夸其谈；他们要和公牛一样，会怒吼；不过，它用力一顶，几堵墙就会夷为平地。它自己也用不着清楚，它干吗要顶，不过它却在顶着。但是，可能在目前，需要其他样子的英雄。"

"你为什么如此关注英沙罗夫呢？"别尔谢涅夫问，"莫非你赶来，仅仅是想告诉我他的特点吗？"

"我来这儿，"舒宾说，"是由于我在家中十分烦闷。"

"是这样！你难道不打算再哭一次吗？"

"你讽刺吧！我来这儿，是由于我替自己的挫折觉得难受，是由于失落、烦闷、嫉妒笼罩着我……"

"嫉妒？眼红什么人呢？"

"对你眼红，对他眼红，对每个人都眼红。假如我提前一点熟悉她，假如我明白事情该如何处理，那就好啦，一考虑到这些，我精神就备受折磨……不过，还能说什么呢！最后，我只能自己笑个不停，

---

① 在西欧和俄国，相互以你相称，表示随便、亲切；以您相称，则显得尊重、客气。

总是想办法让别人开心，正像她讲的，总是在故意做作，以后我就自缢身亡算了。"

"算了，你是不会自缢身亡的。"别尔谢涅夫说。

"在这么迷人的夜晚，肯定不会；不过，让我们等到秋天吧。在如此的夜晚，也有人会离开人世，但是他们是因为美满而离开人世。唉，美满！所有投在路面上的树影，眼下都仿佛在如此悄悄地说：'我清楚美满在何处……你想弄明白吗？'我打算请您去走走，不过你眼下却沉醉在散文中。你休息吧，希望你梦到一些仿佛数学一样精确的人物！而我实在是太难受啦。你们大家发现一个人自己在笑，在你们眼中，就显示他十分舒畅；你们能够向他说明，他是自取烦恼，——也就是说，他并不难过……老天保佑你们吧！"

舒宾由窗口飞快地消失了。别尔谢涅夫打算叫住他。——不过，他没有那样做：舒宾心中真的非常难受。大概过了两分钟，别尔谢涅夫好像觉察到了痛哭声。因此他站了起来，推开窗子；宁静笼罩着一切；只是远处某个地方，有一个人，可能是过路的乡下人，正在高唱着《莫兹多克①草原》。

十三

英沙罗夫迁居到孔佐沃附近后，在最初的两个礼拜，他顶多去斯塔霍夫家四五趟；别尔谢涅夫则过一天去一次。叶连娜一直非常欣赏他，他们始终谈笑风生，不过他回家时还总是闷闷不乐。舒宾躲了起来；他疯了似的，开始沉醉于雕塑：或是闷在自己屋内，有时身着工

---

① 莫兹多克：地名，位于俄罗斯高加索山脉以北。

作服、身上到处是黏土，不时到户外透透气儿，或是在莫斯科连续逗留几天；他在那儿有一间雕塑室，总去那儿拜访他的，有模特儿们和意大利的造型工们，他的一些好友和老师。叶连娜始终没有如她所愿地和英沙罗夫聊过；当他不在时，她想好了要认真询问他许多事情，不过在他出现在身边后，她又难以开口了。她之所以难以开口恰恰是英沙罗夫的沉默：她认为，她不能逼英沙罗夫讲话，她打定主意再等等；但她又觉得，伴着他一次次前来拜访，不管他们相互说了些什么，她都渐渐地关注起他来；不过，她却没有机会与他私下里聊聊，可想和一个人靠近——就算是和他私下里聊一次也是必要的。她和别尔谢涅夫一道聊过不少和他有关的话。别尔谢涅夫清楚，英沙罗夫占据了叶连娜的心；他觉得兴奋的是，英沙罗夫并未如同舒宾所预测的那样失败了。别尔谢涅夫毫不隐瞒地跟叶连娜叙述着他了解的英沙罗夫的方方面面，甚至一些不值一提的情节（当我们打算博得别人欢心时，我们常常在和他的谈话中将自己的好朋友吹得神乎其神，而且我们也差不多坚信，我们如此做也是在抬高自己），偶尔，在叶连娜白皙的面孔有些发红，她那两只眼睛放着光芒并且瞪圆时，那种不祥的、他已经体会过的痛苦，才笼罩着他的心。

有一回，别尔谢涅夫前往斯塔霍夫家时，不是在往常的上午十一点左右。叶连娜到客厅招呼他。

"请您猜测一番，"他含着一种尴尬的微笑说，"我们的英沙罗夫失踪了。"

"为什么会失踪了呢?"叶连娜说道。

"的确失踪了。前天晚上他就离开了，始终没看到他回来。"

"他没跟您说，他到什么地方吗?"

"没有。"

叶连娜在一把椅上坐下。

"他可能前往莫斯科了。"她悄悄说，尽量显现为漠然的样子，但她又为自己尽量显现的漠然觉得奇怪。

"我觉得不是，"别尔谢涅夫反对说，"他不是自己离开的。"

"和什么人一道离开的？"

"前天午饭前，有两个不明身份的人，可能是他的同胞，突然来见他。"

"保加利亚人？您怎么会这么想呢？"

"这是由于我听到了他们的一些交谈，讲的是我不明白的话，不过那是斯拉夫语系的语言……看，叶连娜·尼古拉耶夫娜，您始终认为，英沙罗夫身上没有神秘的东西，那么，这回够神秘的了吧？您琢磨一下：他们一来到他那儿——行啦，他们就猛烈地辩论起来，而且说得非常不讲情面，非常愤怒……他也高声大叫。"

"他也在高声大叫吗？"

"是的。他在训斥他们。他们仿佛在彼此责怪。假如您能见见这两位客人就好啦！他们都是黑乎乎、毫无表情的面孔，高高的颧骨，弯弯的鼻子，两个人都差不多四十多岁，衣衫褴褛，行色匆匆，汗流浃背，看来仿佛是手工业者——不像手工业者，也不像绅士……鬼知道都是些什么人。"

"他和他们一道离开了吗？"

"是的。他为他们准备了食物，就和他们一道离开了。女房东跟我讲，——他们吃光了满满一大瓦钵荞麦粥。她说，他们真是饿得太厉害了，吃东西时仿佛赛跑一般。"

叶连娜轻轻一笑。

"最后您会发现，"她悄悄说，"这些可能都是十分普通的事而已。"

"希望如此！但是，您用不着使用'普通'这个词。在英沙罗夫身上，没有一丝普通的东西，虽然舒宾断言……"

"舒宾！"叶连娜插话道，晃晃肩膀，"不过，您承认吧，这两位先生吃的是荞麦粥……"

"费密斯托克耳在萨拉米斯大战①前夜也吃东西啊。"别尔谢涅夫笑着说。

"没错；不过次日，就爆发了大战。——那么，如果他回来了，您还是通知我一下吧。"叶连娜接着说，打算改变一下话题，不过谈话被打断了。

卓娅来了，而且在房间里悄悄地踱着步，这么做就是说，安娜·瓦西里耶夫娜仍在睡着吧。

别尔谢涅夫走了。

当天夜里，他让人给叶连娜捎了个便条。"他回家了。"他写道，"脸黑了，风尘仆仆；不过，他到哪儿去了和干了些什么，我不清楚；您用不用问问呢?"

"您用不用问问!"叶连娜悄悄说道，"莫非他要和我聊聊吗?"

十四

次日下午两点左右，叶连娜在花园中一个小牲口棚旁站着，她在那儿喂了两只小狗（一位花匠在篱笆下面找到了这两只被人丢掉的小狗儿，就将它们送给了小姐，听洗衣女工们说，小姐她爱护各种动物和牲畜。他的想法真不错：叶连娜送给他二十五戈比。）。她向小牲口棚打量了一下。发现两只小狗都活得不错，有人还为它们垫上了新的干草，才掉过头，就猛地几乎叫出声来：英沙罗夫自己正沿着林荫

---

① 费密斯托克耳（公元前约525—461年），希（腊）波（斯）战争期间的雅典政治家，建立强大的雅典作战舰队的创始人。公元前四八〇年，在费密斯托克耳的带领下，雅典舰队在萨拉米斯海湾取得了对波斯人的决定性胜利。

路，向她走过来。

"您好，"他一面说着，一面来到她面前，脱掉帽子。她发现，他这三天真的被晒黑了不少。"我原打算和安德烈·彼得罗维奇一起来，不过他不清楚由于什么事来不了了；他没来，我就一个人来了。您房间里空荡荡的，都没醒过来或者去溜达了，我就来这儿了。"

"您仿佛在道歉一般，"叶连娜说，"这太没必要了。我们每个人见了您都非常愉快……我们在树阴下的长椅上坐一会儿吧。"

她坐下了。英沙罗夫坐在她身边。

"这些日子您似乎出去了？"她问。

"没错，"他说，"我到外边去了……是听安德烈·彼得罗维奇说的吧？"

英沙罗夫打量了她一下，轻轻一笑，开始玩弄着便帽。当他微笑时，他灵活地眨着眼睛，向前努着嘴唇，这让他看来十分亲切纯朴。

"安德烈·彼得罗维奇可能也跟您说过，和我一起离开的还有两个有些……衣衫不整的人吧。"他说道，还在微笑着。

叶连娜觉得有些不好意思，不过她马上感到，不应该向英沙罗夫说谎。

"没错。"她干脆地说。

"你认为我这个人如何？"他猛地问道。

叶连娜抬头注视着他。

"我认为，"她有些不好意思地说……"我认为，您一直清楚该干什么，也一直清楚您肯定不会去干什么不该干的事。"

"嗯，多谢。您清楚吧，叶连娜·尼古拉耶夫娜，"他说，有些显示亲近地向她靠拢了一点儿，"这儿有一些我的同胞；这些人有的读书读得很少；不过人们都坚定不移地为一个共同的事业而努力。遗憾的是，相互之间难免有一些摩擦，但人们都清楚我，相信我；所以，他们就让我去解决一个矛盾。我就去了。"

"离这儿不近吧?"

"我坐了六十多俄里的车,赶到了特罗伊茨克镇。那儿的修道院旁边,也有我的同胞。起码我没有白费力气:最终我成功地解决了矛盾。"

"难度很大吧?"

"是的。有一个人始终不开窍。他不愿退钱。"

"什么? 就是由于钱而争论吗?"

"没错,而且只有一点点钱。不过,您本以为什么原因呢?"

"您就是由于这些小事而乘车跑了六十多俄里? 浪费了三天时间吗?"

"当事情与我的同胞有关时,叶连娜·尼古拉耶夫娜,那就是大事了,在这种情况下,推托不去就不对了。看,我发现,您甚至对小狗也热心相助,为此我却要称赞您啦。关于我浪费了三天时间,那没什么,以后我能够找回来的。我们的时间并不是自己的。"

"是什么人的呢?"

"是每一个需要我们帮助的人的。我一下子向您讲述了这么多,因为我觉得您的观点值得听取。我猜,安德烈·彼得罗维奇以前让您十分奇怪!"

"您认为我的观点值得听取," 叶连娜悄悄说,"为什么?"

英沙罗夫又轻轻一笑。

"这是由于您是个优秀的人,没有贵族小姐的架子……这就是原因。"

随后是一阵片刻的沉静。

"德米特里·尼卡诺罗维奇①," 叶连娜说, "您听我说,您是初次对我如此毫无隐瞒吧?"

"为什么如此讲? 我认为,我始终是在讲心里话。"

---

① 德米特里·尼卡诺罗维奇:即英沙罗夫,这样称呼显得尊重。

"不，这是第一次，这让我觉得十分愉快，我也打算成为一个对你毫不隐瞒的人。行不行？"

英沙罗夫笑了，随后说：

"行。"

"我要提前跟您讲，我的好奇心很重。"

"没关系，您讲吧。"

"安德烈·彼得罗维奇告诉过我不少和您有关的事，您小时候的事。我已经清楚一件事，一个十分恐怖的事……我清楚，您后来又去了保加利亚……假如我说的话你认为非常无礼的话，那么，请瞧在老天的份上，您就不要说，不过，我有一个念头让我十分痛苦……请跟我说，您遇到了那个人了吗？……"

叶连娜激动得有些窒息了。她为自己的放肆而觉得不好意思和恐惧起来。英沙罗夫聚精会神地注视着她，略微眯起眼睛，用手指摸着下巴。

"叶连娜·尼古拉耶夫娜，"他总算说话了，他的声音比往日低得令叶连娜十分意外，"我知道，您不久前问的是谁。不，我没遇到他，感谢上帝！我没有去寻他。我没有找他，并不是由于我不觉得自己有权利除掉他——我能不露声色地除掉他——不过，只是由于眼下的时机还不成熟，目前的问题是要从大局出发……或者，这句话讲得还不准确……目前的问题是要争取民族的独立。前者对后者有很大影响。到了最后，后者成功了，前者也就解决了……全都解决了。"他又说了一遍，晃晃脑袋。

叶连娜由侧面打量着他。

"您十分热爱保加利亚吗？"她小心翼翼地问。

"这不好说，"他说，"我们之间无论谁为祖国而献身时，他才能够讲，他热爱自己的祖国。"

"因此，要是有人让您没有了回到保加利亚的机会，"叶连娜接着讲，"您待在俄国会十分难受吧？"

英沙罗夫垂下了脑袋。

"我认为，要是如此的话，我是无法忍受的。"他说。

"请跟我说，"叶连娜又说，"保加利亚语好学吗？"

"很好学。一个俄国人不懂保加利亚语，应该觉得脸红。俄国人理当会讲每一种斯拉夫语系的方言。您希望我为您拿来一些保加利亚的书吗？您能发现，这没什么难的。我们那儿有许多优美的歌曲。它们和塞尔维亚民歌不相上下。您等一会儿，我把其中的一首翻译给您听。这首歌讲的是有关……不过，您起码清楚一些我们的历史吧？"

"不，我一点儿也不清楚。"叶连娜说。

"您等一会儿，我会为您拿来一本小书。通过它您可以清楚一些主要的史实。那么请听这首歌词吧……但是，我最好是将译文为您写出来。我认为，您将会十分喜欢我们的，这是由于您喜欢每一个被压迫者。要是您清楚我们的土地是何等丰饶就好啦！不过，它却饱经折磨和苦难，"他说着情不自禁地摇着手，他的脸色也严肃起来，"抢走了我们的全部，全部：抢走了我们的教堂，我们的权利，我们的土地；作恶多端的土耳其人仿佛对待牲口似的驱逐我们，杀害我们……"

"德米特里·尼卡诺罗维奇！"叶连娜叫道。

他闭上了嘴巴，一会儿又接着说：

"很抱歉。一说起这些，我就控制不住自己。不过，您不久前问我，我爱不爱保加利亚？一个人在世界上还有什么别的可爱的呢？上帝之外，还有什么可以和祖国一样超越一切，值得我们无怨无悔地坚信呢？而且，恰恰这个祖国需要你时……请您留意：在保加利亚，连最贫困的农人、最痛苦的乞丐，也和我一样，我们都有一个同样的想法。我们每个人都仅有一个理想。您将会明白，恰恰是这给了我们一

256

种巨大的信心和力量啊!"

英沙罗夫停了一会儿,又再次提到了保加利亚。叶连娜专注地、伤感地听着他叙述。当他结束时,她又问了他一遍:

"那么,不管怎样您都不打算待在俄国吗?"

但在他告辞时,她长时间地凝望着他的背影。这一天,他在她的心目中已经成了另一个人。当她凝望着他的背影时,他已经不是她在两个小时之前所看到的那个人了。

由那一天开始,他前来拜访的次数渐渐多了起来,相反别尔谢涅夫却渐渐来得少了。在他们之间,开始有了一种无法言明的感情;对这种感情,他们都敏感地发现了,不过都无法公开,却又担心说明。就如此过了三十天。

十五

就像读者已经清楚的,安娜·瓦西里耶夫娜乐于躲在家中;不过偶尔,她却会猛地冒出一个念头,令人十分惊异地打算来一次与众不同的,无论何等令人瞠目结舌的开心游玩;这种开心游玩越繁琐,它所要做的准备工作就越多,安娜·瓦西里耶夫娜自己越兴奋,她就越觉得愉快。如果她这种愉快出现在冬天呢——她就派人预订挨着的两三个包厢,遍邀自己的熟人去剧场,或者甚至去参加化装舞会;如果是在夏天——她就坐车到郊外去玩,就算去更远一些的地方也可以。次日,她就发牢骚说头疼,不停地哼哼着,卧床不起了,不过大概两个月之后,她心中又会产生"与众不同的"游玩的热情。眼下又产生这种情况啦。有人在她面前说到察里津诺①的动人风光，安娜·瓦西里耶夫娜就突然声称，她打算两天后就前往察里津诺。全家人立刻都手忙脚乱起来：一个送信的用人火速前往莫斯科接尼古拉·阿尔捷米耶维奇；一个管家也和这个送信的用人一块，慌慌张张地前往买酒啦、帕什得特②啦和各种美食；舒宾前往驿站订一辆带弹簧座的四轮马车（一辆轿式马车是不能满足需要的）和预备妥几匹备用的马；一个用人去了两趟别尔谢涅夫和英沙罗夫的别墅，为他们送去了由卓娅写的两封请柬，头一次是用俄文写的，第二次是用法文写的；安娜·瓦西里耶夫娜本人则忙着准备她和女儿旅行用的饰物。但是这次开心游玩几乎泡汤了：尼古拉·阿尔捷米耶维奇由莫斯科回来时情绪低落，怀着一种对立的，故意刁难的心情（他还在同奥古斯丁娜·赫里斯季安诺夫娜生着闷气），他清楚事情的来龙去脉之后，就固执地说，他不去；讲什么由孔佐沃前往莫斯科，再由莫斯科前往察里津诺，然后再返回来——这实在是胡闹——最后，他还接着说，"就算有人第一个向我说明，地球上只有这个地方，再也没有能够让人更高兴的地方了，那时我才会前往。"哪个人也无法向他说明这一点；果然，因为缺少了这个年老的丈夫，安娜·瓦西里耶夫娜已经不打算去了，不过她猛地记起了乌瓦尔·伊万诺维奇，因此一面难过地让人去他的房间找他，一面说："一个即将淹死的人，也还要抓紧一根麦草呢。"他们把他叫了起来；他由楼上下来，静静地听了安娜·瓦西里耶夫娜的建议，晃晃手指，出乎人们想象地居然同意了。安娜·瓦西里耶夫娜不由得亲了一下他的面孔，同时称他为亲爱的；尼古拉·阿尔捷米耶维奇讥讽地笑了笑，随后说了句："多么不可思议！"③（他遇到合适

---

① 察里津诺：又叫做皇城，建于一七七六至一七八六年。距莫斯科大约十八公里。它里边有歌剧院、食品馆、桥和城门等，都是根据当时流行的哥特式和俄国其他建筑样式建筑的；还有人工湖。它的里边于一八七六年拆毁重建，不过后来没有修完。

② 帕什得特：一种用野味、鱼或肉类做馅的酥皮大馅饼。

③ 原文为法文。

机会也乐于讲上一些流行的法语）——而在第二天清晨七点，满载的轿式马车和带弹簧座的四轮马车，就从斯塔霍夫别墅的院子里出发了。轿式马车上是夫人和小姐们，一个女用人和别尔谢涅夫；英沙罗夫在车夫的位置上坐着；而乌瓦尔·伊万诺维奇和舒宾则坐在带弹簧座的马车上。乌瓦尔·伊万诺维奇自己晃晃手指，叫舒宾来到自己身边；他清楚他在途中将会嘲笑他，不过，在这个具有"巨大能量"的人和年富力强的艺术家之间，有着一种莫名其妙的关系和喜欢斗嘴的诚恳。不过这一回舒宾却让自己这位朋友闭上了嘴巴；他一言不发，心神不定，同时看来非常和气。

在两辆马车迅速地抵达察里津诺城堡的遗址前时，太阳已经挂在晴朗的空中，尽管是正午，城堡看来也十分恐怖。每个人都下了车，来到草地上，随后马上朝公园走去。叶连娜与英沙罗夫及卓娅一块在前边走着；安娜·瓦西里耶夫娜不紧不慢地在他们身后走着，搭着乌瓦尔·伊万诺维奇的手臂，面孔上显现出高兴的笑容。乌瓦尔·伊万诺维奇呼吸急促，慢慢地走着，头上扣着新草帽，套着长筒靴的双脚烫得厉害，不过他仍然觉得十分高兴；舒宾与别尔谢涅夫走在最后。"朋友，我们仿佛某些老兵似的，马上就变为预备役了，"舒宾朝别尔谢涅夫悄悄说，"那儿目前是属于保加利亚啦。"他接着说，向叶连娜那边使了个眼色。

阳光明媚，附近遍地鲜花绿草，虫鸣蜂飞，鸟儿高歌；远处，湖水反射着片片阳光；人们心中充满了一种仿佛节日似的、愉悦的心情。"噢，太漂亮了！噢，太漂亮了！"安娜·瓦西里耶夫娜赞不绝口地说；对于她情不自禁的惊叹，乌瓦尔·伊万诺维奇不停地颇有同感地点头同意，甚至有一次还随口说："实在太棒了！"叶连娜偶尔和英沙罗夫说上几句，卓娅以两只手指尖轻轻捏住宽边草帽的边缘，由粉红透亮的印花轻纱连衫裙下边做作地探出自己套着圆头浅灰皮鞋的一双小脚，时而朝旁边看看，时而又向后打量一下。"嘿，嘿！"舒宾猛地悄悄地叫道，"卓娅·尼基季什娜仿佛在到处找人呢。我要到她那儿去。叶连娜·尼古拉耶夫娜目前不搭理我啦，而对你，安德烈·彼得罗维奇，她是尊重的，也只是这样罢了。我走了；我太难受了。你呀，我的伙伴，我建议你去找些植物标本：这是在你现在的处境中，你能够做的最佳选择，——这也有益于学习。再见！"舒宾赶到卓娅身边，一面朝她递出一只手臂，一面说："把手递过来，女士。"① 他拉起她的手臂，随后和她一起往前走去。叶连娜停住脚步，喊别尔谢涅夫到她身边来，随后她拉起他一只手臂，不过她接着和英沙罗夫聊着。她请教他，铃兰、槭树、柞树、椴树如何用保加利亚语称呼。（"保加利亚啊！"不幸的安德烈·彼得罗维奇暗想。）

猛地，前边发出了叫喊声；人们都仰起脑袋：原来，卓娅一下子把舒宾的雪茄烟盒丢掉了，掉入了灌木丛中。"您走着瞧吧，我不会放过您的！"他高叫道，穿进灌木丛，拾回了雪茄烟盒，又来到卓娅身边；不过，他还没有接近她，他的雪茄烟盒又被丢到小路那边去了。这种游戏又重复了四遍，他还是笑呵呵地恐吓着，不过卓娅仅仅是在安详地微笑，仿佛一只小母猫一样抖动着。最后，他握住她的手指，就这么用力握了一下，她马上惊叫起来，接着吹了很久自己的手指，佯作发火，不过舒宾却在她耳边，为她唱着一支小曲。

"孩子们呀，全是些捣蛋的家伙。"安娜·瓦西里耶夫娜兴奋地向乌瓦尔·伊万诺维奇说。

老人仅仅是晃晃手指。

"卓娅·尼基季什娜如何？"别尔谢涅夫问叶连娜。

"舒宾呢？"她反问道。

此刻，人们已经来到著名的"观景亭"，人们因此停住脚步来欣赏察里津诺人工湖的优美风光。这些人工湖紧紧相连，长达数俄里；

---

① 此句原文为德文。

它们后边，是一片片郁郁葱葱的树林。中心湖前边一大片丘陵的整个斜坡上，草色青翠，湖面倒映出仿佛绿宝石一样鲜艳的颜色。湖水极其平静，就连湖边也没有银白色的浪花；宁静的水面，仿佛凝固了一般。一眼望去，仿佛一块硕大无比的玻璃，厚重地、清澈透明地盛在一个巨大的圣水盘①中，天空掉进它的底部，茂密的树林也静静地倒映在清澈的水面，人们都久久地沉醉在优美动人的景色之中；甚至舒宾也静了下来，卓娅也陷入了沉思。最后，人们都打算去湖水中游泳。舒宾、英沙罗夫和别尔谢涅夫都踊跃地由斜坡草地上冲下来。他们发现了一只刷得非常好看的大游船，叫了两个划船的船夫，随后叫夫人小姐们过来。夫人小姐们来到他们身边；乌瓦尔·伊万诺维奇谨慎地陪着夫人小姐们过来。当他踏上游船，坐下来的时候，人们都不由得忘乎所以地放声大笑。"注意呀，老爷，不要把我们弄进湖中去呀，"其中一个船夫，身着印花衬衫的高鼻梁的年轻小伙子说，"行了，行了，话这么多的年轻人！"乌瓦尔·伊万诺维奇如此讲了一句。船出发了。几个小伙子都划起了船，不过他们之中唯有英沙罗夫自己会划。舒宾建议大伙一块随意唱一首俄罗斯民歌，随后自己先唱了起来："在母亲伏尔加河顺流而下……"别尔谢涅夫，卓娅，就连安娜·瓦西里耶夫娜也一块唱起来（英沙罗夫不会唱），不过唱得很别扭；唱到第三小段时，歌手们就唱不到一块了，唯有别尔谢涅夫的男低音还想继续唱下去："浪涛中什么也看不到……"——不过，他不久也不想再唱下去。两个船夫互相挤挤眼睛，就静静地现出牙齿微笑。"笑什么？"舒宾扭头向他们说，"你们认为我们都唱不下去啦？"身着印花衬衫的小伙子仅仅晃晃脑袋。"那么，你走着瞧吧，年轻人，"舒宾说，"我们唱一首。卓娅·尼基季什娜，您为我们献上一首尼德

---

① 圣水盘：旧时用于行洗礼时的器具。

迈耶尔①的《湖》吧。停一下吧，你们！"几只滴着水的桨指向了空中，仿佛鸟儿的翅膀一样，就如此静止着，水珠不停地落了下去；游船又往前走了一点儿，也静止下来，仿佛一只天鹅一般，安详地停在水中。卓娅故意推脱了一会儿……"唱吧！"安娜·瓦西里耶夫娜柔声说道……卓娅脱掉草帽，随后唱了起来："湖啊！岁月刚刚流逝啊……"②

她那细小的、但纯净的歌声，在平坦的水面上飘扬；每一句歌词，都在远处的树林中萦绕着；好像在那儿，也有人在用一种不可捉摸的、清晰的，不过又不是人的、人间没有的声音哼唱着。卓娅的歌声一落，由岸边的一个亭子中发出了高声喝彩，马上由那里冲出来一些来察里津诺观光的红脸的德国人。他们中有几个没有穿外套，没有打领带，也没有穿内衣，只是疯了一般叫着再来一个！安娜·瓦西里耶夫娜只好吩咐马上划到湖的彼岸。不过，在船靠岸之前，乌瓦尔·伊万诺维奇又让大伙惊呆了：原来，他听到有一个地方的树林的回声极其清晰之后，猛地开始模仿鹌鹑的叫声。开始大伙都惊呆了一会儿，不过他们马上就体会到一种实实在在的愉悦，特别是乌瓦尔·伊万诺维奇学的叫声惟妙惟肖的时候。这让他情绪高涨，他又想模仿猫叫；不过，他学得不太像；他又模仿鹌鹑的叫声，打量了一下大伙，就闭上了嘴巴。舒宾冲过去吻他：他使劲儿将他推开了。恰在此时，船已到了岸边，每个人都离船上岸了。

此刻，马车夫和一个男佣、一个女佣一块由轿式马车上拿下了不少筐篮，在几棵老椴树下的草地上放好了午饭。人们围坐在一张台布旁，开始享用起帕什得特和别的食物，人们的胃口都不错，而安娜·瓦西里耶夫娜还不停地让自己的客人们多吃一些，说这种户外野餐对

---

① 尼德迈耶尔·路易（1802—1861 年），瑞士作曲家。《湖》是由他改编的一首歌，曾广泛流行。
② 原文为法文。

身体很有好处；她把这番话也告诉了乌瓦尔·伊万诺维奇。"您别担心，"他含混地说，口中塞了不少食物。"如此美妙的一天，实在是上帝的恩赐！"她一再重复着。她仿佛化为了另一个人：好像她年轻了二十岁。别尔谢涅夫向她指明了这一点。"没错，没错，"她说，"我以前也是个名人：提起漂亮，我始终在前十名内呢？"舒宾在卓娅旁坐着，频频为她倒酒；她推辞不喝，他逼着她喝，最后他始终是自己干了一杯后，随后再让她干了；他还不容置疑地要求说，他想将自己的脑袋倚在她的腿上，她无论如何也不希望让他如此放纵。叶连娜看样子比谁都严肃，不过她内心却怀着一种她很长时间都未体验过的，十分美好的安详。她认为自己非常仁慈，因此她常常想自己身边不仅仅有英沙罗夫，还有别尔谢涅夫……安德烈·彼得罗维奇已经清楚，这表明了什么，因此暗暗叹气。

几个小时迅速过去了；已经慢慢到了黄昏。安娜·瓦西里耶夫娜猛地心神不定起来。"啊，上帝呀，突然就这么晚了。"她说，"吃饱喝足啦，先生们；该整理一下回家啦。"她慌张起来，人们也慌乱起来，都站起身来，朝停着两辆马车的城堡那边走去。由人工湖边上经过时，人们都站住了，最后一次欣赏一番察里津诺的风光。晚霞的红光笼罩着一切；天边红彤彤的；刚刚吹来的晚风掠过的树叶，映着美丽的颜色；远处的湖水，发出点点光芒；散布在公园中许多地方的那些红色的塔顶和亭子，因为有墨绿的树林映衬，看来外形线条极其清晰。"回头见，察里津诺，我们会永远记住今天的游玩！"安娜·瓦西里耶夫娜悄悄说……不过，恰在此刻，仿佛要证明她讲的后一句话一样，猛地出现了一件让人惊讶的，真让人无法轻易遗忘的事情。

原来是这么一件事：安娜·瓦西里耶夫娜还未表达完对察里津诺的绵绵情意，突然在她附近，由高大的丁香灌木丛后面，发出呼叫声、放声大笑声和吵闹声——随后，一伙闹哄哄、不修边幅的小伙子，也就是不久前为卓娅欢呼过的歌咏爱好者，争先恐后地跳到小路上。这群小伙子仿佛喝多了。他们一发现夫人小姐们就停下了脚步；不过，他们中一个长着公牛一般的脖子和公牛一般通红眼睛的大个子，由人群中走过来，一面轻轻摇摆着身子，一面笨拙地脱帽致意，来到已经恐惧得不知所措的安娜·瓦西里耶夫娜身边。

"日安，夫人，"他用沙哑的语调说，"近来可好？"

安娜·瓦西里耶夫娜摇晃着后退了一步。

"您有什么事儿吗，"大个子用结结巴巴的俄语接着说，"我们几个人高叫着再来一个，大声欢呼，你为什么不想唱，不再来一个呢？"

"对呀，对呀，为什么呢？"那群人大声附和着。

英沙罗夫向前迈了一大步，不过舒宾拉住了他，他本人拦在安娜·瓦西里耶夫娜身前。

"抱歉，"他说，"尊敬的朋友，请让我告诉您，您的举止，让我们每个人觉得十分奇怪。我也许可以认出，您的祖先是高加索的部落撒克逊人①！因此，我们有理由认为您该懂得一些社交的礼节，但是您却和一位您还未向她说明自己身份的夫人说起话来啦。请您相信，如果在其他场合，我却十分愿意和您交个朋友，这是由于我看到您是这么健壮，二头肌、三头肌和三角肌，那么，作为一个搞艺术的，我会十分高兴把您当做我的模特儿，不过，这一回，请您不要妨碍我们吧。"

"尊敬的朋友"听了舒宾的这番话，不屑一顾地将头倒在一边，双手放在腰间。

"我丝毫也听不懂，您讲的是什么，"他说，"您觉得，我可能是个皮鞋匠或钟表匠吧？哈！我是个军官，哈，我是个当官的。"

"这我相信……"舒宾说。

"我讲的原来是这么回事，"那军官一面接着说，一面用健壮的手

---

① 撒克逊人：俄国人对德国东部莱比锡、德累斯顿、马格德堡、哈勒等州居民的称呼。

将他推到一边，就仿佛把一根树枝由路上丢开，"我说：在我们大叫再来一个时，您为什么不唱，不再来一个？不过目前我们就要回去了，如果这位小姐，不是这位夫人，不，不是这个，却是让这位或那位（他指了一下叶连娜和卓娅）吻我一下，是的，用德语说，就是接吻；如何？这没有什么。"

"这没有什么，接吻，这没有什么。"那群人又叫了起来。

"嗨！该死的！"一个不可一世的德国人说，笑得上气不接下气。

卓娅握住英沙罗夫的一只手臂，不过他甩开了她，直接来到魁梧的恶棍身边。

"请您滚到一边去。"他用一种低沉，不过十分严厉的声音说。

德国人放声大笑起来。

"如何滚到一边去？我就爱这样！莫非我不能走路吗？这如何滚到一边去？为什么要滚到一边去？"

"这是由于您居然弄得夫人心神不定，"英沙罗夫说，猛地面无血色，"由于您喝多了。"

"不行吗？我喝多了？这您听明白了吗，药剂师先生？我是个军官，不过他居然……眼下我需要满足！我要接吻！"

"如果您再往前动一下……"英沙罗夫说。

"是吗？那么，又如何呢？"

"我要把您丢到湖里！"

"丢到湖里？各位先生！立刻就丢吗？行了，让我们看看，这却很有意思，瞧你这个家伙如何丢到湖中……"

军官抬起双手，就往前走了一步，不过猛地发生了一件意想不到的事情：他哎呀了一声，他整个沉重的身子摇了摇，就腾空而起，随后，夫人小姐们还没有惊叫出来，谁也没来得及搞清楚这件事是如何发生的，军官那庞大的身子，就随着一声巨响飞入了湖中，马上沉入了打着漩涡的水里。

"哎呀！"夫人小姐们一块惊叫起来。

"上帝呀！"由另一侧发出惊叫声。

很快……一个浑圆的、头发滴着水的头钻出了水面；这颗头正在吐着水泡；双手在嘴边慌乱地挥舞着……

"他会没命的，你帮帮他吧，帮帮吧！"安娜·瓦西里耶夫娜朝英沙罗夫大叫道，英沙罗夫伸开双脚站在湖边，正在做深呼吸。

"他会游到岸边的，"他带着一种瞧不起和憎恨的样子说，"我们动身吧，"随后，他一面说，一面扶着安娜·瓦西里耶夫的手臂，"我们动身吧，乌瓦尔·伊万诺维奇，叶连娜·尼古拉耶夫娜。"

"啊……啊……噢……噢……"此刻那个可怜的德国人发出惨叫声，他才握住了湖边的芦苇。

人们都随着英沙罗夫走了，而且人们都被迫由那些德国人身边走去。不过，自己的首领落水后，这些不可一世的德国人变得和气起来，一声不吭；他们中仅有一个胆子最大的，一面摇着头，一面悄悄地说："啊，这个，实在是……这，老天清楚……走着瞧吧。"而有一个人却甚至脱掉了帽子。在他们眼中，英沙罗夫是十分英勇的：他面带一种对立的、仇恨的神情。德国人都冲过去抢救他们的朋友，那个家伙双脚刚刚踏上陆地，就望着这些"俄国骗子们"，开始痛哭流涕地诅咒起来，声称他会提起诉讼，他会去见他的冯·基泽里茨伯爵阁下……

不过，"俄国骗子们"并未在意他的叫喊，仅仅极力加快脚步。当他们顺着公园走着时，人们都一言不发，唯有安娜·瓦西里耶夫娜悄悄叹了口气。不过，当他们来到两辆马车前，都停住了之后，他们就仿佛荷马①作品中的神仙似的，发出一阵情不自禁的、长时间的笑声。舒宾首先疯了一般狂笑起来；别尔谢涅夫随后仿佛爆豌豆一般闷

---

① 荷马：公元前九至八世纪古希腊著名的盲诗人，他创作了长篇史诗《伊利昂纪》和《奥德修纪》。

声笑起来；接着，卓娅仿佛珠落玉盘一样清脆地笑了，安娜·瓦西里耶夫娜也猛地如此开怀大笑起来，就连叶连娜也只好面露微笑；最后，英沙罗夫也禁不住笑了。但是，乌瓦尔·伊万诺维奇比谁笑得都大声，比谁都持久、激烈：他笑得肚子直疼，笑得不停地打喷嚏，笑得呼吸急促。他略微平静了一些，就挤弄着满是泪水的眼睛说："我……才觉得……这为什么就一声巨响？……他……就如此……整个身子……掉到湖中去啦……"他结结巴巴地说完，又发出一阵大笑，他的整个人都哆嗦起来。卓娅更是故意火上浇油。"我发现，"她说，"他仰面……"——"没错，没错，"乌瓦尔·伊万诺维奇继续说，"仰面、仰面……接着就一声巨响！他就整、整、整个身子都落入湖中啦！……"——"不过，他这究竟是怎么回事呢，那个德国佬块头不是比他大得多吗？"卓娅问。"我就跟您讲，"乌瓦尔·伊万诺维奇一面抹掉泪水，一面说，"我发现：他一只手握住他的腰，绊了他一脚，就那么一声巨响！我听到：这到底是如何弄的？……他就……整个身子掉进去了……"

两辆马车已经走了很远，已经望不到察里津诺城堡了，不过，乌瓦尔·伊万诺维奇仍十分激动。又和他一块坐在带弹簧座四轮马车中的舒宾，终于嘲笑起他来。

不过，英沙罗夫却感到十分难为情。他在轿式马车中坐着，面对着叶连娜（别尔谢涅夫则在马车夫的位置上坐着）一言不发；她也紧闭着嘴巴。他想，她正在心里怪罪他；不过，她并未怪罪他。她开始十分担心；接着，他面孔上的神态，让她十分惊讶，后来，她始终在考虑着。她并不太明白，她到底在考虑什么。她白天所经受过的感情，已经没有了：她已经觉察到这一点；但是，顶替这种感情的是其他的什么呢，她现在还不清楚。开心的游玩持续的时间不短了：黄昏不知不觉地进入了夜晚，轿式马车飞奔着，时而越过庄稼正在成熟的田地，那儿空气中充斥着谷物的芳香，时而越过平坦的草地，那儿猛地变得清凉起来的新鲜空气，一阵阵迎面而来。辽阔的天空，仿佛被一层薄雾笼罩着。月亮总算露出来了，晦暗而显现出血红色。安娜·瓦西里耶夫娜正在打瞌睡；卓娅由窗里伸出脑袋来，观察着大路。叶连娜总算想到，她已经有一个多小时没有和英沙罗夫交谈过。她问了他一个无关紧要的问题：他马上兴高采烈地回答她。夜空中开始出现一种含混的声音；好像感到，远处有许多种声音混杂在一起：他们正迅速地接近莫斯科。前方亮着灯光；灯光渐渐强了；终于，车轮下发出石砌路面的声音。安娜·瓦西里耶夫娜睁开了眼睛；轿式马车中，人们都聊了起来，尽管谁也听不到讲了些什么：在两辆马车的车轮和八匹马脚下，路面居然发出这么巨大的声音。由莫斯科到孔佐沃的路程，好像变得遥远而又宁静；人们都进入了梦乡或者紧闭着嘴巴，头都贴在各自的角落；唯有叶连娜还睁着双眼：她始终注视着英沙罗夫模糊的身影。舒宾的内心猛地产生了一种伤感的心情：轻风掠过他的眼睛，也让他不舒服；他将制服大衣的衣领围拢，几乎流下了眼泪。乌瓦尔·伊万诺维奇安详地打着鼾，来回晃着。两辆马车总算停住了。安娜·瓦西里耶夫娜被两个用人搀下轿式马车；她已经非常累了，和自己的玩伴分手时，声称她已经倦得一点儿也不愿动了；他们朝她表示感谢，不过她仅说："一点儿也不愿动了。"叶连娜（初次）和英沙罗夫握握手，随后她在窗前坐着，很长时间都没有上床休息；但舒宾却仍找机会向正要告辞的别尔谢涅夫悄悄说：

"嗯，他真是了不起的人物呀：可以将醉醺醺的德国佬丢到湖中！"

"但你无法做到。"别尔谢涅夫说，接着和英沙罗夫一齐回别墅去了。

当他们来到自己的别墅时，天空已经有些亮了。太阳还未升起，不过已经感到轻轻的凉意，一层银白色的露水笼罩在草地上；最早醒来的一拨云雀，在昏暗的辽远的天空中啼叫着，那儿最后一颗硕大的晨星，仿佛一只独眼望着大地。

十六

叶连娜和英沙罗夫交往不久，就开始（第五次或第六次）写日记了。下面是节选自她日记中的内容：

"六月……安德烈·彼得罗维奇为我拿来几本书，不过，我看不进去。跟他实话实说——我又难为情。我认为，这将会让他难过。他一直关注着我。看样子，他对我简直是情意绵绵。安德烈·彼得罗维奇是个很不错的人。

"……我在思索着什么呢？我心中怎么会如此压抑，如此伤心？我怎么会时时带着嫉妒的心情注视着飞过的鸟儿？我好像也希望和它们一块飞翔，消失得无影无踪——飞到什么地方去呢，我不清楚，仅仅是由这离开，到很远的地方去。不过，我这种念头也是一种罪过吗？我的双亲和家庭都在这儿。不，我不是像我希望爱的那样爱他们。认识到这些，我感到十分恐惧，不过这也是心里话。可能，我是个不可救药的人；可能，因此我才如此伤感，所以我心中才忐忑不安。仿佛有一只手抓着我，正攥着我。我好像身陷囹圄，身边的墙壁立刻就要朝我们压来。其他人怎么没有这种情绪呢？要是我对自己的父母都这样漠然，我又会爱什么人呢？因此，父亲讲得有道理：他怪罪我，说我仅仅喜欢一些狗和猫。关于这些我是要认真考虑一下。我眼下不大祈祷；理当去祷告……我却认为，我是明白爱的啊！

"……和英沙罗夫相处，我还是觉得难为情。我不清楚是怎么回事；我认为，我已经不是太小啦，不过他是如此的真诚和仁慈。有

269

时，他的脸色郑重其事。他肯定没有时间来拜访我们。我觉察到这一点，我好像也就不想打扰他。安德烈·彼得罗维奇呢——又完全不同。我和他就算聊一整天也没关系。不过，他仍一直和我聊英沙罗夫。而且，说起了不少令人恐怖的情节！我昨天晚上梦到他手中握着一柄匕首。他仿佛还告诉我：'我要干掉你，也干掉我自己！'太荒唐了！

"……啊，无论谁如果告诉我：'你应该这么干！'有一副好心肠——这还有差距；仍要努力去干……没错，这才是人生中的头等大事。不过，如何努力去干呢！啊，如果我可以自己做主就好啦！我不清楚，我为什么总是惦记着英沙罗夫先生，当他来看我，坐下来，留神地听着时，他本人倒不紧张，从容自若，我注视着，我也就觉得愉悦——但是也就这样罢了；不过，当他走后，我一直思索着他讲过的话，责备自己，甚至忐忑不安……我本人也不清楚这是怎么回事。（他的法语很糟糕，不过并未感到难为情——我十分欣赏这一点。）但是，我一直对结交不久的朋友想得太多。和他一起说话时，我猛地记起我们厨房的管家瓦西里，他由一个已经发生了火灾的木屋中救出了一个折了腿的老人，他本人也几乎丧命火海。爸爸称赞他是个好汉，妈妈赏了他五卢布，而我还打算为他磕头呢。他生着一张诚恳的、甚至有些反应迟钝的面孔，最后他却整天酗酒。

"……今天我向一个女乞丐施舍了一戈比铜币，不过她告诉我：'你怎么如此伤心？'我却没有猜到，我会露出伤心的神态。我认为，这是因为我自负的原因，无论我是极其仁慈，还是极其狠毒，都一直是孤独的。没有能够朝他递过手去的人啊。我身边的人，并不是我喜欢的；而我喜欢的人……正在我的身边。

"……我不清楚，我今天出了什么事啦；我的心中十分混乱，我真希望自己拜倒在地请求饶恕。我不清楚，是什么人让我如此伤心，不过仿佛有人正在残酷地折磨着我，我心中在疾呼和充满悲愤；我要放声痛哭，我无法保持缄默……我的天啊！你将我心中猛然产生的这些热情控制住吧！唯有你可以拯救我，其他的一切都做不到：不管我的无关紧要的施舍，不管开始干什么事情，这全部、全部、全部，都无法拯救我。我真希望逃到外边当一个女仆啊，确实：如此我心中倒会放下包袱。

"青春该做些什么？我生存的目的是什么？我的思想该依附在何处？这全部，都是为了什么呢？

"……英沙罗夫，英沙罗夫先生——是的，我不明白该如何表述——总是深深吸引着我。我非常希望弄清楚，他在那儿心中正在思索着什么？他好像是如此诚恳，如此和蔼可亲，不过我却一无所知。有时，他用那种检验的眼神注视着我……难道这仅仅是我的幻觉？舒宾始终对我不尊重——我对他很反感。他有什么目的呢？他喜欢上了我……不过，我并不喜欢他。他也喜欢上了卓娅。我对他很反感；前一天他还告诉我，我一点儿也看不上……这是真的。这十分糟糕。

"唉，我却认为，一个人需要痛苦，或者拮据，或者伤痛。否则，你马上会洋洋自得起来。

"……安德烈·彼得罗维奇今天为何向我叙述这两个保加利亚人呀！他似乎是故意告诉我的。这对我和英沙罗夫先生有何牵扯呢？安德烈·彼得罗维奇真让我火冒三丈。

"……我提起笔，却不清楚如何写起。今天在花园中，他十分奇怪地和我说了半天！他对人是何等和蔼，何等诚恳呀！这件事真是突如其来！仿佛我们早已相识了，仅仅是不久前才互相认出来。我现在为什么还不清楚他呀！目前他和我是何等密切啊！看，实在是不可思议：眼下我心中却变得非常平静了。我感到滑稽：前一天，我仍对安德烈·彼得罗维奇感到不满，我甚至还称他为英沙罗夫先生，但今天……这儿总算有了一个诚恳的人；这是一个能够依靠的人。这个人不会胡说八道；这是我遇见的头一个实话实说的人：所有别的人都会说假话，始终说假话。安德烈·彼得罗维奇是个和蔼可亲的人，怎么我要让您伤心呢？不！安德烈·彼得罗维奇可能比他知识渊博，甚至比他更聪明……不过，我不明白是什么原因，他比起他来是如此微不足道。当他说起保加利亚时，他是多么高大，神圣，他的面孔看来更加英气勃发，他的声音变得仿佛钢铁似的坚不可摧，啊，不，仿佛此刻世界上谁也无法让他屈服。他还不只是在口头上——他已经在行动，而且将始终坚持到底。我正打算认真询问他……他猛地向我扭过身来，冲我微笑！……唯有手足之间才如此微笑。哎呀，我是何等地欣慰呀！在他初次来看望我时，我为什么没有料到，我们居然会如此迅速地关系密切起来。但目前，我甚至为我初次相见时一直流露出来的漠然而觉得愉快……漠然！莫非我目前就热情洋溢了吗？

"……我很长时间没有体会到这种内心的安详了。我的心是这么安详，这么安详。也没有什么可牵挂的。我总是碰到他，就这样罢了。还有什么可牵挂的呢。

"……舒宾闷在自己屋内；安德烈·彼得罗维奇来的次数渐渐少了……不幸的人！我仿佛感到，他是……但是，这是难以置信的事。我愿意和安德烈·彼得罗维奇聊天：他始终不提自己，一直说一些有用的、有好处的东西。和舒宾不同。舒宾总是仿佛蝴蝶似的穿得十分体面，而且引以为荣：蝴蝶是不会这么做的。但是，无论是舒宾，还是安德烈·彼得罗维奇……我不清楚，我要讲的是什么。

"……他十分愿意探望我，这我能感觉到。不过，是什么原因呢？他在我身上看出了什么呢？是的，我们兴趣一致：无论是他还是我，我们都不欣赏诗歌，这是由于我们都不知道艺术的价值。不过，他比我好一点儿！他从容不迫，而我倒总是忐忑不安；他有自己选择的道路，有自己的理想。但我呢，我的理想是什么？何处是我的目的地呢？他从容不迫，不过他的每个想法却十分成熟。总有一天，他会永远在我们身边消失，到国外去，返回保加利亚。这该如何是好呢？愿

272

上帝保佑他吧！不过无论如何，我还是为他仍生活在这儿时，我就与他相交往而觉得兴奋。

"他怎么不是俄国人呢？不，他不可能是俄国人。

"妈妈也欣赏他；称他是个十分谦虚的人。我的好妈妈！她并不清楚他。舒宾一言不发：他已经觉察出，我对他的暗示很反感，不过他却醋劲儿十足。一个非常讨厌的男孩子！而且，他怎么会如此？莫非我以前……

"这一切都毫无意义！我心中总是思索着这些干什么呢？

"……但是，说来不可思议，我已经二十岁啦，直到目前却仍未喜欢过一个人！我认为，德·①（我将叫他德·，我爱这个称呼：德米特里）心中如此坦荡，那是由于他已经将自己的一切都献给了自己的事业，献给了自己的目标。他有什么可忐忑不安的呢？当一个人牺牲了自己的全部……全部……全部，那么，他已没什么可担心的，他也就没有什么放不下了。这样，就不是我准备怎么样，反而是它要求该怎么样了啊。顺便提一句，无论是他还是我，我们都喜欢花。今天我采了一朵玫瑰花。有一片花瓣掉了，他将它捡了起来……我把整只玫瑰赠给了他。

"……德·时常来看望我。昨天他坐了一个晚上。他准备教我学保加利亚语。我和他在一块非常高兴，仿佛在家似的。比在家还有意思。

"……时光流逝……我十分高兴，不过不清楚什么原因，我却觉得恐惧；我要感谢上帝，却十分喜欢哭泣。啊，何等美满、幸福的生活啊！

"我还是和过去一样无忧无虑，仅仅是有时，偶尔觉得有些伤感。我是幸福的。我幸福吗？

"……昨天的旅行会铭记在我心中。它给我留下了极其意外、新

---

① 德·：英沙罗夫名字的简称。

273

鲜和恐怖的印象！当他猛地握住那个德国佬，仿佛丢一只小皮球一般把他丢入湖中时，我并未觉得恐惧……不过，他倒让我十分意外。接下来——他面孔上的神态又极其凶恶，几乎接近残忍啊！他是如何讲的呀：'他自己会爬上岸的！'这让我觉得难受。显然，我并不清楚他的世界观。后来，在人们哄堂大笑，我本人也笑起来时，我为他觉得非常伤心！他有些难为情，我发现了这一点，他为我觉得难为情。这是天暗下来时，他在马车上跟我说的，那时我尽量打算看清楚他，而且对他有些恐惧。没错，绝不能和他开玩笑，他也有能力路见不平拔刀相助。不过，他怎么会如此恶狠狠地，如此绷紧嘴唇，眼睛里流露出如此凶猛的目光呢？或者，可能是别无选择吧？莫非做一个堂堂男子汉，做一个斗士，就无法做一个和蔼可亲的人吗？前一段时间他还告诉我，现实生活是残酷的。我将这句话告诉了安德烈·彼得罗维奇；他反对德·的观点。他们二人，究竟哪个正确呢？这一天是如何开始的啊！我十分高兴与他并肩走着，就连一言不发地走着也十分高兴……但是，目前我对发生的事件觉得愉快。看样子，那是非常正常的事。

"……心中又不得安宁啦……我身体十分难受。

"……很久以来，我在这个笔记本上一个字也没写，这是由于我不打算写。我认为：无论我记下什么，全部都不是我的心里话……但我的心里话到底是什么呢？我和他有一次聊了很久，让我清楚了不少事情。他对我述说了他本人的理想（顺便提一句，我目前才清楚，他脖子上怎么会有一道疤痕……我的上帝呀！当我一念及他居然被判处过死刑，他费尽力气才逃出来，他伤痕累累……）。他认为将会爆发战争，同时为将要投入战斗而觉得愉快。但是，我始终没有发现过德·如此伤感。他……他有什么可伤感的呢？父亲由城里回家，正遇到我们待在一起，他有些惊讶地向我们望了望。安德烈·彼得罗维奇也前来探望过：我看到他瘦了不少，面无血色。他以前怪罪我，说我对

274

舒宾好像过于冷漠和不礼貌。而我一点儿也想不到舒宾了。碰到他时，我要想法将功折罪。我眼下来不及想他……也来不及想世界上所有的人。安德烈·彼得罗维奇和我聊天时，有一种伤心的神态。这全部都说明了什么呢？怎么在我的身边和我的内心都如此不可捉摸？我仿佛发现，在我的身边和我的内心，正在出现一种不可猜测的、需要得到答案的谜……

"……我一晚上都无法入睡，脑袋疼。有什么可写的呢？他今天如此迅速地离开了，而我正准备和他聊聊……他仿佛在躲避我。没错，他是在躲避我。

"……原因找到了，我清楚了！上帝呀！可怜可怜我吧……我已坠入爱河！"

十七

就在那天，当叶连娜把这最后一句对她未来的生命具有重要意义的话写在自己日记中时，英沙罗夫正在别尔谢涅夫的屋内坐着，别尔谢涅夫则在他面前站着，面带一种莫名其妙的神态。英沙罗夫才对他声明了自己准备在明天返回莫斯科。

"算了吧！"别尔谢涅夫高喊道，"目前马上就要到了最好的季节啦。您到莫斯科有什么事情呢？这个想法太出人意料了！您可能听到了什么吗？"

"我什么也没听到，"英沙罗夫说，"不过，我仔细想过，我无法再在这儿生活下去了。"

"这可太没有道理了！……"

"安德烈·彼得罗维奇，"英沙罗夫说，"您就发发善心，请别再挽留我，我求求你。马上要和您分开了，我本人也十分痛苦，不过只能如此了。"

别尔谢涅夫久久地注视着他。

"我明白，"他最后说，"无法让您改变决定。那么，这件事就这样了吗？"

"是的。"英沙罗夫说，站了起来，随后离开了。

别尔谢涅夫在屋内踱着步，就抓起帽子，赶往斯塔霍夫家。

"您有什么话要告诉我吧？"在房间里只有他们两个人时，叶连娜询问道。

别尔谢涅夫将英沙罗夫的想法告诉了她。

叶连娜顿时面无血色。

"这是为了什么？"她十分艰难地问。

"您清楚，"别尔谢涅夫悄悄说，"英沙罗夫对自己的所作所为是不愿意说明的。不过，我认为……我们坐下来吧，叶连娜·尼古拉耶夫娜，您似乎有些难受……我认为，我好像能够猜出这种出人意料告辞的真正缘故是什么。"

"到底是怎么回事？怎么回事？"叶连娜一面不停地问，一面下意识地用自己变得有些发凉的手用力抓住别尔谢涅夫的手。

"您要清楚，"别尔谢涅夫含着一种伤感的微笑说，"我该如何向您解释缘故呢？我只好从今年春天说起，当初，我和英沙罗夫结交不久就十分亲密。那时，我曾在一个亲戚家中碰到过他；这个亲戚有一个女孩，长得很美。我感到仿佛英沙罗夫对她很有好感，我就把这个想法告诉了他。他听了笑了笑，告诉我，我误会了，他心里没有这个意思，不过他说，假如他遇到了一切类似的情况，他就要马上走开，由于他不想——这是他亲口说的——为了自己感情上的快乐而不顾自己的事业和自己的义务。'我是保加利亚人，'他说，'我用不着一个俄国女人的爱情……'"

"确实……那又如何呢……您眼下觉得……"叶连娜悄悄说，仿佛一个猛地遭到挫折的人似的，她下意识地转过头去，不过还是紧紧地抓着别尔谢涅夫的手。

"我认为，"他说，自己的声音也小了下来，"我认为，当初我胡乱猜测的事，真的在眼下发生了。"

"换言之……您觉得……请不要伤害我！"叶连娜猛地脱口而出。

"我认为，"别尔谢涅夫赶紧说，"英沙罗夫目前喜欢上了一个俄国姑娘，所以为了履行自己的诺言，他不得不走了。"

叶连娜更加用力地抓着他的手，也将脑袋垂得更低，仿佛要将她那红彤彤的、好像被猛地燃烧起来的火焰映红了的整张脸和脖子，避开其他人的眼光。

"安德烈·彼得罗维奇，您简直和天使一样仁慈，"她说，"不过，难道他连一声道别都不和我们说？"

"会的，我想，他肯定会来，由于他心中并不想走……"

"请您跟他讲，请您跟他讲……"

不过，恰在此刻，不幸的姑娘已经不能控制自己了；泪水由她的眼中滚滚滑落，随后她由房间中奔了出去。

"原来她是如此喜欢他啊，"别尔谢涅夫一面思索，一面缓缓地返回别墅，"我没有想到；我没有想到，她如此喜欢他。她不久前讲，我仁慈，"他接着暗自想……"鬼晓得，我是因为何种感情和何种目的，才向叶连娜透露这个消息的呢？不过，绝不是因为心肠好，不是因为心肠好。是不是还有一个不可告人的目的，打算亲身证明一番，匕首是否实实在在地扎在了痛处呢？我理当觉得如愿以偿了——他们正相互爱恋着，我反而助他们一臂之力……'科学与俄国百姓间的一个未来的中介人'，舒宾以前如此叫过我；看样子，我无论如何都避免不了做一个中介人。不过，要是我弄差了呢？不，我不会弄差……"

安德烈·彼得罗维奇觉得烦闷的是，他心中已经对劳梅尔①提不起兴趣了。

第二天下午两点，英沙罗夫前往斯塔霍夫家。仿佛有心过不去一样，此刻在安娜·瓦西里耶夫娜的客厅中正有一个女客人——邻居牧师的太太；这是一个很不错的、令人肃然起敬的女人，不过她和警察局有过一件有些不高兴的事，那是因为她打算在阳光最恶毒的时候去池塘中洗洗澡，那池塘就在大路附近，一个十分讲究虚荣的将军的家人却总是坐着马车路过那儿。有一个交情不深的人在客厅中，开始让叶连娜觉得愉悦，由于她才发现英沙罗夫的脚步声，她面孔上已经变得十分苍白；不过，一考虑到他辞别时也许没有时间和她单独聊了，她心中就有些难过。他仿佛十分不好意思一样，正在躲闪她的眼光。"他的确要立刻走了吗？"叶连娜暗自想。果然，英沙罗夫已经扭头要去和安娜·瓦西里耶夫娜告别了；叶连娜赶紧站起来，将他喊到了附近的窗边。牧师夫人十分意外，也打算扭过头去；不过，她的腰带却捆得如此用力，让她每动一下，紧身衣就吱吱叫个不停。她不得不停住了。

"哎，"叶连娜烦躁地说，"我清楚您此行的目的；安德烈·彼得罗维奇已经向我透露了您的决定，不过我请您，我求求您今天别离开这儿，而明天早一点儿，十一点再来一趟吧。我有话跟您说。"

英沙罗夫悄悄地垂下脑袋。

"我不会让您留下……同意吗？"

英沙罗夫又垂下了脑袋，不过一言不发。

"叶连娜，过来，"安娜·瓦西里耶夫娜叫道，"你来瞧瞧，牧师夫人的手提袋是何等美观啊。"

"是我亲手制作的呢。"牧师夫人说。

叶连娜离开窗边。

---

① 劳梅尔：法国历史学家。

英沙罗夫在斯塔霍夫家仅逗留了不到十五分钟。叶连娜始终在静静地观察着他。他在那儿站着手足无措，还不清楚应该看什么地方，随后他有些莫名其妙地猛地离开了；仿佛他一下子就不见了。

这一天对叶连娜而言，十分难熬；漫漫长夜，更加难熬。叶连娜时而在床上坐着，两只手搂住两只膝盖，将脑袋贴在它们上面；时而来到窗边，将滚烫的前额贴在凉飕飕的玻璃窗上；在思索着，把相同的念头来来回回地思索着，直思索到自己劳累过度。她的心不清楚是变得仿佛一块顽石似的无动于衷了呢，还是仿佛由胸腔中不见了；她已经发现不了它的跳动，不过她脑子里的血管却在缓缓地跳动着，她的头发让她觉得发烫，嘴唇干燥。"他能来……他还未和妈妈告别……他会来的……莫非安德烈·彼得罗维奇说的是假的吗？那无论如何也不可能……他并未说过要来……我就这么和他终生不再相见了吗？"就是如此的念头在折磨着她……始终在折磨着她：这些念头不是不见了又重现，重现了又不见了——它们就仿佛一团迷雾似的，始终围绕在她的心中。"他在喜欢着我！"这念头仿佛猛地点燃的火焰似的由她的内心深处爆发出来，她注视着夜空；一种谁也无法觉察的、莫名其妙的微笑，让她的双唇张开……不过她马上又晃晃脑袋，把双手放在脑后，因此，原先那些思想，又仿佛烟雾一般笼罩在她的心间了。天亮前她才脱掉衣服，上床休息，不过她难以入睡。第一缕红色的阳光照到她的屋子……"啊，如果他的确喜欢我！"她猛地叫道，伸开自己的两只胳膊，尽管阳光笼罩着她的全身，她不再觉得难为情……

她起床后，套上衣服，到了楼下。房间里还没有人。她朝花园走去：不过花园中是如此安详、翠绿、新鲜，鸟雀儿是如此婉转动听地鸣叫着，各种花儿是如此欢天喜地地扬着脑袋看着，这一切却让她觉得忐忑不安。"啊！"她暗自思索着，"假如这是真的，我比随便哪一种花草都快乐啦；不过，这会是真的吗？"她来到自己屋内，为了想

279

办法打发时间，就开始更衣。不过，她手中什么也没有拿住；当谁来让她去喝早茶时，她仍待在自己的梳妆镜前没有彻底换好衣服。她来到楼下；妈妈发现她面无血色，不过仅仅说："你今天太有趣了。"观察了她一番后，又接着说："这套连衫裙对你非常相配；如果让人欣赏你，你就一直穿着它吧。"叶连娜一言未发，就来到一个角落中。这时，钟敲了九次；到十一点仍有两个小时。叶连娜捧起一本书，后又拿起刺绣，接着又捧起书；随后她要求自己在一条林荫路上走一百趟，她的确走了一百趟；接着，她观察了好长时间安娜·瓦西里耶夫娜如何摆牌阵①……又看了一下时间：仍未到十点。舒宾来到了客厅。她想和他聊点什么，同时请他原谅，原谅什么呢，她本人也不清楚……她讲的每一句话，并不让她感到费劲儿，不过在她心中却产生了一种难以捉摸的感觉。舒宾朝她弯下腰，她认为他会嘲弄她，就仰起头，不过发现自己眼前摆着一张伤感而善良的脸……她朝他笑了一下。舒宾也报以笑容，一言不发，就静静地离开了。她打算让他留下来，但是马上又不知该如何称呼他。总算到了十一点了。她开始期盼着，期盼着，期盼着，而且在聆听着。她已经没心思干什么事了；她甚至停止了思考。她的心跳加速，开始跳得渐渐快了起来，情况实在让人不可思议啊！时间仿佛转瞬即逝。十五分钟过去了，三十分钟过去了，叶连娜认为，仿佛又过了一会儿，她猛地抖动了一下：时钟敲击的次数不是十二次，而是一次。"他不来了，他离开了，没有前来道别……"这种念头，和血液一道，情不自禁地涌进她的心中。她感到，她呼吸困难，她打算放声大哭……她来到自己的屋子，双手蒙着脸，摔倒在床上。

她静静地躺了三十分钟：泪水由她的手指中间淌到枕头上。她猛地缓缓爬起来；她心中产生了一个不可思议的念头：她的脸已经和原来不一样了，充满泪水的眼睛已经干了，而且开始熠熠生辉；正在锁

---

① 牌阵：一个人用于消磨时间的纸牌游戏。

紧眉头，绷着嘴唇。又过了三十分钟。叶连娜最后一次侧耳聆听：是否有熟悉的声音响起？她站起身，扣好帽子，戴好手套，披上大披肩，就偷偷地由房间里跑了出去，脚步飞快，朝别尔谢涅夫的住处赶去。

十八

　　叶连娜走着，垂着脑袋，专注地望着前方。她已经毫无畏惧，已经抛开了一切想法；她仅仅打算和英沙罗夫再见一次。她走着，没有留神太阳早已不见了，躲在黑黑的云彩里边，风一阵阵在树林里嘶喊着，吹动她的连衫裙，尘土猛地漫天飞舞，在路上一阵阵地飞奔……零星的大雨点飘落下来，她也没有觉察到；不过，雨越下越大，瓢泼一般，猛地一亮，随后传来了雷声。叶连娜停住了脚步，朝身边看了看……她运气不错，在她遇到大雨之处附近，在一口已经废弃的水井上方，有一座已经破烂不堪的小教堂。她朝小教堂奔去，来到低矮的前檐下。大雨仿佛小河流水一般淌下来；附近的天空笼罩着乌云。叶连娜怀着一种无法表明的绝望心情，注视着飞速滑落的、密不透风的雨网。和英沙罗夫见面的最后愿望毁灭了。一个要饭的老太太来到小教堂，她抖抖身上的雨水，行了一个礼说："避避雨，好姑娘。"随后，她呻吟着和叹息着，在小水井旁边的一个小台阶上蹲着。叶连娜将一只手放入口袋：老太太发现这个举动，因此，她那皱巴巴而黄黄的，但是曾经漂亮的脸孔，变得生动起来。叶连娜口袋里没带钱包，不过老太太已经递过来一只手……

　　"我没有带钱，老婆婆，"叶连娜说，"给你这个吧，可能会有些用。"

她将自己的一块手帕施舍给了她。

"啊——啊呀,你呀,我的好姑娘,"老太太说,"我要它有什么用呢?难道留给我孙女,她以后嫁人用吗?上帝会报答你的好心!"

传来一阵打雷声。

"上帝呀,"老太太悄悄说,随后为自己连画了三个十字。"没错,我似乎以前见过你,"过了一阵儿,她接着说,"你似乎用基督的名义,施舍过我吗?"

叶连娜认真打量了一下老太太,认出了她。

"没错,老婆婆,"她说,"你还询问我,我怎么会那样伤感呢。"

"没错,好姑娘,没错。我说怎么看你十分眼熟呢。没错,你眼下仿佛仍很伤感。看,你这手绢儿湿乎乎的,可能是泪水打的吧。哎,你们小姑娘们呀,你们每个都如此伤感,如此烦恼!"

"怎么样的伤感呀,老婆婆?"

"怎么样的?哈,我的好姑娘,你可蒙不了我这个老太太。我清楚,你为什么难过:你的痛苦不是无依无靠的痛苦。没错,我也年轻过,小姐,我也体会过这些痛苦。没错,为了感谢你的好心,我就给您讲讲吧:你已经碰上一个善良的人啦,那不是个不负责任的男人,你就依赖他一个人;更毫不动摇依赖吧。如果行了,那就行,如果不行,那也是上帝的旨意。是的,我也会预测人生呢。你希望让我将你的手绢儿和你的一切痛苦都带走吧?我带走了,也就没事了。你看,雨不那么大了;你再等一下,我就离开啦。我被雨淋湿已经有好多回了。别忘了,小姐:你有过伤感,伤感已经不见了,眼下再没有了。上帝呀,可怜可怜我们吧!"

老太太由小台阶上缓缓站起身来,离开小教堂,顺着自己要走的路,缓缓地吃力地走着。叶连娜十分奇怪地注视着她的背影。"这是什么意思呢?"她情不自禁地悄悄说道。

毛毛细雨已经渐渐小了,猛然间太阳射出了夺目的光芒,叶连娜已经准备从自己避雨的地方走开了……猛地，在距教堂十米左右的地方，她发现了英沙罗夫。他披着斗篷，正沿着叶连娜不久前走过的那一条路走着；看样子，他正在返回住处。

她一只手臂倚在门廊一根不堪重负的栏杆上，打算叫他，不过她却叫不出来……英沙罗夫垂着脑袋，已经由身边路过了……

"德米特里·尼卡诺罗维奇！"她总算喊了出来。

英沙罗夫猛地停住了脚步，扭头一望……一开始他并未看出是叶连娜，不过，他马上就来到她面前。

"原来是您！您在这儿？"他高叫道。

她一声不吭地又来到教堂中。英沙罗夫随着叶连娜过去了。

"您在这儿？"他重复了一次。

她还是没有说话，仅仅是用一种深情的眼神注视着他。他合上了眼睛。

"您是由我们家回来的吗？"她问。

"不……不是由你们家回来的。"

"不是？"叶连娜又说了一遍，忍不住想笑，"您就如此实现您的诺言吗？我一大早就开始等您。"

"昨天，您没忘吧，叶连娜·尼古拉耶夫娜，我一句话也没说呀。"

叶连娜又微微一笑，拿一只手擦了一把脸。她的面孔和手都失去了血色。

"因此，您就打算悄悄离开了吗？"

"没错。"英沙罗夫郑重地高叫道。

"为什么？在我们已经相识，经过这么多次聊天，在全部这一切之后……那么，如果我没有在这儿偶然地遇到您（叶连娜的声音仿佛银铃似的清脆，随后她安静了一会儿）……您就如此离开，甚至不和我握握手，您心中也不会觉得痛苦吗？"

英沙罗夫扭过头去。

"叶连娜·尼古拉耶夫娜，请您不要如此讲，我原本就十分伤心了。请您不要怀疑，我做出这个决定是费了很大力气的。如果您明白……"

"我不打算明白，"叶连娜意外地插话说，"我不打算弄明白您离开的原因……看样子，需要如此。看样子，我们要分手。您是不会毫无根据地让您的朋友难过的。不过，莫非朋友可以如此分别吗？要明白，我和您是朋友啊，对不对？"

"不是。"英沙罗夫说。

"为什么不是？……"叶连娜悄悄说，她的面孔罩上了一层淡淡的红晕。

"正由于我们不是朋友，因此我才要走开，请您别强迫我讲出我不想讲，我也不会讲出来的话吧。"

"您以前对我是诚恳的。"叶连娜带着有些怪罪的语气说，"您没忘吧？"

"那时我能够诚恳，那时候我毫无秘密；不过眼下……"

"不过眼下？"叶连娜问。

"不过眼下……不过眼下我必须走了。回头见吧。"

要是在这刹那间英沙罗夫抬头看一下叶连娜，他就能够发现，他本人越痛苦不堪和失望，她面孔上越现出欢快的样子；不过，他却始终注视着地板。

"行啦，回头见，德米特里·尼卡诺罗维奇，"她说，"不过，既然我们已经遇上了，那么，眼下起码请您把手递给我吧。"

"不，我做不到。"他悄悄说，又扭过头去。

"做不到？"

"是的。回头见。"

于是，他开始退出教堂。

"别急，"叶连娜说，"您仿佛恐惧我一样。不过我的勇气要比您多一些，"她接着说，浑身猛地轻轻哆嗦，"我能告诉您……同意吗？……您怎么会在这儿遇到我？您清楚我想到什么地方去吗？"

英沙罗夫十分意外地注视着叶连娜。

"我去看您。"

"看我？"

叶连娜两只手蒙着面孔。

"您是打算强迫我讲出来：我喜欢您，"叶连娜悄悄地说，"这就是我……我想讲的。"

"叶连娜？"英沙罗夫高叫道。

她拿开双手，看了看他，就依偎在他的怀中。

他用力地搂着她，一言不发。他不用告诉她，他在喜欢着她。由他那唯一的叫声，由他全身在突然间的改变，由她那毫不怀疑地挨着他那急剧起伏的胸脯，由他那手指深情地抚摸着她的长发，叶连娜都能体会到，他是非常喜欢她的。他沉默着，她用不着说话。"他在此情况下，他正喜欢着……用不着什么解释。"一种快乐的沉静，经过曲折之后到达彼岸的祥和的沉静，也就是那就算死本身都变得与众不同和表现出美的神圣的沉静，用它那不可思议的波浪，拍打着她的全部身心。"啊，我的兄弟，我的伙伴，我的恋人啊！……"她的嘴唇在悄悄地自言自语，她本人也不清楚，正在她的胸腔中这样幸福地碰撞着和融化着的这颗心啊，到底是他的呢，还是她的。

他静静地站在那儿，以自己紧紧地拥抱，接收着这个年轻的、已经托付给他了的生命，他还体会着自己怀中这个前所未有的、十分难得的重担；一种难以抑制的激情，一种不可言明的感激之意，已经让他那颗坚不可摧的心彻底屈服了，他眼中淌出了一种他从未经受过的泪水……

不过她没有哭泣；她仅仅是不停地说："啊，我的伙伴！啊，我

285

的兄弟!"

"你就随着我浪迹天涯吗?"过了一会儿,他问她,还是用自己的拥抱搂着和支撑着她。

"是的,我们形影不离。"

"不过,你别让自己难过;莫非你不清楚,你爸爸妈妈说什么也不会赞成我们的婚姻吗?"

"我没有让自己难过;这,我清楚。"

"你清楚我十分贫困,就如同一个要饭的人吗?"

"我清楚。"

"清楚我不是俄国人,我无论如何也无法在俄国生活,你将被迫和你的祖国和亲人们分开吗?"

"我清楚,清楚。"

"你也清楚,我已经加入了一个困难重重,不求什么回报的斗争,我……我们将被迫面临一些危险,而且可能还要生活得十分艰苦、受人欺侮吗?"

"我清楚,都清楚……我喜欢你。"

"清楚你将被迫丢掉你所习惯的全部,清楚在那边,你会一个人生活在陌生人中,你可能将被迫去干活……"

她用手捂住了他的嘴。

"我喜欢你,我的甜心。"

他开始动情地亲着她那细长的、红润的手。叶连娜没有反抗,而且带着一种天真的快乐和新奇的笑容,注视着他时而亲她的手掌,时而亲她的手指……

猛地,她脸色通红,把自己的面孔藏到他的怀中。

他深情款款地略微抬起她的脑袋,久久地望着她的眼睛。

"那么,你好啊,"他向她说,"我的爱妻,在众人和主面前!"

十九

过了一个小时，叶连娜一只手拿着帽子，另一只手抓着大披肩，缓缓地离开别墅的客厅。她的头发略显得有些凌乱，面孔上都还有着不大的鲜红的吻痕，她的嘴边仍挂着微笑，两只眼睛也微微合拢，还带着笑意。她困倦得快要走不动了，不过这种困倦却让她觉得愉悦：没错，目前什么事儿都让她愉悦。一切让她感到仿佛都十分讨人喜欢。乌瓦尔·伊万诺维奇正在一个窗户边坐着；她来到他身边，将一只手放在他的肩头，稍稍向前倾着身子，不清楚为何忍不住笑了。

"有什么可笑的?"他十分惊讶地问。

她不清楚该从何说起。她非常想吻吻乌瓦尔·伊万诺维奇。

"扑通……"她总算开口了。

不过，乌瓦尔·伊万诺维奇不为所动，还在惊讶地看着叶连娜。她将大披肩和帽子放在他身上。

"亲爱的乌瓦尔·伊万诺维奇，"她说，"我打算休息，我累了。"她又笑了，接着躺在他身边的一张安乐椅上。

"嗯，"他如此哼了一声后，又晃起手指来，"这理所当然，没错……"

叶连娜却朝自己身边瞧了瞧，思索着："很快我就会丢掉这一切啦……实在太不可思议了，我既不害怕，又不困惑，也没有什么割舍不下……不，我不幸的母亲!"接着，小教堂又出现在她眼前，又听到了他的话，她又以为他的手臂仿佛仍搂着她的身体。她心中十分高兴，不过轻轻地哆嗦起来：她体会到一种满足的懒散。她又记起要饭

287

的老太太。"是的，她将我的烦恼带走啦，"她思索着，"啊，我是何等快乐！快乐又降临得何等顺利！降临得何等神速啊！"她如果对自己略微放纵一些，她就会流出幸福的、难以停止的泪水。她仅仅是用微笑来控制住这些泪水。不管她以什么姿态，她感到都再恰当不过：她都觉得仿佛小孩被人爱抚着，唱着歌儿进入梦乡一般。她的每个举止都变得缓慢而轻柔；她的暴躁脾气，她的蛮不讲理，都抛到何处去了呢？卓娅到了：叶连娜感到，她从未发现到比这更漂亮的面孔；安娜·瓦西里耶夫娜也到了：叶连娜感到仿佛不清楚被什么东西扎了一下，不过，她却满含着爱恋之情搂着自己好心肠的妈妈，亲亲她那已经渐露花白的头发旁边的前额。接着，她来到自己屋内：里面，全部东西都仿佛在朝她微笑！她又怀着一种难为情的自得和安详心情，坐到自己的床上，坐到那张三个小时之前她经受了非常难忍的时刻的小床上啊！"是的，那时我就已经清楚，他喜欢着我，"她思索着，"不过，过去……唉，不！不！这是一个错误。"——"你是我的太太……"她悄悄嘀咕着，双手蒙在面孔上，趴在腿上。

黄昏，她更陷入了沉思。念及无法马上与英沙罗夫相见，她心中就觉得不高兴。为了不让别人察觉，他无法住在别尔谢涅夫那里了，因此，他和叶连娜就如此商量好了：英沙罗夫理当返回莫斯科，秋天之前他再去探望她们两回；在她这方面呢，她同意多给他写信，假如有机会的话，就通知他去孔佐沃的某个地方见面。喝茶时，她来到客厅，恰巧在那里遇到了自己全家人和舒宾；她一出现，舒宾就仔细地打量了她一番；她打算和过去一样亲切地和他聊聊，不过，她又对他的敏感的观察力感到恐惧，也担心自己暴露出自己的情感。她认为，他两个星期以来都没有来纠缠她，肯定是有背景的。很快，别尔谢涅夫到了，替英沙罗夫问候安娜·瓦西里耶夫娜，同时代他表示了他离开这儿时，没有和她告别的歉意。这是当天在叶连娜面前初次说起英沙罗夫；她觉得自己的面孔马上红了起来；而且她清楚，她理当对如此难得的朋友的猛然离开显现出一些遗憾，不过她不能逼着自己撒谎，不得不还像以前一样老老实实地、一声不响地坐着，不过安娜·瓦西里耶夫娜倒在叹气和惋惜。叶连娜尽量凑到别尔谢涅夫身边；她很信任他，尽管他也清楚她的一些隐私；在他的陪伴下，她能够甩开舒宾始终不放弃的注视——那注视尽管没有讽刺的意味，不过却是关注的。在当晚相逢交谈时，别尔谢涅夫也觉得不可思议：他原想，他将会发现叶连娜变得更加难过。她的运气确实不错，在他和舒宾之间，围绕艺术发生了一场辩论；她走远了一些，好像睡着了似的听着他们的辩论声。慢慢地，不光他们，而且整个客厅，她身边的一切，她感到仿佛都在梦中——这一切：桌子上的茶炊，乌瓦尔·伊万诺维奇的短背心，卓娅细腻的手指甲，墙上康斯坦丁·巴夫洛维奇大公①的肖像；全部都仿佛在慢慢消失，全部都仿佛罩上了一层轻雾，全部都仿佛毁灭了。但是，她认为他们每个人都非常不幸。"他们是为什么而生存呢？"她思索着。

"你要睡着了吧，列诺奇卡？"她妈妈问道。

她没有听见她妈妈的话。

"你认为，是一种亦真亦幻的暗示？……"舒宾高叫道，猛地引起了叶连娜的关注，"算了吧，"他接着说，"耐人寻味之处就在这里。彻底的暗示让人难以接受——这过于直接了；虚幻的暗示，人家觉得没意思——这过于低劣，不过对亦真亦幻的暗示呢，人家又感到惋惜和烦躁。例如，如果我说叶连娜·尼古拉耶夫娜喜欢上了我们之间的一个，这属于什么暗示呢？"

"哎呀，舒宾先生，"叶连娜说，"我实在希望对您表达我的惋惜啦，不过，说实话，我做不到。我太疲倦了。"

"你为什么还不上床休息呢？"安娜·瓦西里耶夫娜说，她本人晚

---

① 康斯坦丁·巴夫洛维奇（1779—1831 年），俄国大公，沙皇巴维尔的次子。

上就总是犯困，因此喜欢让别人睡觉。"你和我道个别，就走吧，上帝保佑你休息好。安德烈·彼得罗维奇不会生气的。"

叶连娜亲亲自己的母亲，朝大家点头致意后，离开了。舒宾把她送到门口。

"叶连娜·尼古拉耶夫娜，"他站在门槛旁悄悄告诉她，"眼下虽然你在伤害着我，虽然您正在毫不留情地踩着我，但是，我依旧为您祝福，祝福您的一双小脚，祝福您脚上穿的鞋和您鞋下面的鞋钉。"

叶连娜晃晃肩膀，不太情愿地把一只手递给他——那只手英沙罗夫没有亲过，——随后，她来到自己屋内，马上脱掉衣服，一上床就进入了梦乡。她睡得很沉、很安详……就连小孩子也没有睡得如此香甜：唯有康复的幼童，有妈妈守在他的摇篮旁，注视着他和聆听着他的呼吸，才睡得如此甜美。

二十

"趁这个机会去我那儿待一阵儿吧，"当别尔谢涅夫向安娜·瓦西里耶夫娜才告别，舒宾就邀请他，"我要让您瞧瞧一些东西。"

别尔谢涅夫来到他的房间。放在屋子各个角落中的许多雕塑作品，不少用湿布包着的小塑像、半身塑像，让他深感意外。

"很好，我认为，你工作得非常勤奋。"他向舒宾说。

"无论如何得有事干才行呀，"舒宾说，"一件事做不了，应该试试别的。但是，我却和科西嘉①人差不多，把专心于近亲复仇比专心于纯艺术看得还要重要。颤抖吧，彼桑齐亚！②"

"我听不懂你说的话。"别尔谢涅夫说。

"别急。看，亲爱的伙伴和恩人，请瞧瞧我的头号敌人吧。"

舒宾掀开一座塑像，于是别尔谢涅夫发现了一尊惟妙惟肖的英沙罗夫的半身像。那面部特点，舒宾都把握得非常精确，体现得十分细致，同时描绘出十分精彩的神态：诚实，高尚，勇敢。

别尔谢涅夫十分快乐。

"这真是太棒了！"他高声称赞道，"恭喜你！几乎能够拿去展览！您怎么把这个优秀的作品称作'敌人'呢？"

"那是由于，先生，我准备把这个你十分欣赏的作品，在叶连娜·尼古拉耶夫娜命名日那天送给她。您清楚这意味着什么吗？我们都不反应迟钝，我们都发现得了正在我们周围发生的事情，不过我们都是知书达理的人，因此，先生，我们也要和知书达理的人一样进行报复。"

"不过，在这儿，"舒宾一面说，一面在掀着另一个小塑像，"由于一个艺术家，根据最新的美学概念，有一个令人妒忌的权利就是能够在自己身上暴露不同的丑恶，把它们化为艺术创作的传世之作，我在塑造二号敌人这个精品时，就已经彻底不是如同一个知书达理的人一样进行报复，而几乎是如同一个流氓无赖一般了。"

他灵巧地掀开了盖布，于是在别尔谢涅夫面前，显现出一个有丹唐特色的、也是英沙罗夫的小站像。再也想不到比这塑得更阴险、更委婉的了。那朝气蓬勃的保加利亚人被塑成了一只公羊，两只后腿踢到了空中，探着一对正欲冲击的犄角。刻板的严肃、凶狠、倔犟、笨

---

① 科西嘉：法国在地中海的一个大岛。科西嘉人说法语和意大利方言，信仰天主教；据说，他们曾有仇杀的习惯。

② 原文为意大利文。出自意大利作曲家陶尼则蒂的歌剧《柏利沙里》。

拙、小气，几乎都隐含在那"细毛母绵羊之佳偶"的面部表情中，而且它又令人惊奇地、千真万确地非常像英沙罗夫，这让别尔谢涅夫见了抑制不住地开怀大笑起来。

"如何？有意思吧？"舒宾说，"看得出这个勇士吗？你是不是赞成也送去展览一番？这个，你呀我的伙伴，我要自己保存起来，用它献给自己的命名日……先生，请让我这么放肆一下！"

于是，舒宾连续蹦了三次，鞋后跟居然碰到了自己的屁股。别尔谢涅夫由地上捡起盖布，接着把它蒙在了小站像上。

"哎呀，你哟，实在是心胸开阔，"舒宾说，"历史上能不能找出一位心胸十分开阔的人呢？行了，也就那么写写而已！"他一面接着说，一面严肃而悲痛地掀开第三尊巨大的塑像，"你将会发现一件东西，它会向你说明你的伙伴的谦虚、宽宏大量和灵敏的感觉。你将亲身证明，他，还是如同一个名副其实的艺术家一般，明白自我批评的意义。请瞧吧！"

盖布揭掉了，于是，别尔谢涅夫发现了两个仿佛双胞胎一样的脑袋……他没有立刻搞清楚是什么意思，不过认真一瞧，才发现其中一个是安纽什卡，另一个是舒宾本人。不过，这两个塑像，称之为肖像，还不如称之为滑稽的仿制品。安纽什卡被弄成一个美丽丰满的姑娘，前额很低，眼皮臃肿，鼻子传神地翘着。她那肥大的嘴唇显现着狂野而骄傲的微笑；整个面孔，流露出一种肉欲、放纵和大胆，也有一些柔和的表情；舒宾则将自己弄成一个枯瘦的花花公子，两颊内陷，几股无精打采垂着的稀少头发，无神的双眼，仿佛死人一般的尖鼻子。

别尔谢涅夫憎恨地转过脸去。

"非常不错的两个人吧，朋友？"舒宾说，"你是否可以为它命个名？前两尊塑像的名字，我已经想好了。半身塑像可称为：《从一个发誓要解放自己祖国的勇士》。小站像则可称为：《珍视吧，香肠贩子①!》。而现在这个塑像——你觉得叫什么好呢？——《艺术家巴维尔·雅可夫列夫②·舒宾之未来……》，行吗？"

"不要再讲了，"别尔谢涅夫厌恶地说，"把时间用在这上面……"他没有立刻找到恰当的词。

"你是准备讲，毫无意义的东西，不，朋友，抱歉，假如确实要展览什么作品，那就是这些了。"

"真是毫无意义的东西，"别尔谢涅夫又说了一遍，"没错，这不是蛮干吧？遗憾的是，截至目前，如我们艺术家们一般，保障丰富的想象力一样得到发挥的那些条件，你却丝毫也没有。你几乎是在糟蹋自己。"

"你如此认为吗？"舒宾伤心地说，"要是我目前不具备那些条件，要是我以后才能具备它们，那么，这都是由于……一个女人。我已经在试着喝酒啦，"他又说，难过地紧锁眉头，"你清楚吗？"

"你骗人?!"

"我已经试过，的确试过了，"舒宾说，猛地又哈哈大笑起来，看来心情一下子好了起来，"喝进嗓子里，朋友，真的很难受，接着头就仿佛打鼓似的不舒服。不凡的卢希欣——莫斯科最出名的酒鬼，听另一些人讲，也是全俄国最出名的酒鬼哈尔兰皮·卢希欣本人就告诉过我，我一点儿也不行。依他看来，酒和我毫无缘分。"

别尔谢涅夫抬手正准备朝那几个塑像砸去，不过舒宾拦住了他。

"行了，朋友，不要破坏了它们；这放起来作为经验教训，拿来吓吓鸟儿也行。"

别尔谢涅夫笑了。

"既然如此，行了，我就放过你这些吓鸟儿的塑像，"他说，"伟

---

① 香肠贩子：旧时骂德国人的话，和"小子"、"混账东西"差不多。
② 舒宾的父称为雅可夫列夫。

大的纯艺术万岁!"

"万岁!"舒宾继续说,"和艺术在一块,优秀的会更加优秀,低劣的也没什么!"

两个人用力地握握手,就告别了。

二十一

当叶连娜睁开眼睛时,她的头一个感觉就是十分高兴的慌乱。"莫非可能吗?莫非可能吗?"她暗自问,她的心因为幸福而在抖动。往事浮上她的脑海……她已陷入了沉思中。接着,那种令人高兴的、极其兴奋的沉默,又包围着她。不过,在清晨这个时候,叶连娜心中慢慢有点儿恐慌,而这几天以来,她已经开始觉得伤心和焦急。目前,她真不清楚她打算干什么,不过这并未让她感到轻松一点儿。那铭记终生的见面,把她永远由过去的生活轨道上甩开了:她已经不是停留在过去的位置上,她已经移动很长一个距离了,但是,身边的一切还是像过去一样进行着,一切都是老样子,仿佛没有丝毫变化;过去的生活,仍在继续,仍在盼望着叶连娜的加入与合作。她尝试给英沙罗夫写信,不过这也无法做到:不少语言一写到纸上,就毫无意义,或者令人作呕了。她已经记好了自己的日记:已在最后一句话下边描了一道粗线条。那些都已过去了,而眼下,她正用自己的所有精力,用自己的全部生活,走向未来。她心事重重。和什么也不知道的妈妈待在一起,注意听她说话,回答她的询问,和她聊天——叶连娜都感到仿佛有些内疚;她认为自己有些不诚实;她十分烦闷,尽管她毫无值得内疚的事;她心里产生过无数次简直难以控制的冲动,打算将一切坦白地讲出来,无论会产生什么影响。"为什么,"她思索道,

"德米特里怎么不在当时就从那个小教堂把我带走，带到他想去的地方啊？他不是告诉过我，在上帝面前我是他的爱人吗？我怎么要待在这儿呀？"她猛地感到一看到大家就难为情，就连乌瓦尔·伊万诺维奇也不敢见；这几天他越猜测不到，他的手指越抖得频繁。身边的所有，她都认为既不亲近，又不可爱，甚至也不像虚幻：身边的所有，几乎都仿佛噩梦一般，用它那静静的沉重，逼迫着她的身心；它们都好像在怪罪她，对她十分不满，也不打算弄清楚她……"你呀，"仿佛它们都在讲，"到底属于我们。"就连她照看的不幸的小动物，那些伤感的小鸟儿和小畜生，也都在心存疑虑地、憎恨地——起码她认为仿佛是这样——注视着她。对于本人的思想，她觉得良心的谴责和惭愧。"对呀，这房子到底属于我，"她思索着，"我的家，我的祖国……"——"不，这已经不是你的祖国，你的家啦，"又有一个声音不停地告诉她。她心中觉得害怕，而她对自己的懦弱又觉得难过，考验才降临，不过她却无法忍受了……莫非这是她所答应过而应该表现的立场吗？

她没有迅速控制住自己。不过，一个星期过去了，又过了一个星期，叶连娜才慢慢冷静下来，开始适应自己新的环境。她给英沙罗夫写了两封短信，而且自己前往邮局发信——因为难为情和自尊，她怎么也不肯让用人去做这件事。她已经开始期待他亲自前来……不过，在一个阳光明媚的清晨，他并没有出现，但尼古拉·阿尔捷米耶维奇却到了。

二十二

在复员近卫军中尉斯塔霍夫家中，不管什么人都还没有发现过他那么生气，并且又像这一天似的那么自高自大地摆谱。他裹着大衣，扣着帽子，来到客厅——进来时张开双腿，步履沉重，鞋后跟敲得地面咚咚响；他来到镜子前，打量了自己很长时间，以一种散漫的不可一世的表情轻轻晃着脑袋，咬着嘴唇。

安娜·瓦西里耶夫娜用外在的冲动和内心的愉快心情招呼他（她从未用过其他态度招呼他）；他连帽子也没脱掉，也没和她说话，就静静地让叶连娜亲亲他的麂皮手套。安娜·瓦西里耶夫娜开始向他认真询问治病的情况——他没有理睬她；乌瓦尔·伊万诺维奇过来了——他打量了他一下后，仅仅打了个招呼。他对乌瓦尔·伊万诺维奇的态度一直冷漠而傲慢，尽管他声称他身上具有"毋庸置疑的斯塔霍夫血统的痕迹"。

世所公认，差不多每个俄国贵族世家都坚信，唯有他们才能具有那种罕见的高贵血统的特征：我们听过很多次，"在自己人中间"说起"波德萨拉斯金家"的鼻子啦，"佩列普列耶夫家"的脖子啦这种事。卓娅也过来了，朝尼古拉·阿尔捷米耶维奇行了屈膝礼。他"嗯"了一声，就倒在一张安乐椅上，吩咐人为自己送来咖啡，唯有此刻才脱掉帽子。咖啡到了；他喝了杯，挨个打量着大家，好像很生气似的说："请你们出去吧。"① 随后，又扭头朝太太说："您待在这儿。"②

人们都离开了，仅留下安娜·瓦西里耶夫娜。因为兴奋，她的脑袋开始哆嗦起来。尼古拉·阿尔捷米耶维奇的严肃神情，让她深感意外。她不清楚有什么重要事情。

"怎么回事啊！"门一合上，她就高声叫道。

尼古拉·阿尔捷米耶维奇用无情的眼光看了看安娜·瓦西里耶夫娜。

---

① 原文为法文。
② 原文为法文。

“没什么大不了的事情，您为什么扮出一种痛苦的神情？”他说，每讲一个词都画蛇添足地撇着嘴角，“我不过打算提前告诉您，今天有一位认识不久的客人到我们家中用午饭。”

“是什么人呀？”

“库尔纳托夫斯基，叶戈尔·安德烈耶维奇。您没见过他。他是枢密院①的首席秘书。”

“他今天会到我们家中用午饭？”

“对。”

“仅仅是想跟我说这件事，您就让其他人离开吗？”

尼古拉·阿尔捷米耶维奇又看了看安娜·瓦西里耶夫娜，不过这回的目光中已满含着嘲弄了。

“这就让您感到惊讶？您过一阵儿再惊讶吧。”

他闭上了嘴巴。安娜瓦西里耶夫娜也安静了一阵儿。

“我反而认为……”她才开口说……

“我清楚，您一直视我为一个道德败坏的人。”尼古拉·阿尔捷米耶维奇猛地说道。

“我？”安娜·瓦西里耶夫娜十分奇怪地嘀咕着。

“可能，您是正确的。我承认，有时我真的为您制造了让您生气的正当理由（‘一两匹灰马啊！’安娜·瓦西里耶夫娜的心中突然想起了这件事），尽管您本人也不否认，您本人也清楚，您的身体……”

“不过，我丝毫也没有怪罪您，尼古拉·阿尔捷米耶维奇。”

“可能吧。无论如何，我都不想为自己解释。时间会证明我是正确的。不过，我觉得自己有必要让您明白，我清楚自己的任务是什么，而且我也会保护……保护委托给我的……委托给我的家庭的利益。”

“讲这些话的目的何在呢？”安娜·瓦西里耶夫娜思索着。（她无

---

① 枢密院：相当于美法等国的参议院、上议院。

论如何也不清楚，就在英吉利俱乐部休息室的一个角落中，有过一场关于俄国人没有演讲才能的辩论。"我们这里哪个最善于讲话？请任意举个例子吧？"辩论的人们中有一个高叫道。"这很好办，例如，斯塔霍夫，"有一个人答道，还指了一下那时正在站着，兴奋得差不多要叫起来的尼古拉·阿尔捷米耶维奇。）

"例如，"尼古拉·阿尔捷米耶维奇接着说，"我们的叶连娜吧，您没有发现，她到底到了该用坚定的脚步迈进人生道路的时候啦……我是指，她该结婚啦。这一切荒唐的梦想和善良行为，十分正确，但也不能为所欲为，怎么也得有个年龄限制。像她这么大，也该抛弃自己的幻想，由一些怪异的艺术家、学究和什么黑山人①的交往中跳出来，和别人一样生活了。"

"我应当如何理解您的话呢？"安娜·瓦西里耶夫娜问。

"行了，您就让我讲完，"尼古拉·阿尔捷米耶维奇说，还是那样撇着嘴，"我开门见山地跟您说吧：我结交了，我靠近了这个小伙子——库尔纳托夫斯基先生，我想让他和我们的女儿结婚。我发誓，您看到他之后，您肯定不会怪罪我的眼光不准或者冲动。（尼古拉·阿尔捷米耶维奇说着，并且为自己的话语而陶醉。）他受过良好的教育，曾就读于帝俄贵族法学院，人品很好，现年三十三岁，首席秘书，六级文官，获得一枚斯塔尼斯拉夫奖章②。您，我想，会替我讲句良心话的，我不是那些喜欢依附某些官员的喜剧中的父亲；不过，您本人以前告诉过我，叶连娜·尼古拉耶夫娜欣赏勤奋、有前途的人：叶戈尔·安德烈耶维奇就是在本职工作上极其勤奋的人；另外，叶连娜尤其欣赏大方的行为：那么，您应当清楚吧，叶戈尔·安德烈耶维奇刚刚一有机会，您清楚我的话，一有机会用自己的工资过小康生活时，他就替他的兄弟着想，也就马上不要他爸爸每年送他的一笔钱了。"

---

① 黑山人：暗指英沙罗夫。黑山位于亚得里亚海附近。
② 斯塔尼斯拉夫奖章：一种八角形有波兰国王斯塔尼斯拉夫像的十字奖章。

"他爸爸是什么人呀?"安娜·瓦西里耶夫娜问。

"他爸爸?他爸爸在他的家族中也是个了不起的人物,威望很高的、名副其实的、坚韧不拔的人,似乎是个已复员的少校,正在经营着布……伯爵①的全部土地。"

"啊!"安娜·瓦西里耶夫娜喊了出来。

"啊!'啊!'什么呢?"尼古拉·阿尔捷米耶维奇继续说,"莫非您已经有什么主意了吗?"

"我可没说呀。"安娜·瓦西里耶夫娜说……

"不,您已经'啊!'了一声!……无论如何,我觉得理当把我的想法提前告诉你,而且我敢发誓……我认为,库尔纳托夫斯基先生将会得到十分热烈的欢迎。他可不是那个不清楚什么德行的英沙罗夫。"

"那是自然;只要请到厨师万卡,让他多做些菜就可以了。"

"您清楚,我可顾不上这些。"尼古拉·阿尔捷米耶维奇说完,站了起来,扣好帽子,就悄悄地打着口哨(他听别人讲过,唯有在自己的别墅和在骑马场上打口哨才合适),前往花园散步去了。舒宾由自己房子的窗子里看到他,一声不响地朝他吐吐舌头。

三点五十分,斯塔霍夫家别墅的台阶前来了一辆驿站的轿式马车,一个还年轻、神采奕奕、打扮朴素而有格调的小伙子下了车,派用人去报告他已经到了。这小伙子名叫叶戈尔·安德烈耶维奇·库尔纳托夫斯基。

顺便提一下,就在次日,叶连娜为英沙罗夫写了如下一封信:

> 恭喜我吧,亲爱的德米特里,我有一个追求自己的小伙子啦。昨天他到我们家里做客;看样子,父亲是在英吉利俱乐部结识他后,向他发出邀请的。当然,他昨天还没有表明求婚的意

---

① 布……伯爵:即开头一个字母姓布的伯爵。

思。不过，好心的妈妈——爸爸已经将他的想法跟她讲了——悄悄告诉我了，这是一个怎么样的客人。他名为叶戈尔·安德烈耶维奇·库尔纳托夫斯基。他是枢密院的首席秘书。我先为你说说他的长相吧。他身高比你矮一点儿，身体不错；五官端正，头发理得极短，蓄着浓浓的络腮胡子。他的两只眼睛不太大（和你差不多），深棕色，十分灵活；嘴巴扁而宽；那两只眼睛和双唇始终带着微笑，一种具有官僚特色的微笑；好像他的笑也是公事公办一般。他的动作十分潇洒，谈吐清晰，他的全部也都清晰地显示出：他走路，笑，吃饭，仿佛都在公事公办。"她将他打量得何等细致啊！"这时候你可能在如此考虑的吧。没错，为了向你介绍他啊，而且，对本人的追求者又如何能不认真观察呀！他具有一种铁一样的……又笨拙又没意思的，而且又好像是十分诚恳似的脾气；听说，他真的十分诚恳。你也具有铁一样的脾气，不过，你和他不同。吃饭时，他在我身边坐着，舒宾坐在我们对面。开始，说一些和商业、企业有关的事情；听说，他很善于管理商业、企业，为了弄到一个大制造厂，差不多要辞了官职。后来是他本人不希望如此干！随后，舒宾提起戏剧；库尔纳托夫斯基先生就声明（我理当指出，他不是因为假意的谦虚），他一点也不懂艺术。这让我记起了你……不过，我考虑了一番：不，我和德米特里不明白艺术到底有区别。这位先生仿佛准备说："我不明白艺术，而且也用不着明白它；不过，在一个秩序井然的国家中，能够包容。"但是，他对彼得堡和绅士十分不以为然：有一次他甚至叫自己为一个无产者呢。"我们，"他说，"是体力劳动者！"我考虑了一番：要是德米特里讲出这番话，我会生气，不过这种人就叫他自言自语吧！让他说大话吧！他对我十分尊敬；不过，我始终认为，他和我聊天儿却很像一个巡察部下的首长。当他准备夸谁时，他就称这个人老实——这是他的口头禅。

他可能是太自负，勤奋，也可以做到不顾一切（你瞧：我很客观吧），就是说可以奉献一切，不过，他却是个自以为是的家伙。被他掌握住可真受不了！吃饭时，人们还说到贪污的事⋯⋯

"我清楚，"他说，"在不少情况下，收钱的人是没错的；他的确是迫于无奈。不过，如果他被查出来了，还是要从严处理。"

我猛地叫道：

"从严处理一个没错的人！"

"对，由于坚持原则。"

"哪些原则呀？"舒宾问。

库尔纳托夫斯基不清楚是尴尬了呢，还是出乎意料，仅仅说：

"这无需说明。"

仿佛对他十分尊重的父亲继续说，是的，无需说明；不过，我觉得遗憾的是，谈话也就到此结束了。晚上，别尔谢涅夫到了，随后和他进行了一次十分激烈的辩论。我从未发现过我们纯朴的安德烈·彼得罗维奇如此激动过。实际上，库尔纳托夫斯基先生也没有彻底否定科学、大学等等作用⋯⋯但是，我明白安德烈·彼得罗维奇的恼火。那个家伙居然把这一切都视为有些类似于体操的东西。晚饭后，舒宾来到我身边说："看，这个和那个（他绝不会讲出你的名字）——两个都是十分现实的人，不过，您瞧吧，差别太大了！那个是确实十分年轻的，为理想不惜一切的；而这个呢，甚至没有责任感，仅有官场上的传统作风和漫无目的的事业心而已。"舒宾的确十分聪明，我为了转达给你，因此记住了他的话；不过我认为，你们之间有何相同之处呢？你有理想，不过他没有，这是由于一个人不能仅仅相信自己。

他告辞时已经很晚了，不过妈妈却急忙告诉我，他看上了我，父亲十分愉快……他究竟有没有说起过，说我也十分老实呢？我倒简直快忍不住告诉妈妈，我十分遗憾，这是由于我已有意中人啦。爸爸怎么如此讨厌你呢？对妈妈，无论如何我还能够对付……

啊，我的朋友！我如此认真地为你刻画这位先生，仅仅是为了减缓一点儿我的压力。没有你，我无法生存；我不停地看见你，叫着你……我盼望着和你相会，但是不是在我们家中，和你想象的一样，——你猜一下吧，那会让我们何等伤心和尴尬！——而你清楚在何处，我已经在信中说过了——就在那个小树林里……啊，我的恋人！我爱你爱得发狂！

二十三

库尔纳托夫斯基初次到访后差不多过了三个星期，让叶连娜十分兴奋的是，安娜·瓦西里耶夫娜已经搬到莫斯科，搬到普列奇斯捷基不远，她自己那个大木房子去了：那大房子有廊柱，所有窗户上都点缀着白色的七弦琴和花草，有顶楼，有杂用房①，房子前面是一个小花园，在绿草如茵的大院子中，有一口水井，井旁有一个狗窝。安娜·瓦西里耶夫娜从未如此提前离开别墅，不过，这一年初秋的第一次降温，她的齿龈又犯病了；尼古拉·阿尔捷米耶维奇呢，对他而言，看完病之后，也牵挂太太；另外，奥古斯丁娜·赫里斯季安诺夫娜又去列维尔②看她的表妹了；莫斯科来了一些表演精彩的体操姿势的外

---

① 杂用房：是指住房之外的厨房、马车房、储存室、洗澡房等。
② 列维尔：地名，在莫斯科附近。

国人，《莫斯科新闻》^① 对他们精彩的体操姿势的叙述，也深深地打动了安娜·瓦西里耶夫娜。一句话，在别墅逗留下去，已经有些不合适了，以尼古拉·阿尔捷米耶维奇的话讲，甚至已经妨碍他执行"既定计划"了。别墅生活的最后两周，叶连娜感到极其漫长。库尔纳托夫斯基又探望了两回，都是在周日；在别的时候，他没有时间。他原是因为叶连娜才过来的，不过，却大部分时间都在和十分欣赏他的卓娅聊天。"这是个名副其实的男人！"她一边注视着他那黑乎乎的、坚强的面孔，听着他那傲慢、仿佛训话一般的谈话，一边暗自考虑着。在她眼中，他的声音精美绝伦，任何人也不会和他一样与众不同地说："我荣幸地……"或者"我十分欣赏"。英沙罗夫没有前往斯塔霍夫家中，不过，叶连娜有一回悄悄地在莫斯科河上面一个小树林中和他约会过，是她提议在那里约会的。他们相互才短短地说了几句话。舒宾和安娜·瓦西里耶夫娜一块儿去莫斯科了；别尔谢涅夫过几天也进城了。

英沙罗夫待在自己的屋子里，正在第三遍看那些由保加利亚有机会让人带来给他的信；这些信，他们不敢让邮局递送。在东欧各国，一些事件正在蓬勃地发展着；俄国军队对各公国的侵略^②，让每个有远见的人忐忑不安；正积蓄着更大的风暴，已经体会得到马上逼近的、难以逃脱的战争氛围。身边正烈焰冲天，任何人也想不到它会烧到何方，会在何处熄灭；过去的纠纷，心存已久的希望——全部都在开始准备起来。英沙罗夫的心在狂热地跳动着：他的也马上要实现了。"不过，这是不是过早了？不会一事无成吧？"他思索着，用力握住双手。 "我们还没有做好准备呢。不过，算了吧！是动手的时

---

① 《莫斯科新闻》：俄国最早的一份报纸。创办于一七五六年，由一八五九年开始改为日报。

② 指俄国军队侵略了当时仍在土耳其统治下的沿多瑙河公国摩尔达维亚和瓦拉几亚。当时，土耳其拒绝答应沙皇政府关于承认东正教会在"圣地"的权利的要求。因此，俄国军队在一八五三年六月侵入沿多瑙河公国摩尔达维亚和瓦拉几亚。

候了!"

门外传来了细微的声音，门马上开了——叶连娜来了。

英沙罗夫浑身哆嗦，朝她跑去，在她面前跪了下来，搂紧她的腰，把脑袋用力地贴在她身上。

"你没猜到我会来吧？"她边说，边十分急促地呼吸着（她是飞快地由楼梯上跑过来的）。"宝贝儿！宝贝儿！"她双手搂着他的脑袋，又朝四周打量了一番。"你就在这里住呀？我轻轻松松就找到你啦。你房东的女儿带我来的。我们前天回莫斯科了。我打算给你写信，不过我觉得，我本人来一下比较好。我在你这儿仅仅可以逗留十五分钟。你站起来，关好门。"

他站了起来，赶紧关好门来到她身边，握住她的双手。他没有讲什么：他兴奋得无法呼吸啦。她微笑着注视着他的双眼……那目光中带着多么幸福的神情啊……她禁不住觉得难为情了。

"等一下，"她说，乖巧地由他那儿拿出手来，"让我脱掉帽子。"

她松开帽带，把帽子丢到一旁，由肩上拿掉大披肩，梳了梳头发，就在那张十分陈旧的小沙发上坐下了。英沙罗夫待在那儿，仿佛灵魂出窍似的注视着她。

"坐下吧。"她说，没有看他，仅仅朝身边指了指。

英沙罗夫坐下了，不过不是在沙发上，而是在她脚边的地板上。

"给你，将我的手套脱掉。"她用一种不同寻常的声音说。她觉得恐惧起来。

他先打开扣子，接着开始脱一只手套，仅脱到一半，就不顾一切地亲吻她那纤细、娇嫩、白净的手腕。

叶连娜哆嗦了一下，准备用另一只手推开他，他又开始亲吻另一只手来。叶连娜将手放到自己身边，他抬起脑袋，她看看他的面孔，俯下身子——于是，他们吻在了一块儿……

过了片刻……她挣脱开来，站了起来，悄悄地说：　"不，不。"——就飞快地来到写字台旁。

"我是这儿的女主人啊。你这儿的东西，对我是不应该有丝毫隐瞒的，"她说，给了他一个背影，尽量表现出轻松自如的神情，"这么多信！这都写的是什么呢？"

英沙罗夫的眉头拧紧了。

"这些信吗？"他悄悄地说，由地板上站起身，"你都能随便读。"

叶连娜将这些信捧起来看了看。

"这么多信，它们的字又不大，不过我马上就要离开……别理它们啦！不会是第三者写的信吧？……可不是，它们用的都不是俄语。"她一面接着说，一面把一些薄薄的信纸浏览了一遍。

英沙罗夫来到她身边，碰了碰她的腰身。她马上朝他转过来，愉快地朝他笑了笑，就依偎在他的肩头。

"这全是保加利亚来的，叶连娜；是朋友们写给我的，他们正在让我回保加利亚。"

"目前？去保加利亚？"

"没错……目前。现在还有空儿，现在还能走出去。"

她猛地用双手抱住他的脖子。

"你会带我一块离开吧？"

他用力地抱紧她。

"啊，我的宝贝儿，啊，我的巾帼英雄，你为什么这么想呢？不过，我，我，一个一贫如洗、无依无靠的单身汉，要让你陪着我走，那不是难以原谅吗？那不是精神失常吗……那可不行！"

她捂住他的嘴。

"嘘……再说我可不高兴了，再也不见你啦。"

"莫非我们的事不是都决定了，都说好了吗？莫非我不是你的太太吗？莫非太太不陪着丈夫吗？"

"太太们都不去冲锋陷阵的。"他伤感地微笑着说。

"没错，在她们能够留下来的时候。但是莫非我可以待在这儿吗?"

"叶连娜，你呀，宝贝儿! 不过，你考虑一下，可能过两个星期……我就会被迫离开莫斯科。我已经无法去大学上课，无法完成课业了。"

"那如何是好呢?"叶连娜插话说，"你马上就要离开吗? 如果你不反对，目前，目前我就在你这儿留下来，一直陪着你，我不回家了，行吗? 我们马上离开，行吗?"

英沙罗夫更加用力地搂紧她。

"那么，就让老天处罚我吧，"他叫道，"要是我在干坏事的话! 由现在开始，我们始终不分离啦!"

"我待在这儿吗?"叶连娜问。

"不，我的好姑娘; 不，我的甜心。你今天仍要回家，不过要准备随时出发。这事不是立刻就能实施的; 应该周密地全面计划好。这就要用钱，用护照……"

"我有钱，"叶连娜插话说，"有八十卢布。"

"嗯，这不够，"英沙罗夫说，"不过都用得上。"

"不过，我还可以弄到钱，我去借，向我母亲借……不，我不借她的……可以当了表呀……我还有两个耳环，两个手镯……和花边。"

"钱不是关键，叶连娜; 护照，你的护照，这可如何弄到呢?"

"对呀，这可如何弄到呢? 不过，没有护照不行吗?"

"不行。"

叶连娜笑了笑。

"我猛地记起了一件事! 那是我小时候……我们家的一个用人溜了。他们逮住了她，原谅了她，她也在我家生活了很长时间……不过，大家还是叫她: 溜走的塔季扬娜。当初我没料到，我，可能也会

306

和她一样，变为一个逃跑者。"

"叶连娜，你为什么不脸红呢？"

"为何？是的，有护照当然好。不过，要是无法……"

"这件事，我们过一段时间总会想方设法解决，你别急，"英沙罗夫说，"但让我详细计划一番，让我找个办法。我和你再把全部情况认真地谈一谈。而钱，我也有。"

叶连娜用一只手掠了一下掉在他前额的头发。

"啊，德米特里！我们一块离开，真是太棒了！"

"没错，"英沙罗夫说，"不过，我们抵达那里以后……"

"那又如何呢？"叶连娜插话说，"莫非我们一块牺牲，你就难过啦，但是不，为什么要牺牲呢？我们会活下去，我们仍充满朝气，你多大了？二十六吧？"

"是的。"

"而我二十。我们将来的时间还多着呢。哈！你不是打算甩掉我吧？你不打算和俄国女人相爱吧，你这个保加利亚佬！眼下我却要瞧瞧你如何甩掉我吧！不过，如果那时我不来找你，我们会如何呀！"

"叶连娜，你明白，是什么让我被迫避开的。"

"清楚你喜欢上了，又担心。不过，你确实没猜到，我也在喜欢着你吗？"

"我敢以上帝的名义起誓，叶连娜，没猜到。"

她飞快而出人意料地亲了他一下。

"也就是由于这个，我才会喜欢你，眼下，回头见吧。"

"你不能再逗留一会儿吗？"英沙罗夫问道。

"是的，我的宝贝儿。你觉得，我单独离家十分轻松吗？十五分钟早过了。"她披好大披肩，扣好帽子。"明天晚上，你去我们家吧。不，后天吧，我们将会感到不自由、没意思，不过，没有别的好办法：起码我们可以互相看一看。回头见，你让我离开吧。"他最后一次搂了她一下。"哎呀！你瞧，你弄坏了我的表链啦。啊，我的傻瓜！行了，没关系。这样更不错。我就赶到库兹涅茨基桥附近，修修它。要是有人问我，我就说，到库兹涅茨基桥去了。"她拉住门把手，"顺便提一句，我忘了跟你说：库尔纳托夫斯基先生可能这几天会向我求婚，我会这么做……"她将左手的大拇指贴在鼻尖上，剩下的手指朝空中摆了摆。"回头见。我目前已经知道怎么走……你用不着送……"

叶连娜将门拉开了一点儿，认真听了一下，回身朝英沙罗夫点头致意，就静静地离开了。

英沙罗夫在已经关上门的屋子里站了一阵儿，也在认真听着。楼下连着院子的门啪地一响。他于是来到沙发前坐下，用一只手蒙住眼睛。他从未有过这样的表现。"我如何有资格获得这样的爱情呢？"他思索着，"这不是真的吧？"

不过，在他的昏暗、凄凉的屋子里，叶连娜带来的木樨香水的味道，却说明她的确来过。和这味道一起，好像空气中仍响着清脆的声音和灵活的脚步声，还有那天真无邪的少女身上的香味和青春气息。

二十四

英沙罗夫准备期待更加准确的消息，不过他本人已着手准备出发。事情是十分艰难的。实际上，他自己没有什么困难：只要申请办一张护照——不过，叶连娜如何处理呢？要用正当方法为她搞一张护照是行不通的。和她悄悄结婚，接着再去拜见她的父母……"那时他们就会让我们动身，"他思索着，"不过，要是不同意呢？我们还是要动身。如果他们诉诸法律呢……如果……不，最好还是想方设法搞到一张护照。"

他打定主意请教一下自己熟悉的一个已退职、更准确地讲是一个被撤职的检察官，他在办各种违法事务上经验十分丰富（当然，不能透露他的姓名）。这个令人尊重的人物住在很远的地方。英沙罗夫乘着污秽的万卡①，缓缓地走了一个钟头才来到他家，不过更差的是，正碰到他出去了；而在返回的路上，因为一场猛然而至的瓢泼大雨，英沙罗夫成了一只落汤鸡。次日清晨，英沙罗夫忍着剧烈的头疼，又去拜访那个退职的检察官。退职检察官专注地听罢他的话，一面闻着带有圆润乳房的女神像的鼻烟壶中的鼻烟，一面用他那双诡计多端的、也和鼻烟一样黄褐色的小眼睛盯着英沙罗夫；他听完了，就让英沙罗夫"将所说的实际情况说得更清楚一点儿"；不过他看到英沙罗夫不想说出具体情况后（他来见他也不太情愿呢），就仅仅让英沙罗夫准备妥充足的"通神之物"②，然后再来。"那时，"他继续说，"您就会毫不隐瞒，不用担心啦。而护照呢，"他仿佛在自言自语地接着说，"谋事在人；例如，您外出游说：任何人也不清楚您是叫玛丽娅还是布列季欣娜，或者是卡罗利娜·福格尔梅耶尔呢?"英沙罗夫心中觉得十分难受，不过他谢过检察官后，仍允诺这几天会再来拜访的。

当晚，他就前往斯塔霍夫家中。安娜·瓦西里耶夫娜热情地招待了他，还略微怪罪他说，他不记得她们啦；随后，她发现他面无血色，又打听他的身体状况。尼古拉·阿尔捷米耶维奇对他一言未发，仅仅是带着一种若有所思、有些不尊重的惊讶的表情打量了他一下；舒宾对他也没有丝毫热情；不过，叶连娜倒让他十分惊讶。她在期盼着他的出现；她为他身着那天他们在小教堂第一次见面时她穿的那件

---

① 万卡：一种低劣的载客马车的俗称。
② 通神之物：指钱。

连衫裙；不过，她却这么平静地招呼他，显露出非常亲切和无牵无挂的高兴，让谁见了都猜不出，这位少女的一切都已决定了，仅仅是心中暗自体会幸福的爱情，才让她的面孔神采奕奕，她的所有举止看来都十分灵巧和可爱。她替卓娅为客人倒茶，她说笑话，闲聊；她清楚，舒宾在一直观察她，英沙罗夫不会弄虚作假，不会摆出一副冷淡的样子，所以她心中提前进行了足够的准备。她是对的：舒宾始终注视着她，而英沙罗夫整个晚上都不爱说话，看来十分伤感。叶连娜觉得自己非常幸福，让她不由得打算和他开开玩笑。

"如何了？"她猛地问他，"您的计划正在实施吧？"

"哪个计划？"他说。

"您不记得了吗？"她说，朝他笑了一下：唯有他自己才明白这种幸福的笑。"您给俄国人编的保加利亚文选干到什么程度啦？"

"太荒唐了！"尼古拉·阿尔捷米耶维奇有意悄悄地嘀咕着。

卓娅开始演奏曲子了。叶连娜轻轻晃晃肩膀，用目光朝英沙罗夫使了个眼色，仿佛让他赶紧离开。接着，她不慌不忙地用手指敲了敲桌面，瞧瞧他。他清楚，她是在和他约定两天后见面；因此，在她发现他已经清楚了她的想法时，她立刻笑了。英沙罗夫站了起来，开始向人们道别：他感到自己有些难受。库尔纳托夫斯基到了。尼古拉·阿尔捷米耶维奇蹦起来，将右手抬到脑袋上，随后不慌不忙地握上了首席秘书的手掌。英沙罗夫还准备再待一会儿，打量一下自己的情敌。叶连娜偷偷地、顽皮地晃晃脑袋，主人也觉得用不着让他们相识，因此英沙罗夫和叶连娜最后一次眼光相碰后，就离开了。舒宾静静地想着。随后，他就一个自己丝毫不懂的有关法律的问题，和库尔纳托夫斯基剧烈地辩论起来。

英沙罗夫失眠了一个晚上，到清晨已经感到自己脑袋十分迷糊；他仍开始收拾文件和写信，不过他的头很沉，不清楚为什么始终感到不清醒。到吃午饭时，他已经在发烧：他一点胃口也没有。快到黄昏时，体温迅速升高了；四肢胀痛，头也痛得厉害。英沙罗夫在那张叶连娜坐过片刻的小长沙发上趴着；他思索着："我真是自作自受，为什么要去找那个老狐狸啊，"——他想让自己睡着……不过，病痛已经缠上了他。他浑身热血沸腾，思想仿佛飞鸟似的飞扬。他已经不省人事了。他仿佛被人打败了似的仰面倒着，猛地他感到仿佛谁在他上面悄悄地笑和窃窃私语；他极力睁开双眼，一支即将烧光的蜡烛的亮光，仿佛刀刃的光芒似的突然刺了一下他的眼睛……发生了什么事啦？老检察官在他身边站着，披着东方式的长袍，腰里绑着一条绸手帕，和昨天看到的一样……"卡罗利娜·福格尔梅耶尔。"他那掉光了牙的嘴巴模糊地说。英沙罗夫在看着，老人却越来越高大，他已经不是一个人——变为了一棵树……英沙罗夫要抓着茂盛的树枝朝上爬。他抓着，爬着，掉了下来，胸部碰在一块尖石上，而卡罗利娜·福格尔梅耶尔正蹲在那儿，神情仿佛一个女商人，正在用模糊的声音叫着："小馅饼哟，小馅饼哟，小馅饼哟。"——不过恰在那里，正在流着血，马刀发出刺眼的光芒……叶连娜！……因此，全部都笼罩在一片血红色的模糊之中。

二十五

"有个人来探望您，不清楚他是什么人，仿佛是个小炉匠，"第二天黄昏，别尔谢涅夫那位服侍主人一丝不苟和疑心太重的用人对他说，"他打算看看您。"

"让他来吧。"别尔谢涅夫说。

"小炉匠"到了。别尔谢涅夫看出他就是那个裁缝，英沙罗夫的房东。

"你有何贵干?"别尔谢涅夫问。

"我来见您,先生,"裁缝说,一边缓缓地动着两只脚,不时地晃晃用三只手指捏着袖口的右手。"我们那个住户,不清楚为什么,病得十分厉害。"

"英沙罗夫?"

"是,就是他。不清楚他出了什么事,昨天清晨他仍在躺着,黄昏只想喝水,我太太就为他端去了水,不过到晚上就乱喊乱叫了,我们都听得清楚,由于我们在隔壁住;到今天上午,他就人事不省啦,静静地躺着,体温很高,我的上帝呀!我觉得,不清楚他是发生了什么事,看样子也许会断气;我就认为,理当告诉警察分局。由于他是孤身一人;不过,老婆告诉我:'你去一下吧,去找一下他的朋友——也许他会吩咐你如何处理,或者他会过来看一下。'我这就来找您来了,由于我们没办法,就是说……"

别尔谢涅夫拿起制帽①,给了裁缝一个卢布,马上和他一块坐马车来到了英沙罗夫的房子。

他发现他在沙发上倒着人事不省,还穿着衣服。他的脸色吓人。别尔谢涅夫马上让房东两口子为他脱掉衣服,把他抬到床上去,自己就赶紧奔出去请医生,随后把医生带到了。医生立刻开了水蛭、斑蝥硬膏、甘汞的药方,让人为他放血。

"他怎么样?"别尔谢涅夫问。

"极其危险,"医生说,"是急性肺炎;已经彻底转变为传染性胸膜炎,可能大脑已经有些损坏了,不过人还不老。目前,他本身的力量正在和疾病较量。我到这儿已经晚了,但是,我会按科学全力以赴的。"

医生本人也还不老,而且也相信科学。房东两口子本都是善良,而且十分灵活的人,只要有人命令他们干什么,他们都能干好。一位

---

① 制帽:一种宽边、有前遮檐的帽子。

医士到了——随后，开始了治疗工作。

清晨，英沙罗夫明白了一会儿，他看到别尔谢涅夫之后，问："我似乎病了吧?"——他用一个疾病缠身者的呆板、笨拙、不解的目光朝自己身边打量了一番，又人事不省了。别尔谢涅夫去自己的房子换了衣服，顺便带了一些书，又赶到英沙罗夫身边。他打定主意起码先在他那里待一段时间。他用屏风把英沙罗夫的床隔开，在小长沙发旁边为自己弄了个落角之处。一天过得又漫长又令人烦恼。别尔谢涅夫仅仅是在用饭时才走开一会儿。天色晚了。他点着一支蜡烛，罩了起来，开始认真读书。身边十分安静。由旁边房东夫妇的屋子里，偶尔响起悄悄的说话声，一会儿打一个呵欠，一会儿长叹一声……他们两口子谁打了一下喷嚏，另一个就悄悄怪罪他;屏风后面，响着病人低沉而急促的呼吸声，偶尔夹杂着短促的呻吟声和脑袋在枕头上不安地来回动的声音……别尔谢涅夫心中涌起许多不可捉摸的思想。他眼下看护的这个人，他的生命仿佛吊在一根线上一般危在旦夕，别尔谢涅夫清楚，叶连娜喜欢的就是这个人……他记起那个晚上，舒宾赶上他后，告诉他她正喜欢着他，喜欢他别尔谢涅夫! 不过，目前……"目前我该如何处理呢?"他问自己，"用不用告诉叶连娜他病倒了? 还是过一段时间? 这件事比我以前跟她讲的任何事，都更令人痛苦:太不可思议了，命运还是让我夹在他们中间!"他打定主意，还是过一段时间吧。他的眼睛注视着桌上的许多文件……"他能完成自己的设想吗?"别尔谢涅夫思索着，"莫非一切都会不复存在吗?"因此，他心中对这个年轻而饱受磨难的生命感到遗憾，他告诉自己无论如何也要让他活过来……

一个令人焦急的晚上。病人讲了不少胡话。别尔谢涅夫数次由自己睡的小长沙发上起来，悄悄地来到英沙罗夫床前，不安地聆听他那断断续续、含含糊糊的梦话。唯有一次，英沙罗夫忽然明明白白地说:"我不要，我不要，你不应该……"别尔谢涅夫哆嗦了一下，瞧

313

瞧英沙罗夫：他那难过的、仿佛死人一样没有生气的面孔，毫无表情，双手无精打采地平放着……"我不要。"他用十分微弱的声音重复着。

医生很早就赶到了，他晃晃脑袋，又开了一个药方。

"离转变期时间还长。"他一面说，一面扣好帽子。

"过了转变期呢？"别尔谢涅夫问。

"过了转变期？一般有两种后果：或者康复，或者不行了。"

医生离开了。别尔谢涅夫到外边走了好几回：他需要换换环境。他回来后，又看起书来。他早已看完了劳梅尔的书：他眼下正在攻读格罗特①。

房门猛地悄悄响了一下，房东的小女儿那和往日一样裹着一块大头巾的头，谨慎地露了出来。

"在这儿，"她悄悄说，"那次给了我十戈比银币的那个小姐……"

房东女儿的头一下子消失了，叶连娜走了进来。

别尔谢涅夫仿佛被刺了一下似的蹦了起来；不过，叶连娜一动不动，也没说什么……看样子，猛然间她清楚了一切。吓人的苍白笼罩着她的脸，她来到屏风前，朝屏风后望了一下，就双手一上一下，仿佛石头一般停住了，如果再过片刻，她可能会朝英沙罗夫冲去，不过，别尔谢涅夫挡住了她：

"您想干什么？"他用哆嗦的声音悄悄说，"您这么干会让他加重的！"

她身子抖了起来。他将她搀到小沙发旁边，让她坐下。

她看看他的面孔，接着认真观察了一番，随后呆呆地盯着地面。

"他会断气吗？"她十分镇定地问，让别尔谢涅夫也觉得十分意外。

---

① 格罗特（1794—1871 年），英国历史学家，著有《希腊史》。

"看在老天爷的份上，叶连娜·尼古拉耶夫娜，"他说，"您为什么这么讲呢？他病了，没错——也病得极其严重……不过，我们会挽救他，这我可以发誓。"

"他人事不省吗?"她和刚才一样镇定地问。

"没错，他目前还人事不省……这种病起初都是如此，不过这算不上什么，没什么事，请您不要怀疑。您喝点儿水吧。"

她抬眼注视着他，于是他发现了，她并未留意他的话。

"如果他离开了人世，"她还是用镇定的声音说，"我一定陪着他。"

在这时，英沙罗夫轻轻地呻吟了一声；她哆嗦起来，抱住自己的脑袋，接着开始打开帽带。

"您想干什么?"别尔谢涅夫问。

她没有说话。

"您想干什么?"他又问。

"我要待在这儿。"

"那么……待多长时间?"

"我不清楚，可能一天，一个晚上，永远……我不清楚。"

"看在老天爷的份上，叶连娜·尼古拉耶夫娜，请您别激动。我，是的，无论如何也没猜到您会来；不过，我仍然……觉得，您不能在这久留，请您考虑一下，您家人看到您失踪就会寻找……"

"那又有什么?"

"他们会四处搜寻……他们会发现您……"

"那又有什么?"

"叶连娜·尼古拉耶夫娜！您要清楚……他目前无法保护您。"

她垂下脑袋，仿佛在考虑，把手绢放到嘴边；随后，一阵颤抖的痛哭声，含着一股震撼人心的力量，由她的心中爆发出来……她把面孔贴在长沙发上，尽量忍住哭声，不过，她还是仿佛一只刚刚被捕的

315

鸟儿似的，浑身哆嗦着。

"叶连娜·尼古拉耶夫娜……看在老天爷的份上……"别尔谢涅夫不停地嘀咕着。

"怎么？发生了什么事？"英沙罗夫猛地说道。

叶连娜挺直身子，别尔谢涅夫却在原地愣住了……过了片刻，他来到床前……英沙罗夫的脑袋，还和过去一样无精打采地倒在枕头上；双眼还是紧闭着。

"他在说梦话吗？"叶连娜悄悄问。

"可能是！"别尔谢涅夫说，"但是，这没什么；这种病一般都是如此，特别是假如……"

"他何时病倒的？"叶连娜插了一句。

"前天；我是昨天到的。请不要怀疑我，叶连娜·尼古拉耶夫娜。我会一直守着他；所有治疗所需的东西都能得到保障。要是需要的话，我们会进行会诊。"

"我走了他会断气的。"她叫道，挥着手。

"我向您保证，我每天都会把他的病情通知您，如果确实有不测的话……"

"请您向我发誓，那时无论是白天还是黑夜，您都马上吩咐人通知我；请直接送给我一个字条……目前，我没什么顾忌的了。您明白了吗？您能保证做到吗？"

"在上帝面前，我保证做到。"

"请您发誓吧。"

"我发誓。"

她猛地拿起他的一只手，在他还没有反应过来时，她已经亲上了它。

"叶连娜·尼古拉耶夫娜……您想干什么？"他悄悄地说。

"不……不……不用……"英沙罗夫含混地说，随后长长叹了口气。

叶连娜来到屏风前，用牙齿叼着手绢，长时间地注视着英沙罗夫。泪水悄悄地从她的两颊滑落。

"叶连娜·尼古拉耶夫娜，"别尔谢涅夫说，"他也许明白过来，看到您，鬼知道，这是否会刺激他。另外，我正恭候着医生，他什么时候都可能到这儿……"

叶连娜由小长沙发上捡起帽子，把它扣在头上，又停住了脚步。她的眼睛痛苦地打量着屋子。她仿佛在回忆……

"我要留下来。"她终于悄悄说。

别尔谢涅夫抓紧了她的手。

"您别担心，"他说，"您把他交给我就行了。今天晚上我会趁机去探望您。"

叶连娜看看他，说了一声："啊，我好心的朋友！"就又放声大哭起来，跑了出去。

别尔谢涅夫靠着房门。一种难过的，同时又有些令人高兴的莫名其妙的感情，萦绕在他心中。"我好心的朋友！"他思索了一会儿，随后晃晃肩膀。

"什么人在这儿?"英沙罗夫问。

别尔谢涅夫来到他身边。

"是我，德米特里·尼卡诺罗维奇。您感觉如何？您认为自己怎么样?"

"就你自己吗?"

"是的。"

"她呢?"

"她是指什么人呀?"别尔谢涅夫十分惊讶地问。

英沙罗夫安静了片刻。

"木樨香水。"他悄悄地嘀咕着，随后又合上了眼睛。

二十六

　　英沙罗夫和死神整整搏斗了八天。医生到底是个年轻人，不时过来看望英沙罗夫。舒宾得知英沙罗夫病重后，前去探望过他；到这儿探望的，还有他的同胞——保加利亚人；他们之中，别尔谢涅夫发现了两个过去突然到别墅去找英沙罗夫而让他觉得惊讶的人物；他们每个都流露出真情，一些人还向别尔谢涅夫表明乐于替换他在床前看护英沙罗夫；不过，他始终严格遵守自己答应叶连娜的话，全部婉言谢绝。他天天都去探望她，偷偷向她介绍情况，有时口头表达，有时写个字条。她以一种极其热切的不安的心情盼望着他的出现，她又极其焦急地认真听着他说话和向他认真询问。她本人始终打算前去探望，不过别尔谢涅夫劝她别这么干：屋子里一般都有人陪着英沙罗夫。当她听说他卧床不起的头一天，她本人也差点儿病了；一到家，她就躲在自己的屋子里；不过别人让她下来吃午饭，因此，她来到饭厅，安娜·瓦西里耶夫娜发现她的脸色十分吓人，居然禁不住十分惊讶，让她无论如何上床休息。但是，叶连娜仍十分镇定。"要是他不在了，"她不停地思索着，"我也无法活下去。"这种念头让她觉得舒服一些，让她能够镇定下来。不过，谁也没有纠缠她：安娜·瓦西里耶夫娜正急着治自己的牙病；舒宾不顾一切地工作着；卓娅也笼罩在伤感之中，准备看完《维特》①；尼古拉·阿尔捷米耶维奇对别尔谢涅夫天天必到十分反感，特别生气的是，他的关于库尔纳托夫斯基的"事先

---

　　① 《维特》：指德国作家歌德（1749—1832年）的书信体小说《少年维特之烦恼》。小说的主人公是维特，他因为爱情的挫折而伤心不已，最后终于因为和封建社会格格不入，觉得前途灰暗而自杀。

安排"进行得非常缓慢：非常现实的首席秘书也觉得莫名其妙，不得不推迟一下。叶连娜甚至没有向别尔谢涅夫说过感激之意：对于某种帮助，致谢反而会让人觉得人世间的无情和令人感到内疚。唯有一回，在他们第四次见面时（英沙罗夫的情况一晚上都十分糟糕，医生已经提议要进行一次会诊），也唯有在这次见面的时候，她才让他注意自己答应过的事情。"行了，在这种时候，我们动身吧。"他说。她站了起来，正准备穿衣服。"不，"他又悄悄说，"我们还是别着急，到明天再观察一下吧。"快到黄昏时，英沙罗夫的病情减轻了。

这种精神上的折磨，持续了八天。叶连娜表面上十分镇定，不过她食欲不振，每天夜里都失眠。她浑身都觉得一种隐痛；她心中好像笼罩着一种干燥而热乎乎的烟雾。"我们的小姐仿佛正在燃烧的蜡烛似的瘦下来啦。"她的用人说起她时如此说。

到了第九天，病人总算通过了危险期。在客厅中，叶连娜在安娜·瓦西里耶夫娜身边坐着，她本人也不清楚该干点什么，就为妈妈念《莫斯科新闻》；别尔谢涅夫到了。叶连娜朝他看了一眼（每次，她开始都飞快和恐惧、锐利和担心地看他一眼。），于是她马上就明白了，他带来了好消息。他面带笑容，他轻轻朝她点头致意：她动动身子来欢迎他。

"他已经恢复知觉了，他没有危险了，一周之后他就彻底康复了。"他悄悄告诉她。

叶连娜仿佛防备打击一样伸出双手，一言未发，不过她的嘴唇哆嗦起来，脸上流出美丽的红晕。别尔谢涅夫开始和安娜·瓦西里耶夫娜聊天，叶连娜就来到自己屋子里，拜倒在地，开始祷告，感谢上帝……高兴的泪水，开始由她的双眼流出。她猛地觉得非常困倦，把脑袋放在枕头上，悄悄地嘀咕了一句："不幸的安德烈·彼得罗维奇！"来不及抹去睫毛和两颊上的泪水，不久就进入了梦乡。她已经很久没有休息过和哭过了。

二十七

　　别尔谢涅夫的预言只有一部分说对了：性命之忧虽然没了，可英沙罗夫的身体得一点点地康复，就连医生也一遍遍地指出较严重的损伤遍布于他的整个身体，但尽管是这样，此时的病人也能够脱离病床，开始在房间里来回活动；别尔谢涅夫已回到自己的住处了，然而他仍然是天天必来探望他那身体尚且虚弱的友人，跟以前一样，每天都将他的身体恢复情况告诉叶连娜。英沙罗夫没勇气去信给她，仅仅是在和别尔谢涅夫的聊天中，拐弯抹角地、若有若无地说起她；但别尔谢涅夫却做出满脸漠不关心的样子，向英沙罗夫讲述着他本人曾到斯塔霍夫去过好多次，然而一直是千方百计让他知道：叶连娜前一段时间特别难过。如今她已能够心平气和了。同样，叶连娜也并未给英沙罗夫来信；她有她自己的打算。

　　一次，别尔谢涅夫带着满心欢愉的神色对她说，现在医生能够让英沙罗夫吃些肉饼了，也许用不了多久，他就可以走出房门了——在这个时候，她有些犹犹豫豫，头垂得低低的……

　　"您能猜出我将要和您说的话吗？想一想吧。"她小声说道。

　　别尔谢涅夫觉得特别难为情。她想什么他都知道。

　　"也许，"他朝左右打量了一下回答道，"您想告诉我，您打算去探望他。"

　　叶连娜腾地涨红了脸，用必须集中精神才能听得的清的声音说：

　　"是的。"

　　"这没什么大不了的。在我看来，这件事对您来说是再简单不过的。""吭！"他心想，"我的内心怎么会涌现出一种如此肮脏的情感呀!"

"您的意思是,以前我就……"叶连娜说,"但是,我担心……这会儿,您实话告诉我吧,我担心房间里常有别人在。"

"这个帮忙很简单。"别尔谢涅夫表了态,可还是没看她一眼,"事先我不告诉他这是自然的了;然而,您还是先写个条让我带给他吧,哪个人可以不让您给他,给您打心眼里怜悯的熟悉好友写个条呢?这没什么不得体的地方。您先和他定好时间……也就是说,您写个条给他,您想要在什么时间到……"

"我十分难为情。"叶连娜小声地说。

"那您现在就将条给我,我给您捎过去。"

"倒没这个必要,可是,我打算恳求您……您可别对我不满,安德烈·彼得罗维奇……麻烦您明天别去他那儿。"

别尔谢涅夫的嘴唇用力地咬了咬。

"噢!行,我知道,不错,不错。"接着,他又聊三两句之后,便急急忙忙地离开了。

他急匆匆地回到住所时,心里想着:"或许那样会好些,会好些,新发生的事我什么都不清楚,但是,那样也许会好些。干吗要将自己贴在人家的窝边上呢?我丝毫的懊悔也没有,我问心无愧,做了我责任范围之内的事,然而如今,行了。就让这些往事都一边去吧!怪不得爸爸在世时总告诉我:伙计,我们俩,没一个是追求豪华和享乐之人,没一个是达官贵人,没一个是命运和上天的青睐者,就连殉道的人也没我们的份——我们俩是干活的人,干活的人,干活的人呀。你把你自己的皮围裙套上吧,干活的人,到自己的车床前站好,去你那黑漆漆的作坊里吧!就让太阳映照其他的人吧!在我们平淡而又凄清的日子里,总算也有它让人引以为豪的东西,有一些让自身觉得快乐之处呀!"

第二天清晨,城里的邮递员给英沙罗夫送来一封简短的信,"静候着我吧，"叶连娜在信中写道，"麻烦你嘱咐好所有客人一律挡驾，安·彼·①也不会出现。"

二十八

一看完叶连娜的信，英沙罗夫就忙着打扫自己的小屋，他让女房东将一些小药瓶子拿到一边去，自己将睡衣脱下，把一身常礼服穿好。因为身子尚未恢复；也因为心情激动，他感觉头有些迷糊，心怦怦直跳。他感觉两条腿软绵绵的没力气：他在长沙发上坐好，然后注视着表。"这会是十一点四十五分，"他自顾自地说道，"在十二点这前，她无论如何也没法来，现在有十五分钟的时间，我考虑些其他的事吧，否则的话，我就无法忍受了。十二点之前，她无论如何也没法子来……"

浑身充满着青春活力、年轻、快乐的叶连娜，带着苍白的面色，猛地从打开的房门那儿走进屋来，一袭飘逸柔软的丝绸连衣裙穿在身上，她嘴里发出喃喃的、欢快的叫声投向他的怀抱中。

"你还是好好的，你属于我。"她边翻来覆去地喊着这些话，边紧抱着、爱抚着他的脑袋。因为这样的亲热，因为这样的温柔抚摸，因为这种快乐无比的情感正使得他兴奋得难以自制，都要无法呼吸了，他完完全全地待在那里。

她在他的旁边坐下，紧紧地靠在他的身上，以满面笑容、体贴而柔情万种的眼神凝视着他。那眼神只能在心中满是爱意的女性眼里才能找得到。

---

① 安·彼·：安德烈·彼得罗维奇的简称。

忽然忧虑的表情笼罩着他的面容。

"你现在真的太瘦了呀！我那让人心疼的德米特里，"她一边说着，一边用一只手抚摸着他的脸颊，"你的胡子好长呀！"

"你也不胖呀，让人怜惜的叶连娜。"他答道，以自己的嘴唇追寻着她的手指。

她一脸欢愉地将头发向后面拂了下。

"这没什么大不了的。你瞧着，我们俩的身体没多久就会和以前一样好！狂风已经过去了，就如同那天我们在小教堂那儿碰到的一样，过去啦，也就没事了。如今，我们将重头来过！"

他仅以一笑权当回答。

"哎，我们经历过怎样的岁月呀，德米特里，我们经历过那样痛彻心扉的日子呀！如果人们没有了他们所深爱的人，他们如何能够再生存于世上呢？每回我都是事先期待着，安德烈·彼得罗维奇要通知我的是怎样的消息，千真万确：我的性命也是和你一起时起时落，共同进退的。你好呀，我的德米特里！"

他想不出来自己应该对她有怎样的表示。他打算匍匐在她的脚下。

"我还感觉到了些事，"她接着说道，并将他的头发放到脑后边，"在我没事干的时候，我曾进行过很多次这种察言观色——在一个人特别特别倒霉时，他的眼神就会流露出一种特别呆呆的、聚精会神的神色，关注着在他的左右正在进行的事情。我，千真万确，时而就会眼睛一动不动地注视着一只苍蝇，可在我的内心会产生一种冷清和吓人的情绪！但是，所有的事都完事了，完事了，事实不正是如此吗？我们的前途洒满阳光，不是这样吗？"

"你就是我的前途，你就是我的阳光。"英沙罗夫答道。

"我的情形也是如此呀！你还能想起来吗，我到你这儿的时候，不是前一回，……不对，不是前一次，"她又说了一次遍，控制不住地打了一个寒战，"那次我们聊天时，就连我自己也搞不清楚是怎么回事，我说起了死；当时我并没有想到，死神会在旁边偷偷地注视着我们。然而如今，你的病现在不也没事了吗？"

"我这会儿好得很，我的身体恢复得很好。"

"你康复啦，你还好好地活着。啊，我真是太快乐了！"

然后是一会儿的默然无语。

"叶连娜？"英沙罗夫问她。

"有事吗，我的亲爱的？"

"这场病会不会是施加在我们身上的一种惩处呢？我想知道你是否曾经有过这种想法。"

叶连娜一本正经地盯着他看了一会儿。

"我确实这么想过，德米特里。然而，我又仔细考虑了一下：干吗我非得要被惩处呢？我不遵守过哪些义务，犯下过哪些罪恶呢？大概，我的良心与其他人的不一样，但是我光明磊落、无愧于心；要么，大概是我做过什么对你不利的事？以后或许我会成为你的绊脚石，或许我会拖你的后腿……"

"你不可能拖我的后腿，叶连娜，我们远走高飞吧。"

"好的，德米特里，我们俩一起远走高飞，我会追随着你……那是我的责任。我爱你……我想不出我还有什么其他的责任。"

"噢，叶连娜！你所说的一字一句，都如同牢不可破的枷锁一样紧绷着我的心呀！"

"怎么会提起枷锁呢？"她接着说，"我们全都是毫无羁绊的人呀。是这样，"她边接着话茬说下去，边像是在思考什么似的盯着楼板，同时一只手还在那儿抚摸着他的头发，"这一段时间来，很多以前我从不曾好好领悟了解的东西，如今都有亲身感受！以前无论哪一个如果对我预料我的未来，我，一个饱读诗书，教育良好的小姐，以后会挖空心思想出各种各样的理由，独自一人跑出了家，并且是到了怎样的一个地方去呀？竟然会去一个年纪轻轻的男人的房子里——要是这样的话，不用说我必然会气得怒不可遏！然而如今，真的发生了这样的事，我却丝毫也没有气愤的感觉。实在是感谢老天！"她说完这些话后，转过脸面对着英沙罗夫。

他的神情中带着深深的眷恋凝视着她，这神情让她的那只在他的头上抚摸的手轻柔地拿下，将他的眼睛挡住。

"德米特里，"她又开了口，"是的，你不清楚我以前也来探望过你，你就在那边躺着，栖身在那张令人生畏的床上，我瞧见死神的黑手已包围了你，昏迷着神志不清……"

"你曾来探望我吗？"

"确实。"

他沉寂了一会儿。

"别尔谢涅夫当时也在场，是吗？"

她点头承认。

英沙罗夫将头靠在她的双肩上。

"噢，叶连娜！"他小声地说道，"我没勇气注视你啦。"

"怎么会呢？安德烈·彼得罗维奇心地那样的好！我可不会由于他而觉得不好意思。还有哪些能够让我难为情的呢？我真想对全世界大声欢呼。我属于你……而对安德烈·彼得罗维奇，我如同相信自己的兄弟那样相信他。"

"是他将我从死神手中抢回的，"英沙罗夫大声说道，"他是最崇高伟大，心地最良善的人。"

"确实……并且，你是否明白，我所有的事都是因为有他的帮助吗？你是否清楚，头一个跟我说，告诉我你喜欢我的，除了他没别人吗？要是我能将所有的事全都毫无保留的讲出来，该有多妙呀……真的，他是个最崇高伟大的人。"

英沙罗夫较为注意地瞧了眼叶连娜。

"他喜欢你，是这样吧？"

叶连娜的眼睛看着地面。

"他以前是喜欢过我。"她压低声音说。

英沙罗夫激动地紧紧抓住她的手。

"噢，你们俄国人，"他说，"你们每一个都是好心肠的人呀！是他，他，接连几天夜里眼也不眨地始终在护理着我，……而你，啊！我的仙女……毫无不满，毫无迟疑……所有的这些都是为我好……"

"确实如此，确实如此，都是为你好。原因就在于人们喜欢你。哎，德米特里！真是不可思议呀！这些话似乎我早就告诉过你——也许，不碍事，我很愿意把这些话再重复一次，并且你同样也会愿意再聆听一次的——在我们初次见面之时……"

"为什么你的眼中噙满了泪水呢？"英沙罗夫截住她的话问她。

"我眼中？有眼泪？"她拿手帕擦了下眼睛，"噢，小傻瓜！你尚不能了解因为快乐的原因，人们也会淌下泪水呀。我刚刚打算提起的就是：当我们初次见面之时，我没瞧出你有何与众不同的地方，确实是这样。我还能想起，刚开始的时候，我反倒是欣赏舒宾多一些，尽管我对他根本就不曾有过迷恋的感觉，对于安德烈·彼得罗维奇，——呀！在这方面的确是曾有那么一段时期，我以前思量过：我一直苦苦盼望的人，莫非就是这个人吗？可你呢——我没任何想法；然而……以后……以后……你的两只手就将我的整个心抓牢啦！"

"请您原谅我吧……"英沙罗夫说。他试图要直起身来，然而随即又跌到长沙发上。

"有什么事吗？"叶连娜神色焦虑地询问。

"没关系……我还没完全好，身体较虚……我现在还没办法享受这种快乐。"

"你老老实实地坐在那儿吧。你别起身，别兴奋，控制情绪。"她边加了句，边用一只手指伸出来吓唬他，"您为什么要将您的睡衣脱下呢，离需要穿上体面得体的衣服的日子还有一段时间呢！您坐好吧，我来为您说点故事听听。您仔细听，不要说话。您刚刚大病初愈，话说多了对您的身体没好处。"

于是舒宾、库尔纳托夫斯基、这两个星期来她所做的事、战争等等都成了她所描述的对象，她说报纸上说，战争迫在眉睫、无法逃避，因而一等他的身体彻底的康复，就该争分夺秒，抓紧一切时间寻找起程的法子……她谈论着所有的事，始终贴着他的肩膀，在他的身边坐着……

他聆听着她在那儿侃侃而谈，他听着，面色忽白忽红……有几回他打算不让她再接着谈论——后来，他猛地直起了腰。

"叶连娜，麻烦你走吧，你走吧。"他用一种听起来颇为怪异而又略带硬邦邦的嗓音向她说。

"什么?"她特别震惊地说，"你感觉身体不适吗?"她急急忙忙地问了句。

"不……我没事……但是，我恳求你，麻烦你走吧。"

"你不理解我。你打算将我轰走吗? ……你知道自己在做什么吗?"她猛然说道。他已从长沙发上低下腰，差不多要碰到楼板了，嘴唇碰着她的脚。"不要如此，德米特里……德米特里……德米特里……"

他逐渐地直起了身。

"好吧，那就麻烦你走吧！你得清楚，叶连娜，在我重病之时，我的感觉意识还没有马上消失；我清楚我那时正处于死神的边上；就算是当我高烧不退，满嘴梦话之时，我的意识也知道，我也曾隐隐约约地觉察到那是死神正一步步地靠近我，我已经在和性命、和你、我所有的东西辞别，我心里已经再没有可期盼的……然而，这出乎意料的起死回生，这漆黑一片笼罩之后的光明，你……你……就守在我旁

327

边，出现在我的面前……你的语调，你的喘息声……这些都让我无法忍受了！我感觉得到，我是在不顾一切地深深爱着你，我亲耳听见从你的口中声称你自己属于我，是我的，然而我却无法对此做出反应……麻烦你离开吧！"

"德米特里……"叶连娜轻声地呼唤，将脑袋贴在他的肩膀上。这会她刚刚弄清楚他所说的话的含义。

"叶连娜，"他接着说，"我爱你，你是清楚这一点的，这你是知道的，为你我心甘情愿付出我的性命……然而，干吗在这个时候，在我的身体还未完全康复，在我尚不能控制住自己的情绪，在我整个身体的血液都在喷涌流动之时，而你却到这儿来看我呢……你说，你属于我……你爱我……"

"德米待里。"她轻声呼唤了声，脸涨得红红的，更紧紧地靠在他的身上。

"叶连娜，可怜可怜我吧——你离开吧，我想我会活不成的——我无法承受如此的激动的情绪……我的全部身心全都在迷恋着你……实在是无法想象，死亡以前差一点要将我们永世分隔……但是这会儿，你居然在这儿，你居然在我的怀里……"

她的整个身体都在发着抖。

"既然如此，你就别推辞，接受我吧。"她说话的声音小极了，需要倾尽全力才能听得清。

二十九

尼古拉·阿尔捷米耶维奇双眉紧锁，不停地在自己的书房里走来走去。在窗子的旁边，舒宾腿跷着，安然自得地吸着雪茄烟。

"拜托您不要从这头到那头来来回回地走个不停了，"他一边说，一边将雪茄烟的烟灰弹下来，"我一直在恭候着您开口呢，我始终都在关注地看着您——我的脖子跟着您转都有些发酸了。还有，您如此地走个不停，实在是有些过于担心，过于冲动啦。"

　　"您从来就会干一件事——寻开心，"尼古拉·阿尔捷米耶维奇答道，"您没有处在我的位置，不曾认真地为我考虑考虑；你根本就不愿意弄清楚，我对这个女人早就非常依赖了，我实在是没办法和她分离，要是没了她一定会让我痛苦万分。看，冬天马上就到了，这会儿已经十月啦……还有什么事使她还留在列维尔①呢？"

　　"或许是在编织袜子……为她自己编织；确实是在为她自己编织——不是织给您的。"

　　"您笑话吧，您笑话吧；但是，我得跟您说清楚，到目前为止我尚未碰到过跟她一样的女人。她是那样的真诚，那样没有一点自私……"

　　"她将期票②取出来去换现金了吗？"舒宾问。

　　"她确实是没有一点自私，"尼古拉·阿尔捷米耶维奇大起了嗓门又复述了一次，"这实在是让人奇怪。有人告诉我，人世间有成百上千数不清的女人；可我想说的是：麻烦您将这成百上千数不清的女人让我瞧瞧吧；我说：麻烦您将这些女人让我瞧瞧吧！③ 她连封信也没有，实在是让人难以忍受！"

　　"您的口才简直和毕法哥尔④不相上下，"舒宾说，"但是，您清楚我将要替您想到的办法是什么吗？"

　　"什么办法？"

　　"等到奥古斯丁娜·赫里斯季安诺夫娜回来之时……您清楚我想

---

①　列维尔：又名塔林城。
②　期票：向银行或钱庄取款的有时间限定的票据。
③　原文为法文。
④　毕法哥尔（公元前571—497年），古希腊哲学家、学者和政治家。

要说什么了吗？"

"嗯，对的；那又该如何呢？"

"等到您见了她的面……您猜测到我想说什么了吗？"

"嗯，是的，是的。"

"您尝试着将她狠打一次；瞧瞧这会有什么样的结果？"

尼古拉·阿尔捷米耶维奇怒气冲冲地将脸扭了过去。

"我原本以为，他确实会替我想一个怎么用得上的好办法。然而，从他那儿什么都没盼头！一个搞艺术的，一个不知道礼节规矩的人……"

"不知道礼节规矩，哈，看，有人说一个特别懂礼貌守规矩的人，您的亲信库尔纳托夫斯基先生，昨天赌钱有一百银卢布进账呢。您无法开脱，这样做真的是非常不懂礼貌不守规矩呀。"

"那没什么大不了的。我们在打牌嘛。自然，我原本能够依赖……然而，在这个房间里的人们，对他好像并不怎么喜欢……"

"因而他就思量：'随它去吧！'"舒宾继续说，"'他是不是我的岳父——这还是个未知数呢，可这一百卢布——就一个不接受赃款的人而言，这样做很好呀。'"

"岳父！……瞎胡闹，我是谁的岳父？您做梦在说梦话呢吧，亲爱的。① 毫无疑问，无论哪一个其他的女孩子有如此的未婚夫都会觉得很满意的。您自己掂量掂量吧：一个朝气蓬勃、头脑灵活的人，他的社会地位已经到了很不错的位置，在两个别省里面干着一些没有趣味的活儿……"

"在……省，省长都得依着他。"舒宾说。

"那也不足为奇。照这么瞧，那是自然而然的了。他是个敢于干事的人，有魄力、有谋略的人。"

"同时也精通玩牌。"舒宾又说。

---

① 原文为法文。

"嗯，的确，同时也精通玩牌。然而，叶连娜·尼古拉耶夫娜……哪一个能猜得到她的心里到底在想些什么呢？我的确是想搞清楚，有那样的一个人来探探她的口风，她究竟在琢磨哪些东西？她一会兴高采烈，一会悲伤忧郁；她一下子变得骨瘦如柴，让人都不忍再瞧她第二眼，但是没多久，身体又猛地恢复正常，什么事都没有了，连一点能看得出门道的原因都没有……"

一个长相颇为丑陋的仆人，端着一个装着一杯咖啡、一些奶油和面包干的托盘走进了屋。

"当爸爸的对一个前来求亲的男子很满意，"尼古拉·阿尔捷米耶维奇接着说，同是摇晃一块面包干，"但是，这和女儿丝毫也不相干！这种事要是在从前家长说一不二的时代也许会容易得多，然而如今，这所有的都被我们给变样了。所有的都被我们给变样了。①如今，年纪轻轻的小姐们喜欢和哪一个聊天，就和哪一个聊天，她喜欢看哪些书就看哪些书；她如同在巴黎似的，独自一人能够在莫斯科随意闲逛，用不着仆人，也用不着女佣；这些早就成了一件自然而然的事了。前不久，我问：叶连娜·尼古拉耶夫娜在什么地方？他们回答道，小姐一个人出门了。去什么地方了？无人知晓。这哪还有规矩——不有失体面吗？"

"拜托您端起您的咖啡尝一点吧，叫仆人下去。"舒宾说，"您本人曾经说，避免当仆人的面。②"他压低声音又加了句。

仆人双眉紧锁地瞧了眼舒宾，于是尼古拉·阿尔捷米耶维奇端起自己的那杯咖啡，又为自己放了些奶油，接着又拿起几块面包干。

"我打算说的是，"仆人刚刚出门，他就开口说道，"我在这样的家中，真的是一点趣味也没有——你瞧，也就是这样，由于在现代，人们看人都只看表面：有的人空虚而又笨脑袋，可却为自己弄出一副

---

① 原文为法文。
② 原文为法文。

不可一世的表情——而人们却敬重他；但是另一类人，或许他所拥有的聪明才智可以……可以让他功成名就，然而，却因为自谦……"

"您大概是政府的高级官员吧，尼古连卡①?"舒宾拉细了声音问。

"不要再拿腔作调，仿佛一个丑角似的啦!"尼古拉·阿尔捷米耶维奇愤怒不已地提高声音说，"您可太不知道好歹了! 这个全新的证据又在为您提供依据，我在这个家真的是毫无趣味可言，丝毫的趣味都不存在!"

"安娜·瓦西里耶夫娜骑在您头上作威作福啦……真是让人怜悯!"舒宾边说着，边伸了个懒腰，"嘿，尼古拉·阿尔捷米耶维奇，我和您都有些过分! 您还是给安娜·瓦西里耶夫娜买些小礼物吧。再过几天她就过生日了，但是您清楚，即便是从您那儿来的一丝一毫的、最末微的关心，她都是异常珍惜。"

"确实如此，确实如此，"尼古拉·阿尔捷米耶维奇赶紧补充道，"真的很感谢您的提示。是这样，是这样；没错。对呀，这会儿我就有一个小礼物：我前不久在罗森特劳赫的旁边买来了一个有扣环的小宝石项圈；但是我搞不清楚，说实在的，这样行吧?"

"您原来只不过是因为一个住在列维尔的女人才将它买回来的吧?"

"那是……我……的确……我考虑……"

"嗯，在这样的情形之下，应该是没问题。"

舒宾离开了椅子，站起来。

"今天晚上我们俩到什么地方去寻寻开心呢，巴维尔·雅可夫列维奇，嗯?"尼古拉·阿尔捷米耶维奇在问他的同时，和颜悦色地注视着他的眼睛。

"您本来就提起想到俱乐部的。"

---

① 尼古连卡：尼古拉的小名。

332

"去过俱乐部之后呢……我的意思是，去过俱乐部之后。"

舒宾懒洋洋地抻了抻懒腰。

"不，尼古拉·阿尔捷米耶维奇，我明天还有工作上的事要处理。以后有机会再聊吧。"然后，他离开了。

尼古拉·阿尔捷米耶维奇眉头缩成了一团，绕着屋子不停地踱了两回，拿出那个丝绒面的小盒子，那盒子是放在写字桌的抽屉里的，盒子里面是那只"有扣环的小宝石项圈"。他仔细打量了它很长时间，然后又拿自己的丝手帕为它除去灰尘。之后，他在一面镜子前面落坐，非常细心地动手整理自己那满头又多又黑的头发，一副很自以为是的神情出现在他的脸上，他将自己的头忽然向左，又忽然朝右，舌头紧贴着脸颊，眼睛一动不动地注视着头发的分线。这时有人在他的身后清了下嗓子：他扭头瞧过去，那人居然是前不久为他送来咖啡的仆人。

"你到这儿有事吗？"他向仆人问道。

"尼古拉·阿尔捷米耶维奇！"仆人的神情很是严肃认真，他郑重地说，"您是我们的老爷！"

"这我清楚；另外有别的事吗？"

"尼古拉·阿尔捷米耶维奇，请您不要对我发火；但是我，自小就在您的前前后后照顾着，我的意思是，因为我有一颗仆人的忠心，我觉得必须对您老爷汇报……"

"发生什么事了？"

仆人站在那踟蹰了一段时间。

"老爷您以前说，"他开口说道，"老爷以前不清楚，叶连娜·尼古拉耶夫娜小姐她到过哪些地方。那个地方的情况我都知道。"

"你胡扯乱讲些什么，笨东西？！"

"老爷您如何说随您的意，但是三天前我的确是瞧见小姐她是如何走进了一个房子里。"

"那地方在哪儿？这是为什么？那间房子在什么地方？"

"在靠近波尔瓦斯克街的某……胡同里。距离这儿没多远的路。我还到那儿向一个看门人打听过：在你们这儿居住的是哪些人？"

尼古拉·阿尔捷米耶维奇直气得怒火冲天，脚不停地跺着。

"闭嘴，混蛋！你居然有胆子在这儿信口雌黄？……叶连娜·尼古拉耶夫娜去那些穷人那儿只不过是在为自己积德行善，而你……滚一边去，笨东西！"

慌了手脚的仆人急急忙忙地向门口抱头鼠窜。

"别跑！"尼古拉·阿尔捷米耶维奇大叫，"看门人向您讲了哪些话？"

"然而，他没说出……没说什么。他只是提到，住在那儿的是一个大……大学生。"

"闭嘴，混蛋！你听仔细，混账东西，如果你有胆子向无论什么人讲出了这件事，即使是在睡眠中……"

"开恩放了我吧，老爷……"

"闭嘴！如果你即使是露出一丝一毫的口风……不管是哪一个……如果我听到了……那你就是藏在地底下也别想脱离我的控制！听清楚了吗？滚到一边去！"

仆人默默不语地离去了。

"上帝啊，我的天啊！这代表着什么事呢？"当只剩下尼古拉·阿尔捷米耶维奇独自一人时，他心里思量着，"这个蠢货对我讲的是什么呢？什么呢？但是，必须要弄清楚，那间房子究竟在什么地方，里面都住着哪些人。我应该自己动身去一次。事情几乎要弄得毫无体统了！……让仆人给瞧见了！太不成体统了！"①

然后，尼古拉·阿尔捷米耶维奇提高了嗓门再一次说："让仆人

---

① 原文为法文。

给瞧见了!"① 于是将有扣环的小宝石项圈搁到抽屉里锁好,就去了安娜·瓦西里耶夫娜那儿。他瞧见她在床上躺着,脸颊的一边包着纱布。然而,她那不堪忍受的难受模样更让他气愤,他没多久就让她眼含泪水了。

三十

可是,一直在欧洲东部风起云涌的狂风骤雨最终爆发:土耳其对俄国开战了;从各公国离开的规定时限已经过去;锡诺普大战就在眼前。② 近一段时间有好几封信到来,这些信封封封都是召唤英沙罗夫返回自己的国家。他的身体到现在尚未完全康复:他不停地咳嗽,觉得浑身软弱没劲,偶尔有一点点忽冷忽热的状况,但是他却差不多无法在住处安心静坐。他满腔的热血在全身流动;他已经无法在意自己的病了,他马不停蹄地在莫斯科城里四处走动,非常隐秘地和各种各样的人见面,彻夜彻夜地起草信稿,连续几天都不见踪影;他早已告诉房主说,他不久就会从这儿搬出,而且事先将自己的一些颇为简单的家具送给了房主。叶连娜自己也在各个方面动手做着动身前的工作。在一个湿意缠绵的雨夜,她在自己的屋子里静坐着,一边做着手帕装饰边的手工活儿,一边怀着控制不住的满心忧虑全神贯注地听着呼呼的风声。她的仆人进来告诉她,她父亲

---

① 原文为法文。
② 一八五三年九月二十七日,土耳其政府要求俄国最高统帅部在两周内从多瑙河各国撤兵。俄国没答应这个要求。同年十月,土耳其向俄国宣战。十一月十八日,俄国舰队在纳希莫夫(1803—1855)将军带领下,和土耳其舰队在黑海南岸锡诺普附近发生激战,将土耳其舰队消灭。

正在她母亲的卧室里，让她到那儿去……"您母亲在掉眼泪呢，"仆人尾随在刚刚要到那边去的叶连娜身后小声地提醒道，"你父亲正在那儿雷霆大发……"

叶连娜无可奈何地动了动肩膀，然后来到了安娜·瓦西里耶夫娜的卧室。尼古拉·阿尔捷米耶维奇那好心肠的妻子在一张躺椅上半倚着，此刻她正在嗅着一条有花露水香味的手帕；尼古拉·阿尔捷米耶维奇呢，则独自一人在壁炉边上站着，从外表上看，他那派头仿佛他是一位国会演讲家一样：紧贴着咽喉边的扣子，很高的硬领结，浆得特别直的衬衣衣领。他用演讲家的手势比划着让自己的女儿在一把椅子上坐下，可当女儿不清楚他的手势代表什么意思，转向他瞧瞧到底该如何做时，他竟然连头都不转一下，就异常严肃地说："请您坐好。"（尼古拉·阿尔捷米耶维奇平日里对妻子讲话里用"您"来相称，至于女儿，则是在非常特别的情况下才如此叫她。）

叶连娜坐下。

安娜·瓦西里耶夫娜眼含着泪水，清了清鼻子。尼古拉·阿尔捷米耶维奇的右手放入了常礼服上衣的衣襟里。

"我把您找来，叶连娜·尼古拉耶夫娜，"经过一段很长久的静默之后，他开口说道，"是打算和您讲清楚，换种说法，或是更确切地说，请求您对我讲清楚。我对您很有意见，不对，这种说法太委婉了；您的做法，让我——让我和您的母亲……您在这儿亲眼瞧见您的妈妈——难过，觉得难以见人。"

尼古拉·阿尔捷米耶维奇使劲地将自己的说话的嗓门放小。叶连娜一语不发地望了望他，然后又瞧了瞧安娜·瓦西里耶夫娜——接着，脸色忽地惨白。

"以前有过一种时期，"尼古拉·阿尔捷米耶维奇继续说，"那个时代的女儿没胆子正视自己的父母亲，那个时代，父母的威严能够让

336

不听话的儿女全身发抖。令人遗憾的是，这样的时期已不存在了；最起码，在大多数人的心里都觉得这已经是过去的事了；然而，您必须明白，在今天的社会毕竟还有些规矩要守，这些规矩不允许……不允许……反正，反正还存在一些规矩，请您要留心到这点：还是有些规矩的。"

"但是，爸爸。"叶连娜刚刚开口……

"请您让我把话说完。让我们在心底里回想回想以前所发生的事吧。我和安娜·瓦西里耶夫娜已经做了自己该做的事，完成了自己的任务。我和安娜·瓦西里耶夫娜一心想给您良好的教育，无论什么都毫不吝惜：花钱不在乎，操劳也无怨言。在这些花钱和操劳中您获得了哪些益处——那是另一方面；然而，我认为我有资格以为……我和安娜·瓦西里耶夫娜有猜想，我们以前对您，我们独一无二的女儿……我们以前教育您的，① 我们以前教育您的那那些道德规定，您最起码应该恪守不渝。我们有资格猜想，无论哪一种新的'思想'都无法和这些称得上是祖辈一代代传下来的不可亵渎的神圣东西背离。后果如何呢？我这会儿说的话，早就并非您的性别上和您如此的年龄独具的那样漫不经心……然而哪一个能想象到，您已经到了那样言行不端的天地……"

"爸爸，"叶连娜说道，"我明白您想说的是哪些……"

"不，你还不明白我想说的是哪些！"尼古拉·阿尔捷米耶维奇以假嗓音声色俱厉道，国会演讲家气派的严肃、发表演讲时不慌不忙的不可一世的神情以及那压低了声音的腔调一下子全都不见了，"你不明白，胆大包天的丫头！"

"瞧着上帝的面吧，尼古拉②，"安娜·瓦西里耶夫娜咕咕哝哝地

---

① 原文为法文。
② 原文为法文。

小声说道，"您真是太让我痛苦了。"①

"您别对我说这样的话，竟然说我太让您痛苦了。② 安娜·瓦西里耶夫娜！您很快将会听到的事儿，您想破脑袋也不会想到，——有些最不好的情况您要有些心理防备，我这就事先对您说！……"

安娜·瓦西里耶夫娜差不多是呆住了。

"不，"尼古拉·阿尔捷米耶维奇转过头来面对叶连娜，接着说道，"你还不清楚我要说的是哪些！"

"对您我很抱歉。"她开口说道……

"行了，总算是交代了！"

"对您我很抱歉，"叶连娜接着说，"由于未能早点说出来……"

"但是，你明白吗，"尼古拉·阿尔捷米耶维奇截住了她的话说道，"我只消说一句话就能够让你害臊得无处容身吗？"

叶连娜扬起了头，眼睛注视着他。

"确实如此，小姐，只消说一句话！犯不上把眼睛睁得那么大！（他将两只手交叠着放在前胸。）我想问您一句，您是否清楚有一间房子在波瓦尔斯卡街的旁边某……胡同里吗？您到过这间房子里吧？（他用脚使劲地踢了下地。）你老实说吧，不自重的家伙，你就干脆不要抱隐藏的念头了！仆人，仆人，仆人，小姐，可恶的仆人③早就将您是如何步入那儿的，瞧了个清清楚楚了，您去找您的……"

叶连娜的脸腾地涨得红红的，一双眼睛发射出晶莹剔透的光芒。

"我不必藏着掩着，"她小声地说，"的确，我是到过那间房子。"

"太棒了！听清楚了吧，听清楚了吧，安娜·瓦西里耶夫娜？如此说来，您，也许清楚那房子里住的人是哪一个吧？"

"是，清楚：我的丈夫……"

---

① 原文为法文。
② 原文为法文。
③ 原文为法文。

尼古拉·阿尔捷米耶维奇目瞪口呆。

"你的……"

"我的丈夫，"叶连娜又复述了一次，"我已经和德米特里·尼卡诺罗维奇·英沙罗夫结为夫妇了。"

"你？……结婚了。"安娜·瓦西里耶夫娜很费劲地说。

叶连娜一下子扑向母亲。

"是真的，妈妈……请您宽恕我……两个星期前，我们悄悄结的婚。"

安娜·瓦西里耶夫娜躺在了一张安乐椅上；尼古拉·阿尔捷米耶维奇不禁向后退了两步。

"结婚了！和那样一个衣不蔽体的人，那样一个黑山种的人结婚！贵族出身的尼古拉·斯塔霍夫的女儿竟然和一个居无定所的流浪汉，一个不是贵族的乱七八糟的读书人结婚！没有父母亲的祝福典礼！你觉得，这件事我会如此地置之不理吗？我难道不能去上告吗？我得把你……把你……把……我会将你关进修道院里去，他呢，就让他进监狱，让他干苦力！安娜·瓦西里耶夫娜，拜托您马上通知她，您收回她的继承权！"

"尼古拉·阿尔捷米耶维奇，瞧在上帝的份上。"安娜·瓦西里耶夫娜神情凄苦地叫喊着。

"是在何时，如何干出如此的事来的？哪一个为你们举办的婚礼？在哪儿？如何进行的？天啊！如今，我们的每一个认识人，上层社会的所有人该会说些什么呀！然而你，下贱的装腔作势的东西，干出了这样丢人现眼的事后，居然还有脸待在父母的家里！你难道不担心……不担心老天报应？"

"爸爸，"叶连娜说道（她的整个身体都在发着抖，然而她的语调却是不容置疑的），"您想如何处置我就如何处置吧，但是，您不必怪罪我下贱和装腔作势。我原本没打算……太早让您难过，但是我必须在这几天内将所有的事都亲口对您说个清楚，原因是下周我就和我的丈夫一块走了。"

"您要走了？您打算到什么地方去？"

"去他的国家，保加利亚。"

"去土耳其人那儿呀！"安娜·瓦西里耶夫娜大叫一声昏倒了。

叶连娜跑到母亲面前。

"滚到一边去！"尼古拉·阿尔捷米耶维奇吼叫着，拽住女儿的一只手，"滚到一边去，下贱的东西！"

然而，就在这时候，卧室的门一下子开了，一张面色惨白的脸显现了出来，那脸上有着一双闪闪发亮的眼睛：那人并非别人，正是舒宾。

"尼古拉·阿尔捷米耶维奇！"他提高声音叫道，"奥古斯丁娜·赫里斯季安诺夫娜来啦，她让您过去！"

尼古拉·阿尔捷米耶维奇愤怒至极地神色转过身来，拿拳头恐吓似的朝舒宾挥舞了一下，站了一小会儿，然后就着急忙慌地走出了房间。

叶连娜趴在母亲的脚前，双手抱着她的膝盖。

乌瓦尔·伊万诺维奇正在自己的床上休息着。他的身上只穿了一件带着一颗大领扣的没领衬衫，将他那胖乎乎的脖子包围着，衬衫的那些宽宽大大的褶皱在他那如女人般的硕大胸乳上四散开来，一个柏木做的大十字架和一个护身香袋①，一杯克瓦斯②放在床边的小桌上，杯的旁边还有一支蜡烛摇摇曳曳地发出暗暗的光。表情很是消极失望的舒宾坐在乌瓦尔·伊万诺维奇的脚边。

---

① 护身香袋：内藏有神香符之类的物品，据说迷信的人戴在胸前能够避邪。恰好显现出来。他那胖乎乎的身体隐藏在一张薄薄的被子下面。

② 克瓦斯：一种用面包或是水果子酵而成的清凉饮料。

"的确，"他似乎是在考虑着什么，说"她结婚了，就要走了。您的乖侄儿正在喊着，大嗓门地叫着，所有的房间都听得清清楚楚；为了不让别人知道，他本来在卧室里锁上了门，然而，不仅仅是仆役和侍仆侍女们，甚至马车夫们也都能够一字不落地听到！他差不多就是在瞎闹瞎闹，真的快要和我动起手来了，他就如同一头神经有毛病的熊在怒吼着，端着当父亲的谱，耍着威风，始终在辱骂着；的确，像他那些辱骂不可能有任何效果。安娜·瓦西里耶夫娜真的是难过至极呀，然而，与女儿结婚了相比，最让她受不了的还是女儿就要远走他乡、离开她了。"

乌瓦尔·伊万诺维奇弹了下手指。

"作为一个母亲，这是很自然的。"他说道。

"您的好侄儿，"舒宾接着说，"声称要到大主教、总督、大臣那儿控告他们，可是，最终女儿仍旧是远走高飞了。没人想置自己的亲生女儿于死地！他的脾气发过之后，渐渐地会心平气和的。"

"他们……没有资格。"乌瓦尔·伊万诺维奇说，喝了一口杯子里的克瓦斯。

"确实如此，确实如此。然而，在莫斯科将会有怎样的连续不断的指指点点、闲言碎语和飞短流长呀！她并不害怕它们……实际上，她压根儿就没将它们当回事。她即将离开了——并且，是到怎样的地方去呀？即便是想一下都会让人感觉到提心吊胆！要去的地方是那样的路途遥遥，那样的凄清荒芜呀？在那儿，迎接她的将会是哪些呀？我似乎瞧见她在零下 30 度寒风彻骨的风雪之夜，上车从客店①动身。她要远离祖国，远离家庭了；可是能明白她心里在想什么。她在这儿放下了哪些人？碰到过哪些人呢？库尔纳托夫斯基和别尔谢涅夫，还有我们这群人；这毕竟是一些特别好心的人呢。这没什么放不下的。唯有一件事让人感觉不好受：据说，她的丈夫——天知道，我的舌头

---

① 这样的客店可以停放旅客的车辆马匹。

341

似乎是无论如何也发不出这两个词——据说英沙罗夫咳嗽时吐血；这实在是让人感觉不好受。前几天我瞧见过他，从他那张面孔造就出一个布鲁特①来简直是轻而易举……乌瓦尔·伊万诺维奇，您清楚布鲁特是个怎样的人吗？"

"管他什么清楚不清楚？不就是个人吗？"

"确实如此：'他是个人'。②的确，他的那张面容真的是特别英俊，可是脸色很不好，很不好，不像个健康的人。"

"到了战场反正是……横竖一样。"乌瓦尔·伊万诺维奇说。

"到了战场反正是横竖一样，绝对正确；今天您聊天看起来倒是很公平公正的呀，然而，生活中却并非如此，并非横竖一样的。她原本就打算和他长相厮守的。"

"年轻人通常是这样的啦。"乌瓦尔·伊万诺维奇说。

"的确，年轻人的、特别棒的，特别有勇气的事情。死、活，战斗、失败、获胜、爱情、不受拘束、国家……太好了，太好了。上帝保佑，将这所有的恩赐给我们大家吧！这和你独自一人被围困在齐脖深的泥潭中，却不遗余力地做出一副毫不在意的模样，其实你是真的毫不在意，到底不是一回事呀。然而，在那儿——弦都上得紧紧的啦，你于是对全世界发出吼声，不然的话就索性拉断算了。"

舒宾的头垂向胸前。

"的确，"经过很久的寂静无语之后，他接着说道，"英沙罗夫和她比较相配。但是，真是毫无道理可言呀！没人能配得上她。英沙罗夫……英沙罗夫……为什么要做了一副虚伪的谦虚谨慎呢？行了，我们设定，他是很棒的，他可以护卫自身，然而到目前为止，他与我们

---

① 马尔克·尤尼·布鲁特（公元前85—42年），古罗马的政治家，为共和政体而战斗的一名战士，密谋反对恺撒的领袖。

② "他是个人"：引文不正确。原文出自莎士比亚的剧本《哈姆雷特》中的一句。

这些有罪的人相比，与我们这些无法再颓废的人相比，又多做了哪些事呢？然而，乌瓦尔·伊万诺维奇，比如说我吧，莫非我确实是那样一个毫无用处的人吗？莫非上帝的的确确在各方面对我都如此苛刻？在我的身上不存在赐予我的某种才能、某种天分吗？天知道，或许在多年以后，巴维尔·舒宾的名字会成为一个荣誉的象征呢？看，眼下在您桌子上正摆放着一枚一戈比铜币。天知道，过了一百年之后，某一天这枚铜币将给不忘恩情的后代人，为深切缅怀巴维尔·舒宾而用它来建造他的铜像呢？"

乌瓦尔·伊万诺维奇用胳膊肘支撑着起来，眼睛一动不动地打量着正在慷慨陈词的艺术家。

"那是很久以后的事啦，"最后他总算开了口，颇为自然地弹了下手指，"正在讨论着其他人的事儿，然而你……却有些那样……竟然说起自己来了。"

"啊，俄罗斯国家的一个崇高的性情豁达的人！"舒宾朗声说道，"您所说的每句话的重量都和金灿灿的黄金一样重，轮不到给我——倒是得为您修建一座铜像，并且让我来负责这个工程。看，就以您这会儿躺着的姿势为样本，让人弄不清楚这姿势到底想要告诉人们的是怎样的概念——是慵懒呢，还是积蓄能量呢？——我就以这个样子将您塑造成形。您的客观中肯的批评正好打击了我自私主义和我的尊严！的确！的确！至于自己，真的没有任何东西可说的；没有任何东西能够去吹嘘的。无论从何种角度来说，我们这儿至今还尚未有一个人，还无法发现一些确实有资格的人物。每一个人——也许是些不起眼的人物，一些爱挑毛病的人，哈姆莱特①之流的人物，一些自我感觉良好的人，或许是蠢笨没知识和迷迷糊糊，或许是一些不知天高地厚的人，一些就会谈论些没用的大话的家伙，一些跟鼓槌一样喜欢自

① 哈姆莱特：莎士比亚著名剧作《哈姆莱特》的主人公。他对现实不满意而又具有悲观、不知所措的弱点。

吹自擂的人！自然，还存在这样的一些人，他们对自己的重视钻研已经到了令人羞愧的事无巨细，他们不知疲倦地寻求着自己的任何一个感觉状态，而且还时不时地向自己汇报说，‘我的觉察就是如此，我考虑的事也是这样的啦。’这实在是一件很有好处、主意打得很妙的事情！不，如果我们之中有几个胸怀大志、有所成就的人，那这个姑娘就不会舍我们而去，那颗饱含怜悯和敏锐的心，也就不可能仿佛是鱼儿进到水里那样溜走！这是为什么呢，乌瓦尔·伊万诺维奇？何时才能到我们的时代呢？我们这儿何时才有实实在在有资格的人现身呢？”

“耐心守候吧，以后他们会现身的。”乌瓦尔·伊万诺维奇答道。

“以后他们会现身？俄罗斯的大地呀！你拥有无可比拟的巨大力量！你说：以后他们会现身吗？您瞧，我肯定会将您的话做好记录。但是，为什么您熄灭了蜡烛呢？”

“我想休息了。再会吧。”

三十一

舒宾所说的并非虚言。叶连娜的结婚实在是太预想不到了，这消息差点儿让安娜·瓦西里耶夫娜魂归天国，她已经在床上病倒了。尼古拉·阿尔捷米耶维奇要叫她别让女儿到她的面前探望她；他似乎因为自己总算有了场合表明他的确是一个家的主人，要耍他的家长的神气而沾沾自喜：他不停地怒吼着和对仆人们呵斥叫骂，而且还强调说：“我必须叫你们瞧瞧我不是好惹的，我必须让你们的头脑冷静冷静——你们等着看吧！”他在家之时，安娜·瓦西里耶夫娜无法看见叶连娜，于是因为有了卓娅在旁边而略觉宽心；卓娅特别精心周道地照顾着她，可自己的心里却悄悄地思量："居然看上了这个英沙罗夫——那舍掉的是哪一个呢？"① 但是，只要尼古拉·阿尔捷米耶维奇一走出门去（这样的事时常发生，由于奥古斯丁娜·赫里斯季安诺夫娜真的回来了），叶连娜就到母亲面前——因而，母亲眼噙着热泪，长时间地、一言不发地注视着她。这不吱声的怪罪，比其他的任意一种责骂都更让叶连娜的心伤得更深、痛得更多；这时，她体会到的并不是悔恨，而是一种和悔恨差不多的一种深不可测的、无边无际的怜惜。

"妈妈，亲爱的妈妈！" 她反复强调地说，亲着母亲的手，"您让我该如何是好呢？我做的是对的，我已爱恋着他，我无法不这么做。要怪您就怪老天吧：是老天将我和一个爸爸看不上的人联系在一块，叫这个人带我远离您的左右。"

"天呀！" 安娜·瓦西里耶夫娜截住她的话说，"你不要再跟我说这件事了。只要一念及你将去哪儿，我的心都快碎裂成碎块了！"

"亲爱的妈妈，"叶连娜答道，"您让自己往好处想想吧，否则的话，可能事情会更糟糕：或许我会活不成的。"

"但是，就是如此我也别打算能再看到你啦。要么是你在一个不知为何处的茅草屋里死掉（在安娜·瓦西里耶夫娜的眼里，保加利亚可能是一个和西伯利亚的冻土带一样荒冷凄凉），要么是我被分别的苦楚弄得憔悴而亡……"

"请您千万不要讲这样的话，好妈妈，我们肯定会再见面的，上帝保佑我们。在保加利亚也有大城市，跟这儿没什么区别。"

"那儿哪有大城市！那儿正在发生着战争；如今那儿，依我瞧，无论在什么地方，遍地都是冒着火的大炮呀……你想不久后就起程吗？"

"用不了多久……但是，要是爸爸……他打算去控告呢，他恐吓

———————————
① 原文为法文。

345

着要活生生地将我们分开。"

安娜·瓦西里耶夫娜头向上抬起眼睛。

"不，列诺奇卡，他不会去控告的。就我而言，起初我不管怎么样都不会赞成这门婚事的，要是我提前死了倒省心了呀；然而，已经是木已成舟了，那么，我绝不能让我的女儿再让人去嘲笑。"

这样经过了几天之后：后来，安娜·瓦西里耶夫娜最终壮起胆量，一天夜里和自己的丈夫俩人锁在卧室里。屋子里的每一个都沉默不语，静静地聆听着。刚开始，一点动静也没有；可后来，尼古拉·阿尔捷米耶维奇嘀嘀咕咕的嗓音传了出来，紧接着又有了吵架的声音，传出了大喊声，而且似乎还有安娜·瓦西里耶夫娜难受的呼喊声……舒宾已经思量着再一次和卓娅和侍女们一块闯进去劝说了；但是，卧室里的吵架声一点点地平息了，变成了说话——再接下来就安安静静了。只有不时还能听到一两声低低哭泣声——再接下来，这些动静也消失了。一阵钥匙悦耳的声音响起来，而且还有拉开写字台的抽屉的刺耳声音……门开了，紧接着露出了尼古拉·阿尔捷米耶维奇的身影。他非常严肃地瞧瞧眼前的这些人，然后就去俱乐部了；安娜·瓦西里耶夫娜却让叶连娜来到她面前，死劲地抱着她，一边淌着悲伤的泪水，一边小声地说：

"所有的事情都弄好了，他答应不将事情捅出去了，眼下，也就没任何事会耽误你离开……会耽误你抛下我们不顾了。"

"您允许叫德米特里来向您表示感谢吗？"等到母亲略微安静一会儿之后，叶连娜向她询问。

"再等等吧，我的宝贝，这个时候我还没法见那个让我们母女天各一方的人……起程之前，我们还有时间。"

"起程之前。"叶连娜难过地又重复了一次。

尼古拉·阿尔捷米耶维奇应允了"不将这件事捅出去"；但是，安娜·瓦西里耶夫娜却并未对自己的女儿说，他所答应的这个承诺是用一个怎样的价码谈妥的。她没对女儿说，她已经应承替他偿还他所欠的任何债务，并且当着他的面还付给他一千银卢布。除此之外，他斩钉截铁地对安娜·瓦西里耶夫娜宣称，他无论如何都不愿意见那个他还是叫做"黑山种"的英沙罗夫；然而，当他坐上马车到了俱乐部后，却毫无意义地和自己玩牌的人，一个早就退伍的工兵部队的将军，聊起了叶连娜结婚的事。"您已经听说了，"他竭力表现出一副不经意的模样说，"我的女儿，因为学识很渊博，已经和一位大学生结婚了。"将军穿透眼镜瞧了他一眼，嘴里嗯了声："唔！"——然后向他问道，他想玩多少筹码的？

三十二

　　起程的日期一天天接近了。十一月已经过了，到了该最终确定动身的日子。英沙罗夫早就将所有动身要做的工作弄好了，正归心似箭地期盼着早一点回到祖国去。医生也催他尽早离开。"您的身体应该在暖和的地方才能恢复得快，"他对英沙罗夫说，"在这儿对您的身体没有好处。"叶连娜心中也是异常着急、很不好受；她对英沙罗夫那没多少血色的面容和日渐瘦弱的身体感到深深的忧虑。她注视着他那憔悴得已经脱了相的面孔，心中时时有种抑制不住的害怕。在她自己父母家中的境况，也越来越让她无法再过下去。母亲总是向她泪眼涟涟地诉说着，似乎是正面对着死者痛哭，父亲则用看不起而又漠不关心的态度对她：即将到来的分别，同样也让他暗地里觉得伤心，然而他认为自己有责任，一个让人羞辱的父亲的责任，来包裹住自己的情感、自己的脆弱不让别人发觉。安娜·瓦西里耶夫娜总算说出她想看一看英沙罗夫。有人经过后边的门廊，不让发觉地将他带到她那儿。

当他进了屋子去看她时，她很长时间都没对他说出一句话，并且也没下定决心打量他一下：他以一种安静的谦恭表情，在她坐的安乐椅旁边坐好，期待着她讲出头一句话，叶连娜将母亲的手紧紧地握在自己的手里，也在身边坐着。终于，安娜·瓦西里耶夫娜将眼睛抬起，小声地说道："上帝将对您进行裁决，德米特里·尼卡诺罗维奇……"她所说的就到此为止：将很多打算讲出的怪罪的话，统统关在嘴边没说出口。

"您真的有病，"她嗓门很大地说，"叶连娜，你丈夫有病啦！"

"前一段时间我患过一场大病，安娜·瓦西里耶夫娜，"英沙罗夫答道，"到目前身体还没有全好；可是我盼望，家乡的空气会让我的身体一天天好起来。"

"对呀……保加利亚！"安娜·瓦西里耶夫娜嘀咕着，可内心却在思量："上帝呀，一个保加利亚人，瞧上去马上就要死的样子，他的声音似乎是从空空的木桶中传出来的，眼窝深陷，跟一个篮子似的，身体瘦得可怕，那身常礼服穿在他身上仿佛是从别人的肩上脱下来的，脸色黄得如同春甘菊①——但是，她却非得要当他的妻子，她深爱着他……这真是一场梦呀……"但是，她立刻意识到自己要说的话是哪些。"德米特里·尼卡诺罗维奇，"她说，"您必须……必须要走吗？"

"必须，安娜·瓦西里耶夫娜。"

安娜·瓦西里耶夫娜瞧了他一眼。

"啊，德米特里·尼卡诺罗维奇，希望上帝保佑你们，但愿你们不要遭受到我如今所受过的苦楚……但是，您必须向我承诺要好好照顾她，爱她……只要我不死，我保证你们不为贫穷之累！"

涌上来的泪水将她的话语掩住了。她将自己的双臂展开，因而，叶连娜和英沙罗夫全都依偎在她的怀中。

---

① 春甘菊：也叫黄菊。

注定分别的日子最终还是到来了。事先已定好，叶连娜在家中和父母亲辞别后，从英沙罗夫的住所起程。十二点是他们定好的起程时间。在十一点四十五分，别尔谢涅夫到了。他本想他会在英沙罗夫那儿，瞧见他的那些同胞将向英沙罗夫告别；然而，他们每个人都已经早早地走了；读者已经了解的那两个颇为神秘的人物（他们以前作过英沙罗夫的证婚人），也离开了。裁缝弯了一下腰，恭迎"心地善良的老爷"；他，或许是因为伤心，不然就是因为家具已经归他所有而兴高采烈，酒略微喝得多些；他妻子急忙将他拽到一边去了。房子里，所有的东西早就整理好了；一只拿绳子系好了的皮箱搁在楼板那儿。别尔谢涅夫陷入遐想之中：以前点点滴滴的往事，此刻又一幕幕地闪现在眼前。。

　　十二点早已过去了，马车夫马匹也已弄好了，然而，"新婚夫妻"还是没露面。最后，总算从楼梯那儿有一阵急匆匆的脚步声响起，在英沙罗夫和舒宾的相伴下，叶连娜走进了屋。她的眼睛红红的：她将自己那昏过去的母亲抛下了；分别是让人特别不好受的。叶连娜有一个多星期未瞧见别尔谢涅夫了：这段时间来，他几乎没去斯塔霍夫家。她没想到会看见他，叫了声："是您呀！太感谢您了。"——就一下子抱住了他的脖子；英沙罗夫也搂住了他。一阵让人不好受的默不作声控制了场面。这三个该聊些什么呢？这三颗心都有着怎样的感受呢？舒宾醒悟到应该以快活的声音、话语将这令人难受的默然无语打破。

　　"我们这三重奏又来到一起了。"他说起话来，"仅有的一次啦！让我们尊重上天的安排，让我们的记忆中多留些美好的往事——而且愿上帝的祝福陪伴着你们，加入到重新开始的生活中吧！'上帝保佑吧，祝一路顺风'。"他张口轻唱着，但是马上又住了口。他一下子感觉到特别难为情和非常无地自容。在死人躺着的地方歌唱，是罪不可恕的；而这个时间，在这所屋子里，那一段他说起的以前的事，在这儿相聚在一起的几个人的陈年旧事，都已经在一点点地不见了。它一点点地不见了，或许是因为要重新开始吧……但是，毕竟也一点点地不见了。

"行啦，叶连娜，"英沙罗夫说着，将身转向妻子，"似乎是所有的都弄好了吧？所有要给的钱都给过了，要整理的东西都整理。眼下只有这个皮箱得运走。房东！"

房东和他的妻子还有女儿一块来到房间，他有一点点脚跟不稳，一听英沙罗夫说完，就将皮箱拿起来扛到自己的肩上，急急忙忙地向楼下奔去，紧靴踩得咯咯直响。

"这会儿，依照俄罗斯人的习惯，我们应该坐下来。"英沙罗夫说。

几个人都坐下了：别尔谢涅夫在破旧的小长沙发上坐着：叶连娜在他身边；女房东和女儿一块在门槛那儿蹲着。每个都沉默不语；大家都很勉为其难的干笑着，然而每个都清楚自己因何而笑；人人都打算说出些离别的话，但是所有人（自然，女房东和她的女儿不算在内；她们就知道瞪大了眼睛），所有人都觉察到，此情此景，能说出口的只能是非常平庸的话语，无论哪一句很有深意的，哪一句敏锐的，要么只是一句贴心的话，可能都会不很相宜，而且会成为虚头滑脑。英沙罗夫头一个站起了身，在自己的胸前比划着十字……"再会吧。我们的小房子！"他提高声音说道。

离别的吻声响起来了，声音很响的、可却颇为冷漠的告别的吻声，即将分别的、说不尽的祝愿声，互相通信的允诺不断响起，到了最终回应在屋中的已经是呜咽的分别的话……

泪流满面的叶连娜，已经在马拉的旅行雪橇上坐好了；英沙罗夫细心周道地将她的双腿用一张毛毯盖上；在台阶前站了一大队的人：舒宾，别尔谢涅夫，房东，他的妻子和仍旧带着头巾的女儿，守门人，一位无关的，身着带花纹袍子的工人。突然，一辆由高大健壮的骏马拉着的豪华雪橇直跑进院子，从雪橇上跳下来的，拍着大衣领上的雪花的人，不是别人，恰恰是尼古拉·阿尔捷米耶维奇。

"还好，我来得总算还及时。"他高声地说着话，快步奔到旅行雪橇前，"你拿着吧，叶连娜，它是我们当父母最后的祝愿，"说着，他低下腰，从常礼服的口袋里拿出一个在丝绒布袋里放着的小圣像，将它戴到叶连娜的脖子上。她放声大哭，接着又亲他的手；这会儿，在雪橇的前座中马车夫拿出半瓶香槟酒和三只高脚杯。

"来吧！"尼古拉·阿尔捷米耶维奇说着，然而他自己控制不住的泪水却接连不断地流到大衣的獭皮领上，"为你们送行是不可少的……祝愿……"他动手倒香槟酒；他的双手都在发着颤，泡沫溢出了杯子，飘落到雪地上。他举起一只高脚杯，将其他的两只高脚杯交给了叶连娜和坐在了她身旁的英沙罗夫。"但愿上帝保佑你们……"尼古拉·阿尔捷米耶维奇开口说，然而却无法接着说……于是就将酒一口喝下；他们也将酒喝了下去。"眼下应该是和你们喝了，先生们。"他又说，调头身舒宾和别尔谢涅夫，然而在此时，驱车的人已经将马车赶动了。尼古拉·阿尔捷米耶维奇随着旅行雪橇共同奔跑起来，"不要忘了呀……写信给我们……"他用时断时续的腔调说。叶连娜探出脑袋来，说道："再见了，爸爸，安德烈·彼得罗维奇，巴维尔·雅可夫利奇；再会吧，大家；再见了，俄罗斯！"……然后，她将身子向后倚住。驱车人将手中的鞭子挥舞了一下，一声唿哨响彻在空气中；滑木在雪地上吱吱发出声响，旅行雪橇奔出了大门，朝右打了个转——于是远离了人们的视线。

三十三

　　这四月里风和日丽的一天。在一个被人称为"丽多"长长地带的又宽又平的浅海湾，它是由威尼斯①和海沙淤积而成。有一艘小游艇在那儿，小游艇的底是平平的、有几个船舱在上面，此刻它在划手长橹的划动下虽有些晃动，却颇有规律地前进着。在小游艇不太高的篷顶上，软绵绵的皮垫子上，叶连娜和英沙罗夫在那上面坐着。

　　自打从莫斯科动身之后，叶连娜的面容没觉得有哪些改变，但是显现在脸上神情已经与往日不同了：它呈现出比以往更为深刻的思索和更为端庄，双眼中的神色同样更勇往直前了。她的全部身体也较以前结实多了、漂亮多了，头发似乎也比以前更浓更蓬松柔软，静静的披在白皙的额头和红扑扑的脸蛋上；唯有那两片嘴唇在她不笑之时，会有种不留心就看不出来的气质，表现出一种深深隐藏的、总是烦扰她的担心。英沙罗夫却和她截然不同，面容上神情没有变化，但是他的面庞却变得非常大。他更消瘦，更苍老，面色更惨白，而且有一点点的驼背了；他的咳嗽差不多是连声不断，发出一阵阵的短短的干咳声，并且他那深陷下去的双眼，焕发出一种异常的明亮。从俄国动身之后的路途上，在维也纳②英沙罗夫病倒在床上几乎有两个月，到了三月底，他与妻子共同来到威尼斯：他盼望能从这儿途经萨拉③、塞

---

　　① 威尼斯：意大利城市，有"水城"之称。
　　② 维也纳：奥地利首都。
　　③ 萨拉：现名扎达尔，南斯拉夫西部濒临亚德里亚海的城市。

尔维亚①，最终回到保加利亚；其他的道路都无法行得通。战争此刻正在多瑙河上紧张地进行着；英国和法国都已经向俄国开战了，每一个斯拉夫国家都在躁动不安中，正在酝酿着反抗。

小游艇在"丽多"的里岸停泊下来。顺着又窄又小的、两旁栽着刚刚长出没多久的小树苗沙土路（人们年年都在这条路上种树，然而这些树每年能存活下来的几乎没有），叶连娜和英沙罗夫正在朝着"丽多"的外岸，朝着大海走去。

他们顺着岸边步行着。在他们眼前波涛滚滚的是亚得里亚海；这些浪花夹杂着泡沫，发出哗哗的声音，翻滚着，然后又朝后拥过去，留在沙滩上的是一些小巧玲珑的贝壳和成片的海草。

"这地方是如此的苍凉！"叶连娜说，"我担心这儿对你来说温度可能低了些；但是我能想象得出，你到这儿来的原因。"

"温度低！"英沙罗夫驳斥着，一抹带苦涩的笑意很快地在他的脸上一闪，"要是我担心温度低，我怎么还能做个好兵呢；我之所以到这儿来……我就是想对你讲它的原因。我注视着大海，我就仿佛感觉得到，从这儿和我的国家更贴近了。是呀，它就在大海的那端，"他意犹未尽地又说了句，将一只手探向远方，"看，风就是从那边刮过来的呀。"

"这风能否将你期盼的那只海船刮过来呢？"叶连娜说，"你瞧，那只闪耀着光芒的帆；它会不会是那条船呢？"

英沙罗夫看了眼叶连娜手指向的大海深远处。

"伦季奇许诺过，一个礼拜内就能将所有的事都为我们弄好的，"他说，"看起来，他这个人值得信任……你听别人说过吧，叶连娜，"他一下子激动地又说道，"听人说，达尔马提亚②穷困的渔民将他们的铅坠……你清楚，那些很有分量的东西是放在大鱼网下起坠网作用的

---

① 塞尔维亚：位于南斯拉夫东南部，与保加利亚相邻。
② 达尔马提亚：南斯拉夫西部沿海地区，濒临亚德里亚海。

——都拿出来制造子弹了！他们没钱，仅有的生活来源就是打鱼；但是，他们却心甘情愿地捐出自己所拥有的仅有的一点点财物，如今他们正在忍饥挨饿。真是伟大的人民呀！"，

"小心!"① 一个自以为是的叫喊从他们的身后传入耳中。重重的马蹄声随之而来，一个身穿灰色短军衣、戴着绿军便帽的奥地利军官，在他们身边飞奔而过……他俩差点儿没时间避开。

英沙罗夫目光沉沉地瞧了眼那军官的远去的身影。

"不要和他一般见识，"叶连娜说，"你清楚，在这儿他们实在没有其他地方能够骑马。"

"不要和他一般见识，"英沙罗夫说，"然而，他的叫喊，他的小胡子，他的军帽，外加他的浑身上下的外表，这些都让我的血液翻滚。我们回去吧。"

"是的，回去吧，德米特里。而且，现在这儿风吹得正大。在莫斯科大病一场之后，你也没小心养护身子，所以在维也纳，你再次病倒。眼下可得当心保养呀。"

英沙罗夫默默无语，只是以前在他的嘴唇上闪现过的那抹苦笑重又一次出现了。

"你喜欢吗?"叶连娜接着说道，"我们到大运河②游览一番吧。自打我们俩到了这儿之后，还未能仔仔细细地欣赏一下威尼斯的景色呢。晚上，我们到剧院去：我这儿有两张包厢的票。听人说，今天上演的是刚刚上演的新歌剧。如果你想看，那我们就将这一整天放松一下，就让我们把政治、战争都抛在脑后，抛开所有；我们只记住一点：我们在共同过日子，共同呼吸，共同思考，我们生生世世都在一块。……你喜欢吗?"

"只要你喜欢，叶连娜，"英沙罗夫答道，"我吗，肯定也喜欢。"

---

① 原文为德文。
② 原文为意大利文。

"这些我都清楚，"叶连娜带着笑容说，"走吧，我们离开吧。"

他们到了小游艇安坐下来之后，就告诉划手顺着大运河慢慢地划走。

没瞧见过威尼斯四月的人，怕是没办法体会这个让人无法忘怀的城市所拥有的绮丽景色的。威尼斯正被温柔和妩媚的春天包围着，就仿佛是夏日里艳阳高照的美得无与伦比的热那亚①，秋季里用黄灿灿的金色和高贵的紫色装点着的伟大古都——罗马。威尼斯的美，仿佛春天似的，能拨动人们最令人心动的琴弦，让人们燃起对未来的期盼；它就如同和蔼而容易想得到的，但是却悄悄地躲着的令人心醉的承诺似的，啃咬着和挑动着年轻人的心弦。在这儿，每一样东西都是如此的明媚，清澈，所有的又似乎笼上一层默默无语的爱情薄雾，看上去是那样的若隐若现；在这儿，每一样东西看起来都是如此安宁，又是如此的深情款款；在这儿，从这个城市的名字开始，所有的都仿佛少女似的如此明媚、温存：怪不得唯有威尼斯被人名为"美丽城"。巍巍耸立的宫殿和教堂，就好像年轻天使毫无缺陷的梦一样，风姿动人而又略显神秘；运河中，墨绿色的波光粼粼，安安静静的水纹仿佛丝绸般光滑柔顺，一只只的小游艇悄无声息地划过水面；在这儿，城市的那些喧闹的吵嚷声、粗鲁的响动、敲打声在这儿丝毫也听不到，有些是神话中的梦境，有些是让人诧异、让人心旷神怡的景色。"威尼斯已经在走向没落了，威尼斯已经变得特别凄凉了。"它的居民的可能会如此告诉您；然而，在它兴盛之时，在它花开旺盛之季，大概它所少的正是这最后诱人的地方，没有这种日渐衰落的凄美。从没见过它的人，是无法明白它的：不管是卡纳列津②还是在格瓦尔季③在自己的作品中，鲜明地描绘出十八世纪威尼斯的风光。（更别

---

① 热那亚：意大利西北部的海港城市，位于热那亚湾。

② 卡纳列津·安东尼奥（1697—1768），意大利威尼斯色彩画家和铜板画家，尤以画威尼斯的建筑风景著名。

③ 格尔瓦季·弗兰切斯科（1712—1793），意大利著名的威尼斯色彩画家。

提刚刚才有的色彩画家了），都无法将这儿最美妙的外形和正在一点点不见的色彩描绘出来，都无法表现出那美妙绝伦的韵味，那天空中闪耀着的温柔，那正在渐渐消失的亲切的遥远风景。一个经受过生活困苦的人，在路过威尼斯的人真的不可能有何益处：它对于他而言，就像是在记忆起以前的那段时间里不能达成的梦想，这肯定会有伤心难过的；但是，相对于一个整个身心活力四射，对自己的生活觉得很满意的人，它则是甘之如饴而又充满柔情的；祝福他能将自己的快活也带到这让人沉醉的天空下来，无论他的快活本来是如何的完美，威尼斯也会用它那燃烧不熄的光芒，来为他的快活加上金光闪闪的光圈。

小游艇缓缓地流淌过恰沃尼河堤畔①，流淌过总督府和比亚赛塔，融入到大运河中，英沙罗夫和叶连娜就坐在这艘小游艇上。一座座大理石盖成的教堂分布在运河的堤岸两边；它们似乎在小游艇的边上一点点地飘然而去，真的叫人忍不住多看一眼，体会并欣赏它们的美景。叶连娜感觉到一种发自心底的快乐：在她的视线范围内的湛蓝天空中，有过一朵乌云，但这会儿那朵乌云早就飘得无影无踪了——这天，英沙罗夫看起来气色不错。他们游过地势较险的里亚尔托桥桥拱后，就动身回去了。虽然叶连娜担心英沙罗夫无法承受教堂中的冷气；然而，她又记起优美艺术馆②，因而就让小游艇的划手朝那儿去。没多久他们就将这座不大的艺术馆的每个展览厅浏览了一遍。他们不是鉴别专家，可也不装懂，他们不迫使自己去认真观察，每幅画也没能让他们停住脚步：但他们猛然间感觉到一种发自内心的快活。在他们看来，所有的东西似乎都充满了趣味。（儿童们对这样的快乐很谙熟。）看着廷托勒托③的圣徒马尔科④从天上跃下来为世间受

---

① 原文为意大利文。
② 原文为意大利文。
③ 雅·廷托勒托（1518—1594），意大利水彩画家，文艺复兴后期威尼斯画派的代表。
④ 马尔科：廷托勒托的名画《圣徒马尔科的奇迹》中的主角。

苦受难的奴隶们谋解放，而他跳跃的样子就和一只跳入水中的青蛙没什么区别，这惹得叶连娜顾不得旁边还有三个正在浏览的英国人眉头紧锁，居然放声大笑，以至眼泪都流出来了；而那个在替善①《升天图》前面站立着，随着画上的圣母高举双手的那个精神旺盛、身披着绿呢斗篷的男人的背和小腿肚，却让英沙罗夫兴味盎然。然而，画上的圣母——那是一个神态安宁，异常漂亮而且坚毅，正在端庄无比地朝天父的怀抱中升天的女人，却也让英沙罗夫和叶连娜诧异不已；对于老人琪马·达·科涅里亚诺②那幅一本正经却忠诚无比的画，也让他们俩高兴不已。当他们走出艺术馆之时，他们又一次转过头来瞧了眼尾随他们出来的三个英国人，以及他们那长得和兔子样的长牙和长长的络腮胡子——又让他们忍俊不禁地笑了；他们看见自己坐的小游艺机艇的划手身上穿着的那件特别丑陋的短上衣和短裤——又咧开了嘴；他们瞧到一个做小生意的女人头上的那满头花白头发却挽了个小髻——于是他们就笑得更开心了；到了最终，他们互相看了一下——一阵爽朗的笑声又响起了，等到他们在小游艇坐好之后，就彼此用力地、用力地紧握住对方的手。他们一返回旅馆，就进到自己的屋子，接着告诉侍者为他们送饭。到午餐之时，他们的情绪仍然是快活得很。他们彼此多劝着对方多吃一点，互相举杯为莫斯科的朋友们的身体康健，一盘很好吃的鱼也可以让他们为侍者鼓掌，而且又告诉他再给他们来些刚打上来的贝肉③；侍者耸了耸肩缩了下，就毕恭毕敬地将鞋跟靠紧，然而，当从他们身边走开后，他晃动着脑袋，以至还有一回长长出了口气小声地嘀咕了句："可怜的人！"④ 用过午餐后，他们又是到了剧院。

---

① 替善（约1489—1576），意大利水彩画家，文艺复兴时期威尼斯画派的首领。
② 琪马·达·科涅里亚诺（约1459—1517），意大利水彩画家，文艺复兴时期威尼斯画派的代表。
③ 原文为意大利文。
④ 原文为意大利文。

威尔第①的歌剧《茶花女》正在剧院上演，说实在的，这个我们俄国人早就见识过的歌剧，不过是个特别浅显的作品而已，然而却在整个欧洲的舞台上引起轰动。威尼斯的演戏时间已过去很久了，每一个歌唱者的水平也是非常平庸；他们都扯着自己的嗓门大喊。演薇阿丽妲的那个女人根本就是名不见经传，由观众对她所持的漠不关心的态度来看，她很不得人心，但终究不是很有天分。这个姑娘年龄不大、相貌一般，长着一双黑黑的眼睛，她的声音既不润泽，又有点软弱乏力。她的衣着穿得很差劲，然而却将自己装扮似乎不谙世事的样子：她头上戴着红发网，色彩早就斑驳陆离的蓝缎连衫裙将她的胸部围得很紧，一双做工根本谈不上精细的瑞典式的手套戴到了自己很尖的臂肘上；确实，她，只不过是一个贝尔加莫②放羊人的姑娘，怎么能清楚巴黎的茶花女是如何打扮的呢！她在台上的表演也算不上冷静稳重；可是在她演的过程中，却时时流露出真实、诚挚、不加雕琢的东西，还有当她进行演唱时，在她的嗓音中有一种唯有意大利人才心领神会的十分热情的神情和风韵。叶连娜和英沙罗夫两人在舞池边上的一个灯线昏暗的包厢中坐着；在优美艺术馆③游览时的好心情依然萦绕在他们的心头。当沉湎于女人引诱之下的那个可怜年轻人的父亲，身着豆绿色的燕尾服，头上戴着乱蓬蓬的白假发在台上露面时，还未等到出声，就自己吓破了胆，嘴咧了咧，响起了一阵漏气样发颤的男低音时，他们实在是控制不住，一下子笑出声来……然而，薇阿丽妲演的戏却让他们受到了深深的震撼。

　　"人们很吝啬为这个令人怜惜的姑娘来点掌声呢，"叶连娜说，"在我看来，那些骄傲自大的二流角色故意拿腔作调，虚张声势，想以此来让观众叫好而装出来的表演，同这个姑娘的表演相比，根本不

---

① 威尔第（1813—1901），意大利作曲家，歌剧家。
② 贝尔加莫：意大利的一个省。
③ 原文为意大利文。

值得一提。你瞧，这个姑娘好像真的是用心在演戏；她都没分心去留心观众。"

坐在包厢旁边的英沙罗夫靠在边上，仔细观察了一阵薇阿丽妲。

"的确，她演戏演得确实非常用心；她对死亡的到来事先已经有感觉了。"

叶连娜默默无语。

到第三幕了。幕已拉起……一瞧见那张床铺，看到那垂着的窗帘、药瓶以及带罩的灯，叶连娜的身子不由自主地抖了一下……这段时间来所有事情一幕一幕都涌上了她的心头……"以后的结果将会是什么样的呢？如今呢？"这些念头从她的脑海中掠过。似乎是在特地和她作对，此刻一阵女主角故意作出的咳嗽声和英沙罗夫在包厢内那略带沙哑却是不折不扣的咳嗽声传入了她的耳朵，作为回答。叶连娜悄悄地瞥了眼他，一种恬淡而心平气和的神情随后浮现于脸上；英沙罗夫知道她在想什么，因此他自己的脸上也立刻露出了笑意，跟着舞台上的歌声小声地哼哼着。

然而，没多久他就静下来一心看表演了。薇阿丽妲的演技不断提高，简直就是挥洒自如了。她将所有那些没多大关系、所有没用处的东西全都扔到一边去了，清楚自己的任务是什么：这对一个艺术家来说，是一种极其稀有的、至高无上的快活！她一下子跃过了那条难以为之限定的，然而在那儿正是艺术之美的边界。观众们的情绪不禁振奋起来，他们惊住了。那位容貌平平、嗓子柔弱而又力气不足的姑娘，渐渐地将观众的心抓紧，让他们随着她的喜而喜，她的悲而悲。可是，女歌手发出的声音听来已并非是以前那样的虚软疲惫；它让人有一种暖融融的感觉，显得更刚强、坚定了。"阿尔弗列多"上场了；薇阿丽妲发自内心的高兴叫声，差点在观众中鼓起了一种可被称做是狂热①的浪潮，同这些浪潮比，我们俄国人的叫好声简直就不值得一

---

① 原文为意大利文。

提……只一会儿——观众又安静了。二部合唱响起来了，这是歌剧中最为光彩夺目的部分，作曲家将那种对不顾一切地虚度青春的说不尽的怜惜，和对毫无希望、无力控制的爱情的最终奋斗进行了淋漓尽致地表现。聚精会神、得到一致认同的女歌手，眼中噙满了艺术家的幸福和发自于心的难过的眼泪。身处于让她精神高昂的浪潮中，她的相貌已经有所变化，因而在死亡猛然间贴近身边的、令人惊骇的魔影面前，她以那种不顾性命迸发而出的哀求，发出两句话："让我活下去吧……年纪轻轻就死！"① 随之而来的观众们狂热的掌声和激动不已的叫喊声，笼罩了整个剧院。

叶连娜觉得整个身子一阵阵地冷。她的一只手暗暗地在搜寻着英沙罗夫的手，找到以后，就死劲地将它紧握着。他呢，同样也用力地抓着她的手；然而，他们彼此谁都没看对方一下。和几个小时之前他们在小游艇上彼此心领神会的感觉和这回的握手，真是有天壤之别呀！

他们乘坐着小游艇顺着大运河②返回了他们的旅馆。夜色已经笼罩了一切，这个夜晚是清静明朗、柔和无边的。一样的宫殿逐渐地在他们的面前展示着自己的壮丽，然而它们看上去似乎变了好多。有些在月亮的光辉下的宫殿，整个建筑散发出带着金色的亮光，因而在这样的亮光中，窗户和阳台的轮廓和点缀物的细小地方，仿佛都不见了；然而在那些被夜色的大片薄雾所笼罩的建筑物上，它们看上去是那样地清晰可见。一只只小游艇上都亮着一盏小红灯，它们似乎更悄无声息地，更快捷地漂浮而过；它们的钢舳神秘兮兮地闪烁着，一道道长桨在飞奔的、泛着鱼肚样的银光闪闪的水面静悄悄地起起落落；所到之处都能听到小游艇的划手们短短的却又听不明白的叫喊声（他们如今一直不唱歌）；除此之外，任何其他的声音都没有。位于恰沃

---

① 原文为意大利文。
② 原文为意大利文。

尼河堤畔的那个旅馆是英沙罗夫和叶连娜落脚之处；在返回的路上，他们中途下了小游艇，围绕着圣马尔科广场溜达，有很多无所事事的人凑在小咖啡馆那儿，他俩在咖啡馆前面的拱门下走了几个来回。和自己真心相爱的人在其他国家的城市里，在没有认识人的面前，一同惬意地散着步，有一种说不清道不明的原因让人的心情出奇的好；所有的东西看起来都是那样的和谐而又充满趣味，你祈盼每个人都好心肠、心平气和，愿每个人拥有如你自己内心正在荡漾着的快乐和柔情。但是，叶连娜无论如何也无法再毫无心事地享受自己那快活到极点的情绪了：她的心被刚刚所看到的歌剧深深震撼，再也无法安静从容了；而英沙罗夫自总督府边上经过时，他一言不发地指了下由下面的拱门中探出头来的几尊奥地利大炮的炮口，然后又将帽子向下拉了拉，盖住了眉毛。并且，他觉得自己很累——所以，他最终一次看了眼圣马尔科教堂，看了眼那在月色下发射出蓝灰色磷光亮点的圆顶之后，他们慢慢地走回了住处。

在他们居住的那个小屋子，有一扇窗户正对着一个开阔的浅海湾，它是从恰沃尼河堤畔到吉乌德卡止，他们旅馆面对着的，几乎就是那高高耸立的对乔治教堂的尖塔；左边，有一些帆船的黑黑的桅杆、横桁，以及一些汽船的黑乎乎的烟囱；还有些地方，挂着一张半收半拢的、好似一只正在振翅的大翅膀的帆，桅上的那些三角形的旗子静静地挂在那儿，丝毫不动；而右边呢，则是多加拿寄存的黄灿灿的球顶，异常神气地在空中发着光亮，还有挺立着的经帕拉季奥①之手装点的、如同刚刚装扮好的新嫁娘一样美丽的、最迷人的列丹托尔教堂。英沙罗夫在窗前坐着，然而叶连娜说服他让他不要长时间地观看夜景；他的体温一下子异常升高，一种耗费身体的虚弱控制了他的身体。在她的帮助下，他在床上躺好，待到他安然睡着以后，她才轻手轻脚地来到窗前。啊，如此安静和柔和的夜晚呀，浅蓝色的空中有

① 安德烈阿·帕拉季奥（1508—1580），意大利著名的建筑师和艺术理论家。

一种鸽子样的温情在四处飘荡；所有的磨难，所有的忧伤，在如此清朗的天空下，在如此圣洁、纯真的月色下，都该止住，都该消失得无影无踪呀！"哦，上帝呀！"叶连娜想着，"怎么会有死亡，怎么要有分别、病痛和泪水？要么，怎么能有如此良辰美景，能有如此盼望的甜透人心的爱情？怎么能有牢不可破的躲避处，随时随地地保护，和那长久的保卫带给人的安心呢？这带着笑意的、为人祈福的老天，这快乐的、悄无声息的大地，有着怎样的含义呢？莫非所有的这些都仅仅是加诸在我们的身上，而在我们周身外的难道就是不可改变的冷清和死气沉沉吧？莫非我们能拥有的仅仅是寂寞，寂寞……而在那儿，在所有的地方，在一切的看不见底的最深层和深谷中——所有的，所有的我们都没办法拥有吗？那样的话，又怎么能有如此的祝愿的盼望和快乐呢？（年纪轻轻就死！① 这声音又在敲击着她的心……）"莫非就没办法盼望，没力量去阻止，没有机会拯救这一切了吗……上帝呀！莫非不能相信会有惊喜发生吗？"她将头紧紧地放在自己的双手上。"可以了吧？"她嘀咕着，"莫非的的确确已经无法忍受了！我有过快活，不仅仅是几秒钟，几个小时，几天——不对，而是接连好几个星期。然而，我有哪些资格可以拥有快活呢？"她在心底里仔细考虑了一会儿。"如果这一切最终都消失呢？那是天注定的……而我们不是走好运的人，是戴罪的人……年纪轻轻就死！② 啊，黑漆漆的怪影，你到一边去吧！期待着他的生命的人，可不仅仅是我一个人呀！"

　　"但是，假如这是上天的一种降罪，"她又琢磨了一会儿，"要是如今我们一定要为我们所犯的过错付出所有代价？我的良心本来是风平浪静的，直到目前为止它仍然是比较安宁，然而，莫非这就是没有过错的证据吗？啊，上帝，莫非我们所犯的罪过真的是难以饶恕？莫非你，这个开创了天地和这夜色的上帝，就因为我们俩真心爱恋，就

---

① 原文为意大利文。
② 原文为意大利文。

想降罪于我们吗？要是命中注定要这样，要是他有过错，要是我有过错，"她以一种控制不住的冲动加了句，"要是这样的话，上帝呀，请你开恩让他，让我们俩，最起码以一种正大光明，毫无遗憾的死，死在那儿，死在他祖国的大地上，不是在这儿就结束他的生命，不在这样一个偏僻冷清的房子里吧！"

"如果那样的话，我那让人同情、孤单无助的妈妈该会如何的伤心呢？"她对自己发问，因而她自己觉得特别茫然，不知道自己的问题的答案是什么。叶连娜还不明白，任何一个人的快乐的基础都是其他人的不快乐，就连任何人所获的好处与惬意，也建立在其他人的失败和难受之上，就如同一个雕像得有一个台座相配一样。

"伦季奇！"熟睡中的英沙罗夫在梦中嘟哝着。

叶连娜轻手轻脚地来到他面前，弯下腰，擦去他脸上冒出的汗。在枕头上左右翻滚了会儿后，不久就平静地又睡熟了。

她再一次来到窗前，再一次沉浸到自己刚刚的思绪之中。她试着想方设法来开导自己，让自己确信，没有任何原因能让她恐惧。对于自己的胆小怕事她觉得有些难为情。"确实有问题，有危险存在吗？他的身体现在不是在转好吗？"她小声嘀咕着，"要是今天我们没到剧院去，这些是不会进入我的脑海中的。"恰在此刻，一只在水面上的高处翱翔的白鸥出现在她的视线里；也许是渔人让它受惊吓而起，它一面悄无声息地飞着，一面似乎在偷偷观察着到哪儿能够找到一个安身之所。白鸥的飞行摇摇晃晃的。"看呀，如果它能飞到这边来，"叶连娜心中思量着，"这会是个美好的开始……"海鸥在最初的地方绕来绕去地飞翔了一圈，接着收起翅膀——似乎中了枪一样，伴随着凄惨的哀叫，它在很远之外的黑乎乎的海船后的一个地方落了下来。叶连娜浑身不由自主地颤动了一下，然而她马上就为自己的颤动而觉得不好意思；然后，她，和衣躺在床上，在发出沉沉而又急促的喘气声的英沙罗夫的旁边躺了下来。

三十四

英沙罗夫很晚才睡醒，头疼还是若有若无地折磨着他，就像他自己说的，觉得整个身子都疲惫不已。然而，他终究仍旧是起来了。

"伦季奇还没来吗？"他睡醒的头一件事就是问这个问题。

"没来。"叶连娜答道，然后将刚刚出版的《的里亚斯特观察报》① 为他拿了过去。报纸上充斥着有关战争、有关斯拉夫各国和各公国的消息。英沙罗夫在读报纸；而她则开始给他煮咖啡……这时门外有人敲了几下门。

"伦季奇。"他们俩心中都在猜测，然而，门外的人说着俄语："我能进屋吗？"叶连娜和英沙罗夫异常惊奇地彼此对望了一眼，然后，他们的答音尚未出口，就有一个人进了屋子，这个人衣着得体、一张削尖的小脸盘上长着一双精神灵活的小眼睛。他整个人看起来就仿佛一个前不久大发意外之财，要不然就是获悉了一个最能让人惊喜不已的好消息一样，看上去是那样的神采飞扬。

英沙罗夫在椅子上略微抬了下身。

"您不记得我是谁了吗？"这个不认识的人张口说道，一面一点也不见外地来到英沙罗夫面前，并且极热情地朝叶连娜躬身施礼。"卢普雅罗夫，以前我们在莫斯科叶……家中② 见过，想起来了吗？"

"的确，在叶……家。"英沙罗夫说。

"真是的，真是的！麻烦您为我引荐引荐您的夫人吧。夫人，一

---

① 原文为意大利文。
② 叶……家中：以俄语字母 E 为开头的姓氏的人家中。

直以来，我都对德米特里·瓦西里耶维奇怀有无限的敬意……（他又自顾自地更正说:）尼卡诺尔·瓦西里耶维奇①，我感到特别荣幸的是，我总算能有缘和你们相识。请想象一下，"他一边不停地说着，一边将头转向了英沙罗夫，"就在昨天晚上我才听人说您就在这儿。我同样也是在这家旅馆住着。这是个何等的城市呀，威尼斯本身就是一首诗，只有诗才配形容它呀！可是，无论到哪都有可恶的奥地利人，讨厌极了！我真的是从心底里仇恨这些奥地利人！说到这儿，您大概也早就知道了吧，已经有一场生死之战在多瑙河上进行过了：三百名土耳其军官葬身于此，已经攻下了西里斯特利亚城，塞尔维亚终于获得解放了。② 实际上是，当时，俄军不但没攻下土耳其的要塞西里斯特利亚，并且在奥地利的压力下，撤去了俄军队的包围。您，是一个无比热爱祖国的人，对此——特别兴奋吧，难道不是这样吧？告诉您，在我身上流淌的斯拉夫的热血好像在燃烧着呢！然而，我得告诫您必须更留意些才好；我确信，您在这儿的行踪都有人在注视着。这儿的秘密警察手段很多！昨天，有一个看起来很让人怀疑的人来到我面前问我:'您是俄国人吧?'我对他说我是丹麦人……可是您呀，最亲爱的尼卡诺尔·瓦西里耶维奇，您身体不太好吧。您一定要好好治疗一下您的病；夫人，您必须让您丈夫出去疗养一阵。昨天，我似乎是疯狂似的游览了所有的宫殿和教堂——你们到总督府去过了吧？每一处都是那样的金碧辉煌呀！尤其是它的大厅堂和马里诺·法列洛③的位置；那上面如此写着:'因罪被砍头。'④ 一些名声很响的监狱我也曾涉足过：在那些地方，我的内心觉得愤怒不已——您大概能

① 英沙罗夫（姓）的名和父名是德米特里·尼卡诺雷奇。这儿的前后两次称呼都不对。
② 这段话所说的消息是编出来的。
③ 马里诺·法列洛（1278—1355），中世纪威尼斯的首领，因为密谋组织反对威尼斯贵族残暴统治的共和政体而在一三五五年被处死。在总督府内，在威尼斯七十六名执政者的画像中，有一个为法列洛而设的位置空着，上面盖着一块黑色呢绒，上面写着:"此处是因罪被砍头的法列洛之位。"
④ 原文为拉丁文。

想起来吧，我一直以来就热心于钻研社会问题，并且始终如一地不赞成贵族政治——我一心打算要将贵族政治的维护者们领到那儿，领到那些监狱中去；拜伦的话说得不偏不倚：'我伫立在威尼斯的叹息桥上。'① 这句诗是拜伦的长诗《查尔德·哈罗尔德游记》第四章中的第一句话。威尼斯的叹息桥，将总督府和威尼斯监狱连接了起来；被处死的国事犯要从桥上走过。然而反过来说，他自己本身也是个贵族。我一贯以来都赞成发展的。年轻的人都是支持发展的。然而，英国人和法国人又如何呢？让我们瞧瞧吧。他们是否要弄出很多的事端来：布斯特拉巴②和巴麦尔斯顿③。您清楚，巴麦尔斯顿已经做了首相。不，无论您如何辩解，俄国人的铁拳绝对不是好惹的。这个布斯特拉巴是个让人厌恶至极的大骗子！要是您有兴趣瞧瞧，我能为您提供一本维克多·雨果的《惩罚集》④ ——写得特别好！'未来——进行中的宪兵。'——讲得是有些太胆大了些，可是却力量十足呀，力量十足。维雅泽姆斯基公爵⑤同样讲得也不错：'欧罗巴一遍又一遍地提到巴什卡德克拉尔，眼睛一动不动地凝望着锡诺普。'我爱诗。我还有一本蒲鲁东⑥刚刚出版的小册子，无论哪种书我那儿都应有尽有。我不清楚您的感觉如何，我自己却是很愿意去打仗；反正也没让我返回去，我就计划从这儿去佛罗伦萨，再到罗马⑦：因为无法去法国了，因而我打算去西班牙——据说，那儿的女人特别的美丽，就是太穷了

---

① 原文为英文。

② 布斯特拉巴：法国的布隆、斯特拉斯堡、巴黎三个城市开头的音节组成的简称，是对拿破仑三世绰号的嘲笑。拿破仑三世曾想在这三个城市实现以恢复君主政体为目的的国家政变。

③ 乔治·巴麦尔斯顿（1784—1865），英国政治家，曾任英国首相，曾为英国工业资本向世界扩张出过大力。在克里米亚战争期间，他和拿破仑三世一起积极采取行动反对俄国。

④ 原文为法文。《惩罚集》是法国大作家雨果于一八五二年写的反对拿破仑三世专制统治诗集。

⑤ 彼·安·维雅泽姆斯基（1792—1878），俄国诗人、评论家。他曾为黑海南岸锡诺普战役的胜利写过一首诗。下文提到的是诗中的一句。

⑥ 蒲鲁东（1809—1865），法国小资产阶级空想社会主义者，无政府主义的理论家。

⑦ 佛罗伦萨：意大利名城；罗马：意大利首都。

而且小虫子挺多的。我以前计划去加利福尼亚①，在我们俄国人的眼中，无论什么都不在话下，但是，我已经允诺为一个刊物写一些全面周到的有关地中海贸易问题的报告。您也许认为，这文章太没有趣味、专业性太强了吧，然而，我们现在真的要有，真的要有些专业人士，我们钻研哲学已经弄得差不多啦，如今，切切实实想要的是真正的使用，真正的使用……然而，您的病看上去挺严重的呀，尼卡诺尔·瓦西里耶维奇，我或许让您劳神了吧，但是，反正都是一回事，我再待一阵儿……"

接着，卢普雅罗夫滔滔不绝地唠叨了很长时间，要走的时候，声称下次还要来探望。

英沙罗夫让这出其不意的拜访折腾得异常疲惫，浑身无力地靠在一张长沙发上。

"你瞧，"他看了一眼叶连娜，心情沉痛地说，"这种人就是你们的新一代！跟这位先生相同，有些人在狂妄自大和大肆吹捧，可实际上心灵深处却只不过是一个整日里游手好闲的人。"

对丈夫的话叶连娜没提出什么反对意见：在这会儿，英沙罗夫身体的病痛让她感觉到的担心，比起俄国全部新一代的问题来更为重要些……她来到他身旁，干着手工活儿。他带着瘦弱的身体，毫无血色的面容，双目紧闭着，静静地躺在那儿。叶连娜瞧着他那瘦弱得有些脱了相的侧面，瞧着他那伸出来的两只手，一股莫名其妙的害怕，控制了她的心。

"德米特里……"她张口说。

他猛地动了动身。

"你说什么？伦季奇来了吗？"

"还没来……然而，你感觉如何——你身子很热，在发烧，你，说实话，身体情况不太好，要不要让人把医生给找来？"

---

① 加利福尼亚：指美国的加利福尼亚。

"那个一说起话来就没头的人把你吓着了吧。没事的，我静一会儿，就什么事都没了。午饭后我们再出去吧……不管到哪个地方走走都行。"

两个小时已经过去了……英沙罗夫还是在长沙发上躺着，尽管他的眼睛没睁开，但他并没有睡着。叶连娜一直在他的身边坐着，她做的活计都掉膝盖上了，然而她却不想去动一下它。

"你怎么不睡会儿呢？"她最终开口问他。

"嗯，等会儿吧。"他将她的一只手拿起，将它搁在自己的头下面。"这样吧……不错。只要伦季奇来了，你就马上把我弄醒吧。要是他说船已经一切就绪了，我们就立刻动身上路……事先将每样东西都整理妥当。"

"整理用不了多长时间。"叶连娜答道。

"刚才那人胡言乱语了一大堆什么战斗，塞尔维亚，"没多久，英沙罗夫说，"这些或许全是他无中生有，然而，是到走的时候了。徒劳地浪费时间可不行……你做好准备吧。"

他入睡了，屋子里所有的东西全都安静下来。

叶连娜的头倚着圈椅背，长时间地注视着窗口。天气逐渐地变得阴沉沉的；风开始刮起来了。一团团的白云飞一样的在空中奔驰而去，在很远的地方一根又细又长的桅杆摇摆个不停，桅上挂着一面有红色十字架的长三角旗，旗子随风东摇西摆，飘上去又落下来。一个样式过时的钟的摆锤，夹杂着若隐若现悲凉的咝咝声，缓缓地嘀嗒地走着、响着。叶连娜合上了双眼。昨天夜里，她辗转反侧难以入睡，也没休息好；一点点地，她也睡过去了。

她做了一个梦，特别怪异。她似乎感觉到，她和好多个素昧平生的人共同搭乘一条小船，正在察里津诺湖上漂荡着。他们都一言不发，静静地坐着，没人划船；而小船却自己不紧不慢地在漂动。叶连娜没觉得恐惧，可却感觉到郁闷不解：她试图弄清楚，这些都是些怎样的人，她怎么会和他们一起呢？她在观察着，但是人工湖却在不断地变大变宽，一点点的看不见岸了——这早就不是人工湖了，它是一个汹涌澎湃的大海：淡蓝的，悄无声息的浪花颇为严肃地将小船上上下下地起落着；有一种怒吼着的、令人恐惧的东西，自海底深处向上翻滚着；和她一起坐船的素不相识的人们一下子跳起来，大声呼喊着，挥舞着手……叶连娜看清了他们的面容：他们中间有她的父亲。然而，一股白色的旋风猛然间掀起浪花……所有的都在转动着，乱成一团……

叶连娜朝周围打量：四周所有的还是白茫茫的一片；可这是雪呀，雪，漫无边际的雪。此刻她已经不在小船上，她似乎和从莫斯科动身时那样，坐着一辆马拉的雪橇在前进着；她并非一个人：在她的旁边还坐着一个年纪轻轻的人，一件破破烂烂的又肥又大的女大衣穿在那个人的身上。叶连娜认真地瞧了瞧：这个人竟然是卡吉娅，她小时候那让人同情的女友。叶连娜惧怕起来，"莫非她没死掉吗？"——她琢磨着。

"卡吉娅，我们这是要去什么地方呀？"

卡吉娅一声不吭，只是用自己身上裹着的那件破烂大衣紧紧地包住身子；她感觉特别冷。叶连娜也觉得冰冷刺骨；她放眼向前面望去：在雪雾笼罩着的远方，一座城市的身影若有若无地闪现着。一些高高的白塔和闪着耀眼银光的尖顶浮现在视线里……"卡吉娅，卡吉娅，这是莫斯科吗？不对，"叶连娜思考着，"这是索洛威茨修道院①呀：那儿有数不清的就好像蜂房一样的、小而无光的单人房间；那儿既闷得透不过气来，而且还窄得很，——德米特里就被囚禁在那儿啦。我必须营救他出来……"就在那一瞬间，在她的面前一下子出现

---

① 索洛威茨修道院：十五世纪二十年代末到三十年代在白海索洛威茨岛建立的索洛威茨修道院，是俄国的一个要塞和宗教中心。十七世纪，曾是俄国宗教分裂教派活动的中心地点之一。这里也曾是一个流放地。

一道灰蒙蒙而又带着白色的、裂口大大开着的深渊。雪橇向深渊中滑落，可卡吉娅的脸上却露出了笑意。"叶连娜！叶连娜！"一个似乎是来自深渊中的叫喊传入耳中。

"叶连娜！"在她的耳畔清清楚楚地传来这叫喊。她一下子抬起了脑袋，一调过身去就愣在那儿：英沙罗夫的脸毫无血色，惨白得如雪一样，就仿佛是她在梦中见到的雪，已经从长沙发上略略地支起了半个身子，他那双很大的、闪着光亮的、让人恐惧的眼睛深深地注视着她。他的头发零乱地披散到额头上，嘴唇怪模怪样地张着。在他猛然间改变了模样的脸上流露出的害怕中包含着一种难受的、让人万分同情的表神。

"叶连娜！"他喊出来，"我快不行了。"

伴随着一声惊叫，她双膝着地，用力地扑到他的胸前。

"所有的都结束了，"英沙罗夫又说了一遍，"我快不行了……诀别了，我那让人怜惜的人！诀别了，我的祖国！……"

然后，他面朝上地跌在长沙发上。

叶连娜忙不迭地跑出屋子，放声大喊救命，一个侍者急心跑着找医生去了。叶连娜趴在英沙罗夫的身上。

恰好在这时，有一个人站在了门口那儿，他体格健壮、黑黑的脸膛，身穿着毫无细腻可言的厚绒布上衣，头戴着一顶低档的漆布面帽子。他因为心存疑虑而迟疑不决地停住了脚。

"伦季奇！"叶连娜提高声音叫着，"是您！您看，瞧在上帝的份上，他很糟糕了！他这是为什么呀？上帝呀，上帝！昨天他还到外面去过，前不久他还能和我聊天呢……"

伦季奇没吭声，仅仅是躲开路，让到旁边。在他的身边，急匆匆地进来了一个身材不高、头顶着假发、架着一副眼镜的人：这是一个在这个旅馆住的一个医生。他来到英沙罗夫面前。

"辛奥拉①，"好长时间后，他出声说道，"这位外国先生已经过世——这位外国先生已经过世②——死因是动脉瘤和肺病并发症。"

三十五

第二天，还是在那间屋子，伦季奇在窗前那儿站着；叶连娜在他的前边坐着，将自己紧紧地包在一件披巾中，英沙罗夫被放在旁边屋子的一副棺材中。一副不知该如何是好和没精打采的神色出现在叶连娜的脸上；她的额头上，弯弯的两道眉毛之间，有两条皱纹盘踞在其间；在它们的作用下，叶连娜的那双愣愣的眼睛中，流露出一种神经绷得紧紧的样子。有一封已经打开了的信放在窗台上，那是安娜·瓦西里耶夫娜寄来的。她希望自己的女儿能回莫斯科，即便是住上一个月她也心满意足；她向叶连娜倾诉着自己的日子是如何孤单冷清，说着尼古拉·阿尔捷米耶维奇的不是；她向英沙罗夫问好，关心他的身体并请他能让妻子回去一次。

伦季奇是个海员，达尔马提亚人，他是英沙罗夫在自己返回祖国的路途上相识的，到了威尼斯后，英沙罗夫又找到了他。伦季奇是一个神色肃穆、性情粗放、英勇无畏和勇于为斯拉夫民族的事业贡献一切的人。他看不起土耳其人，从心底里仇视奥地利人。

"您打算在威尼斯待多长时间？"叶连娜以意大利语向他发问。她的声音和她的神色一样毫无生机。

"因为要装货和不被别人注意，将待一天，接着就直奔萨拉。我

---

① 辛奥拉：意大利文的译音，太太的意思。
② 原文为意大利文。

会让我的乡亲们伤心不已的。他们早就在期盼着他的归来了；他们对他充满了信任呀。"

"他们对他充满了信任。"叶连娜不知所云地又说了一次。

"您打算几时将他下葬呢?"伦季奇问。

"明天。"

"明天?那我一定得待在这儿:我希望能在他的墓前添上一把土。同时也可以帮您做点事儿。但是，能让他长眠于斯拉夫的土地是最好不过的啦。"

叶连娜望了望伦季奇。

"船长，"她说道，"您能否将我和他一块走，将我们领到海的那边，远离这个地方，可以吗?"

伦季奇略微考虑了一会儿。

"倒是可以，但可能会遇到阻碍。得和这儿令人厌恶的长官们谈判。但是，要是我们可将这所有的事都弄妥当，我们会将他安息于那边，那我如何把您送回来呢?"

"您不必送我回来。"

"什么?那您要在什么地方安身呢?"

"无论如何我一定能为自己找到个容身之所的；唯一要求您的就是麻烦您带我们离开这儿，恳请您带我离开吧。"

伦季奇不知所措地摸了摸自己的脑后。

"就按您的意愿吧，但是这还是有很多阻碍。我这就动身去想想办法；您在这儿守着，我大概要两个钟头后才会回来。"

他离开了。叶连娜来到旁边的屋子，倚在一面墙壁那儿，仿佛傻了一般在那儿站了好久。后来，她跑倒在地，然而她没进行祷告。她的内心中不存在怨恨；她没胆子质问上帝，怎么就不能饶恕，不怜惜，不庇护?要是她有过错，那么上帝所加在她身上的惩处，怎么会远远大于她所犯的过错呢?我们中的任何一个人，除非他死了，不然的话，肯定会有罪过的，就算任意哪一个崇高的思想家，哪一个曾经造福于人们的恩人，也无法盼望自己会有长生不死的特权……但是，叶连娜却未进行祷告：她似乎已经成为岩石了。

那天夜里，英沙罗夫夫妻住的旅馆前有一只大舢板划了出来。叶连娜和季伦奇，以及被黑色的呢绒覆盖着的长棺材都在舢板上。他们坐的舢板约莫前行了一个小时，总算来到了在港湾的出口处停着的一艘双桅小海船前面。叶连娜和伦季奇到了船上；棺材也被水手们弄了上去。半夜之时大风吹起来了，然而当天蒙蒙亮时，海船已经远离了"丽多"海湾。一整天，暴风都夹杂着一种令人恐惧的力量在咆哮着，"洛伊德"船舶公司经验丰富的海员们全都在晃着脑袋，他们担心也许会有状况发生。威尼斯、的里亚斯特①和达尔马提亚沿岸的亚得里亚海是航海的险要地带。

在叶连娜从威尼斯走了约莫有三个礼拜后，在莫斯科的安娜·瓦西里耶夫娜收到了这样一封信：

　　我亲爱的父母亲，我和你们永久地离别了。你们以后不会再看到我了。昨天德米特里离开人世了。就我而言，所有的都完结了。今天我将和他的遗体一块起程去萨拉。我要为他下葬，我以后会有怎样的情形，我自己也不清楚！然而目前，我只有德米特里的祖国了。那儿的人们正在酝酿着反抗，正在为战争做着准备；我将去当一个护理人员；我要去为那些病人和伤员服务。我不清楚，我以后所走的路会是怎样的，但是在德米特里去世之后，我还是会忠实于他未了的心愿，忠实于他整个一生都在为之奋斗的事业。我已经会说保加利亚语和塞尔维亚语了。或许，我可能无法承受这所有的——那样或许更好。我已经被带到深谷的边上，掉下去也是很正常的事。怪不得命运要将我们系在一块；

---

① 的里亚斯特：意大利北部海港城市，临亚得里亚海的威尼斯湾。

天晓得，或许正是由于我的存在才导致了他的死；如今，该到他来将我给领走了。我追寻过快乐——然而，我要追寻到的大概是死亡。或者，上天注定应该是这样的结局；或者，我的罪孽深重……但是，死可以将所有的事都化解开和隐藏好——难道不是如此吗？恳请你们宽恕我，宽恕我以前让你们所经历过的各种伤心难过；这原本不是我想做的，可回俄国去——去做什么呢？在俄国可以做什么事呢？

请接受我最后的亲吻和祝愿，还请你们别怪罪我吧。

叶·

自那时开始已经有快五年的光景了，再未传来有关叶连娜的丝毫消息。每一封书信和探望寻找，都毫无线索；签订和约①之后，尼古拉·阿尔捷米耶维奇也曾亲自动身去威尼斯、去萨拉寻找，然而都只不过是白费工夫；在威尼斯，他所了解的是读者已经清楚的那些事，然而在萨拉，有关季伦奇和他所雇的海船的真正消息却是无人能告诉他。曾有过一种为大多数人所认定的语意不明的说法，似乎在几年前，有一次大风暴之后，一口棺材被海水涌到了岸上，人们所见到里面是一具男尸……还有一种更为确信的传闻，这口棺材并不是被海水涌上来的，而是一位乘船由威尼斯而来的外国人的夫人带来，并在海边安葬的；还有些人添加说，后来他们还在那时在黑塞哥维那②驻防的军队中瞧见过那位夫人；他们还细致地描绘了一下她的打扮，说她全身上下都是黑色的衣服。无论如何，叶连娜的消息却是永久地、再也不会回来地杳无音信了；没有人清楚，她到底是没死，还隐身于某个地方呢，或是一出简短的人生悲剧已经落下帷幕，她那些小小的烦扰全都结束，已经到了被死神带走之时了。此类的事时常发生，一个人睡觉醒来，常会以一种无法控制的恐慌询问自己：我确实已经三十

---

① 指一八五六年俄国与英、法、奥、土及撒丁在巴黎签订的和约。
② 黑塞哥维那：南斯拉夫南部地区。

……四十……五十岁了吗？生命为何流逝得如此迅速呀？死神为什么会如此毫无声息地来到眼前了呀？死神，就像打鱼的人将鱼捞到了自己的网中，又将它暂且放回水中；鱼仍旧在活动着，可已经在网中了；渔人随时都可以将它捞上来。

这个故事中别的人的情形，如今是什么样的呢？

安娜·瓦西里耶夫娜仍旧健在；在承受过对她的身体极为不利的痛苦之后，她看上去老了好多，她的埋怨减少了，然而忧虑却增加了不少。尼古拉·阿尔捷米耶维奇年纪也大了，头发已渐斑白，和奥古斯丁娜·赫里斯季安诺夫娜也断绝了关系……如今只要是外国的物品，都难逃他的责骂。一个大概三十岁、相貌美丽的俄国女人，是他掌管钥匙的女管家，这个女人身穿的是丝绸连衣裙，金戒指和耳环点缀着她。身为一个青春年少、性情坚定的黑发男人，库尔纳托夫斯基欣赏长得漂亮可人、有着一头金发的女人，他已经和卓娅结了婚；她对他唯命是从，即便是思考的方式都不使用德语。别尔谢涅夫目前在海得尔堡①；他是政府派出到国外学习的；柏林、巴黎他都曾造访过，他的时间一点都没虚度；他将成为一个学识过人的教授。《论古代日耳曼法在审判惩罚案件中的某些特点》和《论关于文明问题对城市掘起的意义》是他的两篇学术论文，已经吸引了学者们的关注了；然而，令人可惜的是，这两篇论文所用的语言都有点晦涩难懂，读起来很不顺口，而且还有好多外国的词汇。舒宾如今在罗马；他全身心地沉迷于自己的艺术之中，而且被人们称作是最优秀、前程最为辉煌的年轻雕塑家之一。在一些拘泥于某种格调的爱国主义者看来，对于古代雕塑他钻研得很少，他尚未有自己独特的"风格"，还将他排入法兰西画派之内；他的作品大部分都被英国人和美国人买去了。近一段时期，他所作的《酒神的女祭司》这尊作品掀起了一股热潮；一个名气很大的有钱人，俄国伯爵博博什金，本想拿一

---

① 海得尔堡：德国西南部巴敦州城市。那儿有历史悠久的海得尔堡大学。

千斯库多①将它购下，然而最终却将三千斯库多奉献给了另一位雕塑家，一个纯正的②法国人，购下了一个造型的组像，它被命名为《倒在青春之神的怀里正在为情自杀的农村少女》。舒宾时常还与乌瓦尔·伊万诺维奇写信联系，一点改变也没有的唯有这位老人。"您还能想起来吗，"前一阵舒宾给他去信说，"想起那天晚上，当我们了解让人同情的叶连娜结婚的消息时，我那时在您的床头坐着，和您聊天，您曾对我讲过的话吗？您能想起那时我问过您，我们之中可能会出些怎样的人物吗？您就答复我说：'以后他们会现身的。'天，实在是具有非凡的远见呀！然而如今，我在这儿，在我这个'风景特别优美的远方'，再次向您发问：'哎，乌瓦尔·伊万诺维奇，以后会是什么样子呢？'"

乌瓦尔·伊万诺维奇弹了下手指，以自己让人琢磨不透的眼神注视着远处。

---

① 斯库多：意大利银币。一斯库多等于意大利币五里拉。
② 原文来意大利文。